CUADERNO
VENECIANO

CUADERNO VENECIANO

RHYS BOWEN

Traducción de Roberto Falcó

 AMAZON **CROSSING**

Título original: *The Venice Sketchbook*
Publicado originalmente por Lake Union Publishing, Estados Unidos, 2021

Edición en español publicada por:
Amazon Crossing, Amazon Media EU Sàrl
38, avenue John F. Kennedy, L-1855 Luxembourg
Septiembre, 2022

Adaptación de cubierta por studio pym, Milano
Imagen de cubierta © Derek Croucher / Alamy Stock Photo;
© worker / Shutterstock
Producción editorial: Wider Words

Impreso por: Ver última página

Primera edición digital 2022

ISBN Edición tapa blanda: 9782496708745

www.apub.com

SOBRE LA AUTORA

Rhys Bowen es una autora superventas, habitual de la lista de libros más vendidos de *The New York Times*, que ha escrito más de cuarenta novelas, entre las que se incluyen *El niño escondido*, *Los diarios de Emily* y *Traición en Farleigh Place*, ambientada en la II Guerra Mundial y galardonada con los premios Macavity, Left Coast Crime y el Agatha Award como mejor novela histórica de misterio.

A lo largo de su trayectoria ha obtenido veinte premios y sus libros se han traducido a varios idiomas, por lo que tiene un gran número de seguidores en todo el mundo. Ciudadana británica expatriada, Bowen vive a caballo entre California y Arizona. Encontrarás toda la información sobre la autora en www.rhysbowen.com.

*Este libro está dedicado a mi querida amiga
y maravillosa directora de coro Ann Weiss.
Cantar con su coro ha sido una de las experiencias
trascendentes de mi vida. Ann no solo canta como
los ángeles, sino que siente una gran pasión
por Venecia. Confío en que la novela
le permita viajar a esta maravillosa ciudad.*

Prólogo:
Venecia, 1940

—Quería hablarle del motivo real de mi visita, aparte de despedirme de usted, claro está. Me preguntaba si le gustaría trabajar para su país.

Lo miré sorprendida y prosiguió:

—Debo advertirle que todo lo que le diga a partir ahora es confidencial y que debe firmar un documento para que quede constancia. —Se llevó la mano al bolsillo y sacó una hoja de papel—. ¿Está preparada para firmar?

—¿Antes de saber lo que implica el trabajo?

—Eso me temo. Así es como funcionan las cosas en época de guerra.

Lo miré a los ojos y, a pesar de las dudas, me acerqué a la mesa.

—Supongo que no me pasará nada por firmar. ¿Tengo la opción de rechazar la propuesta?

—Sin duda.

El señor Sinclair empleaba un tono demasiado animado.

—De acuerdo, pues.

Leí el documento en diagonal. Especificaba que, si no respetaba la confidencialidad, me enfrentaba a una condena de cárcel o de pena capital. No es que fueran unas palabras muy tranquilizadoras, pero firmé. El cónsul se guardó los papeles en el bolsillo interior de la americana.

—Disfruta de unas vistas espectaculares, señorita Browning —me dijo.

—Lo sé, me encantan.

—Y si no tengo mal entendido, es usted la dueña.

—Veo que sabe muchas cosas sobre mí.

—Así es. Como comprenderá, hemos tenido que comprobar su pasado antes de hacerle llegar esta petición.

—¿Y de qué se trata?

El hervidor de agua soltó un silbido estridente que me obligó a levantarme y apartarlo del fuego. Regresé al comedor y tomé asiento.

—Se encuentra usted en una ubicación privilegiada para ver el movimiento de los barcos. Como sabrá, los italianos tienen varios buques fondeados en la zona y ahora permitirán que la marina alemana use Venecia como base para atacar Grecia, Chipre y Malta. Me gustaría que nos enviara un informe diario de la actividad naviera. Si zarpa alguna embarcación, quiero que nos lo comunique para que podamos interceptarla con nuestros aviones.

—¿Cómo les haría llegar la información? ¿Quedará alguien aquí a quien pueda contárselo?

—Ah. —Se sonrojó—. Enviaremos a un técnico para que le instale una radio, pero será indetectable porque quedará escondida. Sin embargo, no podrá usarla cuando esa mujer esté aquí. No puede permitir que la vea. ¿Me ha entendido?

—Por supuesto, aunque no es que tenga muchas luces, por lo que tampoco sabría qué es.

—Aun así, no queremos correr riesgos. Debe contactar con nosotros en cuanto se produzca actividad naval.

—¿Con quién debería contactar? ¿Y qué debería decir?

—Paciencia, querida. Lo sabrá todo a su debido tiempo —respondió.

Regresé a la cocina, serví dos tazas de té y las llevé en una bandeja. El señor Sinclair tomó un sorbo y lanzó un suspiro de satisfacción.

—Ah, sabe a té de verdad. Algo de lo que podré disfrutar cuando vuelva a casa.

Tomé un sorbo y esperé a que prosiguiera.

—¿Sabe código morse? —me preguntó.

—Me temo que no.

—Le daré un manual, pero debe aprenderlo cuanto antes. Además de la radio, recibirá un libro de códigos. Debe ocultarlo en un sitio distinto al aparato, en un lugar en el que jamás se le ocurra mirar a nadie. Enviará los mensajes cifrados. Pongamos, por ejemplo, que ha visto dos destructores. Pues tal vez tenga que decir: «La abuela no se encuentra muy bien».

—¿Y si los alemanes lo descifran?

—Los códigos se cambian a menudo y, además, usted tampoco sabrá cómo recibirá un nuevo libro. Tal vez llegue en un paquete de su tía de Roma, en un recetario de cocina. —Sinclair se encogió de hombros—. Nuestro servicio secreto tiene muchos recursos. Por suerte, no tendrá que establecer contacto personal con nadie, así que en caso de que la sometieran a un interrogatorio, no tendría que preocuparse por la posibilidad de traicionarnos.

—Es de lo más reconfortante saberlo —repliqué sin más y vi que esbozaba una levísima sonrisa.

Sinclair tomó otro sorbo y dejó la taza en la mesa.

—Ah, una cosa más. Necesitará un nombre en clave para comunicarse. ¿Qué sugiere?

Miré al canal y vi un carguero que avanzaba lentamente. ¿Era una locura aceptar ese trabajo?

—Me llamo Juliet —dije—, por lo que mi nombre en clave debería ser Romeo.

—Romeo. Me gusta —afirmó entre risas.

CAPÍTULO 1

Juliet
Venecia, 20 de mayo de 1928

La tía Hortensia y yo por fin hemos llegado a Venecia, tras un viaje largo, sofocante y sumamente incómodo en tren. No le gusta malgastar el dinero y me dijo que no tenía ningún sentido comprar un billete con litera, ya que de todos modos el traqueteo es constante y no hay forma de conciliar el sueño. Así que no pegamos ojo en todo el trayecto desde Boulogne, en la costa francesa, pasando por Suiza, hasta llegar a Italia. De día hacía muchísimo calor y no podíamos abrir la ventana para que no entraran el humo y las ascuas de la locomotora. De noche, había un hombre delante de mí que roncaba mucho e iba acompañado de su mujer, que apestaba a ajo y sudor. Sé que no debería quejarme. Soy muy consciente de la suerte que tengo de que me lleven a Italia por mi decimoctavo cumpleaños. ¡Mis compañeras de clase se morían de envidia!

Pero todo eso es agua pasada. Ya estamos aquí. Bajamos en la estación de Santa Lucía y nos detuvimos en lo alto de las escaleras.

—*Ecco il Canal Grande!* —exclamó la tía Hortensia de un modo algo histriónico, abriendo los brazos como si estuviera en un escenario y fuera la responsable del panorama que tenía ante mí, para mi gozo y deleite.

Mi italiano no me permitía ir más allá de un simple «por favor», «gracias» y «buenos días», pero entendí que estábamos ante el Gran Canal. Aunque tal vez el gesto grandilocuente de mi tía no se ajustaba del todo a la realidad. Sí, era ancho, pero los edificios a ambos lados tenían un aspecto algo vulgar. Y también estaba sucio. El olor que desprendía no era muy agradable que digamos. Era una mezcla de olor a mar, con un toque de pescado y putrefacción. No obstante, tampoco tuve la posibilidad de examinar el entorno, ya que enseguida nos asaltaron varios mozos para llevarnos las maletas. Resultaba un poco inquietante que hubiera varios hombres peleándose por nosotras en un idioma desconocido, agarrando nuestras maletas para arrastrarnos a una góndola, tanto si queríamos como si no. Sin embargo, tal como confesó la tía Hortensia, no teníamos otra elección. Jamás hubiéramos podido cargar con todo nuestro equipaje hasta uno de los autobuses acuáticos que los italianos llamaban *vaporetti*. A mí, como no podía ser de otra manera, me hacía mucha ilusión subir a una góndola, aunque el gondolero no fuera un atractivo joven italiano que cantaba canciones de amor, sino un tipo de gesto adusto con una gran barriga.

Al doblar un recodo, el Gran Canal se mostró ante nosotras con toda su espectacularidad. A ambos lados se alzaban increíbles palacios con la fachada de mármol, tonos de un rosa intenso y ventanas de arco conopial. Parecía que flotaban en el agua de un modo increíble. Estuve a punto de sacar mi cuaderno de dibujo, pero por suerte no lo hice, ya que el tráfico del canal hacía que la góndola se balanceara de un modo alarmante. El gondolero murmuró algo incomprensible en italiano, probablemente palabrotas.

A pesar de que avanzábamos a buen ritmo para tratarse de una embarcación propulsada con una única pértiga, el canal parecía interminable.

—*Ecco il Ponte di Rialto!* —exclamó la tía Hortensia, señalando un puente que cruzaba el canal y que trazaba un gran arco, como si estuviera suspendido en el aire por arte de magia.

Me pareció ver que tenía una construcción en lo alto, porque había una hilera de ventanas que refulgían bajo el sol de la tarde. Me pregunté si la tía Hortensia tenía pensado hablar solo en italiano a partir de entonces porque, en tal caso, iba a ser más bien un monólogo.

Sin embargo, mis miedos se vieron disipados cuando sacó su guía Baedeker y empezó a instruirme sobre todos los edificios que íbamos dejando atrás:

—A la izquierda, el Palazzo Barzizza. Fíjate en las fachadas del siglo XIII. Y ese edificio tan grande es el Palazzo Mocenigo, donde se alojó lord Byron en una ocasión…

Proseguimos nuestro trayecto, hasta que un *vaporetto* lleno hasta los topes zarpó del embarcadero. Nuestra góndola se balanceó debido a la brusca maniobra y a la tía estuvo a punto de caérsele la guía en las turbias aguas del canal.

Justo cuando empezaba a marearme, apareció otro puente, este más modesto, una construcción de hierro que cruzaba el canal a mayor altura. Esperaba que la tía Hortensia dijera: «*Ecco il Ponte* tal y cual», pero se limitó a decir:

—Ah, el puente de la Academia. Ya casi hemos llegado a nuestro destino. Menos mal. Empezaba a marearme.

—Querrás decir a «canal-earte», no «mar-earte» —puntualicé y le arranqué una sonrisa.

—En esa orilla está la Academia. Es ese edificio de mármol blanco que hay junto al puente, el lugar ideal para estudiar arte en Italia. La Accademia di Belle Arti alberga la mejor colección de pintura veneciana. Forma parte de nuestro itinerario.

Mientras hablaba, abandonamos el Gran Canal, tomamos uno más pequeño y nos detuvimos junto a unos escalones muy viejos.

Entonces varios hombres aparecieron de la nada, nos ayudaron a bajar de la góndola y se encargaron de nuestro equipaje. Cuando la tía Hortensia fue a pagar al gondolero, reaccionó como si estuviera horrorizada por el importe del trayecto.

Con su italiano básico, preguntó a los mozos del hotel si el importe que nos habían cobrado era correcto o si se estaban aprovechando de nosotras.

—Como somos dos inglesas indefensas… —prosiguió, dejando de lado el italiano—, no sería descabellado que alguien intentara aprovecharse de nosotras y de nuestros escasos ahorros. ¿Ustedes se comportarían así con su abuela? —Intentó repetir una versión resumida de su diatriba en italiano.

El gondolero parecía avergonzado y los mozos del hotel sonrieron. Entonces el gondolero se encogió de hombros.

—De acuerdo, les cobro doscientas liras. Pero solo esta vez, porque han hecho un trayecto largo y la joven está agotada.

La tía Hortensia entró en el hotel con gesto triunfal. El establecimiento era de un tono amarillo con las contraventanas de color verde, pero tenía un aspecto muy poco palaciego. Enseguida apareció un hombre con el pelo entrecano para saludarla con los brazos abiertos.

—Mi estimada Signorina Marchmont. Por fin ha regresado. Sea usted bienvenida, una y mil veces.

Si siempre le dispensaban esos recibimientos, era lógico que a la tía Hortensia le gustara tanto el hotel. Francamente, a mí me decepcionó un poco que no fuéramos a alojarnos en uno de los *palazzi* del Gran Canal, pero la tía me había dicho en más de una ocasión: «En Venecia solo puedes alojarte en un lugar, y es la Pensione Regina. ¿Sabes por qué? Porque tiene jardín. Cuando estás acalorada y agotada de visitar la ciudad, puedes sentarte a la sombra y beber un *citron pressé*».

Subimos las escaleras de mármol hasta una pequeña habitación algo abigarrada con ventanas a ambos lados, el techo de madera pintada y unos muebles que parecían sacados de un museo. Al menos las camas parecían normales, con las sábanas blancas inmaculadas. Había un escritorio y una silla junto a la ventana con vistas al jardín, que también permitía ver el Gran Canal, aunque solo fuera de refilón. Me acerqué a la ventana, la abrí y observé la escena. Me embargó un aroma de jazmín rosado.

—Ah, sí —dijo la tía Hortensia tras inspeccionar el cuarto de baño—. Todo perfecto.

En ese instante, sonaron las campanas y su tañido resonó en los canales. Desde la ventana vi una góndola y, en esta ocasión, el gondolero era joven y guapo, lo cual me levantó el ánimo. Estaba en Venecia, la primera vez que pisaba el continente. Pensaba aprovecharlo al máximo.

21 de mayo de 1928

Me despertó el tañido de las campanas. Esta ciudad está llena de iglesias. ¡Nadie puede dormir hasta tarde! Me acerqué a la ventana y abrí los postigos que la tía Hortensia había insistido en cerrar para que no entraran los mosquitos. El cielo era de un azul pálido perfecto y el sonido de las campanas resonó por toda la ciudad. Las golondrinas barrían el cielo como pequeñas cruces de Malta, mientras las gaviotas se desgañitaban y, más abajo, las palomas se pavoneaban en el patio.

—Una ciudad de campanas y pájaros —dije con un aire de satisfacción.

En ese instante pasó una barcaza de motor, cuyo rugido retumbó entre los estrechos canales. Campanas, pájaros y barcas, me corregí.

Bajo el parasol del jardín, nos sirvieron un desayuno a base de bollos de pan recién hecho, queso y fruta, así como café en lugar de té. Cuando acabamos, salimos a explorar la ciudad, pertrechadas con la guía Baedeker y un mapa. Por suerte, la tía Hortensia había visitado la ciudad en varias ocasiones y se orientaba bastante bien. De hecho, de no ser por ella, yo me habría perdido al cabo de unos pocos minutos. Venecia es un auténtico laberinto de callejones, canales y puentes. Lo primero que me llamó la atención fue que no había calles de verdad, al menos como las que estábamos acostumbradas a ver en casa, solo había caminos adoquinados con puentes para cruzar los canales. Es como si los canales fueran las calles de esta ciudad: todo se entrega por barca, desde la compra hasta la basura, que se lanzaba en una barcaza abierta.

La fachada de las casas llegaba hasta el agua. Yo estaba convencida de que las habían construido sobre plataformas para que quedaran fuera del alcance de las mareas, pero no… desaparecían en los propios canales, a merced del agua, que batía contra las ventanas de las plantas bajas y dejaba los muros manchados de algas. En ocasiones, la mitad de la puerta desaparecía bajo el agua. ¿Cómo es posible que el agua no corroa los edificios y estos se desmoronen? La tía Hortensia tampoco lo sabe.

En fin, en esta ciudad parece imposible desplazarse de un punto a otro en línea recta. Algunas calles finalizan en canales sin puente. Para ir a la derecha, antes debes ir a la izquierda. No obstante, la tía Hortensia nos guio hasta la plaza de San Marcos. Dios. Creo que fue la primera vez en mis dieciocho años de vida que me quedé sin aliento. Nunca había visto algo tan maravilloso como aquel espacio abierto delimitado por la columnata, con la imponente iglesia en un extremo, rematada con una serie de cúpulas y estatuas que le conferían el aspecto de un palacio salido de una leyenda oriental. A la derecha de la plaza, el campanario se alza desafiante, alto y recto, en contraste con la basílica barroca y curvilínea. Hay varias terrazas de cafés y una pequeña orquesta tocaba bajo los soportales, pero la tía Hortensia dijo que teníamos mucho que ver como para ir perdiendo el tiempo con pastelitos.

Echó a andar con paso firme y cruzó la plaza hasta la basílica, donde contrató a un guía para que nos mostrara hasta el último rincón del interior. Bajamos incluso a la cripta, un lugar que me pareció espeluznante, con tantas tumbas... Luego visitamos el Palacio Ducal, con unas salas espléndidas donde lucían cuadros famosos.

—Si quieres ser pintora, no hay nada como prestar atención a las obras que encontrarás aquí —dijo la tía Hortensia, señalando un cuadro de Tintoretto que ocupaba una pared entera.

«Cielos —pensé—, ¿cuánto se tarda en hacer una obra como esta, aunque el artista tenga un don especial?». Todos los cuadros expuestos eran tan grandes y espléndidos que me resultaba imposible imaginarme a mí misma intentando imitarlos siquiera. El Puente de los Suspiros, llamado así porque lo cruzaban los condenados de camino a la cárcel y les ofrecía las últimas imágenes que habrían de observar del mundo exterior, me cautivó. «¡Qué triste y romántico! ¡Tengo que volver para dibujarlo!», pensé.

De hecho, me alegré cuando la tía me dijo que íbamos a volver a la pensión para almorzar y descansar un poco. En Venecia, da la impresión de que a mediodía todo cierra, tiendas y museos. La ciudad entera cierra y duerme. Aunque yo no pude dormir, claro. Me tumbé en la cama escuchando los sonidos de la calle: el chapoteo de los remos, el ronroneo de los motores de las lanchas, el arrullo de las palomas y los chillidos de las golondrinas. Me embargó una absurda sensación de felicidad, como si por primera vez en mi vida todo cobrara sentido. Atrás quedaba la Academia para Señoritas de Miss Master. El mundo me esperaba.

Esa noche, para cenar, el menú nos ofrecía fritto misto, pescado frito. Sin embargo, nos sirvieron una mezcla irreconocible de tentáculos, camarones y varios crustáceos.

—Cielo Santo —exclamó la tía Hortensia—. Ni que hubieran rastrillado el fondo de la laguna. Pero si ni siquiera parece comestible.

Mi plato no estaba tan mal, de hecho, me gustó bastante, aunque los tentáculos supusieron todo un reto. Rematamos la cena con un surtido de fruta, quesos y café. Fuera la ciudad cobraba vida poco a poco. Un gondolero rompió a cantar al pasar bajo nuestra ventana. Más allá, tocaba un grupo de jazz. Las risas de la gente resonaban entre los callejones y cruzaban el canal.

—¿Podemos salir a dar una vuelta? —pregunté.

La tía Hortensia me miró como si le hubiera pedido permiso para desvestirme y bailar desnuda en la plaza de San Marcos.

—Las damas no pueden salir solas después de cenar —afirmó.

Y dio el tema por zanjado. Fuimos a la sala de estar, donde la tía entabló conversación con dos damas inglesas. Yo me excusé y subí a la habitación para comprobar mis materiales de pintura. El cuaderno de dibujo inmaculado, regalo de papá. Una caja pequeña de acuarelas, una pluma y un tintero portátil, carboncillos y lápices. Todo lo que podía necesitar una artista en ciernes. Suspiré satisfecha. Al día siguiente empezaría a dibujar y en septiembre sería una estudiante de la Escuela Slade de Bellas Artes de Londres.

Mojé la pluma en la tinta y escribí: «Juliet Browning. Mayo de 1928».

Capítulo 2

Al final se demostró que la tía Hortensia no se había equivocado al recelar de la fritura de pescado. A la mañana siguiente me dijo que se había despertado a medianoche con náuseas, que había vomitado toda la cena y por ello no se encontraba con ánimos para salir a pasear. Me pidió que bajara a pedir un huevo duro y un té y me comunicó que iba a pasarse todo el día en la cama. La dueña de la pensión se mostró de lo más solícita e insistió en subirle una manzanilla, una opción mucho más apropiada para los problemas de estómago. De modo que desayuné sola en el jardín mientras las palomas observaban la escena encaramadas en el respaldo de las sillas vacías. Cuando acabé, subí a ver a mi tía.

—¿Te importaría que saliera sola? —le pregunté—. Me gustaría hacer algún boceto.

—No me parece la opción más correcta —respondió, frunciendo el ceño—. ¿Qué diría tu padre si te dejara pasear sola por Venecia? ¿Y si te pierdes? ¿Y si acabas en una zona poco recomendable de la ciudad?

—Sé llegar hasta la plaza de San Marcos —le aseguré—. Seguiré el mismo camino y cuando encuentre un rincón que me guste, me sentaré a dibujar. Además, será a plena luz del día y habrá más turistas.

—De acuerdo —accedió, tras meditar la respuesta—. Supongo que no puedo obligarte a que te quedes encerrada todo el día conmigo. Pero no te olvides de ponerte el sombrero y no te pases todo el día al sol.

Intenté disimular mi alegría mientras guardaba el cuaderno en la bolsa. Me puse el sombrero, pero no los guantes (¿quién podía dibujar con guantes?), y me fui. Primero me senté en la plaza que había frente a la iglesia de Santo Stefano y dibujé la fuente y los niños que corrían descalzos alrededor. Luego decidí irme a otro sitio y me detuve a dibujar un bonito balcón del que caía una cascada de geranios, y también hice el boceto de una columna y hasta de un picaporte con forma de cabeza de león. Venecia estaba llena de lugares maravillosos. Como no fuera con cuidado, corría el peligro de llenar el cuaderno con dibujos de Venecia y quedarme sin espacio para Florencia o Roma. Llegué a la plaza de San Marcos e intenté dibujar la basílica, con sus increíbles cúpulas y estatuas. Parecía salida de uno de los cuentos de *Las mil y una noches*. Al final me rendí, bastante frustrada. Era obvio que necesitaba más clases de perspectiva. A continuación, probé suerte con el *campanile*, pero era tan alto que se salía de la hoja. Un fracaso más. Tuve algo más de suerte con el famoso reloj. Y con la gente que, sentada en las terrazas, tomaba el café matinal. ¡Tal vez estaba predestinada a ser retratista!

Intenté encontrar un buen lugar para dibujar el Puente de los Suspiros, pero me di cuenta de que tenía mejores vistas desde el otro lado, por lo que desanduve el camino hasta la orilla y me detuve a dibujar el estrecho canal con su suntuoso puente de mármol. Varios turistas intentaron curiosear lo que estaba haciendo. «Oh, Dios, aún no tengo el talento necesario para someter mi obra al escrutinio público», pensé. Me apresuré a cerrar el cuaderno y en ese instante sonaron las campanas. Las doce. Vaya. «Será mejor que me presente a almorzar para que no se preocupe la tía Hortensia». Me abrí paso hasta la plaza de San Marcos e intenté encontrar el camino de vuelta a casa, pero debí de salir de la plaza por una arcada distinta, porque de pronto no supe dónde me encontraba. Cuando llegué no había un canal que discurriera junto a la calle. Seguí avanzando con la esperanza de haber tomado la dirección correcta, cuando oí un sonido. Al principio pensé que era el llanto de un bebé. Procedía del agua, por debajo de mí. Entonces miré y vi una caja de cartón. Oí de nuevo el sonido, pero no se trataba de un bebé, sino que parecía el maullido de unos gatitos. ¡Alguien los había lanzado al canal en una caja para que se ahogaran!

Miré a mi alrededor, pero no vi a nadie. Sin embargo, no podía quedarme de brazos cruzados y dejar allí a los gatitos, esperando a que se empaparan y murieran ahogados. Me acerqué a la orilla del canal, donde había una pasarela. Me agarré a un poste y estiré el brazo todo lo que dio de sí. La caja estaba demasiado lejos para alcanzarla y seguía avanzando lenta pero inexorablemente. Si no hacía algo, llegaría a los edificios altos, donde no había acera. No me quedaba otro remedio, por lo que dejé la bolsa en el suelo, me quité el sombrero, me tapé la nariz y salté al canal. El agua estaba helada y llegué a tragar un poco, pero eché a nadar detrás de la caja. En Inglaterra no había tenido muchas ocasiones de practicar, solo en la playa de Torquay, aunque me había limitado a flotar en las olas. Fue entonces cuando me di cuenta de que la ropa empapada pesaba una barbaridad y que se me pegaba a las piernas. Intenté sostener la caja en alto mientras pataleaba para llegar a la orilla. Al final logré dejarla en la acera e intenté salir del agua, pero descubrí que el nivel estaba unos treinta centímetros por debajo. No podía hacer nada.

La ropa empapada y los zapatos me arrastraban al fondo y el agotamiento empezaba a hacer mella en mí. Intenté recordar cómo se decía «socorro» en italiano… pero fue en vano. ¿Cómo se decía en latín? ¡Ojalá hubiera prestado más atención en las clases de la señorita Dear! Hice un último esfuerzo para aferrarme al borde de la acera, pero no tenía dónde agarrarme. Los gatitos, por su parte, seguían maullando y la caja se movía como si fueran a salir de ella de un momento a otro. Entonces oí un ruido. El traqueteo de una lancha motora. Al llegar a mi altura, temí que fuera a pasarme por encima o que siguiera su curso sin verme, por lo que solté una mano y la agité.

—¡Socorro! —grité.

Y en ese instante asomó el rostro de un hombre.

—*Dio mio!* —exclamó—. *Un momento!*

Apagó el motor. Estiró sus fuertes brazos y me subió a bordo sin demasiados miramientos. Me observó un rato en silencio y al final dijo:

—Es inglesa. *Sì?*

Asentí.

—¿Cómo lo ha sabido?

—Porque solo una inglesa sería tan insensata como para ponerse a nadar en un canal —afirmó en un inglés más que decente—. ¿O acaso se ha caído?

—No estaba nadando. Y no me he caído. Me he tirado al agua para salvar a unos mininos.

—¿Mininos? —No conocía la palabra.

—Unas crías de gato.

Me miró asombrado.

—¿Se ha tirado al canal para salvar a unos gatos?

—Alguien los metió en una caja de cartón para dejar que se ahogaran. ¿Lo ve? Los he dejado en la acera.

—¿Y qué pensaba hacer con los gatos? ¿Llevárselos con usted a Inglaterra?

Lo cierto era que no le había dado tantas vueltas al asunto.

—No, no creo que la tía Hortensia me lo permitiera. Además, también vamos a visitar Florencia y Roma. La verdad es que creía que podría encontrarles un buen hogar aquí.

—Estimada *signorina*, en Venecia hay más gatos que personas. Nos ayudan a mantener las ratas a raya, lo cual es fantástico, pero también es cierto que se reproducen con gran facilidad. Hay demasiados.

—Ya veo.

El muchacho observó mi gesto apesadumbrado y yo también lo examiné a él. Debido a la tensión de mi accidente, no me había dado cuenta de que me encontraba en una elegante lancha de teca y de que el piloto era un joven sumamente atractivo. Tenía unos rizos oscuros rebeldes y una mandíbula fuerte y cincelada. Llevaba una camisa blanca con el cuello abierto. Era, en resumen, la viva imagen de mi gondolero ideal. Cuando sonreía, se le iluminaba el rostro. Los ojos le brillaban, literalmente.

—No se preocupe —me dijo—, creo que podremos encontrarles un hogar. Tal vez con uno de nuestros criados, o también podríamos llevarlos a nuestra casa de campo del Véneto.

—¿De verdad? Sería maravilloso.

Puso el motor en marcha de nuevo, se acercó a la acera del canal, subió los gatos a bordo y luego me dio mi sombrero y mi bolsa.

—Pesa bastante la bolsa. ¿Ha ido de compras?

—No, ahí llevo mi cuaderno de dibujo. He aprovechado el día para hacer algunos bocetos. Voy a ser pintora. En septiembre empezaré a estudiar en la facultad de arte.

Asintió con un gesto de la cabeza.

—Enhorabuena.

—Espero que no les haya pasado nada —dije al ver que se movía la caja de los gatos—. A lo mejor se han resfriado.

Dejé la bolsa y abrí la caja con cautela. Había cuatro gatitos blanquinegros que me miraron atentamente.

—¿Miau? —maullaron al unísono.

—¿Verdad que son adorables? —pregunté, mostrándole la caja—. Y parece que están bien. Sí, se han salvado. —Me llevé una mano a la boca porque estaba a punto de romper a llorar y no quería hacer el ridículo ante un desconocido.

Cerré la caja para que no escaparan.

El chico negó con la cabeza.

—¡Cómo son los ingleses! En Italia, solo hay dos tipos de animales: los que sirven para trabajar y los que nos comemos.

—¿No tienen perros como mascotas?

—Tal vez las ancianas, pero en general usamos los perros para cazar o para guardar la casa.

Me di cuenta de que debía de tener un aspecto lamentable con el vestido empapado, pegado al cuerpo, y el pelo aplastado sobre las mejillas. Se había empezado a formar un charco de agua a mis pies.

—Lo siento, estoy dejando la lancha mojada —me disculpé.

El muchacho sonrió.

—Es una lancha, está acostumbrada al agua. —Negó con la cabeza sin quitarme ojo—. Debe quitarse la ropa empapada y darse un buen baño para limpiarse el agua del canal. No quiero que enferme. El agua del canal está muy sucia, *signorina*. Vivo aquí cerca. Si quiere, puede acompañarme y nuestras doncellas se encargarán de lavarle y plancharle el vestido. Así nadie descubrirá la aventura acuática que ha vivido.

—Oh, vaya —dije, tentada por su propuesta—. Me temo que a la tía Hortensia no le haría mucha gracia que fuera a casa de un desconocido.

—Un desconocido respetable, se lo aseguro —declaró con una sonrisa.

—Mire, creo que será mejor que vuelva al hotel. Mi tía me espera para almorzar.

—¿Y qué dirá de su aspecto cuando la vea llegar? ¿O acaso en Inglaterra lo perdonan todo si alguien se tira a un canal para rescatar un gato?

—No sé qué decirle. Es probable que no vuelva a dejarme salir sola nunca más.

Mis palabras le arrancaron una sonrisa y se le iluminó la cara.

—Siempre puede decirle que estaba intentando dibujar un tejado, tuvo que inclinarse más de la cuenta y perdió el equilibrio. Tal vez la crea.

—Ah, sí, es una idea muy buena —concedí—. Muchas gracias.

—Pues entonces la acompañaré al hotel. ¿Dónde está alojada?

—En la Pensione Regina. Mi tía siempre se aloja ahí cuando viene a Venecia. Le gusta mucho el jardín.

—Oh, sí. La comida es horrible, pero tiene jardín. Muy típico de los ingleses.

Aceleró y la lancha se puso en movimiento.

—Tiene una barca muy bonita —dije, pero enseguida me arrepentí de mi trivial comentario. Tenía que aprender a mantener una conversación interesante ahora que ya no era una colegiala.

Él se volvió hacia mí con una sonrisa en los labios.

—Es de mi padre; me la presta de vez en cuando. Y sí, tiene razón, es preciosa.

—¿Cómo ha aprendido a hablar tan bien mi idioma? —pregunté.

—Mi padre quería hacer de mí un hombre de mundo —respondió sin apartar los ojos del canal, que se estrechaba al pasar entre dos edificios altos—. Primero tuve un tutor francés, luego me envió a un internado inglés. El francés porque era el idioma de la diplomacia y el inglés por motivos comerciales. Mi familia tiene una empresa de transporte marítimo.

—¿A qué internado asistió?

—Ampleforth. ¿Lo conoce? Está al norte del país, en una región gélida y deprimente. Dirigido por curas católicos. No lo soportaba. Hacía un frío glacial. Duchas frías. Entrenamiento a campo través antes del desayuno. Y la comida... pésima. Nos daban gachas de avena y alubias con salsa de tomate.

—A mí me gusta la tostada con alubias.

—Lógico. Los ingleses no tienen buen paladar. Antes de que se vaya de Venecia, la llevaré a un buen restaurante para que vea la diferencia.

—No creo que la tía Hortensia me permita salir a comer con un joven. Está muy chapada a la antigua.

—¿Ni siquiera si me conociera y me presentara? Mis antepasados se remontan a la Edad Media. Hemos tenido varios duques y hasta un papa. ¿Eso no cuenta nada?

—Sí, en su contra —respondí con una sonrisa—. La tía Hortensia es una firme devota de la Iglesia de Inglaterra. El papa es el enemigo.

—Pues no lo mencionaré. —Se volvió para lanzarme una sonrisa malvada—. Por cierto, llevamos un buen rato hablando y aún no sé cómo se llama. A la tía Hortensia no le haría ninguna gracia.

—Me llamo Juliet —dije—. Juliet Alexandra Browning. —No mencioné que la única que me llamaba así era mi tía, que había insistido en bautizarme con un nombre shakespeariano, y que mis amistades solían dirigirse a mí con un nombre más vulgar, Lettie.

Abrió los ojos de par en par.

—Es fabuloso. Yo me llamo Romeo.

—¿De verdad? —pronuncié con un nudo en la garganta.

Me miró y estalló en carcajadas.

—No, solo te tomaba el pelo. Me llamo Leonardo. Leonardo Da Rossi. Pero puedes llamarme Leo.

Abandonamos la fría oscuridad del pequeño canal y desembocamos en el Gran Canal.

—Mira... —Leo señaló el edificio que quedaba a nuestra izquierda—, esa es mi casa. Habría sido muy fácil limpiarte la ropa ahí.

Observé el espléndido *palazzo*, con sus ventanas de estilo morisco y fantasiosa ornamentación. «No habría sido tan fácil», pensé, pero no me atreví a abrir la boca. Sospechaba que tal vez Leo no era quien afirmaba, pero me parecía guapísimo y tenía una sonrisa maravillosa. Y me estaba llevando a casa. Lo que ya no tenía tan claro era si iba a dejar que los gatos se ahogasen en cuanto me fuera.

Avanzamos lentamente, sorteando las góndolas y barcazas hasta llegar a un canal estrecho que conducía a mi pensión.

—Tienes que enseñarme tus dibujos antes de que nos despidamos. ¿Puedo? Espero que no se te haya mojado el cuaderno.

—No he dibujado mucho —dije sacando el cuaderno de la bolsa un poco a regañadientes, ya que no me entusiasmaba la idea de mostrarle a nadie mis dibujos. Sin embargo, antes de que me diera cuenta, él ya había empezado a pasar las páginas.

—No está nada mal —afirmó—. Creo que tienes un don. El modo en que has plasmado a la gente de la plaza... Me parece gracioso.

Pensé que lo decía porque me había equivocado en la perspectiva, pero prosiguió.

—¿Has estado en la Biennale? Si estudias arte, es un lugar de visita obligada.

—¿Qué es?

Frunció el ceño.

—¿No has oído hablar de la Biennale? Es una enorme exposición de arte que se celebra en los jardines. Participan varios países con su propio pabellón, en el que exponen las obras más destacadas de arte moderno. Te encantaría.

—Se lo diré a mi tía.

—No me importaría acompañarte.

Me mordí el labio inferior.

—¿Cómo es posible que tengas tanto tiempo libre? —pregunté.

Leo se encogió de hombros.

—Acabo de licenciarme en la universidad de Padua y en otoño empezaré a trabajar en el negocio familiar, por eso puedo permitirme estos lujos ahora. Entonces, ¿dejarás que te muestre la Biennale?

—Le preguntaré a la tía Hortensia si podemos ir, pero temo que no acepte tu oferta para hacernos de guía porque está convencida de que su deber es protegerme a toda costa de todo y de todos.

Mis palabras le arrancaron una sonrisa.

—Mi corazón es inmune al mal cuando se halla en presencia de una tía tan formidable como la tuya.

Yo también sonreí.

—En verdad es formidable.

Nos detuvimos junto a los escalones que conducían al jardín de la pensión y le rocé la manga.

—¿Te importaría parar un poco más adelante? Preferiría que no me viera nadie bajando de una lancha con este aspecto.

—De acuerdo. —Aceleramos un poco y nos acercamos a unos escalones que había un poco más adelante—. ¿Cuándo volveré a verte? ¿O es que no quieres que nos veamos más?

—Claro que sí —respondí con un entusiasmo algo exagerado—. Pero solo nos quedan dos días más en Venecia antes de irnos a Florencia. Le preguntaré a la tía Hortensia por la Biennale. A lo mejor me da permiso. O a lo mejor mañana todavía no se ha recuperado y pueda pasar el día sola.

—Fantástico. En tal caso, espero que tarde un día más en recuperarse. Tengo muchas cosas que enseñarte de la ciudad.

Se agarró con fuerza al poste que había junto a los escalones, me ayudó a desembarcar y me dio la bolsa.

Miré la caja de gatos.

—¿Me prometes que no los tirarás otra vez al agua cuando me vaya? ¿Me lo juras por tu vida?

—¿Cómo? —preguntó—. ¿Quieres que me muera?

—¿Qué? No, es una expresión que utilizamos para prometer algo.

—De acuerdo, te lo prometo. Pero no pienso morirme. Voy a vivir muchos años y disfrutaré de una existencia maravillosa.

Me quedé junto al canal, mirándolo, y me pregunté si volvería a verlo.

—Estaré aquí a las diez de la mañana. Listo para acompañaros a ti y a tu tía a la Biennale.

Le dediqué una gran sonrisa.

—De acuerdo.

—*Ciao*, Julietta.

—*Ciao*, Leo.

Aceleró y se alejó con la lancha.

Capítulo 3

Juliet
Venecia, mayo de 1928

Por suerte, me crucé con la dueña de la pensión al entrar en el vestíbulo. En cuanto me vio levantó las manos horrorizada.

—*Cara signorina*, ¿qué ha ocurrido?

—Me he caído a un canal —confesé.

—*Dio mio! Subito*. A quitarse la ropa y a lavarse.

Me metió en un baño, llenó la bañera y me ayudó a desnudarme, chasqueando la lengua. Me hizo entender que se encargaría de lavar el vestido y la ropa interior. Los tiró en un cesto y me trajo una toalla grande y una bata. Yo me sumergí en el agua caliente, sonriendo al pensar en Leo. Durante toda mi vida siempre había soñado con enamorarme de alguien. Todos esos años en la escuela femenina, sin relacionarme con chicos… Los únicos hombres que había eran los jardineros, que ya habían cumplido los ochenta años. Pero por fin había ocurrido. Un chico maravilloso quería verme de nuevo y suspiré de felicidad.

La tía Hortensia estaba leyendo cuando entré de puntillas en la habitación. Me miró asombrada.

—¿Te has bañado? No he oído el agua.

—La dueña me la ha preparado abajo. Me temo que he tenido un pequeño accidente… y me he caído en un canal.

—¡Juliet! Te dejo sola una vez y casi te ahogas. ¿En qué pensabas?

—No he estado a punto de ahogarme —dije. Respiré hondo y repasé la frase mil veces antes de pronunciarla—. Estaba intentando dibujar un tejado muy bonito, pero me incliné demasiado hacia delante, perdí el equilibrio y caí al canal. Por suerte apareció un hombre muy amable que me rescató y me ha traído a casa en su lancha.

—¿Te has subido a la embarcación de un desconocido?

—Necesitaba que alguien me ayudara a salir del agua, porque no había escalones en la orilla. Además, era mejor eso que volver empapada y como una mamarracha.

La tía suspiró.

—Bien está lo que bien acaba. Aunque supongo que has perdido el cuaderno, ¿no?

—Logré lanzarlo a la acera antes de caer —respondí improvisando—. De modo que, como has dicho, bien está lo que bien acaba. Además, el joven que me ha rescatado estudió en un internado inglés.

—¿De verdad? ¿En cuál?

—Ampleforth.

Resopló.

—Una escuela católica.

—Bueno, sí. Considerando que es italiano, resulta lógico que sea católico. Pero es de buena familia. Tienen un *palazzo*. Y me ha hablado de la Biennale. ¿La conocías? Es un gran festival artístico con pabellones de muchos países.

—Arte moderno. —Me fulminó con la mirada—. Miró, Picasso y toda esa panda de zarrapastrosos. Espero que no te enseñen nada de eso en la escuela de arte. Cualquiera puede manchar un lienzo como hacen ellos y llamarlo arte. Hasta un chimpancé pintaría mejor.

—Pero ¿no podemos ir a verla? El chico que me ha salvado se ha ofrecido a hacernos de cicerone.

—Ni hablar. No es ese el arte que quiero que veas y, además, me parecería de lo más inadecuado que te acompañara un desconocido. Tu padre diría que me he desentendido de mis obligaciones.

—Es de muy buena familia —insistí—. Me ha mostrado su casa, o *palazzo*, más bien. Es precioso. Está junto al canal, frente al Palacio Gritti. Es de mármol de colores.

Mi tía lanzó un suspiro.

—Me temo que ese joven te ha contado un cuento, querida. Si no me equivoco, estás describiendo el Palazzo Rossi.

—¡Eso! Me ha dicho que se llamaba no sé qué Rossi.

—Hmmf... —Soltó una risita condescendiente—. No lo creo. —Me dio una palmadita en el brazo—. Mira, tú eres muy joven e inexperta. Lo que ha debido de ocurrir es que ese muchacho estaba haciendo un recado con la barca de su patrón y ha intentado impresionar a una chica extranjera. Sea como sea, da igual. No me parece bien que vuelvas a verlo.

—Me ha dicho que vendría a recogerme mañana a las diez. ¿No puedo al menos decirle que no podré acompañarlo? Me parecería de mala educación hacerlo esperar por nada.

—Si es que aparece —dijo en tono burlón—. Seguro que al final resultará que su jefe no le presta la lancha y serás tú a quien den plantón.

—¿Podría intentarlo, al menos?

—Será mejor que no. Además, mañana quería ir a Murano si ya me he recuperado un poco.

Estaba claro que no iba a ganar la discusión, pero no soportaba la idea de dejar plantado a Leo y que pensara que había sido una maleducada. Entonces tomé una decisión: arranqué una página del cuaderno y escribí: «Lo siento, Leo. Mi tía no ha dado el brazo a torcer y no me permite que te vea de nuevo. Gracias por salvarme la vida. Nunca te olvidaré. Tu Julieta».

A la mañana siguiente madrugué, bajé y clavé la nota (dentro de un sobre que había robado con el membrete del hotel) en el poste de madera que se utilizaba para amarrar góndolas frente a la pensión. La tía Hortensia parecía haber recuperado por completo la salud. Desayunamos y encontramos una barca que nos llevó a Murano. En todo el trayecto no hice más que pensar si Leo habría visto mi nota y sentí una punzada de arrepentimiento.

Los talleres de los vidrieros resultaron muy interesantes, a pesar del calor, y la tía Hortensia y yo salimos de la fábrica y sus hornos candentes con la cara roja.

—Creo que ya basta por hoy —dijo, arrastrándome hacia la barca.

A mí me habría gustado curiosear en la tienda y comprarme tal vez un elegante collar de cuentas de cristal, pero la tía afirmó de manera contundente que los precios le parecían desorbitados y que era mejor que probara en los tenderetes que había junto al puente de Rialto, donde siempre se podía regatear.

En el trayecto de vuelta, nos detuvimos en una isla llamada San Michele.

—*Ecco San Michele!*—exclamó la tía mientras nos acercábamos.

—¿También vamos a bajar aquí? —pregunté.

—No, por favor. Es un cementerio.

A medida que nos aproximábamos, vi que la isla estaba llena de tumbas de mármol blanco y de unas casitas, con ángeles en el tejado. Me pareció un buen lugar para pasar la vida eterna.

—Ahora entiendes por qué elijo siempre esta pensión —dijo la tía al regresar de la excursión, a punto de disfrutar del vaso de limonada que nos habían servido—. El culmen de la civilización es poder sentarse a la sombra en un jardín como este y recuperarse del esfuerzo del día.

Al cabo de un rato subió a descansar y yo aproveché la ocasión para ir hasta el lugar donde había dejado la nota. Por suerte, no estaba. Al menos ya sabía que no le había dado plantón. Pero entonces caí en la cuenta de que no volvería a verlo nunca más, lo que supuso un duro golpe. Jamás volvería a ver cómo le brillaban los ojos o se le iluminaba la cara al reír. De pronto aquello se me antojó casi insoportable.

Cuando la tía Hortensia hubo descansado un rato, cruzamos el puente de la Academia, los cincuenta y dos pasos de un lado y los cincuenta del otro, para visitar la famosa escuela.

—Es una academia como a la que asistirás tú a partir de septiembre y acoge una de las mejores colecciones de pintura de todo el mundo —me dijo la tía.

Miré a mi alrededor con la esperanza de ver a algunos estudiantes, pero nos fuimos directas a la entrada del museo. Como ya me había sucedido en el Palacio Ducal, me sentí abrumada por las dimensiones y la opulencia de las obras expuestas: un sinfín de vírgenes, santos agonizando y papas coronados. Estaba convencida de que me habría gustado mucho más la Biennale de arte moderno. No obstante, debía admirar el vigor de la tía Hortensia, que avanzaba elogiando y comentando cada cuadro.

Luego nos dirigimos al puente de Rialto y al mercado. La tía Hortensia me dio permiso para hacer un pequeño dibujo mientras ella tomaba un café junto al Gran Canal. Disfruté de lo lindo dibujando el mercado con sus puestos de frutas y verduras, las campesinas con sus largas faldas y los elegantes hombres de bigote negro. El mercado de pescado no me gustó tanto. El olor era tan intenso que no me recreé. Regresé junto a la tía, que me ofreció un helado. Había una gran variedad de sabores, muchos desconocidos, como el pistacho y la stracciatella.

La tía Hortensia era una de esas mujeres victorianas dignas de admiración. A pesar del ajetreo del día, no mostró signos de cansancio en el camino de vuelta a la pensión. Le propuse tomar un *vaporetto* porque yo sí que estaba agotada, pero replicó que siempre iban muy llenos de gente y que no le apetecía restregarse contra un italiano.

—A la mínima te pellizcan el trasero —me susurró escandalizada e intenté reprimir la sonrisa.

Al final llegamos a la pensión y nos cambiamos para cenar. Tomamos risotto de setas porque la tía quería algo que no le sentara mal al estómago. Estaba muy bueno, como el pastel de crema de postre y me dio permiso para tomar una copa de vino blanco de la zona llamado Pinot Grigio. Charlamos con otros huéspedes o, más bien dicho, la tía Hortensia charló con ellos mientras yo escuchaba y lamentaba no poder salir a disfrutar de las maravillosas vistas y sonidos de la ciudad. En torno a las diez, nos fuimos a la cama.

La tía Hortensia se quedó dormida de inmediato, mientras yo escuchaba la música lejana. Estaba a punto de cerrar los ojos cuando oí un ruido en las contraventanas. Me levanté. ¿Era el viento? No había corriente. Otra vez el ruido. Abrí los postigos y miré a la calle.

—Julietta. Aquí —dijo alguien en un susurro.

Ahí estaba en su barca, bajo mi ventana.

—Ven —murmuró, extendiendo los brazos—. Yo te ayudo.

—Voy en camisón —repliqué con el corazón acelerado.

—Ya veo —dijo con una sonrisa pícara—. Venga, vístete y baja.

No podía creerme lo que estaba haciendo. Me vestí, sin dejar de vigilar a mi tía mientras forcejeaba con los botones. Puse la almohada de modo que pareciera que había alguien durmiendo y me asomé a la ventana. Había una altura considerable y me entraron las dudas, pero Leo levantó los brazos de nuevo y me ayudó a bajar a la barca agarrándome de la cintura.

—Ya podemos irnos —dijo.

—Los postigos. —Miré hacia atrás y vi que estaban medio abiertos.

Se puso de puntillas en el borde de lancha y los cerró.

Nos apartamos de la acera con un remo y avanzamos lentamente por el canal hasta encontrarnos a una distancia prudencial que nos permitiera arrancar el motor y perdernos en la noche.

Cuando nos detuvimos en el Gran Canal, nos miramos y se me escapó una risa nerviosa. No podía creer que me hubiese atrevido a cometer semejante osadía. Yo, que siempre había sido una niña buena. Leo también se rio.

—¿Adónde vamos? —pregunté.

—Ya lo verás —respondió sin dejar de sonreír.

Por un instante me pregunté si me había secuestrado. En la escuela corrían muchas historias sobre el tráfico de esclavos blancos y, como decía la tía Hortensia, yo era muy inocente. Sin embargo, Leo no tenía mucha pinta de dedicarse a la trata de personas.

—Bueno, ¿cómo están mis gatitos? ¿A salvo?

—Muy felices. Últimamente hemos tenido problemas de ratas en nuestra finca del Véneto, por lo que la cocinera ha decidido llevárselos para alimentarlos hasta que crezcan y puedan convertirse en auténticos depredadores.

Lancé un suspiro de alivio porque quería creerlo. No tenía ningún tipo de experiencia con chicos u hombres, menos aún con hombres extranjeros. Quería confiar en él. Además, se había ofrecido a llevarme a mí y a mi tía a una feria de arte. Eso tenía que significar por fuerza que era una persona de confianza, ¿no?

Llegamos al final del Gran Canal, donde desembocaba en la laguna. A la derecha se alzaba una iglesia con la cúpula blanca. Las luces de la ciudad rielaban en el agua. A pesar de lo tarde que era, había mucha gente paseando y la música y las risas flotaban en el ambiente. Por un momento deseé que me llevara de fiesta, pero enseguida me di cuenta de que no iba vestida para la ocasión. Aun así, llegamos hasta la plaza de San Marcos y seguimos avanzando hasta que ya no hubo más edificios a nuestra izquierda. Tampoco había gente. Reinaba una oscuridad absoluta y me invadió una gran inquietud.

—¿Adónde vamos? —pregunté con voz temblorosa.

—Quería llevarte a la Biennale —dijo—. Por desgracia, no está abierta de noche, pero puedo mostrarte dónde se celebra. Aquí están los *Giardini*, los jardines de la ciudad. Es mi lugar favorito.

Acercó la lancha hasta un embarcadero, bajó, la amarró con agilidad y me tendió una mano. Cuando desembarqué, él se inclinó y sacó una cesta.

—¿Qué es eso? —le pregunté.

—Quería que disfrutaras de una buena comida durante tu estancia aquí. Y como sé que tu tía no me permitirá llevarte al restaurante, tendremos que conformarnos con un pícnic. Ven, te enseñaré mi rincón preferido.

—¿Un pícnic? No sé si te has dado cuenta, pero ya está oscuro.

—¿Hay alguna ley que prohíba los pícnics tras la puesta de sol? Que yo sepa, no.

Me tomó la mano y me embargó una sensación maravillosa. Supe al instante que con él estaba a salvo. Los senderos del jardín discurrían sinuosos entre magníficos árboles antiguos y arbustos, algunos en flor. De vez en cuando había alguna farola que alumbraba lo justo para ver por dónde debíamos seguir avanzando. Nos cruzamos también con otras parejas y con una anciana que paseaba a su perro. ¡Venecia era una ciudad noctámbula!

—¿Ves eso que hay detrás de los árboles? —Señaló—. Es el pabellón alemán. —Se trataba de un edificio blanco con unas columnas de templo clásico—. Y el de allí es el inglés. Están todos repartidos por aquí. Es una pena que no podamos entrar. Tendremos que conformarnos con las obras expuestas en los jardines.

Se detuvo junto a la efigie de un dios griego que no se encontraba en muy buen estado a pesar de haber pasado tantos años a la intemperie, sometida a las inclemencias de la lluvia y la sal. Una enredadera rodeaba el pedestal y había arbustos a ambos lados.

—Es mi estatua favorita —dijo, acariciándole el brazo como si estuviera viva.

—¿Es griega de verdad?

—Napoleón la instaló aquí al crear los jardines. No sé si procede de Grecia o si la hicieron especialmente para este lugar. No es la única, hay varias más por los jardines.

—Pues tiene cara triste —afirmé, observando el rostro barbudo.

—Tú tendrías la misma cara si la sal del mar te estuviera corroyendo —replicó Leo, acariciando los muñones en que se habían convertido los dedos—. Pero ¿sabes qué me gusta también? Este árbol que hay aquí detrás. Creo que lo llaman plátano. De pequeño construía cabañas entre el árbol y la estatua. Me escondía y me imaginaba que estaba en una isla desierta, solo, y que podía espiar a la gente que pasaba por ahí.

—Yo también construía escondites en el jardín trasero de casa. Y me imaginaba que era un conejo o una ardilla.

Le dio una última palmada a la estatua.

—Tendrías que volver para dibujar a mi amigo. Le encantaría aparecer en tu cuaderno.

—No sé si la tía Hortensia dará su consentimiento. Está desnudo.

—Seguro que te lo dará para visitar los jardines. A los ingleses os encantan los jardines, ¿verdad?

—Solo nos queda un día más en la ciudad.

—Pero volverás cuando seas una artista de fama mundial.

No pude reprimir la sonrisa al oír sus palabras.

—Cuando veo las obras de arte que hay en esta ciudad me deprimo, porque me doy cuenta de que nunca alcanzaré este nivel.

—Pero estas obras pertenecen al pasado. Habrás visto lo que hacen Picasso, Dalí y Miró, ¿verdad? Han roto todas las reglas. Pintan el mundo como lo ven. Lo que tienen en el corazón. Eso es lo que debes hacer.

—Eso espero. Me gusta pintar y hacer bocetos, y mi padre ha sido muy generoso al pagarme la escuela de Bellas Artes.

—¿A qué se dedica tu padre?

Puse una mueca.

—Lo hirieron en la Gran Guerra —dije—. Lo gasearon y los pulmones le quedaron en muy mal estado. Durante un tiempo intentó regresar a su trabajo en la ciudad, pero últimamente no puede hacer gran cosa. Heredó una pequeña fortuna de su familia y sobrevivimos gracias a eso. Se dedica a invertir y creo que le va bien. Yo he estudiado en un internado y mi hermana empezará dentro de poco.

—¿Tienes hermanos?

—Solo una hermana, pero es mucho más pequeña. Por culpa de la guerra, ya sabes. —Hice una pausa—. ¿Y tú? ¿Tienes hermanos?

—Bueno, soy el único varón, pero tengo dos hermanas. Una ingresó en un convento y la otra se casó y se dedica a producir bebés con cierta regularidad, como hacen las buenas esposas italianas.

—¿Te habría gustado tener un hermano?

—Pues claro. Un hermano mayor, a ser posible. Así él habría asumido la dirección del negocio familiar y yo habría podido hacer lo que me hubiera venido en gana con mi vida.

—¿Y qué habrías hecho?

—Viajar por el mundo. Coleccionar obras de arte. Tal vez habría abierto una galería. O habría escrito obras de teatro. Si algo me sobra son ideas poco prácticas de las que nunca podré sacar provecho. Mi padre es un hombre muy poderoso. Tenemos una compañía naviera y nos dedicamos al comercio desde la época de Marco

Polo. Además, mi padre es buen amigo de Mussolini, por lo que...
gozamos de un trato especial.

—Entonces, ¿es verdad que eres muy rico?

—Eso me temo.

—¿Y no te gusta? Sé que mi familia vivía mejor antes de que
mi padre enfermara. Viajaban por toda Europa y mamá encargaba
todos sus vestidos en París. Ahora se los confecciona la señora Rush,
la modista del pueblo, que nos hace la ropa a todos, como podrás ver.

—En mi opinión estás guapísima.

Me detuve, sonrojada, sin saber cómo asimilar el cumplido.
Me costó una barbaridad reunir el valor necesario para formular la
siguiente pregunta.

—Leo, dices que eres rico y es obvio que eres muy guapo. ¿Por
qué pierdes el tiempo con una chica como yo?

Estábamos bajo una farola y lo vi sonreír.

—Porque tienes algo especial. No eres como las demás chicas
que conozco, que están hartas y aburridas de la vida que llevan y
solo quieren que me gaste dinero en ellas. Tú..., tú tienes ganas de
vivir la vida. Quieres descubrir lo que puede ofrecerte.

—Así es. Ahora que estoy aquí, quiero viajar, conocer mundo.
Ser una mujer libre e independiente.

En cuanto pronuncié esas palabras, me di cuenta de que preci-
samente eso era lo que quería. Hasta entonces apenas había pensado
en mi futuro, más allá de la escuela de Bellas Artes, pero ahora que
había disfrutado de Venecia, sabía que existía otro mundo, grande
y maravilloso, y que quería conocerlo. Si algo tenía claro era que no
deseaba que mi vida quedara reducida a lo que podía ofrecerme un
remilgado pueblo de la campiña inglesa.

—¿No quieres casarte?

—Tal vez algún día. —Me ruboricé de inmediato y me alegré
de que reinara la oscuridad—. Pero no lo haré hasta que sepa quién
soy y qué quiero.

Seguimos avanzando por un camino de grava sumido en la oscuridad, entre las siluetas fantasmales de los edificios y los altos árboles que nos rodeaban. Nos detuvimos de nuevo.

—Quizá tu arte debería parecerse más a esto —dijo Leo, y vi la silueta de otra estatua frente a nosotros, una gigantesca obra de metal, un caballo encabritado, tal vez, pero deformado y con una estética general que resultaba algo inquietante.

—Es de un artista alemán moderno. Una de las figuras más prometedoras.

—No creo que me interese crear una obra tan aterradora como esta —me disculpé—. Me gusta la belleza.

—Cómo no. ¿Cuántos años tienes? ¿Dieciocho?

Asentí.

—A los dieciocho, a todos nos gusta la belleza y tenemos grandes planes de futuro. —Hizo una pausa—. Ah, ya estamos. Este es el lugar del pícnic.

Habíamos llegado a una pequeña zona de césped, rodeada de arbustos por tres lados y con vistas a la laguna por el cuarto. A lo lejos, brillaban las luces.

—Es el Lido. Nuestra playa. Hay unas casas y unos jardines preciosos. Tienes que ir a bañarte.

—No he traído bañador —me excusé—. Creía que solo iríamos a ver iglesias y galerías de arte. Y recuerda que solo estaremos un día más.

Leo asintió.

—Entonces tendrás que volver cuando seas una mujer independiente.

—Eso espero.

Extendió una manta sobre el césped.

—Siéntate —me dijo.

Obedecí. Él se arrodilló junto a mí, abrió la cesta y sacó varias fiambreras, que dispuso con orgullo.

—Quesos. Bel Paese, pecorino, gorgonzola y mozzarella, que debes comer con tomate. —Los fue señalando a medida que los dejaba sobre una tabla de madera—. Aquí están los salamis, el *prosciutto* y las aceitunas. Y el pan. Y el vino. Y los melocotones de la finca familiar. Ya ves que no vamos a pasar hambre.

Sirvió dos copas y me ofreció una. Tomé un sorbo de un vino intenso, cálido y con un toque afrutado. Ya había cenado, era muy tarde, pero me puse a comer como si no hubiera probado bocado desde hacía días.

—Hmm —fue lo único que pude decir.

Leo asintió con una sonrisa y me observó con deleite, como si fuera un brujo que acabara de realizar un hechizo espectacular.

Soplaba una brisa fresca proveniente del Adriático, pero el vino me hizo entrar en calor enseguida. Tomé un mordisco de melocotón y el jugo me corrió por la barbilla.

—Oh. —Me sequé avergonzada—. Nunca había probado un melocotón tan jugoso.

Leo se rio.

—Estos son frescos, los he cogido hoy mismo.

Estiró el brazo y me secó el mentón con la yema de los dedos. Fue un simple roce, pero el contacto me provocó una mezcla de excitación e inquietud. Acabamos de comer y Leo me llenó de nuevo la copa.

Me tumbé en la hierba para observar las estrellas. Me embargaba una sensación de felicidad tan intensa como nunca había sentido.

—Dime una cosa, ¿alguna vez te han besado? —me preguntó Leo.

—Nunca. Bueno, solo mis familiares, claro. —Iba a besarme. Era el final perfecto para una velada perfecta. El corazón me latía desbocado.

—Pues tienes suerte de que vaya a ser yo quien te dé el primer beso. Se me da muy bien.

Antes de que pudiera añadir algo más, se inclinó sobre mí y me plantó un beso en los labios. No fue un beso delicado, como había leído en los libros. Sentí la calidez de su boca, el peso de su cuerpo sobre el mío y un irrefrenable arrebato de deseo que jamás habría imaginado que poseía. No quería que parase, pero de pronto se incorporó.

—Creo que será mejor que me comporte como un caballero y pare ahora mismo. Debería llevarte a casa.

Se puso a recoger el pícnic y yo lo observé confundida. ¿Acaso no le había gustado? ¿Lo había decepcionado de algún modo? ¿No era lo bastante bueno para él? Sin embargo, no me atreví a preguntárselo.

Me ayudó a ponerme en pie y echamos a caminar en silencio, esta vez por la orilla de la laguna, en lugar de seguir los senderos de madera. Llegamos a la lancha y me ofreció una mano para subir. Arrancó el motor y nos alejamos a toda velocidad, mucho más rápido que en el trayecto de ida, dejando una gran estela a nuestro paso y sintiendo el azote del viento en nuestro rostro.

En un abrir y cerrar de ojos llegamos al Gran Canal. Leo aminoró la marcha para sortear las góndolas.

—Debo confesarte algo —dijo cuando ya estábamos a punto de llegar a la pensión—. Creía que debía ser caballeroso con una chica como tú, una turista de paso por la ciudad. Que debía darle a probar los placeres de la pasión. Pero cuando te he besado… me he dado cuenta de que o paraba entonces o no habría habido marcha atrás. Te deseaba. Y tú también a mí. ¿No es cierto?

En ese instante me alegré de que la penumbra ocultara el rubor de mis mejillas. La tía Hortensia habría confiado en que yo dijera que este tipo de conversaciones con un hombre eran del todo inaceptables, pero, por algún motivo, me resultaba muy fácil hablar con Leo. Presa de una curiosa mezcla de vergüenza y asombro, supe que habría preferido que no parase.

—Ignoraba que existieran sentimientos tan intensos como estos —confesé—. Creía que sería simplemente algo agradable y bonito, sin más.

—¿Y no ha sido bonito?

—Ha sido algo más que bonito. Ha sido... abrumador. Como si estuviéramos solos en el mundo.

—Creo que llegarás a ser una mujer fascinante —dijo—. A la mayoría de las chicas les da miedo que las toque un chico. Creen que si lo hacen tendrán que confesarse con un cura. Al menos la Iglesia de Inglaterra os ha ahorrado todo eso.

Nos acercábamos a la pared lateral de la pensión, cuando, de pronto, tomé plena conciencia del momento que estaba viviendo: a buen seguro no volvería a verlo jamás.

—Tal vez mañana también esté libre la lancha. Si es así, podríamos ir a bailar. Siempre que tengas el vestido adecuado.

—No creo que haya traído nada conveniente. Al menos para el tipo de sitios que sueles frecuentar.

—Aun así, vendré. Quiero verte de nuevo. Esto no es una despedida, ¿verdad?

—Espero que no.

Apagó el motor y dejó que la lancha se deslizara lentamente, hasta situarse debajo de la ventana. Entonces se levantó y abrió los postigos. Me ayudó a encaramarme a la pared, de un modo muy poco elegante, y regresé a mi habitación.

La tía Hortensia dormía como un tronco, roncando con la boca abierta. Miré por la ventana y le hice un gesto con el pulgar. Leo sonrió, se despidió y se alejó. Yo lo observé hasta que desapareció en el Gran Canal. Entonces me desvestí, me metí en la cama y me quedé mirando el techo después de lanzar un suspiro de felicidad.

Capítulo 4

Juliet

Venecia, mayo de 1928

Al despertarme por la mañana, me pregunté si lo que había ocurrido la noche anterior había sido un sueño. Una cosa estaba clara: mis amigas de Inglaterra no me creerían cuando se lo contara. Ojalá tuviera una fotografía de Leo para mostrarles lo guapo y arrebatador que era. Si podía verlo esa noche, le daría mi dirección de casa y le pediría que me mandase una foto. ¡Me había convertido en una chica intrépida y audaz!

La tía Hortensia salió del cuarto de baño.

—¿Adónde iremos hoy? —le pregunté.

—Creo que al Museo Correr —respondió—. Y tal vez a la iglesia de San Jorge. Como es el último día, podríamos ir a curiosear a las tiendas del Puente de Rialto. Creo que querías comprar cristal veneciano, ¿verdad?

Asentí con un gesto firme. Me duché, me vestí y me cepillé el pelo, pero me di cuenta alarmada que tenía briznas de hierba seca en la nuca. Por suerte la tía Hortensia no las había visto. Me cepillé deprisa y corriendo y bajamos a desayunar. En cuanto llenamos los platos de panecillos, jamón y queso, justo antes de tomáramos asiento bajo un parasol, apareció la dueña, que llamó a la tía Hortensia y le hizo una seña para hablar con ella. Yo me senté y empecé a desayunar, sin imaginarme la que estaba a punto de caerme encima. Al cabo de unos minutos, regresó la tía, con el rostro encendido por la ira.

—Deja eso y acompáñame, Juliet.

Me levanté y la seguí a un salón vacío.

—¡Eres perversa! ¡Me has deshonrado a mí y a toda tu familia!

Abrí la boca, pero no me dejó decir nada.

—Anoche te vieron entrando por la ventana de la habitación, gracias a la ayuda de un joven. Imagino que se trata del mismo chico que te rescató del canal. ¿Se puede saber en qué estabas pensando? ¿Es que te has vuelto loca?

—No ocurrió nada —me disculpé, aunque era obvio que algo sí había ocurrido—. Leo es un joven de buena familia. Me mostró los jardines y los pabellones donde se está celebrando la Biennale, nada más.

—Me desobedeciste. Traicionaste mi confianza. ¿Dices que no pasó nada? ¿Es que no te das cuenta de que en Italia ninguna joven puede salir sola, sin carabina, hasta que se casa? Salta a la vista que a ese joven no le importaba un comino tu reputación. Creía que eras una presa fácil, porque te aseguro que no es así como se habría comportado con una chica italiana de buena familia. Tienes suerte de que no te ocurriera algo horrible. Sé que ignoras lo malvados que pueden ser los hombres, pero tendrías que haber sido consciente del riesgo que estabas corriendo. ¿A solas con un joven en plena noche? —Me amenazó con un dedo—. Si pudiera, te enviaría de vuelta a Inglaterra hoy mismo. Es lo que mereces. Pero no quiero disgustar a tu padre, y menos aún teniendo en cuenta su delicado estado de salud. De modo que seguiremos con el viaje, pero nos vamos de Venecia ahora mismo.

—¿Ahora mismo? —balbuceé—. No, por favor. No lo entiendes. No ocurrió nada de lo que crees. Es un chico muy educado. ¿Por qué no me dejas que te lo presente y así podrás comprobarlo por ti misma?

—De inmediato, Juliet —insistió con gesto impertérrito—. Sube a hacer la maleta.

Las lágrimas acudieron a mis ojos.

—Al menos déjame escribirle una nota.

Me fulminó con la mirada.

—Una dama jamás muestra sus emociones en público. Has decepcionado no solo a tu familia, sino a tu país. —Hizo una pausa para recuperar el aliento—. Nos iremos a Florencia un día antes y, a partir de ahora, no nos separaremos en ningún momento hasta que te devuelva a casa de tus padres. ¿Te ha quedado claro?

—Sí, tía Hortensia —murmuré.

Poco más podía añadir yo a todo lo dicho. Entendí entonces el estúpido riesgo que había corrido. Si Leo hubiera querido abusar de mí, yo no podría habérselo impedido. Tal vez esa fuera su intención, disfrutar de una conquista fácil. Una joven inglesa inocente. Sin embargo, también era cierto que él mismo se había contenido. Me había tratado con respeto.

Acabamos de desayunar en silencio y subimos a la habitación a preparar la maleta. Intenté pensar en cómo podía dejarle una nota a Leo para explicarle por qué no podía verlo de nuevo, pero la tía Hortensia no me dio oportunidad alguna. Subimos a la góndola que nos estaba esperando y nos dirigimos a la estación de ferrocarril. Sentí que el corazón se me hacía añicos al pasar junto a los palacios, uno detrás de otro. No volvería a ver algo tan bonito. Pero entonces me hice una promesa. Me dejaría la piel estudiando, me convertiría en una artista famosa y de ese modo podría viajar por el mundo. «Un día —me prometí—, un día volveré».

Esa noche, instaladas ya en el nuevo hotel con vistas al Arno de Florencia, me senté junto a la ventana y dibujé un boceto de Leo, antes de que su imagen se desvaneciera de mi memoria. No sé muy bien cómo logré capturar ese pelo alborotado, su sonrisa pícara, sus ojos brillantes… pero ahí estaba él, sonriéndome desde el cuaderno.

CAPÍTULO 5

Caroline
Inglaterra, marzo de 2001

El año 2001 no estaba siendo muy propicio para Caroline Grant, aunque había arrancado con optimismo y buenas expectativas. Josh había visto un artículo en una revista de moda en el que se hablaba de un concurso para nuevos diseñadores en Nueva York.

—Debería presentarme, ¿no te parece? —preguntó, mirándola, con el rostro iluminado y lleno de esperanza—. Podría ser mi gran oportunidad. Lo que estábamos esperando.

—¿Nueva York? —preguntó Caroline, incapaz de dejar de lado su sensatez—. ¿No crees que será muy caro? Tendrías que quedarte ahí una buena temporada.

—Pero valdrá la pena, Cara. Piensa que si gano lo habremos conseguido. Y si no gano, al menos se fijarán en mí. Podría recibir alguna oferta y crear mi propia línea.

Posó las manos en sus hombros y se los estrechó con fuerza.

—No puedo seguir así mucho más. Trabajando para otra persona, diseñando camisas blancas, por el amor de Dios. Me estoy muriendo por dentro. Se me encoge el alma cada vez que lo pienso. ¿Es que no lo ves?

—¿Y yo? ¿Qué pasa conmigo? —le dieron ganas de preguntar—. ¿Crees que tengo el trabajo con el que soñaba cuando estudiaba en la escuela de arte? Tenía tanto talento como tú. Sin embargo, fuiste tú quien consiguió el trabajo en una casa de modas... y yo la que me quedé embarazada.

Había conocido a Josh el primer día del curso de diseño de moda en St. Martin's. Él era un alumno audaz, con el pelo negro y largo, capa y unos ojos arrebatadores. Nada que ver con los chicos aburridos que había conocido en los bailes de la escuela.

Caroline se quedó pasmada cuando él se sentó a su lado en clase, le susurró algo irreverente al oído y, más tarde, le propuso ir a tomar un café juntos. Desde entonces habían sido inseparables. Ella enseguida vio que Josh tenía un enorme talento, pero le faltaba autocontrol y era un poco exagerado. Los profesores decían que Caroline también poseía un gran talento, que dominaba la línea y el color; le auguraban, en resumen, un gran futuro. Sin embargo, el día de la graduación descubrió que estaba embarazada.

Josh le había declarado su amor y le había asegurado que saldrían adelante «como un equipo». Y se casaron de inmediato. Él empezó a trabajar en una casa de moda comercial, diseñando para el gran público. Cuando Teddy nació, ella se quedó en casa, hasta que las penurias económicas la obligaron a buscar trabajo. Y lo encontró, como ayudante de la directora de una revista para mujeres. Estaba sobrecualificada para el puesto, pero al menos le permitía pagar las facturas.

—Míranos —prosiguió Josh—. A duras penas podemos permitirnos un piso en Londres, no podemos ahorrar para comprar una casa ni pagarle una buena escuela a Teddy. Tú no heredarás nada de tu familia y yo tampoco. Todo depende de mí, Cara. Tengo que hacerlo, aunque ello me obligue a pedir un préstamo al banco.

Ella sabía que, en el fondo, tenía razón. En ese momento se limitaban a sobrevivir y Josh cada vez estaba más frustrado con la vida doméstica. Y poco después se fue. Las llamadas desde Nueva York rozaban la euforia desmesurada. A los jueces del concurso les encantaban sus diseños. ¡Era finalista! Pero luego... quedó en segundo puesto. Caroline estaba convencida de que la decepción haría mella en él y que cuando volviera a casa tendría que consolarlo. Sin embargo, la llamada que recibió al día siguiente la pilló totalmente desprevenida.

—¿A que no adivinas lo que me ha pasado? No lo acertarías ni en un millón de años. Es un milagro...

—Dímelo ya, por el amor de Dios —lo interrumpió.

—¿Conoces a la cantante Desiree?

—¿La estrella pop con un estilo para la moda algo extravagante y un peinado aún más estrafalario?

—Resulta que en persona es una mujer magnética y muy generosa —se apresuró a añadir él—. Pero bueno, la cuestión es que estuvo en el desfile y quiere que diseñe el vestuario de su próxima gira. ¿Te lo puedes creer? Quiere que me quede en Nueva York una temporada para que colaboremos en los diseños —explicó. Caroline no dijo nada—. ¿Estás ahí? Venga, di algo. ¿Es que no te alegras por mí?

—Claro que me alegro —respondió, aunque en realidad no era así. ¿Y su hijo? Josh no lo había mencionado ni una sola vez. ¿Y ella?—. Es que... te echaré de menos.

—Y yo también a ti, tonta. Pero esto es el inicio de una buena racha, lo sé.

Caroline intentó mostrar la misma emoción y felicidad que él, pero la preocupación se apoderó de ella. ¿Y si Josh quería que los tres se mudaran a Nueva York? ¿Cómo se lo tomaría ella? ¿Y qué pasaría con la educación de Teddy? Solo tenía seis años, pero debían encontrarle una buena escuela.

Josh llamaba casi a diario: el ático de Desiree era fabuloso. Estaba trabajando con un equipo increíble, el mejor que había visto.

Ojalá pudiera ver las piezas increíbles que estaba diseñando. Estaría muy orgullosa de él.

Poco a poco, las llamadas empezaron a espaciarse.

—¿Aún no has acabado el diseño del vestuario de la gira? —le preguntó un día Caroline—. ¿No va siendo hora de que vuelvas a casa?

—De eso quería hablarte... —Tosió, algo que solo hacía cuando estaba nervioso—. Mira, Desiree quiere que la acompañe en la gira, por si algo no funciona o hay que hacer algún cambio. Solo será un mes, pero vale la pena.

Caroline supo, incluso antes de ver la fotografía en la prensa sensacionalista, que algo se había torcido. Desiree Duncan con su «nuevo ligue», el diseñador de moda Josh Grant, pasándoselo bomba en una discoteca de Miami. Poco después llegó la inevitable llamada.

—Lo siento, Cara, pero no voy a volver. Me he dado cuenta de que estaba atrapado en un matrimonio que nunca había deseado. Siempre me he preocupado por ti, pero nunca me has hecho sentir... lo que me hace sentir ella. Por primera vez desde hace años me siento vivo. Vivo y esperanzado. Por fin estoy haciendo lo que deseo. No te preocupes, me encargaré de que no le falte de nada a Teddy y de que vaya a una buena escuela. Seré un buen padre. Sabes que lo quiero.

Luego llegó la carta del abogado estadounidense. Las condiciones del divorcio. Custodia compartida de Teddy. Pensión alimenticia y manutención del menor. Josh se había mostrado muy razonable y justo, afirmaba el abogado. Sabía que no convenía alterar el ritmo escolar del niño, por lo que los viajes a Estados Unidos se limitarían a las vacaciones escolares. Se lo quedaría en verano, Navidad y Semana Santa.

Caroline montó en cólera. A ella le tocaba apechugar con el trabajo más duro, las tareas del día a día, mientras que Josh estaría con Teddy cuando abriera los regalos, fuera a la playa o buscara los huevos de Pascua. Sin embargo, debía admitir que el período escolar era importante y no convenía interrumpirlo. Al menos ahora podría llevarlo a una buena escuela privada. Se aseguraría de que Josh asumiera todo el coste.

Y así fue como Caroline siguió con su vida, intentando desterrar cualquier tipo de sentimiento y mostrarse fuerte por el bien de su hijo. Los fines de semana se iban los dos a su refugio, la casa que compartían su abuela y su tía abuela. De hecho, aquel había sido el único hogar auténtico que había conocido desde que sus padres se divorciaron cuando tenía diez años. Su madre arqueóloga siempre estaba de expedición en algún país exótico. Irrumpía en su vida como una mariposa: aparecía, le traía regalos de algún lugar lejano y se esfumaba de nuevo. No pasó mucho tiempo antes de que su padre volviera a casarse y la nueva mujer no tardó en darle los hijos con los que siempre había soñado. Por ello, Caroline siempre pasaba las vacaciones del internado con la abuela y la tía abuela Lettie, cuyo nombre real era Juliet, a pesar de que nunca lo utilizaban en la familia. En aquella casa siempre había hallado la paz, el amor y la aceptación que necesitaba. Y también lo encontró ahora.

—Nunca me hizo mucha gracia tu marido —dijo la tía abuela Lettie con un tono de reproche—. Siempre me pareció un sinvergüenza. Un vivales. ¿Recuerdas cuando te copió el diseño para el proyecto de la escuela de arte? ¿Y el profesor tuvo la cara dura de decir que eras tú quien le había copiado a él?

Caroline asintió. Era un recuerdo doloroso que sembró más dudas en su interior. ¿Era posible que Josh le hubiera robado alguno de los diseños para el concurso de Nueva York? ¿Cuántas veces la había traicionado?

Miró a la tía Lettie, sentada en actitud serena junto a la ventana. Era su lugar predilecto, donde el sol le iluminaba el rostro, con su radio ante ella. Se había quedado ciega unos años antes. Los médicos le diagnosticaron glaucoma, pero había rechazado cualquier tipo de tratamientos o intervención quirúrgica. Poco a poco, la luz se fue desvaneciendo de su vida. Caroline sabía que había sido una secretaria eficiente en una entidad bancaria hasta que su débil vista la obligó a jubilarse para irse a vivir con su hermana viuda. Y esa era la imagen que siempre había tenido de ella. Sentada junto a la ventana, sintiendo el calor del sol u oyendo el repiqueteo de la lluvia, escuchando las noticias, radionovelas, música, como en los viejos tiempos.

—¿Qué piensas hacer? —preguntó la tía Lettie—. ¿Rechazarás las condiciones que propone?

—¿De qué serviría? —Caroline se encogió de hombros—. Haga lo que haga, no volverá. Ha encontrado lo que siempre quiso: fama, fortuna y ninguna responsabilidad doméstica.

La tía Lettie estiró su mano blanca y delgada y la apoyó en la rodilla de su sobrina.

—Saldrás de esta, te lo aseguro. Los humanos tenemos la capacidad de sobrevivir a casi cualquier cosa. No solo de sobrevivir, sino de salir victoriosos. Se abrirá otra puerta, ya lo verás. Una puerta mejor y más segura. Un futuro más brillante.

Caroline le estrechó la mano.

—Gracias, tía. Soy muy afortunada de poder contar contigo y con la abuela. Sois los cimientos de mi vida.

La tía Lettie esbozó una sonrisa triste.

—Podrías dejar el piso de Londres y mudarte aquí con nosotras —propuso la abuela esa misma noche durante la cena—. En la zona hay buenas escuelas para Teddy.

—¿Y mi trabajo?

—Hay mucha gente que va y vuelve.

—Pero el desplazamiento es largo y caro —replicó Caroline.

—¿Te gusta tu trabajo?

—No especialmente —admitió—. Me dedico principalmente a tareas administrativas. Es todo muy rutinario. De vez en cuando puedo diseñar una página de moda, elegir las prendas, pero en general es muy tedioso.

—Pues tómatelo como un nuevo inicio para ti también —dijo la abuela—. Demuéstrale al inútil de tu marido que puedes salir adelante sin él.

—Eres muy amable. Me lo pensaré, pero debo tener en cuenta lo que es mejor para Teddy.

Caroline siguió con su rutina hasta las vacaciones de verano de Teddy, cuando Josh llamó para decirle que Desiree había alquilado una casa en Beverly Hills durante unos meses. Una mansión con piscina. A Teddy le encantaría. Además, ya habían contratado a una niñera para la hija de Desiree, Autumn, un año más pequeña que Teddy. Josh tenía pensado viajar a Inglaterra para recoger a Teddy en cuanto acabara la escuela.

Caroline no tuvo el valor de preguntar qué había sido de la antigua pareja de Desiree. A juzgar por lo que decían los periódicos, en el mundo de una estrella del pop no había sitio para maridos y relaciones tradicionales. Teddy estaba muy ilusionado con ver a su padre y subir a un avión para ir a una casa con piscina. Entonces llegó Josh. Intercambiaron las cortesías de rigor y Teddy se fue. Caroline observó cómo subía al taxi dando saltos y vio cómo le decía adiós desde la ventanilla, con una gran sonrisa en la cara. Tuvo que hacer un gran esfuerzo para no sentirse traicionada.

Teddy la llamaba casi a diario. Ya nadaba muy bien. Sabía tirarse a la piscina y coger un aro del fondo. Papá y Desiree los habían llevado a Disneyland y había subido a la montaña rusa Matterhorn, que iba a toda velocidad, y Autumn se había asustado en la casa encantada, pero él no. A Caroline no le quedó más remedio que admitir que su hijo estaba disfrutando de una maravillosa aventura, aunque tenía miedo de que se llevara una desilusión al volver a su antigua vida.

Caroline había aprovechado el verano para pensar en la propuesta de la abuela y había ido a ver varias escuelas cerca de la casa familiar, en el condado de Surrey. Además, en efecto había buena combinación para ir en tren a Londres hasta que tomara una decisión en firme sobre su vida y, por otra parte, podría dejar de pagar el alquiler de un piso que, en el fondo, no le gustaba. Sin embargo, prefirió esperar a saber a cuánto ascendían sus gastos una vez que se solucionara el tema de la pensión alimenticia para tomar una decisión definitiva. Cuando Josh volviera con Teddy a principios de septiembre, lo sabría.

Se preguntó si Teddy habría crecido mucho durante el verano. Tenía muchas ganas de comprarle el uniforme. ¿Hablaría con acento americano? Contaba los días que faltaban, pero el 1 de septiembre Josh llamó y le dijo que acababan de llegar a Nueva York, pero que Teddy tenía una infección de oído. El médico había recomendado que no subiera a un avión hasta al cabo de una semana o dos. Sentía que Teddy fuera a perderse los primeros días de clase, pero como solo tenía seis años, no le parecía muy grave.

A Caroline se le pasó por la cabeza que tal vez Josh no decía la verdad. ¿Estaba intentando ganar tiempo? ¿Acaso no tenía la intención de devolverle a su hijo? Intentó calmarse y apagar todas las señales de alarma. «Ten paciencia», pensó.

Entonces, el 11 de septiembre, cayeron las Torres Gemelas de Nueva York.

Capítulo 6

Caroline

Inglaterra, septiembre de 2001

Caroline se enteró de lo ocurrido por los sollozos histéricos que llegaban de la sala de reuniones. Acababa de volver de comprar el almuerzo, siguió el extraño sonido y se encontró a sus compañeras reunidas en la sala, mirando el televisor situado en uno de los extremos. Una secretaria joven se tapaba la boca con la mano y sollozaba desconsoladamente mientras una de las jefas de sección la abrazaba para consolarla. Las demás guardaban un extraño silencio. Caroline miró la pantalla, incapaz de asimilar de inmediato lo que estaba viendo. Miró a una compañera.

—¿Qué pasa?

—Es el World Trade Center de Nueva York. Dicen que un avión se ha estrellado contra una de las torres. Un avión de pasajeros. Las plantas superiores están en llamas.

—Es horrible. Qué triste. Y toda esa gente…

De pronto la chica que estaba delante gritó y señaló la pantalla.

—¡Otro avión! ¡Mirad!

Observaron con horror cómo un segundo avión se estrellaba contra la otra torre y se convertía en una gigantesca bola de fuego.

—No puede ser un accidente —dijo alguien.

—Debe de ser un ataque terrorista.

—Según los periodistas, debe de haber sido ese imbécil de Osama bin Laden —afirmó alguien desde el fondo de la sala.

—Oh, Dios. ¿Cuántos más podría haber?

Caroline se quedó muda. Le costaba respirar. «Mi hijo está en Nueva York», pensó. No había mirado en qué zona concreta de la ciudad estaba el apartamento de Desiree, pero era improbable que estuviera en el distrito financiero, donde se alzaban las torres, ¿verdad? Tenía más lógica que se encontrara en algún lugar más seguro y alejado de…

Se abrió paso entre varias personas que obstruían la puerta, se fue corriendo a su escritorio y se puso a hurgar en su bolso para encontrar la agenda telefónica. Le temblaban tanto las manos que le costó marcar el número.

—Lo sentimos, todas las líneas están ocupadas —anunció una voz mecánica—. Inténtelo de nuevo más tarde.

Caroline permaneció junto al teléfono toda la tarde, intentando reprimir las lágrimas de frustración, escuchando una y otra vez el mensaje de «todas las líneas están ocupadas».

—Tu hijo está ahí, ¿verdad? —le preguntó una compañera, que le dio un tímido abrazo—. No me extraña que estés tan preocupada. Yo estaría igual, pero seguro que no le ha pasado nada, ya verás.

A Caroline le dieron ganas de decirle que la dejara en paz, pero sabía que la mujer solo pretendía ser amable. Una vez en casa, siguió intentándolo cada quince minutos, toda la noche, hasta que a las tres de la madrugada por fin pudo establecer conexión.

—¿Diga? —preguntó una voz de mujer soñolienta—. ¿Quién es?

—Soy Caroline Grant —respondió con la voz entrecortada—. ¿Está ahí Josh? ¿Y Teddy? ¿Estáis todos bien?

—Sí, estamos bien. A varios kilómetros de la zona cero. Josh intentó llamarte ayer cuando pasó todo, pero las líneas estaban colapsadas. Increíble, ¿verdad? Fue alucinante ver caer las torres.

—Horrible —concedió Caroline—. ¿Podría hablar con Josh, por favor?

—Un momento, que aún duerme. Voy a despertarlo. —Caroline oyó que le decía—: Es tu mujer, que te llama desde Londres. Despierta.

Se produjo una larga pausa.

—Hola, Cara. Aquí estamos todos bien. Los niños se alteraron mucho cuando vieron lo que ocurría, pero lo superarán.

—¿Puedo hablar con Teddy?

—Aún duerme. Déjalo descansar. Estamos intentando minimizar todo lo ocurrido. Nada de televisión. Queremos que su vida siga con normalidad. Hablamos luego, ¿de acuerdo?

Y colgó. Caroline se quedó mirando el teléfono, reprimiendo la ira que se acumulaba en su interior. Dejó el teléfono y lanzó un suspiro de alivio estremecedor. Estaban bien. Su hijo estaba bien. Se tragó las lágrimas. En la televisión, los noticiarios no paraban de transmitir un flujo constante de novedades. El atentado del Pentágono. Otro avión que se había estrellado en un campo de Pensilvania. Se habían cancelado todos los vuelos. El transporte se había colapsado. Ciudadanos saudíes responsables... Osama bin Laden.

En Inglaterra, tras el primer impacto por la noticia, fue decayendo el interés por las Torres Gemelas. En un país acostumbrado a los atentados terroristas desde hacía años y que había sufrido la Segunda Guerra Mundial, el atentado del 11-S tan solo era uno más de una larga lista de tragedias, que no tardaría en quedar relegado a un segundo plano por otra desgracia. Al cabo de unos días ya nadie hablaba de ello en el trabajo, pero Caroline no podía quitárselo de la cabeza. Teddy estaba en la misma ciudad en la que unos aviones se habían estrellado contra varios edificios. ¿Cómo podía tener la certeza de que no iba a ocurrir de nuevo? Intentaba llamar a diario, pero no siempre conseguía hablar con alguien.

Tenía la sensación de que a Josh no le gustaba mucho que hablara con Teddy.

—Se dará cuenta de lo disgustada que estás, Cara. Ahora está bien, tienes que dejar que procese lo ocurrido a su ritmo.

No le quedó más remedio que armarse de paciencia hasta que se retomaran los vuelos transatlánticos. Y cuando eso ocurriera, estarían todos llenos, claro. Toda esa gente atrapada en Nueva York, esperando a salir. Al final logró hablar de nuevo con Josh.

—¿Cuándo crees que podrá volver? Ya se ha perdido varios días de escuela.

—Justamente iba a llamarte —dijo su ex, con un deje vacilante—. Teddy ha tenido pesadillas. Lo hemos llevado al psicólogo de Desiree, que nos ha dicho que en estos momentos tiene pánico auténtico a los aviones y que, por lo tanto, no le conviene viajar durante una temporada. Por eso hemos decidido buscarle una escuela aquí.

—¡No! —exclamó Caroline, que se sorprendió de su propia vehemencia—. No. Si tiene pesadillas y terrores nocturnos, debe estar con su madre. No me extraña que esté alterado, rodeado de desconocidos después de una tragedia como esa. Quiero que vuelva conmigo a casa, Josh. Iré a buscarlo si es necesario.

—¿Es que no has oído lo que acabo de decirte? —replicó él, manteniendo una sorprendente calma—. El terapeuta dice que de momento no le conviene volar porque podría sufrir graves daños psicológicos. Y no somos unos desconocidos, sino su nueva familia. A Autumn ya la considera su hermana. Comparten habitación y se llevan muy bien. Además, me tiene a mí, que soy su padre. Voy a hacer lo mejor para él y eso significa que de momento debe quedarse aquí.

A Caroline se le cayó el alma a los pies. Era la confirmación de que Josh iba a seguir dándole largas. Tal vez tuviera la intención de no devolverle jamás a Teddy. Si quería a su hijo, no iba a quedarle más remedio que luchar por él y contratar a un abogado.

Se dejó llevar por la inercia de la nueva situación: trabajaba, comía y dormía sin más. Una compañera del trabajo le recomendó que fuera a ver a un abogado especialista en derecho de familia. Se reunió con él y el letrado le dijo que era razonable que el menor no tomara un avión, dadas las circunstancias. Si su marido decidía solicitar la custodia exclusiva, ya tendrían ocasión de plantearse a qué alternativas legales podían recurrir. Sin embargo, como no había dejado caer ningún tipo de amenaza, lo único que podía hacer Caroline era esperar. Y así salió del despacho, con cien libras menos y un buen enfado. Esa noche, tumbada en la cama con la mirada fija en las manchas de humedad del techo, fantaseó con la idea de tomar un avión a Nueva York, agarrar a Teddy y regresar con él a casa. Pero entonces ella se convertiría en la mala, en la irresponsable, y Josh tendría el motivo perfecto para solicitar la custodia exclusiva.

Fueron pasando los días y en octubre Caroline recibió una llamada de teléfono de su abuela.

—Me temo que tengo malas noticias, querida. La tía Lettie ha tenido un ictus.

—¿Es grave? ¿Está en el hospital?

—No, está en casa, el médico ha venido aquí.

—Pues debería estar en el hospital. Si se trata a tiempo… —dijo Caroline, presa de la ira.

—Cielo, tu tía no quería que tomáramos medidas extraordinarias. Debía de presentir algo, porque hace unos días me dijo: «Si me ocurre algo, nada de hospitales ni tubos. He vivido muchos años. No quiero que me mantengáis con vida como un vegetal».

—Entonces, ¿es grave? —preguntó Caroline.

—El médico dice que no aguantará mucho más, pero no parece que esté sufriendo. Estaba muy lúcida cuando ha ocurrido. Ha preguntado por ti varias veces.

—Voy de inmediato.

Colgó y se dio cuenta de que estaba llorando. Todo lo que había ocurrido en los últimos tiempos, la marcha de Josh, de Teddy, el atentado de las Torres Gemelas, la había enfurecido, pero no había llorado. Sin embargo, el ictus de la tía fue la gota que colmó el vaso. Se derrumbó. Se sentó en la cama y lloró. Sabía que la tía Lettie tenía más de noventa años. Debería alegrarse de que pudiera fallecer de forma natural, en su propia cama. Pero de joven, era siempre la tía Lettie quien la escuchaba cuando ella se lamentaba por su madre ausente, por las chicas que la acosaban en la escuela o por los maestros injustos. Y siempre, siempre, sabía tranquilizarla con un consejo sensato:

—Los acosadores se comportan así porque se sienten desubicados. Deberías compadecerlos. Y esa profesora, ¿cuántos años tiene? Será una solterona, como yo. Seguro que le da rabia tratar con chicas jóvenes y brillantes como vosotras, con toda la vida por delante.

—¿Por qué eres siempre tan buena? —le preguntó en más de una ocasión—. Siempre eres comprensiva y estás dispuesta a perdonar a los demás.

—No siempre fui así —respondió la tía—. A medida que pasan los años, aprendes a aceptar la vida como es y, poco a poco, el corazón y la cabeza aprenden a hablar el mismo idioma. Además, el mundo está lleno de gente que sufre mucho.

—Oh, tía Lettie —susurró Caroline—. ¿Qué voy a hacer sin ti?

En el tren de Londres, se dio cuenta de que su abuela tampoco debía de estar pasándolo nada bien. Las dos mujeres habían vivido juntas durante años y ahora la pobre parecía predestinada a quedarse sola si Caroline no se mudaba con ella. De momento había pedido unos días de permiso en el trabajo y luego ya vería qué hacía.

El tiempo parecía haber replicado su estado de ánimo cuando bajó del tren y tomó un autobús en el pueblo de Godalming. Hizo a pie la última parte del trayecto hasta Witley. El cielo se había teñido de un gris plomizo que auguraba un buen chaparrón. El viento formaba remolinos de hojas y le salpicaron las primeras gotas. Su abuela vivía en una casa bonita, pero modesta, en las afueras del pueblo. Tenía un gran jardín con varios árboles frutales y vistas a una iglesia del siglo XII de piedra gris. Era una auténtica apasionada de la jardinería. A pesar de que ya había cumplido los ochenta, no era raro verla arrodillada junto a un parterre para arrancar las malas hierbas. Por suerte también había contratado a un jardinero que una vez a la semana iba a podar los setos y encargarse del trabajo más duro, pero ella no le quitaba ojo en ningún momento.

Cuando abrió la puerta de la verja, comprobó que el jardín tenía un aspecto desolador. Recorrió el sendero y pasó entre varios rosales podados para el invierno. Respiró hondo antes de llamar a la puerta. No quería llorar ante la abuela. Cuando abrió y la pudo ver, tuvo la sensación de que también había estado llorando.

—Oh, querida —dijo con un susurro—. Te agradezco que hayas venido tan rápido.

—¿Aún está viva? —preguntó Caroline en voz baja.

—Sí, creo que quería aguantar hasta que llegaras. Ha vuelto a preguntar por ti.

Caroline se quitó el abrigo en el vestíbulo y ambas se abrazaron en silencio. En ese momento se dio cuenta de que la abuela era la única persona, aparte de su ex y su hijo, que la había abrazado. No recordaba que su madre lo hubiera hecho jamás. Rehuía todo contacto físico. Y la tía Lettie no era una persona que te invitara a abrazarla. Era amable y buena, pero le gustaba mantener las distancias, como si fuera la última representante de una época a punto ya de extinguirse, en la que reinaban unas reglas del decoro distintas.

Caroline abrió la puerta del dormitorio de la tía con cautela y lanzó una mirada fugaz a la abuela. La tía Lettie estaba tapada con unas sábanas blancas, con los ojos cerrados y un gesto plácido, como si estuviera durmiendo. Caroline se preguntó si ya había fallecido, pero entonces vio que aún se movían las sábanas a la altura del pecho. Se inclinó sobre ella y la besó en la mejilla. Estaba fría.

—Soy Caroline, tía Lettie —susurró—. He venido tan rápido como he podido.

La anciana abrió los ojos a pesar de que no podía ver.

—¿Cara…? —pronunció con dificultad y adoptó un gesto de preocupación—. Tengo que decirte… —dijo con un esfuerzo titánico. Tenía media boca paralizada—. Para ti. Necesitas ahora.

—¿Qué necesito? —Se sentó a su lado y le tomó la mano gélida.

La tía abuela frunció el gesto y murmuró:

—Dibujos. Aún están ahí.

—¿Aún dónde? —Caroline miró a su alrededor, preguntándose si había oído bien y dónde podían estar esos dibujos.

La tía Lettie le tomó la mano con una fuerza inesperada.

—Ahí arriba. Te lo enseño.

—¿Arriba dónde?

Esperaba que le hiciera algún gesto con los ojos, pero la tía se limitó a negar con la cabeza.

—¡Esa cosa! —dijo agitando una mano, frustrada porque no le salía la palabra que quería—. Ya sabes.

Entonces, con gran dificultad, balbuceó la palabra «caja».

—¿Quieres que busque una caja? —preguntó Caroline, que notaba la inquietud que se había apoderado de su tía.

La anciana respiró hondo.

—Ve.

Ahora sí que no la entendía. ¿Quería que se fuera para descansar tranquila? Intentó levantarse, pero la tía seguía agarrándole la mano con fuerza.

Miró a la anciana, que había cerrado los ojos de nuevo, pero había adoptado un gesto de preocupación.

—Tía, ¿quieres que haga algo por ti? ¿Algo relacionado con unos dibujos?

Apenas movió los labios.

—Mi… ángel.

Parecía como si hubiera dicho «Miguel Ángel». Caroline no recordaba que hubiera ninguna reproducción de un cuadro de Miguel Ángel en la casa, ni que la tía hubiera mostrado jamás interés alguno por los antiguos maestros.

Entonces la anciana abrió de nuevo los ojos en actitud apremiante.

—Aún está ahí —dijo con una energía sorprendente—. Busca…

—¿Qué quieres que busque?

En ese instante sonó el reloj de pared en el vestíbulo y apenas oyó la palabra.

—Venecia.

Lanzó un suspiro. Caroline esperó a que dijera algo más. Fueron pasando los minutos y volvió la abuela.

—Creo que se ha ido —dijo.

La mano fría de la tía Lettie aún la sujetaba con fuerza. Le abrió los dedos esqueléticos, se levantó y la observó. Tenía un aspecto sereno. Entonces miró a la abuela.

—Ven a tomar un té. Ya no podemos hacer nada más.

Caroline la siguió por inercia.

—Supongo que no debería sorprendernos —afirmó la abuela, con la voz quebrada por la emoción—. Ha tenido una vida plena y larga, ¿no crees? Aun así, me cuesta imaginarme el mundo sin ella.

Al llegar a la puerta, Caroline se detuvo para mirar a la tía. No recordaba haber estado nunca en su dormitorio, a pesar de los años que había pasado en la casa. Su tía siempre madrugaba y se vestía a primera hora para ocupar su lugar favorito de la sala de estar. No dejaba de sorprenderla que fuera una persona tan celosa de su intimidad y con un único objetivo: transmitir una imagen de decoro al resto del mundo.

Ahora, al examinarla, veía una habitación limpia y ordenada, con la ropa guardada en su sitio, las zapatillas junto a la cama, pero sin ningún toque personal. No había fotografías. En la pared solo vio un pequeño cuadro de un querubín, al estilo renacentista. Le pareció que era un detalle incongruente que no encajaba con el carácter práctico y tan poco sentimental de la tía. ¿Miguel Ángel? No. No coincidía con su estilo ni con sus intereses. Tal vez se trataba de algo que había visto de joven o, por el contrario, algo que le había llamado la atención cuando empezó a perder la vista y ya no podía distinguir tan bien los colores más vibrantes.

—No hay fotografías —comentó Caroline de camino a la cocina—. No sé qué aspecto tenía de joven.

—Era guapísima. —La abuela la miró mientras ponía la tetera al fuego—. No te imaginas cómo envidiaba yo su melena caoba, porque mi pelo era más bien de un tono pelirrojo cobrizo. Y tenía los ojos de un azul clarísimo. Seguro que hay fotografías en el álbum de mi madre, pero serán todas en blanco y negro, claro. Luego las buscamos. Ahora sentémonos y tomemos un té antes de llamar al médico. Creo que ambas lo necesitamos.

Capítulo 7

—La casa te parecerá vacía sin ella, ¿verdad? —dijo Caroline cuando la tetera empezó a silbar y la abuela la apartó de los fogones.

—Muy vacía. Será horrible. Vivíamos juntas desde que murió nuestra madre, cuando la tuya no era más que un bebé. Nunca se inmiscuyó en los asuntos ajenos. Siempre se mantuvo al margen cuando tu abuelo vivía, como si fuera una forma de agradecernos que la dejáramos vivir en nuestra casa y ella se considerara una intrusa. Aun así, creo que se alegró de poder vivir aquí en esos años tan duros de posguerra. Y yo también estaba contenta de tener a mi hermana mayor a mi lado, sobre todo cuando Jim murió de forma brusca y yo me quedé sola con una niña pequeña.

Caroline sacó dos tazas del aparador y la abuela las llenó de agua caliente.

—Para mí fue muy duro volver a Inglaterra después de pasar los años de la guerra en la India, donde tenía sirvientes que se encargaban de todo —prosiguió la abuela—. Tu abuelo estuvo en un campamento japonés de prisioneros de guerra gran parte del tiempo. Allí estaba aislada, lejos de casa, sin saber si volvería a ver a mi marido o no. El pobre… durante dos años no supo que nuestro hijo había muerto.

—Ni siquiera sabía que habíais tenido un hijo —confesó Caroline.

—No suelo hablar del tema. Fue un episodio muy doloroso de mi vida. Cuando estalló la guerra, me quedé atrapada en la India. A tu abuelo lo llamaron a filas y nuestro pequeño contrajo la fiebre tifoidea.

—Oh, cuánto lo siento, abuela. Pobre.

No pudo evitar pensar en Teddy y en lo mucho que le dolía estar separada de él. Si le ocurriera algo, no sabía si podría soportarlo.

—Al final salí adelante. —La abuela esbozó una sonrisa triste—. Casi todos logramos sobrevivir a situaciones durísimas. Tenemos una capacidad de recuperación increíble.

—Eso es lo que yo intento —confesó Caroline, que llevó las dos tazas a la mesa que había junto a la ventana. La lluvia barría todo el jardín. Se sentaron una frente a la otra—. ¿Tendrás problemas de dinero sin la tía Lettie?

La abuela miró la taza de té que estaba removiendo.

—Debo admitir que su pensión nos venía muy bien para los gastos.

—Pues me mudaré aquí contigo. Creo que Teddy debería ir a la escuela de primaria del pueblo, ¿no te parece? Siempre que me quieras aquí, claro está.

—¿Que si te quiero tener en casa? Hija, no se me ocurre nada mejor que tenerte a ti y a Teddy conmigo. Y tranquila, seguro que vuelve enseguida.

—Eso espero. —Caroline removió el té con ganas. Tomó un sorbo, comprobó que quemaba y lo dejó en la mesa—. Abuela, la tía Lettie intentó decirme algo. ¿Tú la oíste? ¿Entendiste algo?

—No oí lo que dijo. O sea, la oí, pero no sé a qué se refería. Tenía el habla afectada porque solo podía mover la mitad de la boca. Y no encontraba las palabras. Fue así como la encontré por la mañana cuando le llevé el té del desayuno. Me dijo: «Creo que he tenido un ictus. Nada de hospital. Caroline. Quiero decírselo a Caroline…». Y fue lo que repitió cuando se marchó el médico.

—Vaya. Ojalá supiera a qué se refería. Creo que dijo algo de unos dibujos, pero no la entendí. A lo mejor ya no sabía lo que decía.

—Antes de que se me olvide, Lettie te dejó todos sus bienes. Hizo testamento y eres la única heredera.

—¿De verdad? —Caroline se sonrojó—. Pero no es justo. Deberías quedártelo todo tú, que eres quien ha cuidado de ella estos años.

La abuela sonrió.

—A decir verdad, no creo que tuviera muchas posesiones. Hacía años que no recibía demasiados ingresos, aparte de la pensión, y nuestra madre solo nos dejó la casa. Lo perdieron todo en el crac del 29. Al parecer mi padre había invertido en acciones de empresas estadounidenses y se quedó sin un penique.

—Cielos. Nuestra familia nunca ha sido muy afortunada, ¿verdad?

—Supongo que mi padre hizo lo que le pareció que era mejor para todos. Resultó herido en la Primera Guerra Mundial y no volvió a recuperarse. Seguramente depositó todas sus esperanzas en ganar dinero en la bolsa.

—¿Sabes qué me ha dejado la tía Lettie? —preguntó Caroline—. Si es algo de dinero, quédatelo todo tú.

—Sí que lo sé. Me nombró su albacea. Tenía una cuenta corriente con unas mil libras. Pero, aparte de eso, poco más. Algo de ropa y algunas joyas que había heredado de nuestra madre. Nada de gran valor. Sin embargo, en el armario hay una caja que lleva tu nombre. Hizo hincapié en que te la quedaras.

Caroline levantó la mirada.

—Una caja. Era una de las cosas que intentaba decirme. Una caja. Ahí arriba.

La abuela asintió.

—Mencionó el tema el otro día, cuando me dijo que no quería que la mantuviéramos con vida artificialmente, como si supiera que iba a morir. «Quiero que te asegures de que la recibe Caroline», esas fueron sus palabras. Pero no sé qué contiene. No me lo dijo.

—No quiero entrar ahora a cogerla. Me parecería una falta de respeto —señaló Caroline.

Una caja con su nombre. Tal vez contenía una joya de la que nunca le había hablado a su hermana, o dinero que había escondido…

—A la tía Lettie no le importará —respondió la abuela con una sonrisa—. Ya no está con nosotros. Solo queda su cuerpo. Estoy segura de que nos está observando con una sonrisa en los labios. Y recuerda que insistió mucho en que la caja era para ti.

Caroline dudó. Entonces se levantó, se acercó a la puerta del dormitorio de la tía Lettie, entró de puntillas y miró hacia la cama, como esperando que la mujer abriera los ojos y se volviera para mirarla. Abrió un armario que olía a naftalina mezclada con un leve perfume. Je Reviens, el favorito de la tía Lettie. En el estante superior había una sombrerera, pero solo contenía varios sombreros pasados de moda. Entonces encontró en un rincón una caja de cartón vieja. La tomó con cuidado y vio que tenía una etiqueta: «Para Caroline Grant cuando yo ya no esté. Asegúrate de que la recibe».

En ese instante Caroline habría jurado que oyó un suspiro de satisfacción procedente de la cama. Salió de la habitación con la caja y la dejó en la mesa, frente a su abuela.

—Me pregunto qué era eso que tanto le importaba —dijo—. ¿Crees que debería abrirla ahora?

—Por supuesto. Sabes que nos estamos muriendo del suspense —afirmó la anciana con una sonrisa.

Caroline quitó la tapa. En el interior había dos cuadernos de cuero y un joyero. Abrió este con el corazón desbocado. Reprimió un «oh», consciente de que habría sido muy grosero mostrar decepción en un momento como ese. Dentro del joyero había un anillo antiguo con una hilera de diamantes pequeños, varias cuentas de cristal y tres llaves. Dos eran viejas, parecían casi antigüedades: una llave de latón con una figura de un dragón alado en la parte superior, y una llave de hierro grande de aspecto formidable, como si fuera la de una mazmorra. También había una llave pequeña de plata que parecía de una vitrina o una caja.

—Pero ¿qué es esto? —preguntó la abuela, sorprendida—. ¿Llaves? ¿De dónde las sacó?

—¿No te suenan de nada?

—No. No tengo ni idea de qué podían servirle estas llaves antiguas. No era aficionada a coleccionar objetos. Siempre la consideré una minimalista. Y realista. Una mujer muy práctica.

—¿Y el anillo y las cuentas? —preguntó Caroline—. ¿Eran sus favoritos?

—Nunca se los vi puestos. Tenía un broche de nuestra madre que lucía a menudo. Pero, por lo demás, no era mucho de joyas, ¿no crees?

Caroline dejó las llaves a un lado y sacó los cuadernos. Abrió el primero y vio la siguiente inscripción en la guarda de la cubierta: «Juliet Browning, mayo de 1928».

—Ah, es un cuaderno de dibujo. De bocetos. A eso se refería la tía. Quería que me quedara los bocetos. No sabía que dibujaba.

—Hubo una época en que le gustaba mucho y asistió a la escuela de arte. Todo el mundo decía que tenía talento.

Caroline la miró sorprendida.

—¿Escuela de arte? Nunca me dijo nada.

La abuela negó con la cabeza.

—No, no le gustaba demasiado hablar del pasado. Tuvo que abandonar los estudios cuando nuestro padre se arruinó y falleció. Para ella fue un golpe muy duro. Encontró trabajo de profesora de dibujo en una escuela femenina, no muy lejos de casa. Alguien había de mantenernos a nuestra madre y a mí. Recuerda que yo tenía seis años menos y aún iba a la escuela.

Caroline pasó varias páginas del cuaderno.

—Tenía talento. Ah, mira..., estos bocetos son de Venecia, ¿verdad? Hay una góndola, la plaza de San Marcos. Creo que eso es lo que intentaba decirme antes de morir. Algo de Venecia. No sabía que había viajado.

—Nuestra tía Hortensia la llevó de viaje a Italia como regalo de cumpleaños al cumplir los dieciocho. Debo admitir que siempre le guardé un poco de rencor por ello, porque cuando yo cumplí los dieciocho ya no teníamos dinero. La tía Hortensia también había dejado su dinero en manos de mi padre para que se lo gestionara, de modo que lo perdió todo. —Alzó la cabeza y miró a Caroline a los ojos—. Yo nunca pude ir a un internado tan bueno como Lettie. Tuve que conformarme con una escuela religiosa de la zona. Y no pude viajar por Europa, claro. De hecho, la primera vez que salí al extranjero fue para ir a la India con tu abuelo, después de casarnos.

—¿En qué año fue eso? —preguntó Caroline.

—En 1937. Yo tenía veintiún años y era muy inocente. Te aseguro que la India supuso una verdadera conmoción para mí. El calor, el polvo, las moscas, los mendigos... De haber podido, habría regresado a casa junto a mi madre. —Rio avergonzada—. Pero decidí aguantar. Jim tuvo una paciencia increíble. Era un hombre maravilloso. Es una pena que no lo conocieras.

Caroline asintió, le devolvió la sonrisa y volvió a examinar el libro.

—Vaya, mira. Un boceto de un chico. Qué guapo. A lo mejor era un gondolero. Y también estuvo en Florencia, ¿lo ves? Es el

Ponte Vecchio. —Cerró el primer cuaderno y tomó el segundo—. Este también es de Venecia, pero con fecha de 1938. De modo que regresó.

—Sí, creo que sí —afirmó la abuela—. Recuerdo que mi madre me dijo en una de sus cartas que a Lettie le habían pedido que acompañara a un grupo de chicas en un viaje al extranjero durante las vacaciones de verano.

Caroline fue pasando las páginas. Los dibujos del segundo cuaderno también eran de Venecia, pero mostraban un trazo más hábil. No había errores de perspectiva, los rostros de la gente del mercado tenían vida propia. Había un jardín con árboles y una fuente. Más góndolas. Una terraza de restaurante con farolillos…

—Salta a la vista que le gustaba la ciudad —afirmó Caroline—. ¿Fue más veces?

—Después de la guerra no regresó —confesó la abuela—. Creo que por entonces ya había visitado gran parte de Europa. Se quedó atrapada aquí.

—¿Atrapada?

—Sí, en 1939 le concedieron una especie de beca para estudiar en Europa. Una época nefasta para visitar el continente, la verdad. Pero también es cierto que era una oportunidad que no podía rechazar. Cuando estalló la guerra, no pudo regresar. Logró llegar hasta Suiza y evitar el conflicto. Creo que estuvo ayudando a niños refugiados.

—Ya veo. —Caroline frunció el ceño—. Me llama la atención que no volviera a dar clases cuando regresó a casa. Es obvio que le gustaba trabajar con niños.

—No sé qué decirte. Imagino que debió de vivir momentos muy tristes durante la guerra. Sé que tras la rendición de los alemanes se quedó una temporada más para colaborar con los refugiados. Regresó a Inglaterra un poco antes de que lo hiciera yo.

—¿Cómo es posible que no conociera esta historia? —preguntó Caroline.

—Nunca preguntaste. Los jóvenes no acostumbráis a mostrar un gran interés por la vida de los mayores. Además, supongo que algunos recuerdos resultaban demasiado dolorosos tanto para la tía como para mí. Sé que trabajó con varios supervivientes del campo de concentración, una experiencia muy angustiosa para cualquiera.

Caroline cerró el segundo cuaderno.

—Lo que no entiendo es por qué me ha dejado todos sus bienes, pero ha hecho hincapié en esta caja. ¿Por qué era tan importante para ella?

—No lo sé. —La abuela negó con la cabeza—. Solo me dijo que quería que la tuvieras tú, no mencionó los motivos de su decisión.

—Dibujos y llaves antiguas. Esto no tiene sentido. ¿Son el símbolo de algo las llaves? ¿Quiere que vuelva a estudiar Bellas Artes?

—Creo que, de ser así, lo habría mencionado explícitamente. Era una mujer muy directa. Si hubiera considerado que era lo mejor para ti, te lo habría dicho sin rodeos.

Caroline asintió y sonrió.

—Quería que encontrara algo. ¿Era simplemente la caja? Pero me dijo que me fuera. Yo creía que se refería a que la dejara sola, pero no me soltó la mano, y juraría que luego dijo «Venecia».

—Qué curioso. —Ambas examinaban la caja cuando, de pronto, levantaron la cabeza al mismo tiempo y se miraron a los ojos. La abuela vaciló antes de decir—: Solo se me ocurre…

—¿Qué?

—Sonará ridículo, pero me pregunto si tal vez quería que fueras a Venecia.

Caroline observó el rostro sereno de su abuela.

—¿Alguna vez te comentó algo al respecto? ¿Te dio algún motivo para pensar que quería que yo fuera a Italia?

La abuela se encogió de hombros.

—Tal vez pensaba que te vendría bien alejarte de tus preocupaciones y dejar en un segundo plano la historia de tu matrimonio con Teddy.

—Pero ¿por qué Venecia en concreto? ¿Por qué no me dijo simplemente que viajara?

—Eso ya no lo sé. Lo único que tengo claro es que estaba medio obsesionada con la caja. No paró hasta que le prometí que te la daría.

—En tal caso, ¿por qué no me escribió una nota para decirme que quería que fuera a Venecia porque de joven le había encantado? O ¿crees que quería que esparciéramos sus cenizas ahí?

La abuela negó con la cabeza.

—No puedo asegurarte lo que quería.

—Además, yo ya he estado en Venecia —afirmó Caroline—. En mi luna de miel. Fue en el mes de julio, la ciudad estaba llena de turistas y olía fatal. A Josh no le gustó nada. Nos quedamos solo un día y luego nos fuimos a Croacia.

—Pero ¿a ti también te desagradó? —preguntó la abuela.

—No. Es más, me quedé con ganas de visitarla con calma. —Caroline tomó las tres llaves con la mano—. Y estas… ¿para qué crees que sirven? ¿Son las llaves de Venecia? En fin, tampoco es que pueda viajar en estos momentos. Tengo que trabajar, he de pensar en mi hijo y no puedo dejarte sola.

—Juraría que no hace mucho me dijiste que este año no te habías tomado ningún día de vacaciones.

—No. Como Teddy no pasó aquí el verano, no quería irme de viaje sin él.

—Pues ya está —dijo la abuela con una sonrisa.

—¿Qué es lo que ya está?

—Que ahora ya tienes tiempo para viajar. Te han dicho que Teddy tardará una temporada en poder subir a un avión y sospecho que tras lo ocurrido en Nueva York, habrá mucha gente con miedo a volar, por lo que no creo que te cueste encontrar una buena oferta de hotel. ¿Por qué no cumples con la última voluntad de la tía y disfrutas de unos días de descanso en Venecia?

Caroline miró por la ventana. La lluvia empezaba a salpicar la ventana.

—No me parece que esta sea la mejor época del año para disfrutar de Venecia. ¿No es en invierno cuando se inunda?

—Estamos en otoño, la estación de la niebla y la dulce abundancia. Seguro que en la costa mediterránea aún brilla el sol. —Le acarició la mano—. Además, te vendrá bien un descanso. Desde que Josh se fue, estás muy tensa.

—¿Y tú no lo estarías si tu marido se fuera de casa e intentara llevarse a tu hijo? —le espetó Caroline, que se arrepintió de inmediato de su reacción desmedida.

—Claro que sí, pero la cuestión es que en este momento no puedes hacer nada al respecto. Debes tener paciencia y dejar que pase el tiempo. Por eso creo que es un buen momento para cumplir con la última voluntad de la tía Lettie. Toma la caja y vete a Venecia. Esparce sus cenizas en la ciudad que ocupaba un lugar muy especial en su corazón.

—¿Te gustaría acompañarme? —preguntó Caroline, devolviéndole la caricia.

La anciana sonrió y negó con la cabeza.

—No, querida. Ya no estoy para estos trotes. Además, si la tía Lettie hubiera querido que fuera, me lo habría dicho a las claras. Quería que fueses tú, no yo.

CAPÍTULO 8

Juliet
Venecia, julio de 1938

Jamás pensé que tendría la posibilidad de regresar a Venecia tras los acontecimientos de los últimos diez años, pero aquí estoy, de vuelta en la ciudad de mi corazón. Aún me parece un milagro. He llegado hace apenas unas horas, junto con la señorita Frobisher y doce chicas de la escuela Anderley, donde trabajo de maestra. En el tren, que parecía una lata de sardinas, hacía mucho calor, y en cuanto pusimos el pie en Venecia nos asaltó un ejército de hombres que se ofrecía a tomarnos el equipaje para subirlo a una góndola, como me había sucedido a mí diez años antes, cuando vine con la tía Hortensia.

—Oh, señora Browning, ¡qué espanto! —exclamó la señorita Frobisher, aferrada a mi brazo—. Esto es horrible. En mala hora se nos ocurrió traer a las muchachas aquí en lugar de llevarlas a París. Los franceses son mucho más civilizados que esta chusma. A buen seguro acabaremos asesinadas en nuestra cama, si antes no morimos de un infarto mientras buscamos el convento.

Intenté calmarla y sentí un gran alivio al descubrir que el convento en el que íbamos a alojarnos era uno de los pocos lugares de

Venecia que no era accesible por canal. Íbamos a tener que caminar hasta el Gran Canal, atravesando el Ponte degli Scalzi, un puente de piedra con muchos escalones, hasta el barrio de Santa Croce, cruzar otro canal por un puente más pequeño y empinado, y luego abrirnos paso por un laberinto de callejones. El hecho de que las callejuelas cambiaran de nombre al doblar cada esquina hizo que el trayecto, cargando las maletas, fuera una experiencia aún más frustrante. Hacía un calor bochornoso y la señorita Frobisher había traído un maletón de cuero que apenas podía levantar del suelo. Me dio un poco de pena, pero tampoco iba a ofrecerme a cargar con él.

—¿Falta mucho? —preguntó una de las chicas—. Ya no me siento el brazo.

—¿Cuándo podremos beber algo? —terció otra—. Nos estamos muriendo de sed.

Esa había sido otra de las incomodidades del viaje. El tren no tenía vagón restaurante. Al principio no supuso un gran drama, porque lo tomamos en Calais y aún teníamos los sándwiches que habíamos llevado con nosotras. La sorpresa nos la llevamos por la mañana al descubrir que no podíamos tomar té o café. Cambiamos de tren en Milán, donde llegamos con la esperanza de poder comprar algo en la estación, pero nuestro tren se había retrasado y tuvimos que correr para llegar al andén y subir en el último minuto. Tenía la boca más seca que la arena del desierto, por lo que me imaginaba cómo debían de sentirse las chicas.

—Este lugar es horrible —murmuró la señorita Frobisher avanzando a trompicones, con la cara roja como un pimiento. Era una mujer corpulenta y no estaba acostumbrada a las altas temperaturas—. ¿Se puede saber qué diablos se le pasó por la cabeza para sugerir esta ciudad?

—Es un viaje cultural, señorita Frobisher —respondí intentando fingir paciencia y optimismo—. Venecia tiene varias colecciones excepcionales de pintura y escultura y, además, los propios edificios son auténticas obras de arte. Las chicas tendrán tanto donde escoger para sus dibujos que no sabrán por dónde empezar. Y estoy segura de que también aprenderán mucho de historia. —Cambié la maleta de mano, intentando disimular que yo también estaba agotada—. Yo vine cuando tenía dieciocho años y me cautivó.

—Mentiría si dijera que he visto algún edificio de interés histórico o digno de mención —me espetó—. Hemos estado en una estación de tren sucia y nauseabunda, nos ha asaltado una marabunta de hombres peligrosos que apestaban y que han intentado manosearme. Y ¿ha visto todos esos soldados y hombres vestidos con camisas negras en la estación? Son los matones de Mussolini. He leído varios artículos en la prensa sobre ellos. Son igual de peligrosos que Hitler. —Dejó caer la maleta al suelo, se secó las manos con la falda y la levantó de nuevo—. Al menos podríamos habernos alojado en un hotel de verdad, y no en un establecimiento regentado por católicos infieles.

—No lo elegí yo, señorita Frobisher —repliqué. Se me estaba agotando la paciencia—. Lo decidió la junta directiva de la escuela. Como bien sabrá, tenían sus reservas sobre la conveniencia de realizar este viaje. El pastor Cronin consideraba que los padres se sentirían más seguros sabiendo que sus hijas pasarían la noche a salvo en un convento.

—¿Nos tendrán a pan y agua? —preguntó Sheila Barber, una chica especialmente molesta—. He leído muchas cosas sobre los conventos: que obligan a las monjas a flagelarse, a rezar veinte veces al día y que se levantan a las cuatro de la madrugada.

—No es el caso de este, te lo aseguro, Sheila —respondí—. Esta es una orden religiosa hospitalaria y se dedican justamente a eso: alojan a peregrinos o visitantes como nosotras. Me han asegurado que es un lugar muy acogedor.

Seguimos avanzando. A decir verdad, la desilusión y la preocupación estaban empezando a hacer mella en mí también. Cuando un grupo de padres de la escuela me hizo ver que sus hijas debían exponerse al gran arte europeo antes de que la situación política se deteriorase aún más, y uno de ellos mencionó Venecia en concreto, no pude resistir la tentación. Como profesora de arte, era la candidata ideal para encabezar la expedición. Además, también soy la única maestra que aún no ha cumplido los cincuenta. Las demás son unas solteronas que tenían la edad ideal para casarse cuando estalló la Gran Guerra, el peor momento posible de la historia reciente de Gran Bretaña, cuando una generación de jóvenes murió en el frente. Asimismo, muchas de ellas no mostraban una gran predisposición a viajar por Europa en una época tan agitada. Al final, convencieron a la señorita Frobisher, la profesora de historia, para que nos acompañara. Íbamos a pasar los primeros días en Venecia y luego partiríamos hacia Florencia.

En ese momento apareció un gato escuálido de un callejón.

—¿Miau? —nos preguntó expectante.

—Pobrecillo —dijo una de las chicas—. Qué flaco está. ¿Nos lo podemos llevar? Necesita un buen plato de leche.

Miré a la chica y vi que lucía la misma mirada que tenía yo a los dieciocho años.

—Margaret, no tardarás en descubrir que Venecia es una ciudad de gatos callejeros. Aquí la gente no aprecia a los animales como nosotros.

—Huele muy mal, señorita —se quejó Sheila—. ¿El agua del grifo sale de los canales? ¿Cree que contraeremos alguna enfermedad?

—Aquí solo se puede beber agua embotellada y mucho cuidado con la fruta y las hortalizas sin pelar. Por lo demás, no deberíamos tener ningún problema —respondí, muy orgullosa del aplomo del que estaba haciendo gala. Me detuve para leer el nombre de la calle, en un edificio rojo que parecía caerse a trozos—. Ah, sí, ya casi hemos llegado. Venga, chicas, un último esfuerzo.

«¿He cometido un error volviendo aquí? —pensé—. ¿Tengo una imagen idealizada del pasado? ¿También olía tan mal y estaba tan sucia en mi época?».

Llegamos a un callejón sin salida tan estrecho que las chicas tuvieron que andar en fila india. El olor a cloaca era insoportable.

—Debería estar aquí. —Examiné la carta—. ¿Convento de Mater Domino...?

Entonces salieron dos chicos por una puerta, con un balón de fútbol en las manos.

—*Scusi. Dove si trova Mater Domino?* —les pregunté.

Se quedaron embobados mirando a las chicas de uniforme, como si fueran criaturas de otro planeta, y señalaron el final del callejón sin articular palabra.

—*Il primo a destra* —dijo al fin uno de ellos.

—*Grazie*. —Me volví hacia la señorita Frobisher—. Está a la vuelta de la esquina a la derecha.

Los chicos tomaron un callejón aún más estrecho. Fuimos examinando los edificios, uno a uno. Al final, vi una placa que decía «Mater Domino», en una pared gris, con una cruz encima. En el centro de la pared había una puerta de madera enorme.

—Tiene que ser aquí —afirmé, con desconfianza—. Cualquiera diría que prefieren pasar desapercibidas.

—Encárguese usted de hablar, señorita Browning —dijo Frobisher—. Sabe italiano, ¿verdad? Yo solo sé latín, que no creo que sirva de gran cosa aquí.

—Solo he estudiado italiano en casa, por mi cuenta. No estoy segura de que pueda hacerme entender muy bien.

—No ha tenido ningún problema con esos chicos.

Se me escapó una sonrisa.

—Digamos que era muy fácil con tantos gestos y aspavientos.

Junto a la puerta había la cadenita de una campana. Tiré y se oyó un tintineo lejano.

—Esto es horrible —susurró una de las chicas—. ¿Por qué no hay ventanas?

—He oído historias de lo que ocurre en los conventos —insistió Sheila—. Intentarán convertirnos y, si no aceptamos, nos harán algo horrible. Aquí emparedan a la gente y echan los cuerpos a los pozos.

—No digas bobadas, Sheila —le recriminó la señorita Frobisher, que estaba haciendo un esfuerzo sobrehumano para mantener la calma—. Estás asustando a tus compañeras sin motivo alguno. Seguro que estaremos muy bien aquí.

En ese momento se corrió la reja de la puerta y apareció un rostro enmarcado por un griñón blanco. Oí el grito contenido de las chicas.

—*Dominus vobiscum* —dijo la mujer.

—*Siamo il gruppo della scuolla dall'Inghilterra.* —Había practicado las frases que me parecían más útiles y esta me salió con gran naturalidad.

—*Ah, va bene.* —La mujer asintió—. Entren, por favor.

Se oyó el lento crujido de la puerta y nos adentramos en un pequeño patio, rodeado de altos muros que tapaban la luz del sol.

—Esperen aquí —nos pidió la monja, que se fue por una puerta arrastrando las largas faldas del hábito. Al cabo de un minuto, apareció otra monja, más joven y con una sonrisa.

—Bienvenidas, chicas. Soy la hermana Immaculata. Soy vuestra anfitriona. Seguidme y os acompañaré a vuestras habitaciones.

—Tenemos mucha sed —dije—. No había vagón restaurante en el tren.

La monja nos miró confundida.

—No hemos bebido en el tren. Tenemos mucha sed. *Siamo assetate.*

—Ah. —La monja asintió—. Ya es demasiado tarde para desayunar, me temo que ya lo han recogido todo. Puedo llevarles agua a las habitaciones, *sì?*

—¿Será agua embotellada? —preguntó la señorita Frobisher, que se interpuso entre la monja y yo—. Solo queremos agua embotellada, para que las chicas no enfermen.

—Agua embotellada se paga —afirmó la monja.

—De acuerdo, pagaremos las botellas de agua, pero le agradecería que nos la trajeran a las habitaciones. ¿A qué hora es el almuerzo? Las chicas están hambrientas.

—El almuerzo es a la una —dijo la monja, que adoptó un gesto más suave—. Puedo enviar pan y fruta. *Va bene?*

—*Sì, va bene.* —Le devolví la sonrisa.

Nos condujeron por una estrecha escalera de piedra. Las chicas dormirían en habitaciones con dos literas y la señorita Frobisher y yo íbamos a compartir un cuarto con dos camas. El baño estaba al fondo del pasillo. Era sencillo, pero estaba limpio. Examiné la habitación, sumamente espartana: las paredes estaban encaladas y había dos camas con el somier de hierro, una sábana blanca, pero sin colcha, y en la pared una cruz. Me hizo gracia ver los barrotes de la ventana y me vino a la cabeza de inmediato lo que me había ocurrido diez años antes. Conservaba un recuerdo claro del rostro de Leo que me sonreía desde la lancha, con los brazos estirados para ayudarme a bajar. ¿Todavía estaba en Venecia? Seguro que sí. Su familia vivía en la ciudad desde la Edad Media. Ya debía de haberse casado. Estaba convencida de que tendría mujer y sería un hombre feliz, justo la vida que yo había imaginado para mí.

Bajo la ventana no había ningún canal, solo una calle estrecha. Una casa con macetas cuadradas de geranios y, detrás de las casas, el tejado de una iglesia. Ni rastro del Gran Canal. Además, tampoco podría trepar por esa ventana.

—Supongo que podríamos definirlo como un alojamiento correcto —dijo la señorita Frobisher—. Al menos está limpio y es seguro, ya que nadie podrá entrar por las ventanas.

—Y tampoco podría salir nadie… en caso de incendio —apunté.

—Cierto.

Llamaron a la puerta y entró una chica joven, que no debía de ser mayor que nuestras alumnas. Vestía el hábito más sencillo de una postulante. Llevaba una bandeja con una botella grande de agua, dos vasos, naranjas y bollos dulces.

—Pues yo creo que este lugar acabará resultando aceptable, ¿no le parece? —La señorita Frobisher sirvió un vaso de agua para cada una.

Me aparté de la ventana. «No debería haber venido», pensé. En ese momento se oyó una campana y su tañido lo inundó todo. Las palomas de los tejados cercanos echaron a volar y me asusté.

—Una ciudad de campanas y pájaros —susurré para mí.

CAPÍTULO 9

Juliet
Venecia, julio de 1938

El convento resultó ser un lugar más agradable de lo que había imaginado en un principio. Sirvieron el almuerzo en un comedor amplio y fresco, con las paredes encaladas y mesas y bancos de madera tosca. Fue una comida copiosa de espagueti con salsa de tomate, parmesano rallado y más pan y fruta. Las chicas lo devoraron todo con auténtico deleite y debo admitir que yo también disfruté de lo lindo. Comimos solas ya que, por lo visto, éramos las únicas huéspedes del convento. Las monjas tenían su propio comedor o bien comían en otro momento. Nos mostraron una sala común con sillones y sofás que daba acceso a un jardín con una fuente. Pensé que a la tía Hortensia le habría gustado. Otro jardín en Venecia.

Bajé mi maletín al jardín y me senté a la sombra mientras las chicas y la señorita Frobisher subían a echar la siesta. Primero saqué un cuaderno nuevo, no tan lujoso como el que me había dado mi padre diez años antes, pero en los tiempos que corrían quedaban pocas cosas que pudieran considerarse lujosas. La mayoría de la gente lo estaba pasando mal y me di cuenta de que debía considerarme muy afortunada ya que, al menos, no tenía que hacer cola para conseguir un pedazo de pan y un poco de sopa, como la pobre gente sin trabajo.

Abrí el cuaderno y escribí la fecha. Entonces, me quedé mirando la página en blanco. ¿Tendría tiempo de dibujar algo? ¿Quería hacerlo? ¿Se me habría olvidado? En los últimos años, mis únicas incursiones artísticas habían sido con fines didácticos, para explicarles a las alumnas la perspectiva o los círculos cromáticos, y enseñarles a dibujar árboles y rostros. A decir verdad, ya no sentía la imperiosa necesidad de dibujar después de verme obligada a dejar la facultad de Bellas Artes inesperadamente; además, tampoco nos sobraba el dinero para gastarlo en frivolidades como pinturas y telas. Guardé el cuaderno en el maletín y saqué el mapa de Venecia. Cuando regresé a Inglaterra con la tía Hortensia, en el verano de 1928, me quedé con su mapa, ya que tenía la firme intención de volver y pintar durante las vacaciones de la universidad. Lo había abierto, examinado y vuelto a cerrar infinidad de veces, y estaba convencida de que me conocía gran parte de la ciudad como la palma de mi mano. Pero era la primera vez que visitaba esa zona. No era un área que los turistas frecuentaran, ya que estaba cerca de la estación de tren y de los muelles. Tracé una ruta con el dedo hasta el puente de Rialto. Desde ahí, podía llevar a las chicas hasta la plaza de San Marcos sin problema. Había varios *vaporetti*, pero nos habían dicho que fuéramos cautas con el dinero y no lo gastáramos en extravagancias, sino que lo reserváramos para emergencias. Podíamos tomar un *vaporetto* para recorrer el Gran Canal, era obligatorio, y para visitar la isla de Murano, donde esta vez pensaba comprarme un collar.

La señorita Frobisher se horrorizó al despertarse de la siesta y descubrir que no iban a servir té a las cuatro.

—No soy persona sin mi taza de té, señorita Browning —dijo—. ¿No hay ningún salón de té aquí cerca?

—El único que conozco se encuentra en la plaza de San Marcos. Se llama Florian, es de alto copete y me imagino que será carísimo. Aquí la gente normal no bebe té, solo café.

—¿Café por la tarde? ¿Qué será lo próximo? —se preguntó, negando con la cabeza.

En ese momento recordé que la pensión donde me había alojado con mi tía sí que servía té por la tarde, pero tenía su lógica, porque la mayoría de los huéspedes eran ingleses, algo que no era el caso de este convento.

—Imagino que las chicas preferirán un helado —sugerí—. Aquí en Italia son deliciosos.

—No es mala idea —concedió la señorita Frobisher.

Al cabo de poco empezaron a aparecer las chicas, una a una, con los ojos legañosos y sin muchas ganas de hacer nada.

—Vamos a estar tan poco tiempo en la ciudad que debemos aprovecharlo al máximo —dije—. ¿Qué os parece si vamos a tomar un helado? Conozco una *gelateria* fabulosa junto al puente de Rialto.

Se les iluminó la cara a todas. Me puse al frente del grupo y, siguiendo el mapa, fuimos recorriendo los callejones hasta llegar a una zona abierta, donde se celebraba el mercado. Cuando empezamos a subir los escalones del puente de Rialto y pudimos disfrutar de la espectacular vista del Gran Canal a ambos lados, se oyeron varios suspiros de admiración de las chicas.

—Mirad ahí. ¿Veis las góndolas? Fijaos en esos edificios tan bonitos. Parece una escena sacada de una película o de un cuento de hadas.

Sonreí como si yo misma hubiera creado la escena para su deleite.

—Pues esperad a ver la plaza de San Marcos mañana. Y el Palacio Ducal. Imagino que todas habréis traído el cuaderno de dibujo, ¿verdad? Vamos a comprar los helados y luego buscaremos un lugar para sentarnos a dibujar un rato. Podéis probar con el puente, los puestos del mercado, un tejado o la aldaba de una puerta. En Venecia nunca os faltarán cosas para dibujar.

Eligieron distintos sabores de helado. Les sugerí uno de limón y avellana porque era muy refrescante y varias me hicieron caso. Luego nos sentamos en las escaleras de una antigua iglesia, disfrutando del helado con avidez antes de que se derritiera, entre suspiros de satisfacción. Dibujamos durante una hora y emprendimos el camino de vuelta al convento por la principal calle que había en la otra orilla y que conducía a la estación. Pasamos frente a varias tiendas interesantes que vendían oro y joyas, pero también artículos de cuero y máscaras de carnaval. Enseguida se hizo patente que íbamos a tener que estar encima de ellas para que no se fueran de compras y disfrutaran también del arte de la ciudad. «Como yo en su momento», pensé.

Cenamos una ensalada de tomate con mozzarella, otro plato de pasta, esta vez con almejas, y de postre una tabla de quesos y fruta. Cuando nos disponíamos a levantarnos, vino la monja que se ocupaba de nosotras para desearnos buenas noches.

—A las nueve empiezan las horas de silencio, por lo que no está permitido ningún ruido desde esa hora. Y también les pido que recuerden que la puerta del convento se cierra a las diez, de modo a partir de entonces ya no podrá entrar ni salir nadie hasta la mañana.

—¿Lo habéis oído, chicas? —preguntó la señorita Frobisher, advirtiéndoles con un dedo—. Ni se os ocurra escaparos o tendréis que dormir en la calle. La señorita Browning y yo somos responsables de vuestro bienestar, por lo que confío en que sabréis comportaros como es debido.

—¿No podemos salir siquiera a ver si hay algún baile o una banda de jazz? —preguntó una de las chicas.

Negué con la cabeza.

—Me temo que no sé nada de salas de baile o bandas de jazz. Vine aquí acompañada de una tía muy estricta que creía que las señoritas no podían salir de casa sin compañía después de cenar.

Al pronunciar las palabras me vino a la cabeza el recuerdo con tal intensidad que casi me tambaleé. Yo había salido de noche. Había música y el viento me acariciaba el pelo. Recordé a Leo y cómo me miraba y sonreía mientras manejaba la lancha, y cómo me tomó la mano mientras paseábamos por los jardines a oscuras, y cómo me besó. Ahora todo me parecía un sueño. ¿Era de verdad quien afirmaba ser? ¿Vivía en un palacio o era un vulgar impostor que solo quería divertirse a costa de una ingenua turista? ¿Había pensado en mí desde entonces? Me di cuenta de que probablemente nunca lo sabría. No había podido darle mis señas de Inglaterra, de modo que no había tenido forma de contactar conmigo, aunque hubiera querido. Y yo tampoco podía presentarme en el *palazzo* donde me había dicho que vivía y preguntar por él, porque tenía a doce chicas a mi cargo y a la señorita Frobisher como acompañante. Además, habían pasado diez años y yo ya no era una jovencita cándida e inocente. Probablemente se había casado, tenía hijos y no sentía el menor interés por ver a la chica a la que había besado tanto tiempo atrás.

Después de cenar acompañamos a las chicas a sus dormitorios y luego subimos al nuestro. El bochorno era insoportable. Me acerqué a la ventana para disfrutar de un soplo de la brisa nocturna. Fuera se oían los sonidos de la ciudad que se despertaba para disfrutar de la noche: risas lejanas, música, alguien que cantaba ópera. Una pareja que caminaba agarrada del brazo. Como si me hubieran oído, se detuvieron, ella levantó la cabeza y se besaron.

«Esa nunca seré yo», pensé, sintiendo una punzada de pena.

A las seis de la mañana nos despertaron las campanas de una iglesia cercana, un tañido reverberante que hizo temblar las persianas. Cuando cesó el estruendo, repicó una campana más pequeña del convento.

—¿Qué es ese alboroto, señorita Browning? —preguntó la señorita Frobisher tímidamente—. No me diga que se trata de un incendio.

—Creo que es la campana que llama a las hermanas a rezar. Son las seis.

—Cielo santo, no esperarán que las acompañemos, ¿verdad?

—Por supuesto que no —respondí con una sonrisa.

—Pero es muy temprano para que nos despierten, ¿no?

Me puse la bata y fui a ver a las chicas. Algunas no se habían enterado de nada, pero otras ya se habían incorporado y expresaron sus quejas en cuanto me vieron.

—No es justo, señorita Browning. ¿Cómo se supone que vamos a dormir si no dejan de sonar las dichosas campanas?

—Mucho me temo que poco podemos hacer al respecto, Daphne. —No pude reprimir la sonrisa al ver su cara de malhumor—. Forman parte de la vida de la ciudad. Los venecianos son muy religiosos y algunos van a misa todas las mañanas. Además, las hermanas rezan varias veces al día.

—Vaya, pues me alegro de ser anglicana —le dijo Daphne a su compañera.

Desayunamos pan recién hecho, huevos duros, mermelada y un café con leche que llamó la atención de las chicas.

—Nunca había probado el café, señorita —dijo una de ellas—. Mi madre dice que es solo para los adultos. Pero no está mal, ¿verdad?

—Claro que no. Y el pan está muy rico.

Después de desayunar nos pusimos en marcha y nos acercamos a la parada de *vaporetti* que había frente a la estación. Tomamos el número 1, que realizaba el trayecto del Gran Canal. Las chicas se mostraron impresionadas. Se inclinaban sobre la barandilla, tomaban fotografías, saludaban a los gondoleros y fantaseaban con los palacios que les gustaría tener. Al acercarnos al Palazzo Rossi, miré hacia las ventanas con la esperanza de ver una cara, pero todas tenían los postigos cerrados para protegerse del calor.

Bajamos en la parada de San Marcos y recorrimos la orilla, donde había varias góndolas amarradas. Cuando llegamos a la plaza, las chicas reaccionaron del mismo modo en que lo había hecho yo diez años antes: se maravillaron al ver el campanario, las cúpulas de la basílica, los cafés y sus terrazas, prácticamente vacías, ya que no eran más que las diez de la mañana. Se sentaron a dibujar y visitamos San Marcos y el Palacio Ducal. Al final, tal y como había hecho yo también en el pasado, nos acercamos al pequeño puente que había en la orilla, donde pudieron disfrutar del puente de los suspiros. A todas les pareció de lo más romántico.

Regresamos al convento a la hora del almuerzo, que en esta ocasión consistió en un estofado de verduras. Después de comer descansamos un poco y luego salimos a tomar un helado y a dibujar. Al día siguiente las llevé a la Academia. Mientras compraba las entradas, vi a un grupo de estudiantes que entraban en el edificio contiguo, que albergaba la propia academia. Llevaban portafolios y reían como si ninguna preocupación pudiera estropearles el día. «Esa debería haber sido yo», pensé, pero recordé que al menos había podido disfrutar de un año de estudios. Siempre es mejor que nada. Mejor que esa pobre gente que no tenía trabajo y había perdido toda la esperanza.

—¿Más cuadros, señorita? —lamentó Sheila mientras entrábamos en una sala en la que se exponían obras de los grandes maestros—. Este arte clásico es muy aburrido, son todo santos y cosas por el estilo.

—Sí, señorita, ¿no podríamos ir un rato de compras? —preguntó otra.

—Se supone que esto es un viaje cultural —señalé—. Mañana iremos a Murano y, si queréis, podréis comprar algo de cristal. Es precioso.

La idea les gustó y al día siguiente fuimos a visitar la isla. Vi las mismas cuentas que me habían embelesado cuando había ido con mi tía Hortensia, y esta vez me di el gusto de comprar un collar. Estábamos esperando a que llegara el *vaporetto* para regresar a la ciudad cuando vi un cartel que anunciaba la Biennale. Claro, era un año par y se iba a celebrar la exposición de arte moderno en los jardines.

—A lo mejor os gustaría ver algo de arte moderno —dije al bajar del *vaporetto*—. Se está celebrando una famosa exposición de arte moderno de todo el mundo en unos jardines fabulosos. Tal vez podríamos ir mañana.

—¿Está segura de que el arte moderno es adecuado para las chicas? —preguntó la señorita Frobisher—. He visto algunas de las obras que definen como arte...

—Les vendrá bien estar al día de las últimas novedades en lugar de centrarse exclusivamente en el pasado —respondí—. Así podrán decidir con conocimiento de causa si el arte moderno está a la altura del clásico o no.

A la mañana siguiente, tomamos de nuevo el *vaporetto* para dirigirnos a los jardines. En el sendero flanqueado de árboles que conducía hasta la exposición se respiraba un aire muy fresco y agradable. Casi sin darme cuenta, intenté encontrar cuál era el árbol de la estatua de Leo, o el césped donde habíamos tomado un pícnic y me había besado. Había mucha gente en los jardines, incluidos varios camisas negras de Mussolini, los escuadrones armados de los fascistas italianos, así como grupos de la policía local que observaba a los paseantes. Su mera presencia dio al traste con la serenidad que desprendía el entorno. ¿Qué buscaban? Allí todo el mundo parecía relajado y feliz de poder disfrutar de un día en el parque.

Visitamos el pabellón principal, donde la señorita Frobisher, cómo no, se escandalizó al ver algunas de las pinturas y esculturas expuestas.

—¿Cómo se atreven a calificar de arte esas obras? No son más que manchurrones y garabatos. Es como si la tela estuviera salpicada de sangre.

—Diría que eso era lo que pretendía conseguir el artista —respondí—. Es una obra sobre la guerra civil española.

El pabellón alemán le gustó un poco más, ya que las obras expuestas se ajustaban fielmente a los preceptos de la propaganda nazi y mostraban a campesinos rubios y felices en el campo y grandes monumentos del país. Caí en la cuenta de que la mayoría de los artistas judíos debían de haber huido de Alemania, como no tardarían en hacer aquellos cuya obra se desviara del pensamiento del partido.

La señorita Frobisher señaló con interés que algunos de los artistas eran austríacos.

—Es lógico, ya que Alemania se ha anexionado Austria, ¿verdad? —afirmó—. Es agradable ver lo bien que se llevan.

Preferí guardar silencio y no expresar lo que pensaba. Cuando estábamos a punto de irnos, entró un grupo de oficiales alemanes en la sala, hablando a voz en grito y apartando a la gente con tal arrogancia que tuve que hacer un gran esfuerzo para contener la ira que sentía.

Cuando se aproximaban, les dije a las chicas:

—Vámonos, creo que ya hemos visto suficiente, ¿no os parece? Todo esto no es más que propaganda, nadie en su sano juicio lo calificaría de arte.

Abandonamos la sala sin más. Fue una pequeña victoria, pero me hizo sentir muy bien.

Visitamos los pabellones de los demás países y acabábamos de salir del de Estados Unidos cuando se nos acercó un grupo de hombres con pinta de ser muy importantes. Hombres que vestían trajes de sastrería con ese aire de gran confianza que inspira el poder. Imaginé que se trataba de una delegación extranjera que estaba de visita. Entonces vi a Leo. Se encontraba en el centro del grupo, hablando con los demás hombres, que lo escuchaban con atención. Lo reconocí de inmediato. Apenas había cambiado, tan solo había engordado un par de kilos y lucía un traje ejecutivo que parecía muy caro. En cuanto a sus rizos rebeldes, los llevaba peinados hacia atrás con gomina.

Me quedé petrificada. Quise llamarlo, pero no me atreví. ¿Y si me había olvidado? ¿Y si pasaba de largo como si yo no existiera? Sin embargo, no podía arriesgarme a dejar que desapareciera sin hacer algo. Di un paso adelante y en ese instante miró hacia mí. Vi de inmediato el gesto de sorpresa reflejado en sus ojos.

—¿Julietta? ¿Eres tú? —preguntó.

—Sí, soy yo —respondí, sin poder apenas articular palabra.

—No me lo puedo creer. Has vuelto después de todo este tiempo.

—Así es.

Se volvió hacia los hombres que lo acompañaban.

—*Un momentino, per favore.* —Se acercó hasta mí—. Ahora no puedo hablar —susurró—. Les estoy mostrando la exposición a estos hombres. Son unos inversores muy importantes. Pero ¿cuándo podemos vernos? ¿Podemos cenar esta noche? ¿Has vuelto con tu tía?

Se me escapó una sonrisa.

—No, esta vez no hay ninguna tía.

Un brillo le iluminó los ojos.

—Me alegro. Entonces, podemos salir a cenar sin pedir permiso a nadie, ¿no? ¿Dónde te alojas? Te recogeré a las ocho.

Miré a mi alrededor, muy consciente de las miradas de los demás.

—Antes tengo que hablar con mi compañera.

—¿Estás en viaje de negocios?

—Soy maestra de escuela y he venido a acompañar a un grupo de chicas. Nos alojamos en un convento.

Me acerqué a la señorita Frobisher.

—¿Le importaría que fuera a cenar con ese caballero esta noche? Es un viejo amigo al que conocí cuando vine con mi tía y hace años que no lo veo.

—Imagino que no habrá ningún problema si es un viejo amigo de la familia —dijo la señorita Frobisher sin demasiada convicción y haciendo hincapié en la palabra «familia»—. Pero recuerde las reglas del convento.

—Sí, por supuesto. —Me volví hacia Leonardo—. Me encantaría cenar contigo, pero ¿podría ser un poco antes? El convento cierra las puertas a las diez y, por desgracia, las ventanas tienen barrotes.

—*Dio mio!* —exclamó negando con la cabeza—. ¿Por qué habéis elegido semejante lugar?

—La escuela quería tener la certeza de que las chicas estarían a salvo y siempre habría alguien vigilándolas.

—¿Qué convento es?

—Mater Domino, en Santa Croce.

Negó de nuevo con la cabeza.

—Te compadezco. Hasta la Pensione Regina habría sido mejor opción. Pero eso ahora no importa. ¿Puedo ir a recogerte?

—Podemos quedar en algún lado —propuse, ya que no deseaba que la señorita Frobisher o las chicas fueran testigos de nuestro encuentro—. No es necesario que vayas hasta ahí, está fuera del circuito turístico.

—¿Circuito? ¿Como de coches? —preguntó confundido.

—Me refiero a que está en un lugar apartado y poco accesible. Puedo tomar un *vaporetto*.

—De acuerdo. Tal vez no pueda llegar a Santa Croce a las siete y media. Pues iremos a cenar a Danieli. Ya lo conoces, claro. Está a la derecha de San Marcos, junto al mar. No tiene pérdida. En la parada de Zaccaria.

Asentí.

—Sí, perfecto.

—Entonces, ¿nos vemos en el vestíbulo del restaurante a las siete y media?

—Sí, fabuloso. Muchas gracias —balbuceé.

Me tendió la mano y me la estrechó con fuerza.

—Nos vemos esta noche —se despidió y regresó junto al grupo de hombres.

—Se ha puesto colorada, señorita —dijo Sheila.

—Hace bastante calor, ¿no os parece? —repliqué—. Creo que a todas nos vendría bien un refresco.

Capítulo 10

Juliet
Venecia, julio de 1938

Mientras me preparaba para la cena, me di cuenta de que no tenía ningún vestido adecuado para un restaurante de lujo. No había llevado un vestido largo, pero, a decir verdad, los únicos que tenía eran de la época en que se esperaba de mí que asistiera a bailes y fiestas para conocer a algún joven. Una época antes de que mi mundo cambiara. Había llevado un vestido para tomar el té azul marino que había sido de mi madre y un chal de seda con flecos. El vestido me llegaba hasta las rodillas y era un poco escotado, pero tendría que conformarme. El chal era de color crema, con flecos dorados, y el collar que me había comprado en Murano era azul y dorado… perfecto.

—Entonces, ese hombre es amigo de la familia, ¿verdad, señorita Browning? —me preguntó Frobisher mientras me ponía unas medias de las buenas.

—Lo conocí cuando vine de visita a Venecia con mi tía —respondí sin mirarla y esquivando su pregunta—. Pertenece a una familia distinguida. De hecho, viven en uno de los palacios que hemos visto desde el *vaporetto*.

—Caray, pues es un buen partido.

Preferí pasar por alto su afirmación para no sonrojarme de nuevo.

—No le importará que la deje a solas con las chicas una noche, espero.

La señorita Frobisher sonrió.

—Creo que estarán seguras dentro de los austeros muros de este convento. No se preocupe, salga y diviértase. Bien sabe Dios que en los últimos tiempos no abundan las ocasiones para distraerse. Una mujer joven como usted merece disfrutar de una buena cena.

—Gracias. —Sonreí, sorprendida ante aquella faceta amable que desconocía.

—Y quién sabe... tal vez le depare algo interesante la velada... —afirmó con un gesto pícaro.

A las siete crucé el Ponte degli Scalzi para llegar a la parada del *vaporetto* de la estación y logré subir a bordo del 1.

—*Signorina...*

Un hombre vestido con peto de obrero se hizo a un lado para cederme un rincón al amparo del viento y donde podría estar algo más cómoda. Le agradecí la deferencia con una sonrisa. El sol se ponía en la laguna y teñía el agua de un resplandor rosado. Las gaviotas sobrevolaban el mar en círculos. A lo lejos se oía el repiqueteo de las campanas. Respiré hondo intentando disfrutar de la escena. Qué no habría dado yo en ese instante por poder capturarla en una botella para disfrutar de ella en los días de lluvia en casa, cuando me sentara en silencio en la sala de mi madre.

Bajé en San Zaccaria y me dirigí al Hotel Danieli, caminando con torpeza sobre los adoquines, ya que no estaba acostumbrada a los tacones altos. Al llegar al edificio de mármol rosa, estuve a punto de echarme atrás. Los porteros con sus vistosos uniformes, las elegantes parejas que entraban… Era obvio que no estaba en mi ambiente. Sin embargo, me armé de valor y me recordé que dentro me esperaba Leo. Todavía no podía creérmelo.

—Así lo ha querido el destino —susurré.

De toda Venecia, justamente tenía que estar en la Biennale en el mismo momento que yo. Era el destino. Respiré hondo y subí las escaleras.

—*Signorina?* —me preguntó uno de los porteros—. ¿Se aloja usted aquí?

—No, tengo una cita para cenar. Con el señor Da Rossi.

—Ah, bienvenida.

Me dio a entender con la mirada que mi vestido no estaba a la altura del restaurante, pero que no podía impedirle el paso a alguien que iba a cenar con Leo. En cuanto pisé el vestíbulo, tuve que reprimir un grito al ver el esplendoroso interior del hotel. En el pasado había sido un palacio y aún lo parecía. Varias columnas de mármol servían de sustento para el techo, mientras que al otro lado el atrio abarcaba varios pisos, con unas escaleras con alfombra roja que ascendía por las paredes. Era un lujo como no había visto antes que contribuyó a que me asaltaran las dudas. Me sentí como una campesina, totalmente desubicada.

Entonces vi a Leo. Estaba junto a la barra, charlando con otro hombre, pero me vio enseguida y se acercó.

—Veo que las monjas te han dejado salir —me dijo con aquella sonrisa pícara que tan bien recordaba.

—Así es. Y la otra maestra ha tenido el detalle de vigilar a las chicas.

—¿Es muy tosco el convento?

—No está mal. La comida es sencilla, pero está buena.

Me tomó del brazo.

—Te aseguro que aquí será mucho mejor. Ven, vamos arriba.

Tomamos un ascensor.

—*Terrazzo* —le dijo al ascensorista y subimos en silencio.

Lo sentía muy cerca de mí y, como si él hubiera percibido mi reacción, me sonrió. Salimos directos al restaurante, una sala inmensa con espejos en las paredes, sillas de terciopelo, copas de cristal reluciente y cubertería de plata. Leo le susurró algo al *maître* y atravesamos el restaurante para salir a la terraza. No pude reprimir un grito contenido. Teníamos ante nosotros una vista espectacular de la laguna, con el paseo marítimo, y la isla de San Giorgio, una estampa idílica que refulgía bajo los últimos rayos del sol.

—Es precioso —fue lo único que pude decir.

Leo sonrió como si hubiera organizado aquel espectáculo para mi deleite.

—Sabía que te gustaría. Es mi vista favorita de la ciudad —dijo—. ¿Te importa que nos sentemos fuera?

—No, es perfecto. —No podía apartar la mirada de la escena. Un camarero me ofreció una silla y tomé asiento. Me dieron la carta abierta y miré a Leo—. Elige tú —le pedí—. Me temo que mis conocimientos de cocina italiana se limitan a los espaguetis.

Asintió y le pidió al camarero, que se retiró con una pequeña reverencia.

—Empezaremos con un Campari, unas aceitunas y un poco de pan —dijo—. Para preparar el paladar. Tengo la firme opinión que cuando estás en Venecia hay que comer productos del mar. ¿Estás de acuerdo?

—Siempre que no sea el fritto misto que le sentó mal a mi tía... —respondí.

A Leo se le escapó la risa.

—Te aseguro que cualquier fritto misto que podamos tomar aquí será mejor que el que le provocó la intoxicación a tu tía. Pero, no, esta noche no tomaremos eso. De primero he pedido pulpo marinado, puré de langostinos rojos y vieiras. Y también un poco de foie gras, porque lo preparan de fábula.

Llegó el Campari y cuando lo probé intenté disimular mi sorpresa por lo amargo que era. Leo sonrió.

—No has cambiado nada.

—Yo creo que sí —repuse.

—Bueno, tienes una mirada más sabia, y tal vez algo más... ¿triste?

—La vida no siempre sigue el curso que una esperaba.

—Pero ibas a estudiar en la facultad de Bellas Artes. Te recuerdo muy emocionada. ¿Al final no fuiste? ¿Por qué no eres una famosa artista y te dedicas a enseñar a colegialas?

—Estudié el primer curso y fue maravilloso. Cumplió con todas mis expectativas. Sin embargo, mi padre invirtió todo su dinero y el de mi tía en bolsa y lo perdió en el crac del 29. No gozaba de muy buena salud, creo que eso ya te lo dije, porque sufrió ataques con gases en las trincheras. Y la debacle económica fue la gota que colmó el vaso. Contrajo neumonía y falleció al cabo de poco. Yo tuve que dejar la universidad y buscar trabajo para mantener a mi madre y mi hermana pequeña. Tuve la suerte de que me contrataran como profesora de arte en una escuela femenina que hay cerca de nuestra casa. Mi madre conocía a la directora. Y, desde entonces, me he dedicado a enseñar arte. El sueldo no es nada del otro mundo, pero nos permite ir tirando.

—¿Qué tiráis?

Me miró desconcertado de nuevo y sonreí.

—Es otra de esas expresiones raras... Significa que podemos sobrevivir, pero sin grandes lujos. Por cierto, en mi tiempo libre me he dedicado a estudiar italiano por mi cuenta. *Ora posso parlare un po' di italiano.*

Leo sonrió de oreja a oreja.

—*Molto bene!* Si has hecho el esfuerzo de estudiar mi idioma significa que tenías la intención de volver aquí algún día —me dijo en italiano.

—Eso esperaba, sí —confirmé, satisfecha conmigo misma por haberlo entendido y encontrar las palabras adecuadas.

Levanté la mirada cuando trajeron los entrantes. El camarero me sirvió un poco de cada. Estaba delicioso… el aspecto de la pata de pulpo no era muy apetecible, pero estaba tierno como la mantequilla, con un sabor ahumado y picante. Los langostinos tenían un sabor muy fresco y salado, como si estuviéramos comiendo espuma de mar. Las vieiras estaban crujientes por fuera, pero se deshacían por dentro. Leo untó un poco de foie en las tostaditas y me lo acercó a los labios. Fue un gesto tan íntimo que me estremecí.

—¿No te gusta el foie gras?

—Ah, sí —afirmé.

—No me escribiste —dijo, volviendo al inglés—. Me llevé una desilusión.

—Pensé en ello, pero no me atreví. Me costaba creer que quisieras de verdad que te escribiera. —No le dije que mi tía había logrado sembrar de dudas mi cabeza y que no estaba segura de que fuera quien afirmaba—. Además, tampoco me diste tu dirección.

—Habría bastado con que pusieras Palazzo Rossi, me habría llegado —respondió con una sonrisa que rozaba lo arrogante—. Yo contaba con verte una vez más para solucionar estas cosas.

—No pude escribirte. A la mañana siguiente mi tía se enteró de que había estado contigo y nos fuimos a Florencia. Estaba muy enfadada. Me dijo que en Italia las chicas respetables no salían sin acompañante, lo cual era una prueba definitiva de que no eras alguien de fiar.

Se le escapó la risa al oírme.

—Admito que no siempre me atengo a las normas —dijo—. Pero ¿no me comporté como un caballero?

—Casi. Me besaste.

—Bueno, merecías ese casto beso.

Me lanzó una mirada sugerente, pero preferí no decirle que había sido algo más que un simple beso.

Volvió el camarero con una botella de Dom Pérignon y nos sirvió una copa a cada uno.

Leo levantó la suya.

—Hagamos un brindis para darte la bienvenida a La Serenissima. Que tu estancia aquí te colme de felicidad.

Levanté la mano y entrechocamos las copas. Leo no dejaba de sonreír. De momento la velada era un sueño idílico y no quería pellizcarme por miedo a despertarme y que fuera mentira.

Poco después nos trajeron un risotto de marisco, suntuoso y cremoso, con gambas, mejillones, pescado, champiñones y pimientos. Mientras dábamos cuenta del segundo plato no hablamos demasiado, pero los pensamientos se agolpaban en mi cabeza. Leo se alegraba de verme. A juzgar por el corte de su traje y el trato que le dispensaban los camareros, saltaba a la vista que era un hombre de éxito. Por primera vez desde hacía muchos años, sentía una gran felicidad en mi interior.

El plato principal fue escorpena y uno de los camareros le limpió las espinas en la mesa con gran habilidad.

—Tiene un aspecto aterrador —dije—. ¿Estás seguro de que no me sentará mal?

Se rio y cambió de tema.

—Por fin has podido ver la Biennale. ¿Qué te ha parecido?

—Muy interesante, te permite ver la imagen que quiere transmitir cada país. Me ha llamado especialmente la atención el pabellón alemán. Muchos campesinos felices.

—Que están pasando hambre y, encima, tienen que soportar que el Führer les diga que el país tiene que producir cañones, no mantequilla. Últimamente viajo a menudo a Alemania. Es bueno para el negocio, claro, pero siempre que voy, no veo la hora de volver a casa. Cuando cruzo la frontera suiza, lanzo un gran suspiro de alivio.

—¿De verdad crees que quieren ir a la guerra?

—Lo harán cuando más les convenga —dijo—. Llevan mucho tiempo produciendo tanques blindados y cañones, eso está claro. Creo que Hitler quiere dominar el mundo. Es un lunático, pero se diría que nadie quiere darse cuenta de ello. —Miró a su alrededor y añadió—: Me temo que Italia ha tomado la misma senda. Mi padre trata con Mussolini y dice que Il Duce sueña con crear otro imperio romano y dominar el Mediterráneo. Ya habla como Hitler, afirma que necesitamos expandirnos para albergar a toda la población italiana, que no para de crecer, que Córcega, Niza y Malta deberían ser italianas. Y, lo que es más, ya ha declarado la guerra en Abisinia.

—Cuando llegamos vi a muchos soldados en la estación.

—Sí, están reclutando a jóvenes para que luchen por la madre patria. Muchachos pobres sin trabajo dispuestos a alistarse sin más. Pero, no te preocupes, Italia no dispone del arsenal necesario para la guerra. De momento podemos respirar tranquilos.

—Prefiero no seguir hablando de cosas tristes. Solo me queda una noche más aquí, luego nos vamos a Florencia.

—Oh, vaya. Es una pena porque me temo que mañana no estoy libre. Tengo que atender a los hombres de negocios y por la noche debo asistir a la fiesta de cumpleaños del padre de mi prometida.

—¿Cómo? —exclamé de forma algo brusca, una reacción de la que me arrepentí de inmediato.

Leo frunció el ceño.

—¿No he usado la palabra adecuada? Tengo el inglés un poco oxidado por falta de práctica. Me refería a la chica con la que voy a casarme.

—Ah, no, has usado la palabra correcta —le aseguré, intentando mantener un gesto impertérrito para no delatar mis sentimientos—. De modo que vas a casarte.

Leo hizo una mueca.

—Dentro de tres semanas, en la iglesia de San Salvatore, de su familia. Una boda por todo lo alto a la que asistirá media Venecia.

—Enhorabuena —le deseé.

Leo esbozó una sonrisa compungida.

—Dada la situación, lo ideal sería que me dieras el pésame. He intentado postergarlo tanto como he podido. En Venecia los hombres no suelen casarse hasta que han cumplido los treinta, y yo ya tengo treinta y dos, por lo que la presión era cada vez mayor.

—¿No quieres casarte con ella?

Se encogió de hombros.

—No tenía otra opción. Estábamos prometidos desde que nació. Es siete años más joven que yo. Mi padre tiene una compañía naviera y el suyo es armador. Además, no tiene hermanos que puedan heredar el negocio. Por lo tanto, somos la pareja ideal. Desde un punto de vista empresarial, claro.

—Pero ¿la amas?

Me miró a los ojos.

—No es una chica que inspire ese tipo de sentimientos. Ten en cuenta que es la hija única de un hombre muy rico, siempre ha tenido todo lo que quería y está muy consentida. Cuando no se sale con la suya, estalla en un berrinche. —Suspiró—. No, no creo que sea un matrimonio nada fácil para mí.

—Entonces, ¿por qué sigues adelante? ¿Tan importante es el dinero?

—No el dinero en sí, sino el honor y la posición de mi familia. Además de la oportunidad que supone de forjar una importante alianza con otra familia poderosa, claro. Toda Venecia sabe que vamos a casarnos. Si me echara atrás, sería una deshonra para el apellido familiar y un duro golpe económico. No le puedo hacer algo así a mi padre. —Tomó la copa, la apuró de un trago y la dejó en la mesa con un golpe—. De modo que no me queda más remedio que cumplir con mi papel de hijo obediente y confiar en que ella madure y acabe queriéndome.

Me miró y vi la llama del anhelo en sus ojos.

—Por eso me sentí tan atraído por ti. Ahí estabas tú, una chica sincera, generosa, capaz de emocionarse ante todo lo que podía ofrecerle la vida. En cambio Bianca... Le regalé una pulsera de oro y apenas la miró antes de guardarla en un cajón. Tan solo su perro es digno de su cariño. Tiene un pequinés y siempre lo colma de besos.

Se me escapó una sonrisa.

—Me dijiste que a los venecianos no les gustaban las mascotas.

—Ella es la excepción. Por cierto, creo que te alegrará saber que tus gatitos son muy mayores y han tenido biznietos.

—Tal vez tu prometida cambie cuando tenga hijos —le dije, orgullosa de poder mantener la conversación sin que se me alterara la voz.

—Ya lo veremos. Me temo que he echado a perder la cena. No debería haberla mencionado.

—No, me alegro de que lo hicieras porque, de lo contrario, tal vez hubiera albergado falsas esperanzas. Aunque no es que... —balbuceé atropelladamente y me ruboricé.

—En otro mundo, habríamos hecho una buena pareja, tú y yo —me aseguró—. Pero, cuéntame, ¿por qué no te has casado? Eres una mujer preciosa.

—No soy preciosa —repliqué.

—Eres deslumbrante..., con tu melena pelirroja, tus ojos azul claro y esa tez tan típicamente inglesa. Te aseguro que no pasas desapercibida para los hombres.

Suspiré.

—Pues no es que haya tenido muchas oportunidades de conocer a hombres. Doy clases todo el día y luego he de hacerle compañía a mi madre, que se encuentra muy delicada. Depende totalmente de mí. Soy lo único que le queda y aún llora la muerte de mi padre. Mi hermana pequeña, Winnie, se casó y se fue a la India con su marido el año pasado.

—Y tú eres la buena hija que permanece junto a su madre —afirmó y asintió con un gesto de compasión.

—La buena hija y el buen hijo —añadí.

—No está mal, hacemos buena pareja. —Estiró el brazo para tomarme la mano y tuve que hacer un esfuerzo para no retirarla—. Me alegro de que nos hayamos encontrado y que pudiéramos disfrutar de esta cena juntos. Siempre la recordaré.

—Yo también.

Le sonreí, sorprendida por mis propias dotes de interpretación.

—¿Volverás el año que viene?

—Creo que es muy poco probable. Y aunque regresara, no podríamos vernos porque ya serías un hombre casado.

—¿Acaso un hombre casado no puede invitar a cenar a una vieja amiga?

—No sin su mujer presente.

Leo suspiró.

—No creo que Bianca quisiera conocerte, es algo celosa. Pero te prometo que me comportaría como un caballero toda la noche.

Me miró esperanzado, pero yo negué con firmeza.

—Si en mi escuela supieran que he retozado con un hombre casado, sería el fin de mi carrera. La directora es una mujer muy devota, en el peor sentido de la palabra, y créeme que las chicas se lo contarían todo y probablemente lo exagerarían. De hecho, he tenido que ser muy cauta para poder cenar contigo esta noche y le he insistido a mi compañera que eres un viejo amigo de la familia.

El camarero regresó a la mesa.

—¿Están listos para el postre?

—Oh, creo que deberíamos dejarlo… —intenté decir, pero Leo levantó la mano para pasar por alto mis palabras.

Se volvió hacia el camarero.

—Tomaremos la *panna cotta* con melocotón, café y limoncello. —Me miró—. No quiero hablar más de nuestro futuro. Disfrutemos del momento y de esta preciosa noche.

Dirigí la mirada hacia la laguna. Mientras hablábamos, había caído la noche y las luces de la ciudad rielaban en el agua. La luna brillaba por encima de los jardines. «Tal vez no vuelva a disfrutar de unas vistas o una velada como esta», pensé.

Nos sirvieron el café y el postre, que comí sin entusiasmo. Si bien podía apreciar los deliciosos sabores, para mí fue como si estuviera masticando arena. Miré el reloj.

—Debería irme. No sé cuál es la frecuencia de paso del *vaporetto* a estas horas y no quiero arriesgarme a llegar tarde y no poder entrar.

—Tengo la lancha en un embarcadero privado —me dijo Leo—. Solo nos llevará unos minutos, así que no te preocupes.

—Es que no quiero molestarte y el convento no está cerca de ningún canal.

—Julietta, no puedo permitir que vuelvas en un medio de transporte público a estas horas. Además, ¿no ves que quiero aprovechar al máximo este momento, tanto como tú? Ven.

Me tendió la mano para ayudarme a levantarme. Nos dirigimos en silencio al ascensor y atravesamos el vestíbulo, hasta el embarcadero donde estaba atracada su lancha, en un pequeño canal. Quitó la amarra y nos alejamos surcando las aguas negras de la laguna. Pasamos frente a la *riva* y los diversos palacios que iluminaban el canal. Era como un sueño del que temía despertar en cualquier momento. Observé a Leo, de pie frente al timón, y me deleité viendo su perfil regio, su fuerte mandíbula y los rizos alborotados por la brisa marina.

Antes de llegar al puente y a la parada del *vaporetto*, dobló por un canal estrecho.

—Creo que podemos llegar a tu convento desde aquí —dijo—. Déjame ver si encuentro lugar para amarrar la lancha.

—No deberías acompañarme. Podrían vernos.

—¿Hay algo más decente que un hombre que se preocupa de que una mujer llegue sana y salva a su destino?

Acercó la barca a la orilla, hasta unos escalones cubiertos de algas, y la amarró a la barandilla antes de bajar. Me tomó de la mano y me ayudó a desembarcar. Caminamos en silencio por un oscuro callejón. Solo había una farola que brillaba al final, pero Leo me agarraba la mano con fuerza.

—¿Puedo besarte? —me preguntó—. Me gustaría despedirme de ti como es debido.

—Creo que una despedida como es debido sería un apretón de manos —repliqué con una débil risa.

—Pues me gustaría despedirme de forma indebida —añadió, también entre risas.

Y sin más, me acarició el mentón con los dedos y me atrajo hacia él. Fue un beso increíblemente dulce, el simple roce de sus labios con los míos. Se apartó, me miró con unos ojos teñidos por un velo de rabia y, de pronto, me agarró de los hombros y me besó de nuevo. Esta vez su boca buscaba la mía sin tregua y no opuse resistencia. Sentí el latido desbocado de su corazón en mi pecho.

Al cabo de unos segundos, nos apartamos.

—Debería irme, no puedo llegar tarde.

Me costó horrores pronunciar las palabras. Tenía el convencimiento de que rompería a llorar si postergábamos mucho más la despedida, y no podía permitirlo.

Leo asintió.

—Sí, deberías irte. Y yo también. Adiós, Julietta. Espero que disfrutes de una vida magnífica.

—Tú también, Leo.

Asintió, rozó mis labios con dos dedos y se fue con paso acelerado.

***

—Llega justo a tiempo —me dijo la señorita Frobisher en cuanto entré en el dormitorio.

—Sí.

—Espero que haya disfrutado de una agradable velada.

—Ha sido fantástica. Me ha puesto al día sobre su familia y la cena estaba deliciosa.

Me volví para mirar por la ventana, hacia la oscuridad que inundaba la calle.

CAPÍTULO 11

—Creo que necesito que me vea un psicólogo —murmuró Caroline, observando la ropa que había dispuesto sobre la cama. Había pedido vacaciones en el trabajo, se había mudado con su abuela a tiempo para el funeral de la tía Lettie y la estaba ayudando para organizar todas sus pertenencias. A decir verdad, ninguna de las dos quería conservar muchas cosas. La ropa estaba muy pasada de moda y era demasiado grande para la abuela. Había un par de joyas de la época victoriana: un broche dorado con diamantes incrustados y una pulsera de oro, aunque ninguna de las dos le gustaba a Caroline—. Si no las quieres, deberíamos venderlas.

La abuela sonrió.

—¿Cuándo tendré la oportunidad de ponerme un broche de oro? No, es mejor que invirtamos el dinero en la educación de Teddy.

—Ya me aseguraré yo de que Josh se encargue de eso —replicó Caroline con amargura—. Es lo mínimo que puede hacer. —Hizo una pausa y se corrigió—. Pensándolo bien, creo que prefiero prescindir de su ayuda. Quiero olvidarme de él. Solo deseo que mi hijo vuelva a casa. Lo único... —Dejó la frase a medias y se volvió para ocultarle las lágrimas a su abuela.

—Lograremos que vuelva a casa, ya lo verás. No te preocupes —le aseguró la abuela.

—Pero ¿cómo? ¿Qué posibilidades tenemos de ganar contra los millones de Desiree?

—Tal vez sea una de esas personas que enseguida pierde el interés por el hijo de otra mujer —repuso la abuela.

Caroline la miró a los ojos y esbozó una débil sonrisa.

—Venga, tenemos que acabar de prepararle la habitación —insistió la abuela, agarrando de la manga a Caroline—. Ya verás como así te sentirás mejor.

Le convenía mantenerse ocupada y adoptar una actitud positiva. A Teddy le encantaría tener más espacio y una ventana con vistas a un comedero de pájaros, además de un gran jardín para jugar al fútbol. Caroline había acabado cediendo a la presión de su abuela y se había comprado un billete para Venecia. ¿Qué ropa le convenía llevar en octubre? ¿Y si llovía todos los días? ¿Qué podría hacer después de haber visitado todos los museos? No sabía que la tía Lettie había estudiado arte. ¿Acaso también había soñado con ser artista, como Caroline? «¿Qué quería yo en realidad?», pensó. En la escuela siempre se le había dado muy bien la asignatura de arte, pero había mostrado más interés por el diseño de moda; le parecía una forma de rebelarse contra las estrictas normas del internado... y de ganarse la vida como artista. Después de muchos años trabajando en la periferia de la industria de la moda, se había dado cuenta de que todo el tinglado no era más que un intento solapado de obligar a las mujeres a renovar su vestuario constantemente. La moda de usar y tirar había impuesto su yugo. Topshop, H&M, Primark. Las nuevas colecciones quedaban desfasadas en tan solo un mes.

A Josh siempre le había gustado la alta costura, ser extravagante y escandalizar a la gente. Caroline comprendió que su época trabajando para marcas populares, diseñando camisetas blancas, habían sido una tortura para él y sintió un leve atisbo de compasión. Pero no lo bastante intenso para perdonarle lo que le había hecho.

—Te vas a enterar, Josh Grant —murmuró—. Ya verás, no pienso quedarme de brazos cruzados mientras tú mueves los hilos para manejarme como una marioneta. A ver qué opinas cuando te enteres de que he ido al continente sin ti.

Caroline confiaba en que esas palabras le infundieran un mínimo de satisfacción, pero no fue así. Comprendió que, en el fondo, no le importaba que Josh se quedara con Desiree y su mansión de Beverly Hills. Lo único que quería era recuperar a su hijo y que el pequeño volviera a casa con ella.

Llamó a Josh para decirle simplemente que se iba de viaje al extranjero durante unos días.

—¿Qué significa que te vas de viaje? —preguntó él en tono precavido.

—Significa eso, ni más ni menos. Solo quería que supieras que no estaré en Inglaterra durante unos días, te lo digo porque tienes que llamarme. Le enviaré a mi abuela el número de teléfono cuando tenga alojamiento.

—¿Alojamiento? ¿Es que te mudas a otro país? —Ahora parecía nervioso.

—No, me voy de misión.

—¿Qué pasa, que has abrazado la fe mormona?

—Puedes guardarte las bromas para otra persona. Simplemente me he tomado unos días de descanso.

—¿Cómo puedes hacerlo? ¿Te han echado del trabajo?

—No, pero este año no hice vacaciones en verano, ¿recuerdas? Me pareció que sin Teddy no valía la pena. Por eso voy a hacerlas ahora. De hecho, me voy a Venecia.

—Tú odiabas Venecia.

—No, eras tú quien odiaba la ciudad. Yo nunca tuve la oportunidad de formarme una opinión al respecto. Y voy a ir ahora para esparcir las cenizas de la tía Lettie en la laguna.

—¿Ha muerto la tía Lettie? No me habías dicho nada.

—No era tu tía, ¿verdad? Nunca mostraste un gran interés por mi familia. Siempre tenías una excusa a mano para no visitar a nadie.

—Claro que me importaba tu familia, simplemente, no tenía nada que decirles a un par de ancianas.

—La cuestión es que la tía Lettie ha muerto —le soltó Caroline de malas maneras—. Y me ha afectado un poco. La echo de menos y he decidido llevar sus cenizas a su lugar favorito.

—¿Venecia era su lugar favorito? Ni siquiera sabía que había viajado al extranjero.

—Yo tampoco lo sabía hasta hace poco.

—¿Cuánto tiempo estarás fuera?

—No lo sé.

Caroline se sentía orgullosa de sí misma, de su actitud distante e impasible, algo que sacaba de quicio a Josh, que prefería imaginársela encerrada en casa, llorando por él. Todo muy típico de su ex.

—Me gustaría hablar con Teddy antes de irme.

—Creo que está en la ducha.

—Pues ve a buscarlo. Te he dicho que quiero hablar con mi hijo.

Lo oyó resoplar, pero al cabo de unos segundos Ted se puso al teléfono.

—¡Hola, mamá! ¿Sabes qué? Soy el único niño de clase que sabe leer y también hacer sumas. Los demás solo dibujan. La maestra me ha dicho que si me quedara me pasaría a segundo.

—Es fantástico, hijo. Siempre he sabido que eres muy listo. ¿Cómo estás?

—Muy bien. Corro más rápido que Autumn y a lo mejor dentro de poco empezamos a jugar al fútbol.

—Tengo ganas de que vuelvas a casa con la abuela y conmigo. Cuando vengas podemos apuntarte a un equipo.

—En Estados Unidos el fútbol es distinto —dijo—. Llevan unos cascos muy guais. Pero soy demasiado pequeño para jugar, ¿verdad?

—Sí, pero un día podrás jugar a rugbi, que es casi lo mismo, ¿no crees?

—Vale. Tengo que irme, que solo voy tapado con una toalla y tengo frío. Adiós, mamá.

Colgó sin más. No parecía un niño traumatizado e incapaz de tomar un avión, sino un niño pequeño que estaba empezando a tener acento americano. Qué ganas tenía de que volviera a casa...

Intentó no dejar que las preocupaciones le arruinaran el día mientras preparaba la maleta. Dobló varias prendas elegidas un poco al azar y las guardó en una bolsa de mano. No pensaba quedarse muchos días. Añadió las llaves y los cuadernos. Era obvio que la tía Lettie quería que hiciera algo con ellos, aunque tampoco estaba muy segura. Por otra parte, se había acostumbrado a llevar el anillo de la tía, que le encajaba a la perfección. Además, se alegraba de haber cambiado el que le había regalado Josh. En último lugar, puso también el pequeño frasco que contenía parte de las cenizas.

El 8 de octubre tomó un avión en el aeropuerto de Gatwick con destino al Marco Polo de Venecia. En Londres el día era muy desapacible, con nubes y una lluvia fina, por eso se le iluminó la cara al ver el sol a treinta mil pies de altura. El manto de nubes no desapareció en Francia y tuvieron fuertes turbulencias al cruzar los Alpes. Sin embargo, cuando miró abajo, vio unas colinas verdes y un lago alargado y reluciente. Fue entonces cuando el avión inició el descenso.

—Abróchense los cinturones —anunciaron.

El avión viró y pudo ver la laguna, aunque la vista no fue muy romántica, ya que había también un gran depósito de combustible rodeado de torres de alta tensión.

Desembarcó en cuanto aterrizaron y al salir a la terminal intentó averiguar cómo podía llegar a la isla. Había taxis acuáticos, claro, siempre que no le importara pagar más de cien euros. También había un autobús muy barato, o un barco, pero el trayecto duraba más de una hora y tenía diversas paradas en la laguna. Ahora que estaba ya tan cerca no quería perder el tiempo y optó por el autobús. Pasaron junto a pequeñas extensiones de maíz, casas de campo y varias promociones de pisos más modernos antes de tomar un puente que cruzaba la laguna. Caroline se dio cuenta, sorprendida, de que estaba conteniendo el aliento.

A lo lejos vio el campanario de San Marcos, que descollaba sobre los demás edificios. No obstante, la zona que estaban atravesando no era especialmente bonita: un aparcamiento gigante, vías de tren, almacenes, grúas, buques en un muelle, hasta que se detuvieron en una pequeña plaza donde había más autobuses aparcados. Caroline bajó del vehículo y sintió el calor de los rayos del sol que le bañaban el rostro, preguntándose cuál debía ser su siguiente paso. Encontrar un hotel, claro. Josh y ella se habían alojado en uno de mala muerte que tenía el baño al final del pasillo y una cama que chirriaba cuando se movían, lo que les arruinó la noche de bodas. Quería algo mejor, pero sabía que en Venecia los hoteles no eran baratos. En la plaza había una oficina de información.

—¿Conoce la Pensione Regina? —preguntó.

Durante el vuelo había examinado los cuadernos de su tía y había visto un dibujo de la pensión en 1928, por lo que le parecía una opción ideal para su alojamiento.

El hombre del mostrador consultó la lista y negó con la cabeza.

—No aparece nada con ese nombre, *signora*.

—Mi tía se alojó ahí hace mucho tiempo.

—¿Cuánto?

—En 1928.

El tipo soltó una carcajada.

—Me temo que el dueño ya habrá pasado a mejor vida.

—Tenía un jardín muy bonito.

—En tal caso le sugiero la Pensione Accademia. También tiene un jardín precioso y está muy bien ubicada.

El precio se salía un poco de su presupuesto, pero Caroline pensó que valía la pena ya que solo iba a estar una semana como mucho. Además, la tía Lettie le había dejado mil libras. Después de que el empleado de la oficina de turismo le hiciera la reserva, tomó un *vaporetto* en una parada cercana, donde compró un abono semanal, tal y como le habían recomendado. Mientras se alejaban del muelle y enfilaban hacia el Gran Canal, intentó recordar algo de su última visita a Venecia. Josh y ella se habían alojado en una pensión de mala muerte detrás de la basílica de San Marcos. Un lugar horrible, donde hacía un calor infernal y en cuyas habitaciones solo había un pequeño ventilador, del todo insuficiente para impedir que Josh y ella acabaran empapados en un mar de sudor después de hacer el amor. Intentó borrar aquel recuerdo de su memoria y se concentró en las vistas de la ciudad. Nunca había recorrido el Gran Canal de aquel modo, asistiendo a su transformación de algo mundano a un espectáculo glorioso. Era última hora de la tarde y la luz del sol poniente teñía el mármol de tonos rosados. Apareció ante ellos el puente de Rialto, que parecía flotar sobre el agua. La última vez que había visto Venecia, estaba llena de turistas. En ese momento, debido a la época del año y a los atentados de las Torres Gemelas de Nueva York, el Gran Canal parecía medio vacío. De hecho, le costó un rato ver la primera góndola con dos turistas chinos a bordo. La embarcación cabeceó de un modo precario cuando el *vaporetto* pasó a su lado y la mujer estuvo a punto de dejar caer la cámara al agua. Caroline oyó cantar al gondolero, que desafinaba un poco, y se le escapó una sonrisa. Estaba en Venecia, un lugar precioso, y pensaba aprovecharlo al máximo a pesar de lo mal que lo había pasado en los últimos tiempos. Pero le vino a la cabeza un pensamiento: «A Teddy le encantaría esto. Tengo que comprarle una góndola de juguete. Podría usarla en el estanque de peces de la abuela», pensó, aunque enseguida se le borró la sonrisa de la cara.

—Si es que vuelve —susurró.

***

La pensión era idílica: un antiguo *palazzo*, con los techos pintados, una armadura en el salón y, por si fuera poco, la ventana de su dormitorio tenía vistas al Gran Canal. Además, las otras ventanas daban al jardín, en el que había varias estatuas, una fuente y parasoles, donde servían el desayuno cuando no hacía frío. Caroline deshizo el equipaje y se tumbó en la cama para escuchar los sonidos de la ciudad: el traqueteo de los motores diésel que rebotaba entre los muros que bordeaban el canal, el arrullo de las palomas del jardín, el graznido de alguna que otra gaviota, una conversación a gritos en italiano. «A lo mejor la tía Lettie quería que viniera aquí para recuperarme», pensó.

Sacó el teléfono e intentó llamar a Josh, por si acaso le ocurría algo a Teddy y tenía que ponerse en contacto con ella. Sin embargo, comprobó que no podía llamar a Estados Unidos desde el móvil. Presa de la frustración, llamó a su abuela.

—De momento va todo bien —le dijo y le dio el número de la pensión—. ¿Te importaría llamar a Josh por mí y decirle que he llegado bien y que puede llamarme si necesita algo? No te olvides de darle recuerdos a Teddy y decirle que nos veremos enseguida... — Se le quebró la voz y tuvo que parpadear para reprimir las lágrimas.

Cuando se puso el sol, le pidió a la recepcionista que le recomendara un restaurante para cenar.

—¿Le gusta el pescado?

Caroline asintió.

—Pues vaya hasta el canal, al otro lado de Dorsoduro. Es una zona que se llama Zattere. Encontrará varios restaurantes con vistas al mar. Pero no se le ocurra comer cerca de San Marcos o Rialto, porque solo hay locales para turistas.

Caroline le dio las gracias y recorrió el estrecho canal hasta llegar a uno mucho más amplio, cuyas aguas fluían bajo el brillo de las luces. Había varias terrazas para comer al aire libre en verano, pero al ser una noche gélida prefirió cobijarse dentro y probó suerte en el primer restaurante. Solo había dos parejas más y los camareros la recibieron con los brazos abiertos. Pidió una ensalada de tomate y mozzarella, seguida de unos espaguetis con salsa de almejas, todo ello acompañado de una copa de prosecco. Una vez finalizado el banquete, emprendió el camino de vuelta acompañada del eco de sus propios pasos en el canal.

En la pensión, pidió un café y la dueña se sentó con ella después de servírselo.

—¿Has venido a Venecia por negocios? —le preguntó.

—No, por motivos personales. Mi tía abuela murió hace poco y he traído sus cenizas para esparcirlas en un lugar del que estaba enamorada.

—Ah, es importante cuidar de la *famiglia*.

—¿Eres de Venecia? —preguntó Caroline.

—Claro, nací aquí.

—¿Te suena un establecimiento llamado Pensione Regina?

La mujer frunció el ceño.

—Me resulta familiar, pero diría que no la conozco. Hoy en día no existe, eso te lo aseguro.

Caroline se envalentonó y decidió subir a la habitación para mostrarle la caja.

—Mi tía me dejó esto. ¿Tienes idea de lo que puede ser?

Le mostró las tres llaves y la dueña las tomó y las observó con detenimiento.

—Creo que la grande podría corresponder a cualquier puerta de la ciudad. La mayoría de las casas usan llaves de este tipo. —Entonces tomó la llave de latón, del león alado—. Esta tiene el símbolo de la ciudad, San Marcos, ¿ves? Puede que fuera la llave de una ocasión especial. Tal vez un festival. Es la primera vez que veo una de este tipo, pero el león de San Marcos está por todas partes. Hasta en los recuerdos fabricados en China... —dijo y se rio.

Caroline guardó las llaves. Todo había sido en vano. Cuando regresó al dormitorio, examinó las llaves. ¿Qué quería la tía Lettie que hiciera con ellas? ¿Que encontrara la puerta que podía abrir la grande, a pesar de que podía ser de cualquier casa de la ciudad? Es más, ¿podía estar segura de que era de Venecia? ¿Por qué tenía la llave de una puerta que no era la de la pensión en la que se había alojado? ¿Por qué era Venecia un lugar tan especial para ella?

—Menudo incordio, tía Lettie —dijo Caroline en voz alta—. Si querías que hiciera algo aquí, ¿por qué no me dejaste una nota? Y si estos objetos no eran especiales para ti, ¿por qué los habías guardado en una cajita especial?

De repente nada tenía sentido. Sin embargo, se dio cuenta de que al menos todo ese ajetreo le había servido para dejar de lado por un tiempo las preocupaciones sobre Teddy. Tal vez eso era lo que quería su tía abuela.

CAPÍTULO 12

Caroline
Venecia, 9 de octubre de 2001

La mañana siguiente amaneció radiante y las campanas la despertaron al alba. Abrió los postigos y permaneció junto a la ventana, observando el tráfico del Gran Canal y las palomas que se pavoneaban por el jardín. También había un jardinero dando forma a diversos círculos de gravilla. Al otro lado del pequeño canal lateral, alguien había puesto a airear la ropa de cama en el alféizar. Se duchó y bajó a desayunar.

—¿Quiere que se lo sirva en el jardín? —le preguntó el camarero—. ¿O hace demasiado frío?

Sin embargo, Caroline eligió sentarse al aire libre y disfrutar del bufé de fruta, queso, huevos duros, embutidos, yogures y un brioche recién hecho. Cuando acabó, metió los dos cuadernos en la bolsa, la caja de las llaves y un plano de la ciudad que había tomado de la oficina de turismo, y salió a la calle sin un destino fijo. Los monumentos más importantes estaban al otro lado del canal, por lo que decidió cruzar el puente de la Academia. No tardó en llegar a una plaza que la dejó sin aliento. Era uno de los primeros bocetos de su tía, tal y como lo había dibujado en 1928. Prosiguió con la esperanza de llegar a la plaza de San Marcos. A juzgar por el mapa, no había una ruta directa. Aprovechó el paseo para examinar las puertas, y comprobó que casi todas tenían una aldaba y una cerradura imponentes en la que podía encajar la llave. «No puedo empezar a probar todas las puertas y, además, todavía no entiendo por qué necesitaba la tía Lettie la llave de una de estas casas».

Caroline entró en una librería de viejo y, después de mucho rebuscar, encontró una guía de 1930. Y sí, aparecía la Pensione Regina. Compró el libro y, a pesar de sus lagunas con el italiano, logró hacerse entender con el librero, que le indicó cuál podía ser la dirección. Regresó al Gran Canal, donde descubrió que la Pensione Regina había pasado a formar parte de una residencia privada que tenía un gran candado en la puerta. Además, la habían reformado de arriba abajo y había adquirido un aspecto moderno, con grandes ventanas. Ninguna de las llaves serviría para la puerta de la calle. El quiosquero que tenía un puesto muy cerca señaló la casa.

—Rusos —dijo con desdén—. Rusos ricos. Nunca vienen.

Caroline se alejó, decepcionada, y enfiló de nuevo hacia San Marcos.

Por el camino reconoció más dibujos: un canal con varias góndolas amarradas a los postes, un interesante tejado, una bomba de agua en desuso. Saber que su tía había estado en la ciudad de joven le despertó un sentimiento reconfortante. «¿Tal vez debería comprar un cuaderno y empezar a dibujar yo también?», pensó de pronto. ¿Era eso lo que quería su tía? ¿Que se convirtiera en la artista que ella nunca había podido ser? ¿Acaso no le gustaba que se dedicara a la moda? ¿Cómo podía saberlo?

Llegó a la orilla del Gran Canal y se detuvo para observar la isla que había al otro lado de la laguna, en la que descollaba el campanario de una iglesia. La belleza de la escena la dejó sin aliento y atravesó unos jardines en dirección al campanario de San Marcos. En esa época del año había menos turistas y pudo echar un vistazo a los puestos de recuerdos, preguntándose si en alguno de ellos venderían llaves como las que ella tenía. Pero no tuvo suerte. Solo vendían *souvenirs* horrendos fabricados en China: bolas de nieve, gorras de béisbol, bolígrafos, dagas de mentira... La última vez que había visto la plaza de San Marcos estaba llena de turistas. En ese momento estaba casi desierta y Caroline aprovechó para tomar un café en una de las terrazas. Se sentó a disfrutar de las maravillosas vistas de las cúpulas de la basílica, sonriendo al pensar en su tía dibujándolas, con solo dieciocho años, y en lo mucho que había mejorado al cabo de diez años. «Tenía un gran talento», pensó. ¿Por qué lo había abandonado? ¿Acaso la guerra había acabado con su creatividad? Empezaba a vislumbrar los paralelismos con ella misma, ya que Lettie también había vivido una época de gran tensión y tragedias que había minado sus ganas de sobrevivir. Apuró el café y, cuando fue a pagar, se horrorizó. El camarero se limitó a encogerse de hombros. Estaba pagando por la experiencia, no por el café.

Decidió dejar el interior de San Marcos para otro día. No estaba de humor para visitas religiosas. Su abuela era bastante devota, pero la tía Lettie nunca lo había sido y a ella se le antojaba imposible rezar tras los últimos acontecimientos que se habían producido en su vida y el horror del 11-S. Por ello se dirigió a la parte posterior de la basílica, donde podría tener una buena vista del puente de los Suspiros. Tras detenerse en lo alto del puente y observar el canal, decidió visitar el puente de Rialto. La tía Lettie había dibujado la zona en más de una ocasión. Después de equivocarse un par de veces, llegó a Rialto, donde se paró a echar un vistazo a las llamativas tiendas. Había una que solo vendía bolígrafos; otra, papel jaspeado, o máscaras. Se preguntó cómo podían sobrevivir. ¿Tanta gente había en Venecia que comprara papel jaspeado? ¿O marionetas?

«Qué lugar tan fascinante. Me gustaría conocerlo mejor», pensó.

¿Cuánto tiempo iba a quedarse en la ciudad? Era obvio que no había forma de dar con la cerradura de sus llaves, en el supuesto de que fueran de una puerta de Venecia, claro está. ¿Debía concentrarse, pues, en encontrar un sitio adecuado para esparcir las cenizas de la tía Lettie? ¿Había alguna ley que prohibiera hacerlo en un canal? Tal vez podía contratar un taxi y hacerlo en la laguna. Pero aún no. Tenía hambre y decidió tomar un *panino* de queso y jamón antes de retomar la búsqueda. La tía Lettie había dibujado también el mercado de Rialto. ¿Había algún rincón en concreto que le gustara especialmente? Era una pregunta difícil de responder a partir de los dibujos. Entonces le vino a la cabeza el joven del primer cuaderno. Era inútil intentar encontrarlo, claro. Era imposible que estuviera vivo. Tal vez era un gondolero que le había mostrado la ciudad. ¡Algunos eran muy atractivos!

Al final se rindió y regresó a la pensión, donde aprovechó para descansar un rato. Más tarde salió a tomar un aperitivo y a cenar. Volvió bastante relajada después de tomar alguna copa más de lo habitual. Abrió los postigos y observó la noche veneciana. Oyó el sonido lejano de risas, voces y las olas que batían contra los edificios. Una ciudad llena de vida que no la incluía a ella.

—¿Qué quieres de mí, tía Lettie? —preguntó a la oscuridad—. ¿Por qué me has traído aquí?

¿Por qué no se había limitado a escribir una simple nota antes de morir? Siempre había sido una mujer muy práctica y previsora. «Estimada Caroline: me gustaría que esparcieras mis cenizas en Venecia, una ciudad que amé hace tiempo». Habría sido mucho más fácil, pero, en lugar de ello, le encomendó una misión con unas llaves que no podían abrir cualquier puerta de la ciudad.

—Y un anillo —recordó, mirándose la mano—. Y unas cuentas de cristal. Y dos cuadernos.

El aire nocturno era gélido y Caroline cerró los postigos. Tal vez al día siguiente hallaría la respuesta a alguna de sus preguntas.

Por la mañana, el sol amaneció oculto tras un manto de nubes oscuras y la amenaza de lluvia. Desayunó dentro acompañada del repiqueteo de las gotas contra las ventanas. No tenía ningún sentido salir para calarse hasta los huesos. Si despejaba, tal vez podía intentar dibujar algo. Pero necesitaría un cuaderno y lápiz, claro. Y para ello tendría que encontrar una tienda de suministros de arte. Cuando amainó la lluvia a media mañana, salió en dirección a San Marcos, pisando los charcos y con el cuello subido para protegerse del viento gélido. A pesar de que había varias tiendas, no encontró ninguna que vendiera suministros de arte. Quedaba poco para la hora del almuerzo y su malhumor y hambre iban en aumento. ¿Qué diablos hacía perdiendo el tiempo en esa ciudad? ¿Intentar demostrar que era tan buena artista como la tía Lettie? ¿Podía influir eso de algún modo en su estancia?

Al llegar a la plaza de San Marcos, se acercó al Museo Correr y entró en la tienda.

—¿Dónde podría encontrar una tienda de suministros de arte? —le preguntó a la mujer del mostrador, que le recomendó una que se encontraba en una calle al otro lado de la plaza.

—Cuando llegue al famoso reloj, doble a la derecha —le indicó.

Había empezado a llover de nuevo y recorrió la columnata hasta llegar al reloj, donde se había cobijado una multitud de turistas. En ese momento sonaron las campanas. «Debe de ser mediodía», pensó, y se detuvo a observar el reloj animado, que cobró vida. Aquella escena la puso de buen humor y tomó la Calle Larga San Marco que había detrás de la plaza. Pasó junto a un banco y pensó que si el café era tan caro y los restaurantes solo aceptaban efectivo, tenía que sacar dinero. Se acercó al cajero. Era un banco de fiar, ¿verdad? Toda prudencia era poca. Entonces se quedó helada. El cartel que oscilaba mecido por el viento rezaba BANCO SAN MARCO, y el logotipo era idéntico al león de su llave.

A pesar de la vergüenza que le daba, decidió entrar y preguntó si había alguien que hablara inglés.

—*Scusi* —le dijo a un hombre sentado tras un mostrador con una partición de cristal—. Mire, tengo esta llave y me preguntaba si guarda alguna relación con su banco.

El tipo la examinó y asintió.

—Por supuesto. Es una vieja llave de una de nuestras cámaras de seguridad. Es muy antigua.

—Ya veo. Gracias. —No sabía qué más decir y se volvió, pero el hombre la llamó.

—¿Desea acceder ahora a la cámara? —preguntó.

Caroline lo miró sorprendida.

—¿Aún sirve? ¿Después de tantos años?

—Si la propietaria ha pagado el mantenimiento anual, aún funcionará —respondió—. ¿Es usted?

—Era de mi tía abuela, que me la legó en su testamento.

El hombre asintió.

—De acuerdo. Si me muestra una identificación, veré qué puedo hacer. Sígame, por favor.

Una vez que hubo comprobado que todo estaba en orden, la hizo pasar por una puerta de seguridad y bajaron unas escaleras que parecían las de una mazmorra. La sala estaba mal iluminada. El hombre abrió otra puerta y accedieron a una cámara con las paredes llenas de cajas de seguridad. Comprobó el número de la llave y asintió.

—Sí, este número corresponde aquí. —Se agachó, agarró uno de los tiradores de latón e introdujo la llave en la cerradura. La tapa se abrió. El corazón de Caroline empezó a latir con fuerza al ver que el hombre sacaba una caja larga y estrecha.

—¿Desea que la deje a solas para que pueda examinarla? —le preguntó—. Tenemos una sala privada.

La acompañó hasta el lugar indicado y depositó la caja en una mesa. Entonces se retiró y cerró la puerta tras él. A Caroline le temblaban tanto los dedos que le costó introducir la llave en la cerradura. Forcejeó unos instantes, pero parecía imposible girarla. Sin embargo, al final lo consiguió y lanzó un gruñido de decepción al ver el contenido. En lugar de dinero o joyas, había un pedazo de papel. Parecía un documento oficial, firmado y sellado con diversos colores. Cerró la caja y salió a buscar al hombre que la estaba esperando.

—Gracias —le dijo—. Solo había este documento. ¿Sabría decirme qué es?

El hombre lo leyó y la miró.

—Parecen unas escrituras —dijo—. Un contrato de arrendamiento.

—¿De una propiedad en Venecia?

El tipo asintió.

—¿Mi tía tenía una casa en Venecia? —balbuceó.

—¿Cómo se llamaba?

—Juliet Browning.

—Es lo que dice el documento, sí.

Se preguntó si ya habría caducado.

—¿De cuántos años es el arrendamiento?

—Noventa y nueve. Y está fechado en 1939.

—Cielos —murmuró Caroline, que echó cuentas y calculó que aún le quedaban cuarenta años—. ¿Sabe dónde se encuentra la finca?

El empleado examinó el documento.

—Dorsoduro 1482. —La miró y al ver su gesto de incomprensión añadió—: En Venecia las calles no tienen número, sino los *sestieri*. Es un sistema algo complicado para los extranjeros. Si quiere, puedo mirarlo por usted.

Salieron de la cámara de seguridad y regresaron al escritorio, donde consultaron un gran volumen.

—Ah, sí. Zattere al Saloni. Al otro lado de Dorsoduro. ¿Conoce Zattere? Está en una de las orillas.

—Sí, fui a cenar ahí hace un par de noches.

—Pues no le costará encontrarlo. Zattere al Saloni y dice que el contrato es por el alquiler del apartamento de la cuarta planta.

—Pero ¿me está diciendo que aún es válido? —preguntó Caroline.

El empleado se encogió de hombros.

—Tiene los sellos de la ciudad y el contrato fue registrado y firmado ante notario. Por lo que a menos que su tía se lo vendiera a otra persona...

Caroline salió a la calle, donde la recibió un sol deslumbrante. La tía Lettie tenía un apartamento en Venecia. Había vivido en la ciudad, pero ¿cómo era posible que la abuela no lo supiera? ¿Por qué nunca había hablado del tema ni había regresado? Tal vez había conseguido el contrato de alquiler y se lo había revendido a otra persona al estallar la guerra. «Será mejor que no deposite muchas esperanzas en todo esto», pensó.

Se detuvo al pasar frente a una *trattoria*, atraída por el delicioso olor a ajo y pescado frito. Era la hora de comer, pero estaba demasiado emocionada para probar bocado. Tenía que averiguar cómo era la finca. No podía dejar de dar vueltas a la posibilidad de que fuera la flamante dueña de un piso en Venecia, un lugar que podría aprovechar en vacaciones y alquilar el resto del año. Una idea de lo más atractiva.

Consultó el mapa.

Zattere se encontraba en el otro extremo de Dorsoduro, había un buen trecho, y el cielo se estaba encapotando y ya se veía una masa de nubes en las colinas de las afueras de la ciudad. Miró las rutas de *vaporetto* en el mapa y vio que una de ellas recorría la isla y paraba en Zattere. Quizá le llevara más tiempo que a pie, pero en ese momento resultaba una opción más atractiva. Pasó junto al campanario de camino a la parada, compró un billete y le dijeron el número que debía tomar. Cuando llegó la embarcación, tuvo suerte de conseguir un asiento dentro. La ruta seguía el Gran Canal, atravesaba la zona poco favorecida del aparcamiento y los muelles, hasta Dorsoduro. Al llegar a aguas abiertas aumentó el oleaje y se alegró de haberse cobijado en el interior, desde donde veía la cubierta mojada. Finalmente llegaron a Zattere. Desembarcó y echó a caminar hacia su destino. Empezaron a caer las primeras gotas y se maldijo por haber dejado el paraguas en la habitación del hotel, aunque, por suerte, llevaba un impermeable.

Se encontraba en la calle Zattere Ai Gesuati y en ese instante pasó junto a una enorme iglesia jesuita. Cruzó el Ponti agli Incurabili, el puente de los incurables. Un poco más adelante se veía una especie de institución..., algo que no resultaba muy tranquilizador. Sin embargo, a medida que avanzaba comprobó que las casas de la orilla eran edificios altos y atractivos, aunque a más de uno no le habría venido nada mal una mano de pintura y alguna reforma. Aceleró el paso, espoleada por el viento que la empujaba. Llegó a Zattere allo Spirito Santo y, tras cruzar otro puente, se aproximó al extremo de la isla, donde estaba Al Saloni. Miró los números, que no seguían orden alguno, hasta que llegó a un edificio alto con los postigos de un azul descolorido. El estuco de color crema pálido se estaba desconchando y se veían los ladrillos de debajo, pero había unos escalones que conducían a una puerta doble de aspecto imponente. Comprobó la dirección por segunda vez. Sí, estaba en el lugar correcto.

—Guau —murmuró.

Introdujo la mano en el bolso y sacó la llave grande, pero en cuanto tocó la puerta, esta se abrió sin más. Se adentró en un vestíbulo oscuro. Había varias puertas abiertas a ambos lados y percibía el olor inconfundible de la pintura fresca. De las profundidades del edificio llegaba el ruido de unos golpes de martillo. Lo estaban reformando. Había una escalera de mármol ancha que ascendía a las plantas superiores. Subió los primeros escalones cuando alguien gritó:

—*Signora? Cosa vuole? Dove sta andando?*

Se dio la vuelta y vio a un hombre en la puerta. Llevaba el cuello del abrigo levantado y tenía el pelo mojado.

—Lo siento —se disculpó Caroline—. No sé italiano.

El tipo se acercó a ella levantando un dedo amenazador.

—Le he preguntado qué hace aquí. Se encuentra en una propiedad privada. Esto no es un lugar para turistas. No hay nada que ver, así que váyase.

—Tranquilo, no soy una turista. He venido a ver la propiedad que acabo de heredar.

—Pues se equivoca. —La alcanzó y Caroline vio que era un hombre alto, fornido y bastante guapo a pesar del gesto de malhumor que gastaba—. Este edificio es propiedad de Da Rossi Corporation. Como ve, se encuentra en proceso de rehabilitación. Lleva muchos años vacío. Permítame acompañarla a la puerta.

—¿Estamos en Dorsoduro 1482?

—Así es.

Caroline hurgó en su bolso y sacó el documento.

—Pues me temo que soy usufructuaria de la cuarta planta.

—No puede ser. —Le arrancó el contrato de las manos y lo leyó con el ceño fruncido—. No puede ser cierto. Este edificio siempre ha sido propiedad de la familia Da Rossi. Jamás se lo habrían arrendado a una extranjera. —Levantó el documento para encontrar mejor luz—. La persona que redactó esto cometió un error. No existe una cuarta planta. Tengo los planos del edificio, que describen la existencia de tres plantas y una *altana*.

—¿Altana?

—Una caseta en la azotea. Un lugar a la sombra para sentarse al fresco.

—Me gustaría verlo, si no le importa.

—De acuerdo, si insiste… Pero le advierto que hay que tener buenas piernas para subir hasta ahí.

La miró con media sonrisa y la dejó pasar. La segunda planta no era tan espectacular y en la tercera solo había una escalera de madera que seguía subiendo. Caroline llegó al rellano del tercer piso e hizo un esfuerzo para disimular y no darle el gusto a aquel tipo de que viera que le faltaba el aliento. Había cuatro puertas y estaban todas cerradas.

—Como ve, se acaba la escalera —afirmó el hombre en tono petulante. Abrió una puerta para mostrarle una habitación tapada con sábanas. A continuación, abrió otra que daba a una estancia vacía y luego una tercera. Al final abrió la puerta de lo que parecía un armario de la limpieza grande o una antesala. Estaba lleno de muebles viejos y rotos, tablones y había también una escalera de mano.

—Lo siento, pero me temo que le han gastado una broma.

—¿Acaso la ciudad de Venecia malgasta los sellos oficiales en bromas? —preguntó Caroline, que insistió en entrar en todas las habitaciones y no le quedó más remedio que admitir que no había ninguna escalera que subiera a la azotea.

Al final, entró en el armario gigante. Estaba oscuro y había varias telarañas. Miró a su alrededor y la embargó una gran decepción y frustración.

—Veo que tiene razón —concedió Caroline—. Pero no entiendo… —Examinó las paredes y vio lo que parecía la parte superior de una puerta, tras el tablero de una mesa que estaba apoyado contra la pared—. Un momento.

El hombre se había vuelto, pero regresó.

—Creo que hay una puerta al fondo del armario. —Apartó una silla de tres patas e intentó mover el tablero—. Écheme una mano.

—Tenga cuidado, tiene pinta de pesar mucho y no quiero que…

Sin embargo, Caroline ya había empezado a apartarlo, hasta dejar al descubierto el pomo de una puerta.

—¡Mire! —exclamó en tono triunfal.

El hombre se acercó de un salto y entre ambos apartaron el tablero.

—Es una puerta —insistió Caroline, con una sonrisa de oreja a oreja.

—Que imagino que conducirá a un almacén. —Hizo una pausa—. Ah, no, un momento. Debe de ser el acceso a la azotea. A la *altana* que aparecía en los planos. —Intentó abrirla, pero fue en vano—. ¿Lo ve? —La miró con un gesto de satisfacción—. Ya no se puede abrir.

Caroline se llevó la mano al bolsillo y sacó una llave grande.

—Me pregunto si esto servirá de algo —dijo.

—¿Qué es esa llave? —preguntó el tipo—. ¿De dónde la ha sacado?

—Me la dejó mi tía.

El corazón le martilleaba en el pecho. Introdujo la llave en la cerradura y la giró. Tras un breve forcejeo, oyó un delicioso clic. La puerta se abrió lentamente con un crujido que no auguraba nada bueno. Frente a ella había una escalera estrecha que desaparecía en la oscuridad.

—Lleva al tejado —dijo el tipo—. No creo que sea buena idea que suba. Estas azoteas antiguas suelen ser muy peligrosas.

Sin embargo, Caroline no le hizo caso y empezó a subir.

—*Signora*, no se lo recomiendo. No me hago responsable… —dijo antes de salir tras ella y agarrarla del brazo.

Caroline se revolvió para soltarse. Al llegar arriba descubrieron que había otra puerta. La palpó a oscuras y encontró la cerradura. Introdujo la llave, la abrió y en lugar de salir a una azotea, pasó a una habitación preciosa con vistas a la isla y a la ensenada de San Marco. Los muebles estaban tapados con sábanas y una fina capa de polvo cubría los alféizares de las ventanas.

El hombre entró tras ella.

—*Madonna!* —murmuró.

CAPÍTULO 13

Juliet
Venecia, 2 de julio de 1939

¡He vuelto a Venecia! Siento tal alegría que me tiembla el pulso. Una parte de mí cree que es un sueño hecho realidad, pero me asaltan las dudas porque no sé si he obrado bien viniendo aquí. Claro que deseo estar en Venecia y pasar un año pintando y disfrutando de la vida. No se me ocurre nada mejor, francamente. Pero el mero hecho de saber que él está aquí y que se ha casado con otra mujer..., me llevará un tiempo superarlo.

No dejo de repetirme que estoy en una gran ciudad y que las probabilidades de cruzarme con él son escasas. De hecho, sé que no me moveré en los mismos círculos que su familia y, ni que decir tiene, no iré de compras a las mismas boutiques que su mujer. Y si me cruzara con él, sería educada y amable, pero distante. Soy una mujer adulta. Lejos queda la chica ingenua e impulsiva de antaño. He aprendido a controlar mis sentimientos. ¡Podré manejarme! Si lo pienso con lógica, solo nos hemos visto dos veces. En realidad, apenas lo conozco; podría ser un maltratador, un alcohólico, un drogadicto o un donjuán. Por eso no tiene ningún sentido que albergue ningún tipo de sentimiento por él. Nuestra historia se limita a dos fugaces encuentros, nada más y nada menos.

Todavía me cuesta creer que esté aquí. Mientras escribo estas palabras, oigo las campanas que resuenan por la ciudad. Las palomas arrullan en la azotea de enfrente y las voces de la gente de la calle llegan hasta mi habitación. Es como si nunca me hubiera ido.

Cuando la señorita Huxtable me llamó a su estudio en mayo, estaba segura de que algo malo había hecho. ¿Había sido una imprudencia mostrarles a las chicas un desnudo de un maestro antiguo? Me pidió que me sentara con un gesto relajado y amable. Entonces me dijo que un benefactor anónimo había presentado una generosa oferta a la escuela. Al parecer, sus nietas habían sido alumnas de la institución y él era un gran admirador de Neville Chamberlain y firme partidario de la paz a toda costa. Ignoraba qué era lo que pretendía decirme o en qué podía afectarme.

—Nos ha ofrecido una beca para que una de nuestras profesoras pueda estudiar un año en el extranjero. El objetivo es que la persona elegida regrese con un buen conocimiento del estado actual del mundo, que sepa valorar otras culturas y que, por lo tanto, se convierta en una adalid de la paz mundial.

Asentí con cautela.

—¿Me la está ofreciendo? —pregunté.

No comprendía por qué había sido la elegida cuando era la profesora más joven del claustro.

La señorita Huxtable me explicó que, como era lógico, le habían ofrecido la beca a las profesoras más veteranas: primero a la señorita Hayley, la profesora de francés, y luego a la de latín, la señorita Rile, así como a la señorita Frobisher. También a la señorita Hartmann, que daba clase de matemáticas y ciencias. Todas la habían rechazado. Una de ellas porque no quería dejar sola a su madre mayor, otra porque le parecía una opción muy peligrosa en una época tan turbulenta. La señora Frobisher no se anduvo con rodeos: el viaje del verano anterior había colmado sus ansias de «ver mundo» y no le apetecía en absoluto repetir la experiencia. La señorita Hayley se había excusado aduciendo que era demasiado mayor para nuevas experiencias.

Por lo que yo era la última opción. No me habían elegido, sino que simplemente había llegado mi turno. Era la única que no había rechazado la oferta aún.

—Sé que disfrutó del viaje a Venecia. La señorita Frobisher me ha dicho que tiene un vínculo especial con la ciudad y sé de buena tinta que hay una excelente academia de Bellas Artes. ¿Le gustaría aprovechar la oportunidad e irse a estudiar con todos los gastos pagados? Tenga en cuenta que podrá reincorporarse a su puesto de trabajo actual cuando vuelva.

Había que ser muy tonta para rechazar la beca. Por supuesto que la aceptaba. Me sentí abrumada, pero tuve que recordarme que yo también tenía una madre que ya iba haciéndose mayor. ¿Me atrevería a dejarla sola un año? ¿Y el dinero? ¿Cómo sobreviviría ella si yo no podía contar con mi sueldo de profesora?

—Me temo que no puedo —balbuceé—. Mi madre depende de mí y de mi sueldo para salir adelante.

—Creo que el estipendio es sumamente generoso y no me extrañaría que superase el modesto sueldo que podemos ofrecerle aquí. De modo que le pido que reconsidere su decisión, ya que tal vez le salga más a cuenta económicamente. —Hizo una pausa—. Además, su madre me dijo que una tía suya había expresado interés por venir a vivir con ustedes…

—Sí, mi tía Hortensia. Es cierto que nos comunicó que su doncella austríaca se había ido para regresar a su país y que le estaba resultando imposible encontrar una sustituta dada la situación actual —afirmé titubeando.

—Pues ya está. Es la solución perfecta. Invite a su tía para que cuide de su madre mientras usted esté fuera.

No podía negar que parecía la solución perfecta. La tía Hortensia contaba con sus propios ingresos, aunque nada tenían que ver con la fortuna que había poseído antaño, y así mi madre no se quedaría sola. Y Venecia no estaba tan lejos. Si me necesitaba o si caía enferma, siempre podía tomar un tren para regresar a casa.

Así fue como acepté la oferta. La tía Hortensia aceptó encantada la invitación. Yo escribí a la Accademia di Belle Arti, la misma a la que había llevado a las chicas un año antes y donde había visto un grupo de estudiantes que disfrutaban entre risas de sus estudios, sin ninguna otra preocupación y ajenos a lo que sucedía en el mundo. ¿Podría encajar en ese mundo? Ya no tenía dieciocho años. Estaba a punto de cumplir los treinta y ya no estaba convencida como antaño de que el mundo era un mar de oportunidades.

Envié a la academia una muestra de mis obras y me aceptaron como estudiante extranjera visitante, lo que significaba que podía asistir a clase sin tener que someterme a los exámenes.

Me quedaría corta si dijera que a mi madre no le hizo mucha gracia mi decisión. De hecho, se preocupó mucho.

—¿Un año fuera? Y ¿qué será de mí?

Tras el fallecimiento de mi padre, había desarrollado una gran dependencia de mí. Nunca había sido una mujer que rebosara confianza en sí misma y, durante años, su vida se había reducido a cuidar de su marido y sus hijas, asistir a misa y formar parte de la agrupación eclesiástica.

—La tía Hortensia te hará compañía y la señora Bradley te echará una mano con la limpieza de la casa.

—Me parece muy irresponsable —dijo—. ¿Por qué diablos tienes que seguir estudiando arte? Yo diría que en la escuela te consideran lo bastante competente para dar clase.

—Mamá, para mí es una oportunidad de oro. Pensaba que te alegrarías por mí.

—¿Que me alegraría? —Su voz alcanzó un tono que rozaba la histeria—. ¿Te vas a vivir un año al extranjero entre desconocidos? Tú... que apenas sabes cuidar de ti. ¿Cómo saldrás adelante? Siempre has vivido en casa y soy yo la que ha cuidado de ti.

Sus palabras no eran del todo ciertas, ya que desde hacía tiempo era yo quien se encargaba de todo.

—Sobreviviré.

—¿Y si Hitler decide declarar la guerra? El mundo está sumido en el caos. Y Mussolini es tan malo como él. ¿No acaba de invadir Abisinia?

—Eso está en África, mamá. Es una colonia. Solo está expandiéndose como hicieron Francia y Gran Bretaña hace años. Si estalla la guerra volveré a casa —le aseguré.

Entonces me agarró de los brazos.

—Eres lo único que tengo, hija. Si te ocurriera algo, no lo soportaría.

Por increíble que pudiera parecer, la tía Hortensia me apoyaba.

—Dejaste que tu hermana Winnie se fuera a la India —le dijo—. Creo que tu hija merece vivir su propia vida. Lleva muchos años cuidándote.

Al final, mamá tuvo que dar el brazo a torcer, muy a su pesar. Hice la maleta y a principios de julio me dirigí a la estación, cargada con mi escaso equipaje y el sentimiento de culpa.

***

Y aquí estoy. Llegué ayer y me instalé en un pequeño hotel cerca de la estación hasta que encuentre un piso para el resto del año. La habitación es tan espartana como la del convento donde nos alojamos el año pasado. Pero no tan limpia, ya que huele a humo y sudor. Además, da a la calle principal que lleva de la estación a la plaza de San Marcos, por lo que es muy ruidosa. ¡No ha sido un recibimiento muy plácido que digamos! En cuanto al tiempo, hace calor y bochorno. Anoche me tumbé sobre la cama, pero no pude dormir. Cuando me atreví a abrir los postigos para que entrara la brisa, me atacaron los mosquitos de inmediato.

Me he despertado al alba con un concierto de campanas, lo que me ha recordado que hoy es domingo. De modo que tampoco podré hacer nada, salvo familiarizarme de nuevo con la ciudad. También tengo que ir a la academia para saber dónde voy a vivir y cuál será mi horario de estudios. Como soy una alumna visitante, no debo seguir el mismo calendario que los italianos, y tal vez pueda empezar de inmediato, lo cual será maravilloso. He traído solo algunos artículos para pintar porque estoy segura de que los profesores tendrán sus propias opiniones sobre los únicos pinceles, pinturas y telas que valen la pena. Si no recuerdo mal, mis profesores de Slade eran muy maniáticos con los pinceles y pigmentos que podíamos usar. Qué lejos me parece todo eso. Como si hubiera ocurrido en otra vida. Hoy por la mañana me he mirado en el espejo que tengo sobre la cómoda y no me he reconocido. ¿Soy la misma chica que hace años observaba el mundo con esperanza, que tenía grandes planes para disfrutar de un futuro maravilloso? He visto las arrugas que me surcan la frente. Y, por si fuera poco, he recordado que el año pasado Leo me dijo que tenía una mirada triste.

Le he dado la espalda al espejo. No quiero pensar en él. Entonces me he dicho que hay otros italianos muy guapos, y que Leo también me dijo que a los venecianos no les gustaba casarse hasta haber cumplido los treinta. Tal vez podría conocer a alguien. A un artista italiano. Casarme con él y vivir el resto de mis días en Venecia.

¡Al final resulta que sí conservo un atisbo de esperanza y fantasía en mi alma!

3 de julio de 1939

¡Ya falta menos para que tenga mi propio piso! Esta mañana, después de un desayuno algo decepcionante a base de pan, margarina y confitura de albaricoque, acompañado de un café aguado (que me ha hecho valorar aún más la Pensione Regina y hasta el convento del año pasado), me he puesto el vestido gris de cuello blanco, el sombrero blanco con un lazo azul marino, los guantes blancos y me he ido a la academia. La mujer de secretaría me ha recibido con una retahíla de frases en italiano tan rápida que no he entendido nada.

—¿Podría hablar un poco más despacio? Acabo de llegar de Inglaterra —le he pedido.

Lanzó un suspiro, como si tuviera que hacer un esfuerzo sobrehumano para hablar más lento.

—¿Qué quiere? —me ha preguntado—. La galería de arte está en el edificio de al lado. Esta es la escuela.

Le he explicado, echando mano de las frases que había preparado para la ocasión, quién era, que me habían concedido una beca de estudiante visitante y que deseaba matricularme. Me miró como si no diera crédito al hecho de que una mujer de mi edad pudiera ser estudiante, pero me envió a la oficina de matriculación. Subí un tramo de escaleras de mármol, disfrutando del roce de mi mano sobre la balaustrada del mismo material. La mujer de la oficina de matriculación fue algo más amable y me dijo que su trabajo consistía en ayudar a los estudiantes extranjeros. Hablaba muy despacito y claro, y sabía expresarse en inglés cuando me costaba entender algo. Me dio una lista de las clases y me dijo que podía elegir un máximo de tres. Fue como si me hubieran traído la carta de un restaurante de lujo. Historia de la pintura. Dibujo y pintura del desnudo. Taller sobre el color. Pintores del siglo XVI. La arcilla. Escultura de metal.

Me habría gustado matricularme en todas, pero al final decidí que me convenía dejar de lado la escultura, ya que no dominaba ese arte, y elegí Dibujo y pintura del desnudo, una de las asignaturas que me habría tocado en el segundo año de Slade, Introducción a la pintura al óleo y Pintura con libertad de expresión. ¡A lo mejor acababa convirtiéndome en una Picasso!

Luego pasamos al tema del alojamiento. Me dijo que había tenido suerte. En esta época Venecia suele estar llena de turistas, pero este año hay mucha gente con miedo a viajar, sobre todo de Inglaterra, ahora que Italia ha firmado el pacto de no agresión con Alemania.

—Esperemos que no estalle la guerra —añadió—. Ya pasamos una, ¿verdad? ¿Cuántos hombres murieron en vano? Es una pena comprobar que no ha cambiado nada, salvo que todos somos más pobres y hemos perdido la esperanza.

Asentí. Por un momento pensé en mi padre, que había sufrido un ataque con gas, pero no sabía expresarlo en italiano y no estaba dispuesta a admitir mi derrota y pasarme al inglés.

Consultó un libro del escritorio y anotó varias direcciones.

—Esta es una lista de distintas caseras que alquilan habitaciones a estudiantes —dijo—. Muchas no quieren arriesgarse a tener jóvenes, porque beben y les estropean los muebles, pero usted no me parece del tipo que haga esas cosas.

Me reí.

—Le aseguro que nunca me he comportado de ese modo, ni siquiera cuando estudiaba en Londres hace muchos años.

Miré la lista que había escrito y me costó entender una letra tan distinta a la mía. La miré de nuevo.

—¿Podría aconsejarme y decirme cuál de estas le parece la más adecuada? Me temo que no conozco las direcciones.

Las repasó conmigo.

—Esta es en Cannaregio. Demasiado lejos para ir a pie y no tiene parada de *vaporetto* cerca. Además, está en el barrio judío. No es que tenga nada contra los judíos, pero se sentiría desubicada. —Hizo una pausa buscando un gesto afirmativo por mi parte—. Y la siguiente... oh, no, no le conviene una planta baja.

—¿Por qué no?

—*Acqua alta*, querida.

Entendía las palabras, pero no sabía qué significaban. ¿Agua alta?

—En invierno, la ciudad se inunda a veces cuando coincide una marea alta con la época de lluvias fuertes. Nosotros ya estamos acostumbrados, pero no le recomiendo la experiencia de levantarse un día por la mañana y descubrir que está en una cama flotante.

—Tiene toda la razón —me apresuré a añadir.

Deslizó el dedo por la página.

—Ah, esta es una buena opción —dijo—. Está al otro lado del puente. En el *sestiere* de San Marcos, junto a la Piazza de Santo Stefano.

—Conozco la zona. Hace un tiempo me alojé en la Pensione Regina y dibujé la plaza. Está muy cerca.

—Y es una zona relativamente tranquila. El alquiler incluye el desayuno y la cena, por lo que me parece una oferta muy razonable. No todas las caseras son un dechado de simpatía, por eso le recomiendo que vaya a verla para saber si podrá hallarse a gusto.

—De acuerdo.

Encontró dos pisos más por si no me iban bien las cosas en el primero. Ambos en Dorsoduro, el *sestiere* donde se encontraba la Academia.

—Este barrio es de gente trabajadora y estudiantes —dijo—. La facultad de Ciencias Empresariales está muy cerca. Es la Ca' Foscari. Como se imaginará, es una zona animada, sobre todo en torno al Campo Santa Margherita, donde hay muchos bares y cafés. Si prefiere un lugar con más vida, tal vez...

—No, gracias, me gusta la tranquilidad. No estoy acostumbrada al bullicio. En los últimos años he llevado una vida muy recogida dando clase en una escuela femenina.

—Lo entiendo. Además, la mayoría de los estudiantes no serán... tan maduros.

En realidad, quería decir «mayores». En comparación con los demás, yo era una persona mayor. A decir verdad, no entendía qué me había llevado a pensar que podía volver a la universidad para estudiar arte. ¿Qué esperaba conseguir más allá de vivir un año en la ciudad de mis sueños? Tenía serias dudas de que llegara a hacerme un nombre como pintora y que consiguiera vender mi obra. Además, ¿quién tenía dinero para comprar cuadros? ¿Quedaba alguien que apreciara el arte?

Tuve que hacer un esfuerzo para dejar de lado los pensamientos negativos, guardé la lista con las tres direcciones que me había escrito y partí en busca de mi futuro hogar. Conté los cincuenta escalones del puente de la Academia. Al llegar a lo alto me detuve, casi sin aliento, y admiré las vistas. A un lado el Gran Canal desembocaba en la laguna, con los espectaculares *palazzi* a un costado y la elegante cúpula de Santa Maria della Salute al otro. Cuando crucé el puente y me volví, ahí estaba el recodo del canal con sus palacios de mármol blanco y rosado, el tráfico de góndolas que libraba su particular batalla con los *vaporetti* y alguna que otra barcaza. Lancé un gran suspiro. Estaba aquí, en mi nuevo hogar. No sabía qué iba a depararme el futuro, pero tenía claro que nadie podría arrebatarme ya esto. ¡Pensaba aprovechar hasta el último segundo!

CAPÍTULO 14

He decidido que primero voy a probar suerte con la dirección cerca de la iglesia de Santo Stefano, ya que está muy cerca de la Academia. Después de tantos años levantándome al alba, sería un lujo poder dormir un poco más e ir dando un paseo hasta la clase de las nueve.

He pasado frente a un precioso *palazzo* blanco a mi derecha y he seguido hasta el espacio abierto del Campo Santo Stefano, donde recuerdo que me senté a dibujar hace ya mucho tiempo, el día que acabé cayendo al canal. Esta era la auténtica Venecia, pensé. Había mujeres que se detenían a charlar con una cesta de la compra al brazo, niños que corrían gritando en torno a la fuente, palomas que se pavoneaban por la plaza, un gato que salió de un callejón. También vi a una mujer llenando una jarra de agua en la fuente, lo que me recordó que no todas las casas disponían aún de agua corriente. Pero tenía un ambiente familiar que me gustaba. Me costó un poco dar con la dirección y tuve que preguntar varias veces hasta encontrarla, porque, tal y como ya sabía, en Venecia no se puede seguir una ruta en línea recta para ir de un punto a otro. Tuve que bajar hasta la iglesia, volver sobre mis pasos, cruzar un canal y acabar casi done había empezado, no muy lejos del Gran Canal. El edificio no resultaba muy bonito que digamos: la fachada era de color rosa, pero estaba medio desconchada y los postigos lucían un azul desleído. Sin embargo, había geranios en los balcones y ropa tendida. Vi cuatro timbres. De modo que eran pisos. Llamé al que tenía el nombre de Martinelli.

—*Sì? Cosa vuoi?* —preguntó una voz aguda.

Con mi precario italiano intenté explicarle que era una estudiante inglesa que deseaba información sobre la habitación.

—*Allora.* Sube —dijo y me abrió la puerta.

Unas escaleras de piedra se alzaban ante mí, bajo la tenue iluminación del tragaluz que había en lo alto del edificio. La señora Martinelli vivía en la tercera planta y no había ascensor. ¡Al menos trabajaría la musculatura de las piernas! Empecé a subir. Pasé por el primer piso, luego el segundo, donde me ladró un perro desde el interior de un piso, y finalmente llegué al tercero, casi sin aliento. Hice una pausa para recuperarme un poco, llamé a la puerta y me abrió una mujer con la misma cara de susto que la monja del año anterior. Iba vestida de negro y llevaba el pelo cano recogido en un moño apretado. Era una mujer corpulenta de brazos gruesos, que tenía cruzados sobre los generosos pechos. Me miró de hito en hito.

—No eres lo que esperaba —me soltó—. No pareces estudiante.

—Lo sé, soy mayor que la mayoría de mis compañeros. He trabajado de maestra, pero me ofrecieron la posibilidad de retomar mis estudios de arte en la Academia durante un año y no pude negarme.

—Entonces imagino que no armarás tanto jaleo como la mayoría de los estudiantes que se presentan en mi puerta. Venga, entra. Soy la señora Martinelli y tú eres...

—La *signorina* Browning —dije.

—¿Soltera? ¿No has estado casada?

—No, nunca.

Resopló y no supe adivinar si mi soltería suponía un punto a favor o en contra. Me acompañó hasta la sala de estar. Si hasta el momento solo había conocido estancias espartanas, esta era el polo opuesto: cortinas de terciopelo, sillas tapizadas, todas las superficies de estantes y mesas cubiertas de adornos… Tardé unos segundos en darme cuenta de que eran todos de motivos religiosos: estatuas de santos, crucifijos, un cuadro de Jesús rodeado de niños, con un rosario encima. Entonces vi que el único adorno que llevaba ella era una cruz de plata.

—Siéntate. —Señaló uno de los sillones, que parecía muy suave.

Tenía tantos cojines de ganchillo que me pregunté si sería capaz de volver a levantarme, pero, aun así, obedecí. De repente, solté un grito al notar que algo me rozaba la nuca.

—No te preocupes, es Bruno —me aseguró mientras un gato enorme y gris paseaba por el reposabrazos del sillón—. Te está examinando, pero si le gustas sabré que eres de fiar. Tiene un don especial para juzgar a la gente. —No dejaba de observarme—. ¿Te gustan los gatos?

No quería decirle que la tía Hortensia tenía un gato que era la viva encarnación del mal y que se lo había llevado con ella al irse a vivir con mi madre. Se escondía bajo las sillas, se me echaba a los tobillos y le hacía la vida imposible al perro de mi madre.

—No he tenido mucha relación con ellos —dije con tacto—. Mi madre tiene un perro muy cariñoso.

—Pues parece que le caes bien a Bruno. Te enseñaré la habitación.

Me levanté no sin ciertas dificultades y recorrimos un pasillo oscuro hasta el dormitorio que había al final. También estaba decorado de forma algo barroca, pero resultaba aceptable. Había una cama con una colcha roja, un armario enorme y una cómoda de caoba a juego. Junto a la ventana había un escritorio y una silla. Me acerqué y el corazón me dio un salto. ¡Se veía un atisbo del Gran Canal!

—Ah, sí —afirmé—, es ideal para mí.

La señora Martinelli asintió y me hizo un gesto para que la siguiera.

—El baño está al final del pasillo.

Había una bañera con patas de garras y un lavamanos. El inodoro estaba en la puerta de al lado.

—Estaremos solas tú y yo, pero te pido que no llenes mucho la bañera. Ah, y te enseñaré a usar el géiser. —Señaló un dispositivo que había sobre la bañera—. Al principio hay que abrir el agua caliente muy despacio, hasta que prende la llama. Luego ya puedes abrirla del todo. Pero si lo haces muy rápido, estalla. Es peligroso.

Sin duda, lo parecía.

Miré a mi alrededor.

—¿Cómo calienta el piso?

—Hay una caldera que funciona con carbón y es la que calienta los radiadores.

—¿Cómo sube el carbón hasta aquí? —pregunté, antes de darme cuenta de que probablemente no había sido muy educado por mi parte.

—Tenemos una polea que utilizamos para bajar la basura y subir el carbón y la compra. Funciona muy bien. —Sonrió—. La caldera también calienta el radiador de tu dormitorio. Aquí en invierno hace mucho frío. ¿Estás acostumbrada al frío en tu país?

—Ya lo creo. En Inglaterra puede hacer mucho frío y también llueve.

—Como aquí.

Regresamos a la sala de estar, donde el gato se había adueñado del sillón, por lo que no tuve más remedio que quedarme de pie.

—Te daré de desayunar y cenar. ¿A qué hora quieres el desayuno?

—Cuando le resulte más cómodo. La primera clase no empieza hasta las nueve.

—Yo voy a misa todos los días, a las seis. ¿Quieres acompañarme? A San Maurizio, no Santo Stefano. No me gusta el cura de ahí. Es muy liberal. Perdona los pecados muy fácilmente. Tres avemarías y andando. ¿Dónde se ha visto una penitencia así?

No supe qué responder, pero de pronto la señora Martinelli cayó en la cuenta.

—¿No eres católica?

—No, soy anglicana.

—*Dio mio* —murmuró—. Bueno, supongo que todos rezamos al mismo Dios, ¿no?

Asentí. A decir verdad, nunca había sido una mujer muy devota. En la escuela asistía a las oraciones matinales cada día. Y también acompañaba a mi madre a la iglesia los domingos, pero, en realidad, me parecía una farsa, una puesta escena. Tenía la sensación de que Dios no había hecho gran cosa por mí. Me había quitado a mi padre y me había arrebatado la posibilidad de llevar una vida feliz.

—Cuando haya una fiesta señalada, tienes que acompañarme y verás lo que te pierdes. A final de mes es la fiesta del Redentor. Cruzamos el canal hasta la iglesia del Redentore, con velas. Es precioso.

—Me gustaría verlo —afirmé y recibió mis palabras con una sonrisa.

—Pues te prepararé el desayuno a las ocho y ¿la cena también a las ocho? Aquí la comida principal es a mediodía, por lo que a la noche solemos cenar algo sencillo, como una sopa o una ensalada. ¿Te parece bien?

—Sí, perfecto.

Me dijo a cuánto ascendía el alquiler, pero todavía no era capaz de calcular mentalmente el cambio de liras a libras esterlinas, por lo que no tenía forma de saber si era una cantidad razonable o no.

¿Cuántas liras eran una libra? Unas cien, ¿no? Me pareció una cifra sensata, aunque era la primera vez que alquilaba una habitación.

—Imagino que no será necesario que te diga cuáles son las reglas de la casa. Prohibido fumar, prohibido beber y prohibido traer hombres. Pero no me pareces una mujer indisciplinada, por lo que confío en que sabrás comportarte como una dama.

—Por supuesto —dije—, es lógico que no tenga mucho en común con los demás estudiantes porque soy mayor que ellos.

—Cierro la puerta a las diez, a menos de que me avises por adelantado de que llegarás tarde —me advirtió.

Sin querer, me vino a la cabeza de nuevo el convento, que cerraba la puerta a la misma hora, lo que nos obligó a cenar temprano, y en la oscuridad del callejón me besó. Aún recordaba el roce de sus labios con los míos, el martilleo desbocado de su corazón contra mi pecho.

—Prohibido traer a hombres a la habitación —murmuré para mí cuando la señora se hubo ido.

CAPÍTULO 15

Juliet
Venecia, 5 de julio de 1939

Por fin estoy instalada en mi nueva habitación, disfrutando del sol matinal, del arrullo de las palomas que se posan en el alféizar de mi ventana y del atisbo del Gran Canal a través de la rendija que dejaban los edificios colindantes. Bruno viene de visita a menudo, atraído por la curiosidad que despiertan en él todas mis pertenencias. «Al menos hay una persona en Venecia que tiene un gato de mascota —pienso—. Te equivocabas, Leo». Y entonces me vienen a la cabeza mis gatitos. Leo me dijo que ya eran bisabuelos. Espero que me dijera la verdad y que no los ahogara en cuanto me volví. Intento no pensar en él, pero no puedo evitar mirar en dirección al Palazzo Rossi cuando paso por la zona.

Me he acercado a la Academia para recoger la lista de materiales que necesito para las clases. Mucho me temo que me costarán una fortuna, pero la beca es generosa y tampoco voy a gastármela en frivolidades como el alcohol…, si bien aquí el vino es más barato que el agua. Absurdo, ¿verdad?

También estoy redescubriendo Venecia. Por primera vez, puedo pasear y vagar libremente. A medida que pasan los días estoy convencida de que podría dedicar el resto de mi vida a explorarla y, aun así, encontraría algo nuevo a diario. Desde que la señora Martinelli me dijo que subían el carbón mediante una polea, he visto que es el método de entrega normal para todo tipo de cosas. Cada mañana lanza la cesta para subir una botella de leche y el periódico. O las botellas de agua mineral y la compra. Cuando vas por la calle ¡hay que ir con cuidado de que no te golpee una cesta en la cabeza!

5 de julio, más tarde

Me ha ocurrido algo muy extraño. He salido a comprar el material para las clases de arte. Me habían dicho que hay una tienda muy buena cerca del puente de Rialto, así que me he acercado hasta ahí y he comprado pinturas, pinceles, un cuaderno y carboncillo. Al acabar, me he detenido en el puente para admirar la belleza de las piezas que había expuestas en el escaparate de una joyería, cuando he oído una voz en el interior que decía:

—*Grazie mille, signora Da Rossi.*

Me he vuelto con un gesto brusco y he visto a una mujer despampanante, vestida a la última, que salía de la tienda. Llevaba una blusa halter de color escarlata y unos pantalones de lino blanco anchos. Tenía el pelo oscuro recogido con un lazo rojo y los labios pintados de un carmesí intenso. ¿Es posible que haya más de una señora Da Rossi o era Bianca, la mujer de Leo? De ser así, no me ha parecido que tenga motivos para quejarse.

La he seguido con la mirada mientras bajaba las escaleras de piedra del puente. Al llegar al final ha aparecido un hombre de entre las sombras. Un tipo alto y oscuro y, por un momento, el corazón me ha dado un vuelco, convencida de que era Leo. Pero no, era otra persona. Ella ha abierto la caja que llevaba y le ha mostrado el interior. Él ha asentido y ha sacado lo que había dentro: un collar de oro. Entonces ella se ha vuelto para que el tipo se lo pusiera. En cuanto se lo ha abrochado, la mujer se ha vuelto de nuevo para mostrárselo y él ha asentido. Ella se ha acercado, levantando la cara, y él la ha besado, le ha acariciado la mejilla, y ha deslizado una mano por su hombro desnudo antes de separarse y retomar su camino, cada uno en dirección opuesta.

He intentado procesar lo que había visto. ¿Era la mujer de Leo? Y, en ese caso, ¿quién era ese hombre? Quizá un familiar, pero a juzgar por la mirada que le había dedicado, parecía más bien un amante. ¿Estaba al tanto Leo? ¿Le importaba? Entonces me ha invadido la ira porque ella había obtenido el premio que yo tanto anhelaba y no sabía valorarlo como merecía. Si tenía la desfachatez de comportarse de un modo tan descarado en una ciudad como Venecia, Leo debía de saber por fuerza que le estaba engañando.

He procurado ser compasiva. Quizá no le era infiel y simplemente le gustaba que los hombres la adorasen y consintieran. A fin de cuentas, Leo le había dicho que era una chica mimada. Seguí andando, pero no se me iba el enfado. Además, me di cuenta de que Venecia era una ciudad muy pequeña. Si había coincidido con ella en uno de mis primeros días, no tardaría en tropezarme con él. ¿Qué haría, entonces? ¿Tendría la fuerza y el ánimo para limitarme a sonreír educadamente y seguir caminando? No tenía muchas más opciones.

Aquel encuentro fortuito me arruinó el día. Había hecho planes para ir a comprar al mercado, unas flores para mi habitación y tal vez un ramo para la casera, pero no me vi con ánimos de hacer algo alegre o bonito. En lugar de ello, me detuve en una pequeña cafetería, pedí un café y un par de sándwiches. En el futuro, tenía que acostumbrarme a tomar un almuerzo más consistente, porque las cenas con la señora Martinelli no iban a ser muy copiosas. Anoche cenamos un huevo duro con tomate, mozzarella y pan rústico. Al parecer la carne es un lujo en Italia, pero hay mucho pescado y muy barato. Le lancé un par de indirectas de que me gustaba el pescado, pero me dijo que si lo cocinaba toda la casa acababa apestando. Creo que la próxima vez lo tomaré para almorzar.

Regresé a casa con todos los materiales para pintar, pero la señora me recibió con un gesto de desaprobación.

—Espero que no se te ocurra pintar en casa —me advirtió.

¡Ay! No es una persona muy afectuosa, que digamos, y no dejo de pensar en mi cómoda habitación en casa, en las abundantes comidas que preparaba mi madre. Solo llevo tres días aquí…, no puedo echar tanto de menos Inglaterra. Ver a Bianca da Rossi me ha afectado mucho más de lo que me imaginaba. El mero hecho de saber que es tan guapa ha supuesto un duro golpe, pero comprobar que no se preocupa lo más mínimo por Leo… ha sido aún peor. He intentado convencerme de que no es asunto mío, que debo seguir adelante con mi vida.

6 de julio

Hoy ha sido el primer día de clase. La señora Martinelli me ha hecho un huevo duro para desayunar, como si hubiera intuido que era una ocasión muy especial para mí. Me ha dejado muy claro que los huevos eran un lujo que solía reservar para los domingos. Ha amanecido un día ventoso y despejado, lo cual es una suerte porque los canales suelen oler muy mal cuando no sopla el viento. Después de desayunar, agarré la cartera ¡y partí para enfrentarme a mi destino! Suena un poco dramático, lo sé, pero así es como me he sentido. Era la gran oportunidad de huir de la rutina, del aburrimiento y de descubrir mi auténtico potencial.

La primera clase era la que me inspiraba más miedo y más me atraía. Pintura con libertad de expresión. Subí la escalera de mármol, luego otra más modesta, y entré en una sala que olía a aguarrás y pintura al óleo. Era un espacio precioso, digno de un antiguo palacio, con los techos altos y abovedados y amplios ventanales por los que entraba la luz. Bajé la mirada y vi que estaba ocupada más de la mitad de la estancia. Los demás estudiantes habían abierto los caballetes y extendido todo el material. Decidí ponerme en un rincón. Nadie se fijó en mí. Miré a mi alrededor y comprobé que la mayoría de mis compañeros eran jovencísimos... Apenas debían de tener uno o dos años más que mis alumnas de Inglaterra. No había nadie de mi edad. Saqué el cuaderno, dispuse los lápices, el carboncillo, la pintura y los pinceles. No estaba muy segura de que fuéramos a pintar el primer día, pero vi que junto al fregadero de la pared había varios botes de pintura.

No muy lejos del aula, un reloj dio las nueve y el profesor entró en el preciso instante en que sonaba la última campana. Era un hombre de mediana edad, de aspecto algo histriónico, con el pelo cano y rizado que le cubría el cuello de la camisa roja.

—Buenos días, damas y caballeros. Soy el profesor Corsetti. Algunos de sus rostros me resultan familiares y otros son nuevos, pero tengo ganas de conocerlos a todos y su obra.

Logré entender su presentación porque hablaba de forma lenta y clara.

—La primera tarea consiste en realizar una composición que incluya un rostro, una naranja y una iglesia. Disponen de treinta minutos para realizar el boceto. Pueden empezar.

Esas eran las instrucciones. Un rostro, una naranja y una iglesia. ¿Qué significaba? Miré a los demás estudiantes, que ya habían empezado a dibujar con trazo seguro. Tomé el carboncillo e intenté esbozar el perfil de una iglesia, una persona en la puerta, al amparo de la sombra para que solo se le viera el rostro y una mano, en la que sujetaba una naranja. Al menos poseía los conocimientos básicos de perspectiva, pensé, espiando los bocetos que hacían algunos de mis compañeros, mucho más sencillos e infantiles. El profesor Corsetti paseaba por el aula, combinando gruñidos con algún que otro gesto de asentimiento. Cuando llegó junto a mí se detuvo.

—¿Es usted nueva? —me preguntó.

—*Sì, professore.* Acabo de llegar de Inglaterra.

—Y en Inglaterra todo lo hacen de forma correcta, ¿verdad? —preguntó negando con la cabeza—. Usted ha dibujado una iglesia bonita y correcta, una figura proporcionada y bonita y una naranja redonda y bonita. Ahora quiero que olvide todo lo que ha aprendido y que convierta todos los elementos en uno solo. Incorpore la iglesia en el rostro, ponga la cara en una naranja… haga lo que le plazca, pero todos los elementos deberían formar parte de un todo glorioso. *Capisce?*

—Lo intentaré —murmuré.

Se fue y me puse manos a la obra para intentar dibujar una naranja con un rostro de sorpresa, situada en el altar de una iglesia. Cuando regresó, se le escapó una risa.

—Ahora está intentando decir algo —afirmó—. Es un progreso.

Al final de la clase, tuvimos que entregarle el trabajo. Algunas de las obras de mis compañeros eran tan experimentales que resultaba difícil discernirlas; otras eran chocantes e inquietantes. Cuando me llegó el turno me preguntó:

—¿Qué pretende decirle al mundo al poner una naranja sobre el altar?

No tenía ni idea.

—¿Que la religión no debería separarse de la vida cotidiana? —aventuré, respondiendo lo primero que me vino a la cabeza.

El profesor asintió.

—Creo que hoy ha dado el primer paso en la dirección correcta.

Cuando finalizó la clase, pronunció el nombre de varios alumnos, incluido el mío. Todos nos acercamos a su mesa.

—Son ustedes estudiantes visitantes del extranjero y me gustaría invitarlos a una pequeña velada en mi casa para darles la bienvenida a Venecia. A las ocho en punto. Es la tercera planta del 314 de Fondamenta del Forner, en San Polo, no muy lejos de los Frari. ¿Conocen los Frari?

No sabía de qué me hablaba y un par de mis compañeros tampoco.

—Es la iglesia grande Santa Maria Gloriosa, pero nosotros la llamamos los Frari —dijo el profesor—. Como podrán comprobar durante su estancia, en Venecia, no nos referimos a los lugares por su nombre real. Está en la parada de *vaporetti* de San Toma. Si vienen del otro lado del Gran Canal, pueden cruzar por el *traghetto* de San Toma. Nos vemos esta noche. Vengan con hambre, porque a mi mujer le gusta cocinar. —Miró el reloj—. Y ahora debo irme, tengo una cita urgente.

Uno de los estudiantes italianos nos había escuchado mientras guardaba todo su material.

—Se refiere a que se va a hacer *un'ombra* —nos dijo.

—¿Qué es eso? —preguntó otro de los estudiantes extranjeros.

—Una tradición veneciana, ir a tomar algo antes de comer. Un café con un chorrito de algo, o una grappa. Si os parece que la mayoría de las clases matinales finalizan de forma algo brusca, es por eso.

Sonrió, se echó la bolsa al hombro, recogió el caballete y se fue.

Los demás nos quedamos mirándonos. Éramos cinco.

—¿Habéis entendido lo que ha dicho? —preguntó un chico regordete. Llevaba unas gafas con montura de carey y vestía desconjuntado. A juzgar por su acento, deduje que era estadounidense—. Aún no domino muy bien el italiano. ¿Cómo ha dicho que podíamos encontrar la casa?

—¿Sabes dónde está San Polo? —le preguntó una chica que había a mi lado, fulminándolo con la mirada. Era una muchacha esbelta, de tez aceitunada y que llevaba un sencillo vestido negro con el que estaba deslumbrante.

—Es el barrio que está junto a Dorsoduro en este lado del canal. Puedes ir andando desde la academia si no te pierdes. ¿No tienes un mapa?

Hablaba un italiano excelente, muy fluido. La miré con algo más que envidia.

—Sí, pero no me vale para nada —dijo el chico en italiano—. Ninguna de las calles va a donde crees que deberían y cambian de nombre cada dos por tres.

En realidad, dijo: «No mi ayuda. Calle no va donde yo quiero y cambia el nombre». O algo por el estilo. Pronunciaba tan mal que costaba entenderlo.

Los demás asintieron con la cabeza.

—Es una ciudad tremendamente desorganizada —añadió un chico alto y rubio—. Y muy sucia. No creo que limpien los canales muy a menudo.

—Dicen que la marea lo acaba limpiando todo —afirmó el hombre que estaba junto al estadounidense y se encogió de hombros.

Era un tipo bastante atractivo, con el pelo rebelde, como Leo, y llevaba una camisa blanca de cuello abierto. Francés, deduje, y no tan joven como los demás. Sin embargo, no era tan mayor como yo. Ninguno de ellos lo era.

—Soy Gaston y vengo de Marsella. ¿Y tú eres…? —preguntó volviéndose hacia mí.

—Juliet, de Inglaterra —respondí. No quería que me llamaran Lettie.

—Juliet… qué nombre tan romántico. —Esbozó una sonrisa.

Era cierto que sonaba muy romántico tal y como él lo pronunciaba y recordé que Leo me había llamado Julietta.

—Hay que tener cuidado con este —dijo la otra mujer mirándome—. Los franceses son unos donjuanes.

A pesar de sus palabras, vi la mirada que le lanzó, muy coqueta también.

—Me llamo Imelda González, soy de Madrid. Mi familia vive en Biarritz, en Francia, desde que estalló la guerra civil española. Fue horrible. Mi hermano murió en el frente.

—Al menos ahora ya ha acabado y ha ganado el bando bueno —dijo el chico rubio—. El general Franco ha devuelto la paz y el orden a su país.

—¿Eso te parece? —preguntó Imelda—. ¿A qué precio?

—No me irás a decir que querías que los comunistas se hicieran con el control de España.

—A lo mejor sí. Mi padre tuvo que huir porque era profesor universitario y había expresado unos puntos de vista muy… democráticos. Cuando se trata de un enfrentamiento entre comunistas y fascistas, no hay espacio para la neutralidad. Hay que elegir. —Miró fijamente al chico rubio—. Supongo que eres alemán y crees que Hitler es maravilloso.

—Me llamo Franz. Franz Halstadt. —El muchacho rubio dio un taconazo y la saludó con un gesto firme de la cabeza—. Pero soy austríaco. Es un placer conocerte.

—¿Y te alegra que Alemania haya invadido tu país? —le espetó Imelda.

—Todos somos alemanes. Lo que me alegra es que ahora los tranvías circulen puntuales —respondió con una sonrisa—. No me parece que al ciudadano medio le haya cambiado la vida sustancialmente.

—Solo a los judíos austríacos —replicó el estadounidense. Me sorprendió que hubiera podido seguir el intercambio de reproches para meter cucharada.

—No empecemos a discutir el primer día —les pidió Gaston—. Podríamos crear nuestra Liga de las Naciones a pequeña escala.

—Sí, buena idea. Voto a favor —afirmó el estadounidense con determinación.

—¿Cómo te llamas? —le preguntó Imelda.

—Henry Dabney. Soy de Boston —respondió, tendiéndole la mano antes de volverse hacia mí—. Es un placer comprobar que hay alguien más que habla inglés. Apenas chapurreo el italiano. Hice un curso intensivo, pero ya he olvidado todo lo que aprendí.

—Te irás soltando a medida que lo hables a diario —le aseguré.

—¿Cómo es que lo hablas tan bien? —me preguntó Gaston—. Todos los británicos que he conocido hasta ahora eran un desastre para los idiomas. ¿Ya habías vivido aquí?

—No, solo había estado de visita. Pero seguí estudiando italiano en casa con la esperanza de volver algún día. —Hice una pausa al darme cuenta de que todos me observaban con interés—. Tuve que dejar los estudios de Bellas Artes cuando murió mi padre y me vi obligada a dar clase en una escuela femenina. Pero hace poco me ofrecieron una beca para estudiar un año en Europa y he decidido aprovecharla, aunque vivamos bajo la amenaza de la guerra.

—Yo no creo que la guerra sea inminente —dijo el francés—. Por lo que he oído, Mussolini se ha propuesto conquistar el Mediterráneo, pero no estará preparado hasta dentro de un par de años.

—¿Quiere conquistar el Mediterráneo? —preguntó Henry—. ¿Quiere resucitar el imperio romano?

—Así es —afirmó Gaston—. Piensa que las islas deberían formar parte de Italia y empezará por ellas. Primero Creta, luego Chipre y después Malta. Anhela poseer Malta por encima de todo, pero ahora pertenece a los británicos, que no están dispuestos a renunciar a ella. —Me miró—. Como decía, antes debe reunir el armamento necesario y adiestrar un ejército que pueda enfrentarse a objetivos más amenazadores que unos guerreros abisinios sin armas de fuego.

La chica española negó con la cabeza.

—Lleva mucho tiempo presumiendo de esa victoria. ¿Lo habéis oído? «Nuestro gran éxito es solo el primer paso para conquistar todo el continente africano». Es muy ambicioso. Pero todos esos jóvenes a los que reclutó… ninguno quería luchar. ¿A qué italiano le gusta luchar, eh? Les ocurre como a los franceses, que les gusta más hacer el amor.

Miró a Gaston con un gesto desafiante.

Henry había perdido el hilo de la conversación. A mí también me costaba seguirla debido a los extraños acentos a los que no estaba acostumbrada. Imelda hablaba con gran fluidez y Gaston también. Franz había guardado silencio, por lo que ignoraba si estaba siguiendo el debate o se había perdido. Los miré a todos. Eran mis compañeros, la gente con la que iba a pasar todo un año. ¿Entablaríamos amistad? ¿Podría hacer amigos durante mi estancia en Venecia? En ese momento caí en la cuenta de que no había hecho amigas de verdad desde que había dejado los estudios de arte. Mis conocidas de la escuela se habían casado y estaban demasiado ocupadas procreando. Y en la facultad de Bellas Artes no había llegado a trabar amistad con mis compañeras, que me parecían demasiado bohemias, más aventureras que yo. Vivían en habitaciones de alquiler en Londres e iban a pubs y clubes. Desde entonces…, bueno, las demás maestras de la escuela donde daba clase eran mayores, como la mayoría de la gente de nuestro pueblo. Y sí, había tenido buena amistad con mi hermana Winnie, hasta que conoció a un joven, se casó con él y se fue a la India. Con el tiempo, había ido perdiendo la costumbre de confiar en los demás, aparte de mi madre… Pero a ella tampoco le confesaba mis pensamientos más íntimos. No sabía de la existencia de Leo, por ejemplo. No le habría gustado, lo sé. Siempre se había regido por unos principios inquebrantables sobre el bien y el mal, ya que la habían educado en la fe baptista y no se convirtió a la Iglesia anglicana hasta que se casó con mi padre y ascendió de categoría social.

Sonó una campana.

—No podemos llegar tarde a la siguiente clase —dijo Franz—. Hay que causar buena impresión el primer día, *ja?*

—Nos vemos esta noche —dijo Gaston.

—Si Henry no se pierde —replicó Imelda con una sonrisa.

Por mi parte, me dirigí a la clase de dibujo de figura humana embargada de una sensación de optimismo. Era emocionante formar parte de un grupo de gente... Gente que bromeaba, expresaba sus opiniones y tenía puntos de vista distintos. Me sentía como si acabara de salir de mi crisálida.

CAPÍTULO 16

Juliet
Venecia, noche del 6 de julio de 1939

Acabo de regresar de la velada en casa del profesor Corsetti. Ahora mismo no puedo dormir porque estoy rebosante de energía y entusiasmo. Esto es justamente lo que buscaba cuando acepté la beca para estudiar un año fuera de casa.

A la señora Martinelli no le ha hecho mucha gracia cuando le he anunciado que no iba a cenar en casa.

—Podrías habérmelo comentado antes.

—Lo siento, pero el profesor nos lo ha dicho al acabar la clase de hoy. Al parecer, siempre invita a los estudiantes extranjeros a su casa después de la primera clase. ¿Cómo iba a rechazarlo?

—Tienes razón, supongo —concedió—. Espero que no vuelvas tarde.

—¿Cree que podría darme una llave? —le pregunté—. Nos ha convocado a las ocho y no me gustaría irme antes que los demás.

—Supongo que podría confiar en ti.

—Estoy segura de que no llegaré muy tarde, pero tal vez sea después de las diez. Y le prometo que no haré ruido.

Lanzó un profundo suspiro. Me había dado cuenta de que lo hacía cada dos por tres, como si todo lo que ocurría en el mundo supusiera una gran carga. En cierto sentido, me recordaba a mi madre, que tampoco era una persona que destacara por su optimismo desbordante.

Se dirigió al taquillón del recibidor, abrió un cajón y me dio un puñado de llaves.

—La grande es de la puerta de la calle y la pequeña del piso. Ten cuidado y no las pierdas.

—Lo tendré. Y lamento las molestias que le he causado con la cena.

—No te preocupes. De todos modos, había pensado en preparar una ensalada y un poco de salami.

Me fui a la habitación para decidir qué podía ponerme. El año anterior, cuando Leo me invitó a cenar al elegante restaurante del Hotel Danieli, no tenía nada que ponerme a la altura de las circunstancias. En Venecia, las mujeres vestían muy elegantes y por eso había llevado varios modelos respetables. Examiné el traje de noche azul pálido, pero me pareció demasiado formal para un encuentro de estudiantes. Si algo deseaba con toda el alma era encajar en el grupo, no llamar la atención como si fuera la típica mujer mayor y anticuada. Me imaginaba a Imelda mirándome con desagrado mientras ella lucía un precioso y sencillo vestido negro, con un pañuelo de seda al cuello y ese aire despreocupado que las mujeres del continente poseen de forma innata y que en nosotras, las inglesas, siempre parece un gesto impostado.

Al final me decanté por un vestido de lunares blancos y verdes con el cuello cruzado. Era una opción más adecuada para tomar el té de la tarde que para una velada entre amigos, pero dudaba que mis compañeros fueran a ir de veintiún botones. Al menos lo había confeccionado la modista del pueblo el año anterior, por lo que cabía la posibilidad de que no estuviera totalmente pasado de moda.

Al mirarme en el espejo lamenté no tener un vestido negro de noche para la ocasión. Tras la muerte de mi padre y la obstinación de mi madre por vestir de riguroso luto durante meses, había dejado de lado la ropa negra. Además, tengo la piel tan clara que no me queda muy bien. Me cepillé el pelo, lo recogí en una cola y pensé en utilizar una peineta con incrustaciones, pero al final preferí no hacerlo. Y así fue como salí de casa.

Valoré la posibilidad de cruzar el puente de la Academia y luego rodear la iglesia dei Frari, pero no me pareció que hubiera una ruta directa y, además, tenía miedo de perderme cuando ya oscurecía. Entonces recordé que alguien había dicho que había un *traghetto* en San Toma y, de hecho, mi mapa mostraba una línea punteada que cruzaba el Gran Canal por ahí. No sabía qué era un *traghetto*, pero me daba la impresión de que debía de ser una especie de ferri antiguo. Decidí arriesgarme y atajar por el Campo Santo Stefano. Al final llegué al Gran Canal y vi una cola de gente que esperaba a cruzar. Entonces vi el ferri, ¡que resultó ser una góndola! Los primeros de la cola subieron y se quedaron de pie, bien apretados, mientras cruzaban. Poco después regresó la góndola y pude subir también. Me pareció un poco inquietante tener que permanecer de pie en una góndola, más aún cuando nos adelantó un *vaporetto* dejando una gran estela. A pesar de todo, llegamos sanos y salvos a la otra orilla y no tuve problema en encontrar Fondamenta del Forner. Acababa de descubrir que una *calle* era una calle sin más, pero una *fondamenta* era una calle que discurría junto a un canal.

Llamé al timbre y me abrieron la puerta. El edificio tenía ascensor, lo cual me dio una gran alegría porque me ahorró tener que subir tres plantas a pie. Me recibió el profesor, que me acompañó a una sala amplia con vistas a la ciudad. A esa hora el sol se había puesto y un crepúsculo rosado bañaba los tejados. Las golondrinas volaban bajo y las gaviotas, un poco más alto. Era una escena idílica. El salón del profesor estaba a la altura de las vistas que ofrecía:

decorado con muebles blancos y modernos, un sofá largo y bajo y, en las paredes, varias obras de arte moderno que consistían, principalmente, en grandes manchas de color. Sin embargo, no tuve tiempo de examinarlas, ya que el profesor Corsetti me presentó al grupo.

—Esta joven viene de Inglaterra. Es la señorita Browning.

Miré a mi alrededor y vi a Imelda, Gaston y Franz, pero Henry aún no había llegado. Una mujer se acercó hasta mí con los brazos abiertos para darme la bienvenida.

—Cuánto me alegro de que hayas venido. Soy Angelica, la esposa del profesor. Déjame que te presente a los demás invitados.

No esperaba que hubiera más invitados aparte de mis compañeros y me asaltaron las dudas pensando que tal vez debería haber elegido un vestido más formal. Mis temores quedaron confirmados al instante cuando me presentaron a una mujer mayor que llevaba un precioso vestido azul noche con una chaqueta a juego y un collar de zafiros. Tenía el rostro afilado, el pelo blanco, con un peinado muy masculino, y unos ojos oscuros e inteligentes que me observaban con interés. Parecía un ave de presa, un águila tal vez. Era, sin duda, un aspecto inquietante.

—*Contessa*, me gustaría presentarle a la señorita Browning de Inglaterra —dijo la señora Corsetti—. Esta es nuestra estimada amiga, la condesa Fiorito. Es una gran mecenas de las artes de la ciudad.

No sabía si debía hacer una reverencia, pero le estreché la mano que me tendió. Una mano elegante, muy blanca y surcada de venas azules.

—Es un placer —dijo en un inglés perfecto—. Y qué valiente has sido viniendo hasta aquí. No esperábamos tener estudiantes ingleses teniendo en cuenta la tensa situación. Pero no temas, esto es Venecia y aquí no creemos en la guerra.

—¿Podrán mantenerse al margen si acaba estallando? —pregunté.

—Por supuesto. Volaremos el paso elevado y listos —dijo entre risas—. Pero no te preocupes, nuestro amado líder tiene grandes ideas, pero intentar obligar a los italianos a que luchen es tan difícil como poner orden en un rebaño de gatos. No creo que apoyemos a Hitler en la monstruosa visión que tiene de Europa.

—Gabriella, por favor, en italiano. —El profesor se acercó a nosotros—. No es justo que vosotras dos podáis mantener una conversación en la que no puedan participar los demás. Además, ¿cómo quieres que mejore su italiano si habla en inglés?

—*Scusi*, Alfredo. —La condesa me guiñó un ojo—. ¿Cómo llevas el italiano? —me preguntó en esa lengua.

—Me las apaño, solo me falta un poco más de práctica.

—No te resultará nada difícil conseguirla, aunque debo advertirte que el acento veneciano es terrible y que tenemos nuestro propio idioma. No decimos *buon giorno* como en el resto de Italia, sino que nos saludamos con un «bondì». Enseguida lo tendrás por la mano.

—Gabriella, permíteme acabar con las presentaciones. Este es Vittorio Scarpa, dueño de una galería y asesor artístico de la condesa. —Le puso una mano en el hombro—. Si aprendes de mis enseñanzas, puede que acabes exponiendo tu obra en su galería o en la próxima Biennale.

—Profesor, por favor, no les llene la cabeza de falsas esperanzas. Si quieren exponer en mi galería tendrían que convertirse en el próximo Salvador Dalí. Soy muy exigente, como bien sabe. Solo exponen los mejores, ¿no es así, condesa?

Scarpa era mucho más joven que los demás, debía de rondar los treinta o cuarenta años. Era atractivo con unos rasgos muy latinos: pelo oscuro y ondulado, con demasiada brillantina para mi gusto; tenía unos ojos oscuros y deslumbrantes, y un traje que debía de ser de seda natural. Me saludó con una mano blanda y pegajosa. No fue una sensación agradable, pero me dedicó una sonrisa condescendiente.

—Bienvenida a Venecia —dijo.

El tercer invitado era un sacerdote. Al haberme educado en la fe anglicana, todo lo relacionado con el catolicismo me inspiraba un gran recelo. Sin embargo, el cura no tenía un aspecto aterrador. Era un tipo grande y orondo, con las mejillas sonrosadas y unos ojos brillantes. Era el padre Trevisan.

—Extranjero, como tú —afirmó el profesor.

—¿Ah, sí? —pregunté

El cura se rio.

—Por mi apellido, de la ciudad de Treviso. Está a media hora de aquí, en el continente, por eso los venecianos siempre me considerarán un forastero. Aunque debo señalar que al menos uno de los dux fue trevisano.

—¿Pertenece usted a alguna orden, padre? —preguntó Gaston.

El sacerdote esbozó una sonrisa inocente.

—Me preocupaba un poco la cuestión de la pobreza, la castidad y la obediencia —afirmó—. Llevo bastante bien la castidad, pero, como podrán confirmarle mis superiores, no siempre cumplo con el voto de obediencia y me gusta disfrutar de un buen banquete y de un buen vino de vez en cuando.

Todos nos reímos.

—Alfredo habla demasiado —dijo la mujer del profesor—. ¿Os apetece pasar a la cena?

—Aún estamos esperando a nuestro último invitado, *cara mia* —respondió—. Nuestro amigo americano aún no ha llegado.

—Debe de estar dando vueltas por San Marco o Cannaregio, buscando la dirección —dijo Imelda con una risa forzada—. No tenía muy claro dónde estaba San Polo.

—Es cierto que nuestra ciudad resulta muy confusa —dijo la señora Corsetti—. Le daremos un poco más de margen, pero no quiero que se enfríe la comida. Alfredo, lo que sí puedes hacer es servir algo de beber a nuestros invitados.

—Buena idea. —El profesor asintió y se acercó a un aparador en el que había varias botellas y copas—. Esta noche vamos a brindar con un espumoso de la región: prosecco del Véneto. El mejor. —Descorchó la botella con gran habilidad y sin dejar de hablar. Abrió otra más y empezó a llenar las copas—. Un brindis en honor de nuestros invitados del extranjero: para que todos ellos aprendan a liberar su arte de todo lo que les han enseñado.

Levantó la copa, lo imitamos y tomamos un sorbo. Era un vino fresco y espumoso, y lo bebí con auténtico deleite.

Estábamos a punto de pasar a cenar cuando sonó el timbre y apareció Henry, sin resuello.

—*Scusi, professore* —balbució—. Me he perdido. Al bajar del *vaporetto*, me fui a la derecha. Pedí indicaciones para llegar a la iglesia y pensaron que me refería a San Polo.

—No te preocupes. Te estábamos esperando, pero creo que ahora ya íbamos a pasar a la cena.

Recorrimos un pasillo abovedado que conducía a un gran comedor. Había un balcón que quedaba a la sombra, pero las puertas estaban abiertas y soplaba una agradable brisa perfumada con sal marina. Frente a cada silla había una tarjeta y tomé asiento entre la condesa y el sacerdote. Franz estaba frente a mí.

—¿Puedo ayudarla? —pregunté a la mujer del profesor, que traía una bandeja con varios platos.

—Ah, no, gracias. Hoy sois los invitados —respondió.

Dejó la bandeja delante de mí y vi que era una pata de pulpo con ensalada. Como ya la había probado en Danieli el año anterior, no me dejé impresionar por su aspecto, pero Henry y Franz la observaban con el rostro desencajado.

—Es una de las delicadezas de la zona —dijo el profesor—. ¿Quiere bendecir la mesa, padre?

El sacerdote se santiguó y murmuró unas palabras en latín. Los demás, salvo Henry y yo, también se santiguaron. Debía aprender ese tipo de costumbres si quería encajar. Tomé un bocado de pulpo y comprobé que era tierno como la mantequilla, con un toque picante. Estaba delicioso. Sin embargo, vi que Henry intentaba esconderlo bajo una hoja de lechuga y le lancé una sonrisa de comprensión.

A continuación, sirvieron la pasta con calamares y luego la ternera con una salsa de tomate con hierbas aromáticas. Rematamos el banquete con un tiramisú, que aún hoy sigue siendo mi postre italiano favorito. Creo que todos rebañamos el plato. Al menos yo. La mujer del profesor lucía una gran sonrisa de satisfacción.

—Quiero que sepáis que siempre tendréis las puertas de esta casa abiertas cuando queráis disfrutar de una buena comida —nos dijo a los estudiantes—. O cuando necesitéis un hombro en el que llorar. O para quejaros de que mi marido es un profesor muy estricto.

—Lo hago por su propio bien, Angelica. Si no derribo sus estereotipos y reglas preconcebidas, ¿cómo van a encontrar su expresión?

Durante la cena, había disfrutado de la conversación con la condesa, que me contó que había nacido en Polonia, pero se había ido a vivir a París de pequeña. Sus padres eran emigrantes judíos. De joven había hecho de modelo para varios artistas, incluidos varios impresionistas de renombre y algún posexpresionista.

—Conocí a Mary Cassat e hice de modelo para Manet y Berthe Morisot. También para Picasso en una ocasión, pero era un mujeriego y su amante era muy celosa. —Me agarró la mano—. Algunos de ellos me regalaron bocetos como muestra de agradecimiento.

—Es fabuloso. Espero que aún los conserve.

—Ah, sí. Los guardo como seguro por si llega una época de vacas flacas. Por suerte me casé con un conde italiano rico y tengo todas las necesidades básicas cubiertas.

—¿Su marido comparte su afición? —le pregunté.

—Falleció hace veinte años, querida. Desde entonces soy una viuda solitaria, pero me rodeo de gente interesante y todavía colecciono arte. —Me señaló con un dedo—. Deberías venir a una de mis *soirées*. Conocerás a gente de lo más interesante. El padre Trevisan es uno de los habituales, pero me temo que el auténtico motivo de su inquebrantable fidelidad es mi bodega, más que mi conversación. Tu estimado profesor también acude con asiduidad. Y, Vittorio, cómo no, que es mi sombra.

—Sería un gran placer —afirmé.

—Diles a tus amigos que también están invitados. De hecho, la próxima se celebra este domingo. En verano solemos reunirnos en un ambiente más íntimo, porque muchos de los habituales se encuentran en su casa de las montañas para huir del calor de la ciudad. Pero aun así tendrás la posibilidad de conocer mi villa.

—¿Dónde vive? —le pregunté.

—En el Lido. ¿Lo conoces?

—Sí, el año pasado estuve con un grupo de estudiantes y visitamos el Lido para que pudieran darse un baño.

—Ah, entonces ya sabes que debes tomar el *vaporetto* y, en el muelle, dirigirte a la playa. A medio camino, llegarás a la villa, que queda a la derecha, tras una verja alta de hierro forjado. Villa Fiorito. Lo dice en la puerta. Cuando mi marido vivía teníamos un pequeño *palazzo* en la ciudad, pero lo regalé. Demasiado ruido.

—¿Cómo es posible que un *palazzo* sea pequeño? —pregunté y le arranqué una sonrisa a la condesa.

—Pequeño teniendo en cuenta las dimensiones habituales de estos edificios. Solo tenía dieciocho habitaciones. Pero era demasiado oscuro y deprimente. Se lo regalé al sobrino de mi marido. Todo un detalle, ¿no te parece?

—Ya lo creo.

—Me gusta hacer feliz a la gente. Nos vemos el domingo, entonces. Estoy segura de que te gustarán mis amigos.

***

Y ahora me encuentro sentada en la cama, escribiendo estas líneas con una sonrisa en la cara. Llevo menos de una semana en Venecia y ya me han invitado a la villa de una condesa.

Hoy he aprendido a dibujar un rostro, una iglesia y una naranja y he asistido a una cena con un cura y una condesa. No está nada mal para ser mi primer día en la academia. Cuando se lo cuente a mamá… Hasta la tía Hortensia quedará impresionada.

Capítulo 17

Juliet
Venecia, 9 de julio de 1939

Es domingo. Día de descanso en Inglaterra. Las tiendas no abren. Suenan las campanas de las iglesias (pero no a una hora infame como aquí, y de un modo ordenado en lugar de producir una cacofonía indecente). En un día soleado, podemos disfrutar de un pícnic y un partido de críquet en el campo del pueblo, pero en Venecia es un día de estruendosa celebración. Las campanas suenan por toda la ciudad a distintas horas para llamar a los fieles a misa. Y, al parecer, todos los venecianos son muy devotos. La señora Martinelli ha ido a misa de ocho hoy por la mañana. Me ha preguntado muy educadamente si quería ir con ella y si tenía algún inconveniente en desayunar algo más tarde. Le he dicho que no tenía ninguna objeción en cuanto al desayuno, pero he rechazado su amable invitación para acompañarla a misa.

—También tenemos una iglesia anglicana. Saint George's. Está junto a la Academia. Muy cerquita. Creo que celebran un oficio religioso un poco más tarde ya que, según tengo entendido, los anglicanos no son muy madrugadores y no tienen que ayunar antes de la comunión, dado que tampoco reciben el sagrado sacramento.

—Otra de sus pullas.

Le di las gracias por la información que acababa de proporcionarme, pues tenía la sensación de que los venecianos consideraban que todo aquel que no asistía a un oficio religioso estaba condenado al infierno. De hecho, me apetecía visitar una iglesia católica y le insinué que tal vez asistiría a San Marcos. La señora Martinelli asintió.

—Es preciosa. Tal vez así aceptes la fe auténtica.

Desayunamos juntas, pero esta vez sin panecillos frescos porque las panaderías estaban cerradas, pero tomamos fiambre y melocotones, sentadas junto a la ventana abierta y escuchando las campanas lejanas. Luego me acerqué a la basílica. Hasta entonces solo la había visitado como turista. Estaba a rebosar de gente. Entró un coro y sus cantos resonaron entre las bóvedas. La luz se filtraba por los ventanales e iluminaba las hornacinas. Dios brillaba en todas partes. El altar estaba adornado con gemas. El dulce olor del incienso impregnaba el aire. Acostumbrada como estaba a la sencillez de las iglesias de la campiña inglesa, este templo resultaba abrumador, como si estuviera asistiendo a un espectáculo y no a un lugar de culto. Intenté seguir la misa con un libro en italiano y latín, pero me perdí. Sonó una campana y los fieles se arrodillaron. Otra campana. Se pusieron en pie. Siempre reaccionaba medio segundo tarde y no entendía lo que ocurría. De pronto me embargó una gran soledad. Todos los presentes habían asistido con sus familias: había una larga hilera de niños junto a sus orgullosos padres. El más pequeño apenas se tenía en pie. En cambio, yo no tenía a nadie.

Salí de la iglesia con una sensación de incomodidad e insatisfacción. Tal vez la semana siguiente podía probar en Saint George's.

Le había contado a mi casera que me habían invitado a una velada en el Lido, una condesa, nada menos. Se mostró impresionada y me propuso que comiéramos juntas ya que iba a perderme la cena que ya había pagado. En el trayecto de vuelta pasé junto a varias familias que se dirigían a las paradas del *vaporetto*, con cestas de pícnic y toallas. No habría sido mala idea darse un baño, pero había aceptado la invitación de la señora Martinelli y sabía que había hecho un esfuerzo. Cuando llegué, vi que había puesto un mantel de encaje, pero no en la mesa de la cocina donde solíamos comer. Sirvió un antipasto de melón con jamón, un plato de pasta con queso y para acabar una costilla de cerdo asada con calabacín. Me di cuenta de que la carne debía de haber supuesto todo un sacrificio y me alegré de que mi alquiler le permitiera este lujo de vez en cuando. Hasta abrió una botella de vino tinto.

Le pregunté por su familia. Su marido había muerto varios años antes, pero tenía un hijo que vivía en Milán y la visitaba de vez en cuando. La nuera no era muy simpática. Y no tenían hijos.

—¿Te lo puedes imaginar? No tienen hijos. No me han dado ni un nieto.

—Mi madre tampoco tiene nietos aún, pero creo que mi hermana Winnie no tardará en hacerla feliz. Aún lleva poco tiempo casada.

—¿Y tú? ¿Por qué no te casas? Eres una mujer atractiva. ¿Nunca te has enamorado de ningún hombre?

—Vivo en un pueblecito, cuido de mi madre y doy clase en una escuela femenina, así que no abundan las posibilidades de conocer a hombres.

—Tal vez tengas algo más de suerte y conozcas a un buen italiano durante tu estancia.

Sonreí.

—No estaría nada mal, pero me temo que cuando acabe el curso tendré que regresar para cuidar de mi madre.

De postre tomamos fruta y la ayudé a lavar los platos. Estaba un poco mareada por la falta de costumbre de beber vino a mediodía. En realidad, nunca bebía alcohol. Me fui a la habitación, me tumbé y me quedé dormida como un tronco. Me despertaron las notas de una melodía en la calle. Miré fuera y vi a un hombre sentado en unos escalones, tocando el acordeón y cantando. Estaba rodeado de un grupo de personas que aplaudían y lo acompañaban con sus voces al son de la música. Una niña se puso a bailar y sus largas trenzas oscuras trazaban un círculo en torno a ella. Fue una escena que rebosaba felicidad, pero, de nuevo, me sentí como una forastera.

A las siete me vestí. Me puse un vestido de noche y el chal para abrigarme en el trayecto en *vaporetto*. La señora Martinelli me entregó la llave sin que se la pidiera, como si el hecho de pasar una velada con una condesa me eximiera de determinadas normas.

—Pregunta a qué hora sale el último *vaporetto* —me aconsejó—. Los domingos no pasan tan a menudo.

Me puse en marcha, muy emocionada y rezando para no despeinarme al cruzar la laguna. Nos habían convocado a las ocho, pero a mí siempre me habían enseñado que era de mala educación llegar a la hora en punto. Sin embargo, el *vaporetto* tardó mucho más de lo esperado y cuando llegó comprobé que iba lleno de gente que se dirigía al Lido para bailar o jugar, ya que todas las salas de fiestas y los casinos se encontraban en ese barrio. Por si fuera poco, en cada parada nos deteníamos una eternidad para que pudiera bajar todo el mundo. En fin, que ya era tarde cuando por fin llegamos a mi destino. Crucé el muelle con prisa, atravesé la plaza y tomé una calle amplia llamada Granviale Santa Maria Elizabeta. Recordé las palabras mordaces de Imelda cuando Henry se retrasó y no pude evitar preguntarme qué debía de estar diciendo sobre mí. Si es que había asistido, claro está. Les había transmitido la invitación de la condesa, pero ninguno de ellos mostró una especial emoción.

—Si no me surge nada mejor... —respondió Gaston—. No sería mi plan ideal para un domingo por la noche, la verdad. ¿Alguien conoce algún local para bailar?

Cuando por fin llegué, respiré hondo antes de abrir las verjas con remates dorados y enfilé el camino de grava entre palmeras, en dirección a una villa de color rojo vivo. Me abrió la puerta un criado entrado en años que me acompañó por un largo pasillo de mármol, hasta el patio situado en la parte posterior de la casa. Entre los árboles habían colgado luces que parpadeaban, azotadas por la brisa que soplaba del Adriático. A pesar de que aún no había oscurecido del todo, las figuras que ocupaban el patio permanecían sumidas en un mar de sombras y tuve que detenerme para observar bien a los invitados.

Entonces me vio la condesa.

—Ah, mi amiga inglesa —dijo, dirigiéndose hacia mí con los brazos abiertos—. Has venido, cuánto me alegro. Déjame que te presente a mis amigos.

Nos abrimos paso, pero estaba tan avergonzada que no sabía dónde meterme. Entonces vi que mis compañeros también habían acudido. Hasta Henry había llegado antes que yo. Me saludó con la mano y levantó su copa. Franz y él estaban con el profesor y su esposa. También reconocí al cura de la cena anterior, y a Vittorio, que charlaba con una mujer rubia escuálida, pero sumamente elegante, y un caballero de pelo oscuro.

—Permíteme presentarte a Bibi y a Arturo, son españoles —dijo la condesa—. Esta es una de las estudiantes extranjeras, la señorita Browning de Inglaterra.

Ambos asintieron con educación y retomaron su conversación mientras seguía la procesión con la condesa. Estaba convencida de que Bibi le había echado un vistazo a mi vestido y había decidido que no era digna de dirigirme la palabra. Llegamos junto a otra pareja de aspecto distinguido.

—Y permíteme que te presente también al conde Da Rossi.

De repente me hallé frente a un hombre de porte militar, con el pelo entrecano y un rostro muy parecido al de Leo, pero con varios años más. ¿Por qué no me había dicho que su padre era conde?

El hombre debió de ver mi gesto de alarma porque me dirigió una sonrisa afable.

—No te preocupes, que no muerdo —me dijo.

—Es un placer que nos acompañe esta noche —le dijo la condesa y añadió mirándome—: Aunque el conde aún tiene un largo camino por delante como mecenas de las artes.

—No estoy de acuerdo —replicó el conde Da Rossi—. Sé apreciar el arte auténtico. Invíteme a una exposición de Caravaggio, de Leonardo o de Renoir y será un placer acompañarla. Valoro la belleza. ¡Pero no puede decirme que una mujer de dos cabezas, un ojo y tres pechos es una obra de gran belleza!

—El arte no debe ser siempre bello —terció el profesor Corsetti—. Debe provocar una respuesta emocional, acaso azuzar la ira o incluso la tristeza.

—¿Y qué reacción espera que evoque una mujer con un ojo y tres pechos? —preguntó el conde—. ¿Pena? ¿Asco?

—¿Tal vez fascinación?

El conde negó con la cabeza.

—Aun así ha venido —dijo la condesa—, a pesar de que sabía que iba a presentarles una nueva obra de arte.

—¿Quién puede resistirse a su presencia, estimada condesa? —preguntó él.

—Zalamero. Dígame, ¿dónde están su hijo y la adorable Bianca?

—A mi nuera no le apetecía acometer la ardua travesía de la laguna —respondió el conde con una sonrisa.

—¿No se encuentra bien? ¿Tal vez está encinta?

—No que yo sepa. Ya nos gustaría —dijo el conde Da Rossi—. No, yo más bien diría que no le entusiasmaba la compañía. La mayoría de nosotros somos demasiado viejos y aburridos.

—¡Paparruchas! —exclamó la condesa—. Hable por usted. Yo tal vez sea vieja, pero nadie en su sano juicio podría afirmar que soy aburrida, ¿verdad, querido? —preguntó volviéndose hacia Vittorio.

—Desde luego que no, *cara mia*.

Seguí la escena con gran interés. De modo que la relación entre ambos tal vez trascendía el vínculo que podía unir los caminos del dueño de una galería y una mecenas de las artes, por mucho que él fuera treinta años más joven. Sin duda la condesa todavía conservaba su atractivo y tenía una mirada cautivadora.

—Aún no te hemos ofrecido nada de beber.

La condesa me tomó de la mano y nos alejamos del grupo. Yo todavía me sentía algo alterada y, al mismo tiempo, aliviada de que Leo y Bianca no hubieran acudido a la cena.

—Por fin un rostro conocido —dijo la condesa Fiorito, quien cambió de idioma al detenerse junto a un hombre vestido con un blazer típicamente inglés que se encontraba junto a la mesa de las bebidas—. El señor Reginald Sinclair, cónsul de Su Majestad en Venecia. Reggie, querido, te presento a una de tus compatriotas, la señorita Browning.

—Un placer. —El cónsul me dedicó una amable sonrisa. Era un hombre mayor con un mostacho pálido y unas mejillas que le conferían un aspecto apesadumbrado—. Es una alegría coincidir con una paisana. La mayoría han vuelto a casa porque temen que la situación política vaya a peor.

—¿Cree usted que se agravará?

—Por desgracia, sí —afirmó—. Podrían ordenarme el regreso a Londres en cualquier momento. Todo depende de Mussolini y de si decide mantener su alianza con su idolatrado Adolf. No me parece que disponga de los recursos necesarios para declarar la guerra, pero sería una catástrofe que permitiera que los alemanes utilizaran Venecia como base militar y, por lo tanto, nos obligara a involucrarnos en contra de nuestra voluntad.

—Oh, cielos. —Suspiré—. Venecia puede ser una excelente base naval, claro.

—Los nazis preferirían utilizar Trieste, que ya fue la gran base naval de los austríacos antes de la Gran Guerra, pero Venecia es un puerto más seguro y resulta mucho más fácil ocultar los barcos en alguna de las diminutas islas que salpican la zona. —Negó con la cabeza—. Pero no adelantemos acontecimientos y disfrutemos de esta fabulosa noche veneciana y de la buena compañía, ¿no le parece?

Asentí y tomé la copa de prosecco que me ofreció.

—¿Está de visita? —me preguntó.

—He venido a estudiar un año a la Academia. Me han concedido una beca que me ha permitido solicitar una excedencia de mi trabajo como maestra.

—Es fantástico. Yo que usted lo aprovecharía al máximo. Venecia todavía es una de las pocas ciudades civilizadas que quedan en el mundo. Según las leyes raciales que promulgó el año pasado Il Duce, los judíos debían quedar excluidos de la educación y la enseñanza, y expropiarles todas sus propiedades. Pero aquí no ha ocurrido nada de eso. Los venecianos siguen con su vida, hacen negocios en el gueto y no ponen ningún tipo de reparo con los orígenes judíos de nadie, como los de nuestra querida condesa.

Lo miré sorprendida y luego observé a la condesa Fiorito. Recordé entonces la referencia que había hecho a que sus padres habían sido emigrantes judíos.

—Pero su marido fue un conde italiano —apostillé.

—Efectivamente, pero eso no tiene nada que ver con los orígenes raciales de ella. Si no me equivoco, nació en el seno de una familia pobre de París. Aquí es una mujer muy respetada y dedica importantes sumas a la filantropía. La mayoría de la gente desconoce sus orígenes. —Se acercó un poco más—. Aun así, le he aconsejado que prepare un plan de huida…, por si acaso.

En ese momento apareció un camarero con una bandeja de entremeses. El señor Sinclair se sirvió una generosa ración con auténtico deleite y yo tomé una brocheta de gambas. En ese instante, se acercaron Henry Dabney y el sacerdote, por lo que dimos por finalizada la delicada conversación. Yo sabía que la guerra era una posibilidad que se cernía en el horizonte, pero nunca me había planteado que pudiera correr peligro.

CAPÍTULO 18

La conversación se fue apagando a medida que llegaban más platos. Foie con tostadas, carpaccio de ternera, bruschetta con paté de aceitunas. Todos exquisitos y deliciosos para mí. Miré a mi alrededor y vi el reflejo de las copas en las luces que adornaban los árboles y en las joyas que lucían las mujeres. Todavía no daba crédito a que solo un par de semanas antes yo fuera Juliet Browning, una maestra de escuela que vivía en un pueblecito y los domingos cenaba alubias con una tostada mientras escuchábamos las noticias en la radio. Entonces posé la mirada en el conde Da Rossi. A pesar de su edad todavía era un hombre atractivo. Sin embargo, me volví para prestar atención a Henry.

—¿Qué te parece la comida?

—Deliciosa, ¿no crees?

—Tal vez un poco demasiado elaborada para mi gusto. Donde se ponga una buena chuleta o una hamburguesa...

—Veo que tampoco estás en tu ambiente.

Henry se rio.

—Mi padre es un hombre que se ha labrado su propio éxito. Empezó con un concesionario de vehículos y le ha ido muy bien a pesar de la Gran Depresión. Mi madre sí que fue a la universidad y quería que sus hijos siguieran su mismo camino, por eso empecé la carrera de Empresariales, hasta que descubrí el arte. Sin embargo, mi padre no estaba dispuesto a financiarme los estudios de Bellas Artes y por eso cambié a diseño industrial. Pensaba que podría encargarme del diseño de un nuevo automóvil y que ganaríamos una fortuna… Que acabaríamos superando a la Ford, ya sabes. — Soltó una risa burlona—. Entonces vi que ofrecían esta beca para estudiar en Europa y pensé, ¿por qué no? De modo que la solicité y aquí estoy. No es que le haya hecho mucha gracia a mi padre, pero tampoco le ha costado ni un centavo. Me pareció que era mi única oportunidad de ver un poco de mundo antes de pasarme el resto de la vida vendiendo automóviles.

Miré fijamente su gesto sincero.

—¿Estás obligado a seguir con el negocio familiar?

—Soy hijo único. Nadie más puede hacerse cargo.

No se me había ocurrido. Leo se encontraba en la misma situación: era hijo único y debía hacer lo que todo el mundo esperaba de él, llevar la vida que otros habían elegido, no la que él deseaba. Y mis circunstancias tampoco eran muy distintas. Podría haber acabado la carrera universitaria, trabajar de camarera para pagarme el alojamiento y acabar siendo artista. Sin embargo, había adoptado el papel de hija obediente y tenía la vida que había elegido mi madre, no la que quería yo.

—Ahora los dos somos libres, al menos durante una temporada —afirmé.

—Tienes razón. Es de locos, ¿no crees? Disfrutar de un entorno como este, tomando champán con aristócratas que nadan en la abundancia…

—Es verdad.

Franz se incorporó a la conversación.

—Qué velada tan agradable, ¿no os parece? —preguntó.

—¿Tú estás acostumbrado a este tipo de fiestas? —le pregunté, cambiando al italiano—. Henry y yo comentábamos que estábamos viviendo una especie de cuento de hadas.

—Yo siento lo mismo. Mi padre tiene una panadería y nunca le ha gustado que quisiera estudiar arte. ¿Qué sentido tenía el arte si iba a ser panadero? Entonces le dije que podría enseñarle a hacer un pan más artístico.

Nos reímos y Franz se alejó en busca de otro grupo. Henry me agarró del brazo y me dijo:

—Ten mucho cuidado con él —susurró—. Creo que es un topo alemán.

—¿Un espía nazi? —pregunté incrédula.

Henry asintió.

—Me da mala espina. Todos dicen que son austríacos, ¿verdad? Pero hay algo que no me encaja. Aún no sé qué es, pero…

—Bueno, ¿cuándo vamos a ver la nueva adquisición? —preguntó Bibi, la mujer española—. Nos morimos de curiosidad.

—De acuerdo —concedió la condesa Fiorito—. Seguidme.

Entramos en una sala muy elegante, con el suelo de mármol blanco, sofás de seda azul pálido y mesas de centro doradas. En el centro de la estancia había un caballete con un gran cuadro, oculto bajo una sábana.

—Vittorio, querido, ¿te importaría hacer los honores? —le pidió la condesa—. A fin de cuentas, has sido tú quien ha tenido la sagacidad de encontrar la obra y, lo que es más, de adquirirla.

Vittorio respondió con una leve inclinación de la cabeza, atravesó la sala y quitó la sábana con un gesto rápido y fluido. Los presentes contuvieron un grito ahogado. Era un cuadro transgresor y moderno: grandes pinceladas de color, una mano ensangrentada que atravesaba uno de los haces de color y varios rostros etéreos que atravesaban los espacios oscuros, con las bocas abiertas en señal de protesta silenciosa. Era una obra de lo más perturbadora, pero debo admitir que era brillante en su forma y diseño.

—Espectacular, Gabriella —afirmó el profesor Corsetti—. ¿No te parece, Arturo?

—Absolutamente. ¿Este es el cuadro que hubo que sacar de contrabando de Alemania?

—Sí. —La condesa no cabía en sí de gozo—. Me llegaron ciertos rumores y Vittorio logró reunirse con el artista y sacar el cuadro oculto bajo una escena pastoral abominable, obra de un pintor que cuenta con el beneplácito de los nazis.

—Deduzco, pues, que es de un artista que no tiene el apoyo del régimen —dijo el señor Sinclair.

—No solo no tiene el apoyo, sino que es judío —añadió la condesa—. Le hemos suplicado que abandone el país ahora que puede, pero sus padres son mayores y no quieren moverse de su hogar, por lo que él ha decidido quedarse. Le he dicho que podía ofrecerles alojamiento aquí, pero se mantiene en sus trece y sigue pintando. Mucho me temo que no acabará bien.

—¿En qué ciudad vive? —preguntó Franz.

—En Stuttgart. De día trabaja de ingeniero en la fábrica de Mercedes-Benz. Cree que está a salvo porque su departamento se encarga de la producción de vehículos blindados y lo tienen muy bien considerado. Firma los cuadros con pseudónimo y nadie sabe que pinta, solo sus amigos de fuera de Alemania.

—Aun así, me temo que está corriendo un gran riesgo —dijo el señor Sinclair.

—Sí, hay muchos como él que siguen adelante con sus protestas discretas y desafiantes, a pesar de tenerlo todo en contra. Hombres y mujeres muy valientes.

Imelda me tocó la mano.

—Creo que no deberíamos tardar en irnos si queremos tomar el *vaporetto* de las diez. Si lo perdemos, tendremos que esperar al de las once y media y, como es el último, siempre va como una lata de sardinas.

—Buena idea. Gracias —le dije y fui a buscar a Henry.

—¿De verdad crees que este es el futuro del arte, Gabriella? —preguntó el conde Da Rossi—. ¿Se acabó la belleza? Creo que yo habría preferido la escena pastoral nazi.

—Eso confirma que no tienes alma, Massimo, como siempre he pensado.

Franz examinaba el cuadro con gran atención y me pregunté si estaba buscando una firma. ¿Era posible que Henry tuviera razón y fuese un espía alemán? Consideré que era una suerte que el artista firmara sus obras con pseudónimo.

Me acerqué a la condesa, le di las gracias por la deliciosa velada que nos había ofrecido y le dije que debíamos irnos para tomar el *vaporetto*.

—Por supuesto, querida, lo entiendo. Pero quiero que sepas que siempre te recibiremos con los brazos abiertos en todas mis veladas. ¿Por qué no vienes un día a tomar el té al estilo inglés? Solas tú y yo.

—No me diga que tiene té inglés —exclamé entre risas—. Todos los que he tomado aquí son muy insulsos.

—Yo lo compro directamente en Harrods, cómo no.

Se acercó y me dio un beso en la mejilla. Creo que me ruboricé porque no estaba acostumbrada a que me besara una condesa. Nos despedimos de los demás invitados y emprendimos el trayecto de vuelta hacia el embarcadero, donde ya había un considerable número de personas esperando el *vaporetto*.

—Espero que podamos subir todos —dijo Henry—. Iremos apretujados como sardinas.

—Pues yo espero que no nos dejen subir a todos —afirmó Imelda—. Si embarcamos todos, acabaremos en el fondo de la laguna.

—Yo no quiero esperar al de las once y media —dijo Gaston—. ¿Por qué no intentamos avanzar entre la gente y situarnos al principio?

Sin embargo, su idea no tenía sentido. Había varias familias con cestas de pícnic, sillas y parasoles que nos impedían abrirnos paso, así como un buen número de abuelas de gesto feroz, dispuestas a dejarse la piel por un lugar en el *vaporetto*. Además, yo no me sentía capaz de colarme ante las abuelas y los bebés. Franz pensaba como yo.

—No me parece correcto —afirmó.

Antes de que pudiéramos añadir algo más, llegó el conde Da Rossi.

—Ah, mis jóvenes amigos. ¿También habéis huido de la cena de Gabriella? A mí, el arte moderno me aburre bastante, la verdad, y no me gusta fingir que sé apreciarlo como los demás. —Cuando vio la multitud congregada en la parada exclamó—: *Dio mio*, es imposible que quepáis todos en el *vaporetto*. Ya os digo que no podréis subir.

—Queríamos abrirnos paso hasta el principio de la cola —dijo Gaston.

—Dejadme comprobar si ha llegado ya mi lancha —propuso el conde—. Tal vez pueda llevaros a todos.

—Es usted muy amable —dijo Imelda.

—No puedo dejar abandonados a unos amantes del arte como yo. —Tenía una sonrisa encantadora que me recordaba mucho a la de Leo—. Venga, vamos a ver si ha llegado la lancha. Pedí que vinieran a las diez porque sabía que a estas alturas ya estaría cansado, pero es difícil decirle que no a Gabriella —nos dijo sin apartar la mirada del agua, donde había varios embarcaderos pequeños—. ¡Ah, por aquí! —nos avisó, señalando una lancha que reconocí de inmediato.

Lo seguimos, aunque yo lo hice un poco a regañadientes.

—He traído a unos amigos. ¿Crees que habrá sitio para todos?

—Podemos intentarlo. —El hombre que estaba al timón subió al embarcadero y el corazón me dio un vuelco al comprobar que era Leo.

El conde también se sorprendió.

—¿Qué haces aquí, Leo? —Nos miró—. Es mi hijo. Ha venido él en lugar de dejar que lo hiciera alguien del servicio. ¿Qué le ha pasado a Mario?

—Era el cumpleaños de su hermano y le he dado la noche libre. Además, me apetecía navegar por la laguna con la noche tan bonita que ha quedado. —No me había visto. Le tendió la mano a su padre para ayudarlo a subir e hizo lo propio con Imelda. Franz, todo un caballero, me dejó pasar y cuando Leo me ofreció la mano se quedó paralizado—. ¡Julietta! ¿Estoy soñando? ¿Qué haces aquí?

—Hola, Leo. Menuda sorpresa. He venido a estudiar en la academia de arte.

Noté que le temblaba la mano y se volvió para ayudar a embarcar a los demás.

—¿A estudiar? ¿Aquí? ¿Cuánto tiempo?

—Un año —respondí.

—¿Es amiga tuya, Leo? —preguntó el conde.

—Nos conocimos el año pasado en la Biennale —respondió Leo con dulzura—. El día que tenía que acompañar al grupo de benefactores ricos. ¿Recuerdas?

—Ah, sí. ¿Disfrutó de la Biennale, señorita Browning?

—Sí, me pareció maravillosa. Y la ubicación, en los jardines, es ideal.

—A mí no me entusiasma, a pesar de los intentos de mi hijo por arrastrarme hasta ahí. Hoy en día a cualquier cosa la llaman arte.

—Mi padre preferiría que la Biennale solo expusiera a los maestros clásicos.

—Por supuesto. Eso sí que era arte de verdad. Deberías ver el cuadro que ha comprado Gabriella Fiorito y que seguro que le ha costado una fortuna —prosiguió con una sonrisa—. Es horrible. Una tela con manchurrones de color. Eso ni es relajante ni es nada. Dice que es obra de un prometedor pintor judío que trabaja en secreto en Alemania.

—Así es la condesa Fiorito —replicó Leo—. Se considera una gran benefactora, la Medici de nuestro siglo. Y le gusta rescatar a gente que lo necesita, del mismo modo en que a otras personas les gusta rescatar a gatos.

Levantó los ojos del timón y nuestras miradas se encontraron.

Aceleró al máximo y la lancha cruzó la laguna. El viento frío y salado nos azotaba el rostro. El corazón me latía con tanta fuerza que temía que mis compañeros pudieran oírlo. ¿Cómo había podido ser tan ingenua de creer que podría manejar la situación sin más? Era una tortura estar tan cerca de él. ¿Por qué no me había dado cuenta de lo pequeña que era Venecia y de que estaba predestinada a coincidir con él en el momento menos pensado?

—¿Dónde queréis que os dejemos? —nos preguntó el conde—. ¿Vivís todos cerca de la Academia?

—Bastante, creo —respondió Gaston—. Puede parar donde le resulte más cómodo. Le estamos muy agradecidos por su amabilidad. De no ser por ustedes, habríamos tenido que esperar una hora y media al siguiente *vaporetto* y sin tener plaza asegurada.

—Pues amarra en la Academia —pidió el conde.

Leo maniobró la lancha, bajó de un salto y la amarró. Luego nos tendió la mano para ayudarnos a bajar. Dejé pasar a Imelda y me llegó el turno, pero Leo me agarró con fuerza.

—Gracias por traernos —dije.

—Ha sido un placer. Me alegra saber que por fin tienes la oportunidad de estudiar aquí. Ahora tal vez puedas convertirte en una gran pintora.

—Lo dudo, pero al menos me servirá para mejorar.

—¿Vives cerca de la escuela?

—No muy lejos, puedo ir a pie. —Me di cuenta de que quería saber mi dirección, pero no pensaba dársela—. Gracias de nuevo. A los demás, nos vemos mañana.

Eché a andar, pero me lo tomé con calma y no crucé el puente hasta que hubo pasado la lancha. Luego aceleré el ritmo y mis pasos resonaron en los adoquines de las calles.

Capítulo 19

Juliet
Venecia, lunes 10 de julio de 1939

Intenté no pensar en él, pero me pasé varias horas despierta, escuchando los ruidos distantes de la ciudad y no logré dormirme hasta el alba. De modo que desperté medio grogui y malhumorada, y tuve que bañarme y prepararme para las clases a toda prisa. Hoy tocaba Dibujo y pintura de desnudos, y de los estudiantes extranjeros solo Gaston y yo nos habíamos matriculado en la asignatura. Debía de ser una materia para estudiantes de primero, porque los italianos parecían todos muy jóvenes y noté que no dejaban de mirarme. De hecho, uno de ellos me preguntó si era la profesora. Cuando me presenté como estudiante extranjera de Inglaterra, apartó la mirada avergonzado y se fue corriendo a tomar asiento.

La profesora era una mujer de amplios senos con el pelo largo y teñido de rojo que le caía en cascada sobre los hombros. Llevaba un vestido holgado con un buen escote. Cuando hablaba, movía mucho las manos y tuve la sensación de que había sido actriz, no artista. Hablaba de la belleza de la figura humana, de la importancia de la línea. Si dábamos correctamente con la línea, los detalles acabarían encajando por sí solos. A algunos de los estudiantes más jóvenes les hizo gracia su comentario. Supongo que estaban pensando en los detalles que podían acabar encajando.

En el centro de la sala había una tarima, con una silla de madera. La *professoressa* nos dio las instrucciones pertinentes y llamó al modelo, que era un hombre fornido, lo cual me inquietó un poco. Subió a la tarima vestido con un albornoz y se lo quitó lentamente, dejando al descubierto su cuerpo desnudo. Oí varios gritos de sorpresa contenidos, incluso algunas risas de mis compañeros. Debo admitir que yo también quedé impactada, ya que era el primer hombre desnudo que veía en mi vida. Había estudiado el desnudo en mis libros de arte, pero esto era distinto. Tuve que hacer un esfuerzo para no quedarme mirándolo embobada.

La primera tarea consistía en realizar bocetos en treinta segundos. Luego en un minuto. Luego en cinco.

—Prestáis demasiada atención al detalle —advirtió la profesora mientras se paseaba por el aula—. Entornad los ojos y dibujad lo que veáis. —Se detuvo al llegar a mí—. No está mal —añadió.

El modelo se sentó, luego se levantó y apoyó un pie en uno de los travesaños de la silla, y lo dibujamos en cada postura. A continuación pudimos dibujarlo utilizando la técnica de nuestra elección, ya fuera carboncillo, pastel o acuarela. Yo elegí carboncillo. Dedicamos la última hora de clase a la tarea y, cuando acabamos, la profesora se mostró muy satisfecha con mi trabajo.

—Se nota que no es la primera vez que asistes a esta clase —dijo—. ¿Eres nueva en la academia?

—Vengo de Inglaterra —respondí—. Y estudié un año en la universidad, pero nunca había dado una clase de desnudo, por eso la he elegido.

—Me alegro. Tienes un don para el dibujo del cuerpo humano.

Hizo un gesto de asentimiento para darme ánimos y pasó al siguiente alumno.

—Creo que has pecado de modestia —murmuró Gaston, que estaba sentado detrás de mí—. Es obvio que conoces muy bien el cuerpo masculino, como el del atractivo hijo del conde de anoche, ¿eh?

Me ruboricé sin querer.

—No digas tonterías. Se me da bien dibujar el cuerpo humano y ya está.

—Creo que la recatada señorita Browning tiene muchos secretos —prosiguió, pero lo ignoré.

A pesar de mis esfuerzos, oía sus risas y no sabía qué pensar de él. Le gustaba coquetear, pero ¿qué veía en mí, cuando saltaba a la vista que quien le interesaba era Imelda? Tal vez el flirteo era un pasatiempo nacional en Francia. Apenas sabía nada de las costumbres de los hombres de los demás países. Los únicos chicos que había conocido en Inglaterra de joven eran muy brutos en su trato con el sexo opuesto. Demasiados años de internado, pensé.

Por extraño que parezca, las palabras de Gaston me habían levantado el ánimo. En otro momento me habría enfadado, pero ahora disfrutaba de haber dejado de lado mi papel de vieja solterona, ignorada por todo el mundo. Recogí mis cosas y bajé las escaleras. ¿Adónde podía ir a comer? Había un pequeño local en la Calle della Toletta donde vendían unos tramezzini deliciosos: pequeños sándwiches de combinaciones exquisitas como atún con aceitunas, jamón y calamares... Además, eran muy baratos, ya que podías comprar seis por unos pocos peniques. Sabía que debería tomar la comida principal a mediodía, pero no me veía comiendo un plato de espagueti con aquel calor. El único problema de la tienda de sándwiches era que hablaban en veneciano. A esas alturas, me había dado cuenta de que no era un simple dialecto, que pronunciaran las palabras de un modo distinto, sino una lengua con entidad propia. «Bondì» era un ejemplo clásico, que poco tenía que ver con el «buon giorno» habitual que había aprendido estudiando.

Mientras bajaba por las escaleras, oí a dos estudiantes que hablaban en veneciano y no entendí nada. Era una suerte que mi casera hubiera nacido en Turín y hablara italiano. Mientras le daba vueltas al asunto, se me acercó una chica de clase. Parecía muy joven y tenía el pelo y los ojos claros, lo que me hizo pensar que tal vez era una estudiante extranjera, pero me saludó en un italiano perfecto.

—Ha sido revelador, ¿no crees? —me dijo—. En varios aspectos. Si me viera mi abuela, me obligaría a volver a casa.

Sonreí.

—No eres de Venecia, ¿verdad? —le pregunté.

—Soy de Tirol del Sur. Antes formaba parte de Austria, pero ahora pertenece a Italia. Y en casa aún hablamos alemán. Echo de menos las montañas. ¿Y tú?

—Soy inglesa.

—*Madonna!* —exclamó—. ¿No te da miedo la guerra? Aquí solo llegan rumores de que Hitler quiere invadir Polonia y que, cuando lo haga, Inglaterra se verá obligada a declarar la guerra.

—De momento hemos permitido que se anexione Checoslovaquia. Quizá también aceptemos que se queden Polonia.

Mi compañera negó con la cabeza.

—¿No lo entiendes? Polonia solo es una excusa. Hitler quiere que lo obliguen a declarar la guerra. Quiere ser la parte agredida. Ya sabes lo que dice: «Aquí estoy, reclamando el territorio alemán en torno a Danzig, y los ingleses quieren impedir que nuestro pueblo recupere los territorios que le pertenecen por derecho natural». Rusia se alineará con él, Francia con Inglaterra, y acabará afectando a muchos países más. Hitler quiere dominar el mundo. Stalin también y Mussolini solo aspira a controlar el Mediterráneo. ¿Quién los detendrá?

—Supongo que tienes razón. Imagino que Inglaterra intentará evitarlo.

Asintió y se acercó un poco más.

—Creo que la situación es grave. He visto lo que están haciendo en Alemania. Han construido un gran número de tanques y máquinas de guerra. Ya se han hecho con Austria, que era el país de mis abuelos. —Se detuvo en un rellano—. ¿Qué harás si estalla la guerra? ¿Volverás a casa?

—Imagino que tendré que hacerlo. Aunque aquí todo el mundo dice que Venecia será un lugar seguro. Nadie se atrevería a bombardear una ciudad tan bella.

—Espero que tengas razón, pero Italia apoyará a Alemania y te considerarán enemiga, ¿no crees?

—Ya lo decidiré a su debido tiempo. Ahora solo quiero disfrutar del momento. De hecho…

Leo apareció al final de las escaleras, mirándome con una sonrisa descarada.

—*Bondì* —dijo en veneciano antes de cambiar al inglés, rodeado por el desfile constante de estudiantes—. ¡Por fin te encuentro! Estaba en el barrio, tenía hambre y he pensado que tal vez querrías venir a almorzar conmigo.

Mi nueva amiga me hizo un gesto con la cabeza para darme su permiso y se fue. Yo permanecí inmóvil, con la carpeta entre las manos y el corazón desbocado.

—No puedo ir a comer contigo, Leo. Lo sabes. Eres un hombre casado. No sería apropiado que te vieran con otra mujer.

—¿Y crees que se puede aplicar el mismo criterio a mi esposa? —preguntó, frunciendo el ceño, pero enseguida adoptó un gesto más afable—. Además, solo vamos a almorzar, no vamos a un club nocturno del Lido. Ni tan siquiera será una cena íntima como la que compartimos una vez en Danieli. Tú tienes que comer. Yo tengo que comer. ¿Por qué no hacerlo juntos?

No pensaba dar el brazo a torcer y negué con la cabeza.

—No, lo siento. No me parece justo, dada mi situación. Me estás ofreciendo algo que no puedo tener, como la zanahoria a un asno. Jamás podré alcanzarla. Nunca. ¿No entiendes que cada vez que te veo se me parte el corazón al saber que te has casado? Y es una estupidez, lo sé, porque apenas nos conocemos. Nos hemos visto unas cuantas veces, siempre maravillosas y muy románticas, pero fueron momentos irreales. Un sueño precioso y ya está. En el fondo no me conoces y yo a ti tampoco. Podría ser una chica horrible.

Leo esbozó una sonrisa, pero le duró poco.

—Sé reconocer cuándo dos personas se sienten atraídas mutuamente al instante —dijo—. Pero lo entiendo. No quiero perjudicar tu reputación en esta ciudad y estoy seguro de que si nos vieran juntos mi padre no tardaría en enterarse.

Permaneció inmóvil, mirándome de un modo que me descolocó.

—¿Mi árbol? —propuso—. ¿Crees que podríamos vernos de vez en cuando en mi árbol? ¿Y disfrutar de un pícnic un día de estos? ¿Recuerdas los jardines que había detrás de la estatua? Ahí nadie nos vería.

—Nos verían en el momento de llegar o de irnos —repliqué—. Sé que vivimos en una ciudad muy pequeña. Aquí todo el mundo se conoce y te aseguro que tu familia no tardará en tener conocimiento de esta conversación. —Respiré hondo y me acerqué para acariciarle el brazo, pero acabé cambiando de opinión—. Tú tienes tu vida, Leo. Tienes mujer y dentro de poco tendrás familia. Y yo no formo parte de eso. Nunca podré formar parte de tu vida, por eso te pido que no insistas.

Se le empañaron los ojos.

—Jamás querría causarte dolor. Solo necesito verte. Saber que eres real. Anoche, en la lancha, pensé que estaba soñando, que todo era producto de mi imaginación. ¿De verdad vas a pasar el año aquí?

—A menos que la guerra interrumpa mis estudios.

Asintió.

—Es una pena que no sea año par, porque me habría encantado acompañarte a la Biennale. Si todavía estás aquí cuando se inaugure en mayo del año que viene, tal vez…

—¿Crees que la ciudad seguirá celebrando la exposición de arte internacional, aunque el mundo esté en guerra?

—Por supuesto. Los venecianos jamás permitirían que una minucia como una guerra interfiriera con su arte. Vivimos y respiramos arte. Lo llevamos en la médula. —Me agarró la carpeta sin pedirme permiso—. Muéstrame qué has dibujado.

—¡No! —Intenté recuperarla, pero ya era demasiado tarde. La había abierto. El primer dibujo era el desnudo masculino, con todo lujo de detalles. Leo lo examinó unos segundos y ojeó los demás bocetos. Cerró la carpeta y me la devolvió, momento en el que nuestros dedos se rozaron y, por un instante, Leo no apartó la mano.

—Se te da bien —dijo—. Tienes un don especial para dibujar el cuerpo humano. Más vale que empieces a preparar algo para la Biennale del año que viene. Creo que podría lograr exponerlo.

—A nadie le interesa mi obra —afirmé—. Tengo facilidad para copiar lo que veo, pero no creo que posea la visión necesaria para tomar un objeto y convertirlo en una creación propia, como hacen los grandes artistas.

—En tal caso, quizá deberías limitarte a dibujar lo que ves. A gente común y corriente en escenas cotidianas. También es importante documentar todo eso; nunca sabemos qué nos deparará el futuro.

—Tengo que ir a comer. La próxima clase empieza dentro de menos de una hora.

—¿Estás segura…? —intentó decir.

—Del todo. Vete a casa con tu familia, por favor.

Asintió.

—De acuerdo. Pero quiero que sepas que me alegro mucho de verte. Para mí ha sido como un milagro. Cuando nos besamos el año pasado, en la despedida después de cenar, pensé que sería la última vez.

—Y fue la última vez —insistí—. He de irme, de verdad.

Tenía los ojos anegados en lágrimas y quería marcharme antes de derramar alguna ante él. Salí a la calle, donde me recibió un sol fulgurante. El calor acumulado en el pavimento ascendía mezclado con el olor del canal y el hedor desagradable de la vegetación en descomposición. Crucé la plaza frente a la academia, atravesé el puente y me sumergí en las sombras de una callejuela. ¿Por qué me hacía esto? ¿Acaso no le importaban mis sentimientos? Entonces entendí que él también estaba sufriendo, atado a una mujer a la que no amaba y que era obvio que tampoco lo amaba a él. ¿Había algo peor? Sí: estar enamorada de un hombre que jamás podría ser mío y verme empujada a una soledad que no deseaba.

Capítulo 20

Caroline se dio cuenta de que estaba conteniendo el aliento al adentrarse en la gran sala silenciosa. En ese instante, como si hubiera estado esperando al momento perfecto, el sol se abrió paso entre los nubarrones negros e iluminó con un haz de luz el canal de Giudecca y la laguna. Caroline reprimió un suspiro de felicidad.

—Es maravilloso —susurró.

—*Signora...* —dijo el hombre—, ¿o es *signorina*?

—*Signora* —respondió Caroline. Se sintió incómoda al notar el roce de la mano del hombre, pero no quiso apartarla para no parecer una maleducada. Se volvió hacia él—. Estoy en proceso de divorcio. Mi marido se ha ido a Nueva York. —Se sintió como una estúpida en cuanto pronunció las palabras, como si hubiera sentido la necesidad de hacerle saber que estaba disponible. Absurdo.

—*Signora* —prosiguió el tipo—, me temo que este documento no es legal. Alguien le tomó el pelo a su tía. —Agarró el contrato—. Si me lo permite, me gustaría llevarlo al abogado de la familia Da Rossi para que verifique su autenticidad.

Caroline se aferró al documento.

—Debe de pensar que soy una ingenua. ¿De verdad cree que voy a dejar que se lleve la única prueba que tengo de que este apartamento es mío? Podrían ocurrir todo tipo de desgracias: que saliera volando por una ventana, que cayera en un canal... «Oh, cielos, lo siento mucho. Qué pena».

—Ah, no, le aseguro... —intentó decir, pero Caroline lo interrumpió.

—No se preocupe. Pienso llevarlo al ayuntamiento, donde podrán consultar su archivo para comprobar si aún es válido y si mi tía se lo vendió a otra persona.

Se guardó el documento en el bolso y recorrió la habitación. Quitó una de las sábanas que tapaba un mueble que había junto a la ventana y resultó ser un precioso escritorio de limonero.

—Oh —murmuró al acariciarlo.

El hecho de que la tía Lettie hubiera tenido un mueble tan bonito era... Abrió un cajón y vio que estaba lleno de papeles.

Tomó la primera hoja, soltó un grito entrecortado y miró al hombre con una sonrisa triunfal.

—Vaya, vaya, creo que esto demuestra que mi tía fue la dueña de este piso, ¿no le parece? —Era el dibujo de una escena frente a la ventana y estaba firmado por JB—. Ahí lo tiene, Juliet Browning. Mi tía abuela. Era pintora. He traído varios dibujos suyos y le aseguro que este también lo es.

—¿Juliet Browning? —preguntó frunciendo el ceño—. ¿Artista? ¿Por qué habría de alquilarle la familia Da Rossi este lugar a una artista extranjera? Que yo sepa, nunca fueron grandes mecenas de las artes.

—¿Queda algún miembro de la familia que pueda saberlo? —preguntó Caroline.

—Mire, es la hora de comer y tengo hambre. Me espera una tarde de mucho trabajo.

—No se preocupe, iré al ayuntamiento con este documento y ya encontraré el departamento al que debo acudir para verificar su autenticidad.

—¿Para? —preguntó dejando de lado la amabilidad que había empleado hasta ese momento.

—Para saber si aún es propiedad de mi tía y, por lo tanto, mía.

—Ah. ¿No le gustaría acompañarme a comer?

Su propuesta la pilló desprevenida.

—¿Qué diría su jefe si supiera que se ha ido a comer con una mujer en lugar de trabajar?

La pregunta le arrancó una sonrisa que le cambió la cara. Era más joven de lo que ella creía y rebosaba una seguridad descarada en sí mismo.

—Mire, soy Luca da Rossi y acabo de asumir la dirección de la empresa de mi padre.

—Enhorabuena.

—No estoy muy seguro de que sea un motivo de alegría, porque me temo que he heredado un gran quebradero de cabeza. —Hizo una pausa—. Usted ya conoce mi nombre, pero yo no el suyo.

—Soy Caroline Grant.

—Y bien, Caroline Grant, si no te importa que nos tuteemos, ¿quieres venir a comer conmigo?

No sabía qué responder y le dieron ganas de preguntarle: «¿Estás intentando camelarme?», pero al final se limitó a asentir con elegancia. De nada serviría enemistarse con el dueño del edificio.

—Gracias. Lo cierto es que empezaba a tener hambre.

Cerró la puerta detrás de sí y bajaron las escaleras. Casi sin darse cuenta, había desarrollado un instinto posesivo con el apartamento. Empezaba a entender por qué le gustaba tanto la ciudad a la tía Lettie. Bajaron los tres pisos en silencio y en el exterior los recibió una lluvia torrencial. Luca da Rossi abrió el paraguas que había tomado junto a la puerta.

—Acércate, no te mojes. Conozco un restaurante pequeño a la vuelta de la esquina.

A pesar de la sensación de incomodidad que se había apoderado de ella, Caroline dejó que la resguardara. Sus hombros se rozaron. Soplaba un viento tan fuerte que de poco servía el paraguas. Cuando llegaron a la *trattoria*, ambos estaban mojados. Una vez dentro, Luca la ayudó a quitarse el impermeable y luego colgó su abrigo. Dada la experiencia de Caroline en el mundo de la moda, no le pasó por alto la etiqueta de Armani. Era una prenda muy cara. Al parecer, Luca era un habitual del local, y un hombre rubicundo y con bigote le ofreció una mesa junto a una ventana. Intercambiaron varias frases en un idioma que ni siquiera sonaba como el italiano. El tipo desapareció y regresó al cabo de poco con una botella de vino blanco.

—Creo que no me conviene beber en la comida —se excusó Caroline.

—Pero si todo el mundo lo hace. ¿De qué sirve el *riposo*, si no? —preguntó entre risas—. El dueño me ha dicho que hoy tienen un fritto misto delicioso. ¿Te apetece?

—Nunca lo he probado, pero no me importaría.

—Y venado. Es la época ideal para este tipo de carne.

—¿Siempre te das estos banquetes a mediodía? —preguntó Caroline mientras una camarera les dejaba unos grissini, una cesta de panecillos, un plato de aceitunas y una botella de aceite de oliva.

—Para nosotros es la comida más importante del día. Es lo más saludable. Dormimos bien porque no sufrimos indigestiones. —Hizo una pausa y añadió—: Y porque tenemos la conciencia tranquila —le dijo con una media sonrisa y una mirada descarada.

Caroline tomó un sorbo de vino, con cuerpo y afrutado, y partió uno de los bastoncillos. De repente fue muy consciente de que se encontraba frente a un desconocido que intentaría arrebatarle el apartamento que, en principio, era suyo.

Respiró hondo antes de añadir:

—¿Hay alguien de tu familia que pueda saber algo de mi tía y de cómo obtuvo el alquiler del apartamento?

Luca frunció el ceño.

—Mi padre es demasiado joven. Aún no había nacido en 1939. Mi abuelo murió en la guerra y mi bisabuelo murió en los sesenta. Mi abuela aún vive...

—Tal vez sepa algo.

Luca asintió con cautela.

—No siempre tiene la cabeza..., ¿cómo lo dicen? ¿Despejada? Es una mujer mayor que está a punto de cumplir noventa años. Pero podríamos intentarlo. Sin embargo, creo que primero será mejor que demuestres que el documento no es falso y tiene validez, para no molestarla de forma innecesaria.

—De acuerdo —concedí—. Entonces debería ir al ayuntamiento, ¿verdad?

Luca se encogió de hombros.

—Insisto en que nuestro abogado podría realizar los trámites necesarios.

—Preferiría averiguarlo por mi cuenta —replicó Caroline, mirándolo fijamente.

Se sorprendió al comprobar que eran de un azul oscuro, no castaños como imaginaba.

—¿Dónde está el ayuntamiento o alguna otra oficina municipal?

—El ayuntamiento es Ca' Loredan, un *palazzo* del Gran Canal, cerca de Rialto. Pero tal vez conserven los archivos más antiguos en otro lugar. A los venecianos no nos gusta hacer nada de forma eficiente. No tenemos ayuntamientos grandes y bonitos como los de Estados Unidos. Todo está repartido por la ciudad.

—¿Conoces Estados Unidos? —preguntó porque le había parecido detectar un leve acento americano.

—Estudié Económicas un año en Columbia. Y mi madre nació allí.

—¿Es norteamericana?

Luca asintió.

—Sí, de Nueva York. Conoció a mi padre cuando vino a cursar tercero. Estudiaba en Radcliffe.

—¿Y todavía están vivos? ¿Y siguen casados?

—Felizmente, al parecer. Mi padre acaba de cumplir los sesenta y ha decidido empezar a delegar las responsabilidades diarias de la compañía. Mi hermana vive en Australia y tenían muchas ganas ir a verla a ella y a sus hijos. Ahora están allí. No me imaginaba que los nietos pudieran ejercer esta fuerza de atracción y como yo aún no les he dado ninguno... —Esbozó una sonrisa—. ¿Tú tienes hijos?

—Uno. Edward, aunque le llamamos Teddy. Tiene seis años.

—Y ¿quién cuida de Teddy cuando tú vienes aquí?

—Está con su padre en Nueva York.

Luca vio la mueca de dolor en el rostro de Caroline.

—*Madonna!* Pero ¿está bien después de los atentados?

—Gracias a Dios, sí. Aunque ahora le da miedo volar. O eso es lo que dice su padre. O, más bien, es lo que dice el psiquiatra, según su padre.

Luca frunció el ceño.

—¿Crees que es una excusa para quedárselo?

—Podría parecerlo.

—Ya veo. Y ¿has decidido venir a un lugar bonito para dejar atrás las preocupaciones?

Sus palabras eran demasiado certeras y Caroline tuvo que contenerse para no responder de malas maneras.

—He venido como muestra de respeto a mi tía abuela, que murió hace poco. Es la mujer que me ha dejado el piso en herencia y he traído sus cenizas a la ciudad.

Luca le tendió una mano.

—Lo siento, no quería ser indiscreto.

—No eres indiscreto, pero todo es muy reciente y aún me duele. Mi marido me ha dejado y ahora no quiere que mi hijo vuelva a vivir conmigo. —Caroline levantó una mano—. Disculpa, no debería aliviar mis penas con un desconocido.

Luca la miró con un gesto de preocupación sincera.

—Para nada. Entiendo cómo te sientes, debe de ser una mezcla de dolor y pena. Son dos sentimientos que minan el estado de ánimo de cualquiera.

—Sí —afirmó ella.

—Yo también estuve casado —confesó él—. Mi mujer murió en un accidente de circulación cuando no había pasado ni un mes de la boda.

—Lo siento muchísimo.

—Yo también —confesó él con un suspiro—. Había bebido más de la cuenta. No debería haber permitido que se pusiera al volante, pero ahora no me queda más remedio que cargar con la pena.

—No puedes ser responsable de los actos de otra persona.

—Eso no hace que mi vida sea más llevadera.

—No.

Luca la miró fijamente y durante unos instantes Caroline fue consciente del vínculo que se había establecido entre ambos. Avergonzada, agachó la cabeza y se puso a doblar la servilleta. Sin embargo, se le iluminó la cara cuando apareció el tipo del bigote con una bandeja que contenía todo tipo de productos del mar. Vio la cabeza de una gamba asomando bajo los tentáculos diminutos de un calamar. Tenía un aspecto algo inquietante, pero aun así probó un mordisco. El crujiente rebozado del calamar ocultaba una carne suave y tierna.

Caroline levantó la cabeza y asintió.

—Está muy bueno.

—¿No lo habías probado nunca?

—Había comido calamares, pero no preparados así.

—Aquí tenemos el mejor marisco. Y en esta época del año también el mejor venado. Espera a probarlo y verás. En Venecia se come muy bien... si sabes elegir el sitio.

—¿Vives en la ciudad? —preguntó ella.

—Tengo un piso en el Lido con vistas al mar. Me gusta más esa zona. Hay más espacio. Pero mi familia tiene un *palazzo* en la ciudad. ¿Conoces el Palazzo Rossi? Ahora es un hotel de cinco estrellas. Mi padre lo reformó hace varios años. Los costes de mantenimiento del edificio, más los del personal, empezaban a ser inasumibles. Ahora tiene un apartamento en uno de los edificios nuevos del Gran Canal y una empresa hotelera ha alquilado el *palazzo*. —Me miró con una sonrisa de satisfacción—. Es muy rentable, menos ahora que nadie se atreve a viajar.

Un camarero se llevó los platos y Luca aprovechó para llenar las copas.

—Y ¿tú dónde vives? ¿A qué te dedicas?

—Hasta hace poco vivía en Londres. Mi marido y yo nos dedicábamos a la moda. Él diseñaba y yo trabajo para una revista femenina.

—Qué interesante.

—Lo era. Hasta que él se fue a Nueva York y conoció a la otra. —Caroline se sorprendió del tono furioso que había empleado.

—Ah. ¿Y ahora a qué te dedicarás? ¿Seguirás en Londres trabajando en la revista?

—Acabo de mudarme con mi abuela. Vive en el campo y se había quedado sola tras la muerte de mi tía. Es un lugar muy tranquilo.

—¿Necesitas tranquilidad?

—Eso creo. Tengo que asimilar todo lo que ha ocurrido.

Luca levantó la mirada y se inclinó hacia ella.

—Pues yo creo que tienes que plantarle cara. Él se ha quedado a tu hijo, pero tú quieres que vuelva. La tranquilidad y la paz no te servirán de nada.

—Lo sé, tienes razón. Pero en estos momentos tiene todos los triunfos en la mano: es rico, está con una mujer muy poderosa y famosa. Y se escuda en que el psiquiatra le ha recomendado que Teddy no tome un avión durante un tiempo.

—¿Una mujer famosa?

—Desiree... ¿la cantante?

—¡¿Ella?! —Hizo una mueca de desdén—. Ahora que lo dices, recuerdo haber leído algo sobre el asunto. Él ganó un concurso de moda y se fue con ella, ¿verdad? —Negó con la cabeza—. No te preocupes, no durará mucho. Si quieres que vuelva, regresará arrastrándose, te lo aseguro.

—¿De verdad lo crees?

Luca asintió.

—Claro. La fama es muy seductora, pero la mayoría de la gente famosa es... ¿cómo se dice? Muy superficial. Quieren que los demás los adoren y ya está. Y con el tiempo es lógico que todo el mundo se harte.

Mientras conversaban, les trajeron el venado y se hizo el silencio cuando empezaron a comer la tierna y deliciosa carne acompañada de una salsa roja con patatas y judías verdes. En cuanto acabaron les sirvieron un café y pastelillos de almendras.

—Estaba delicioso, gracias —dijo Caroline.

Luca se llevó la mano al bolsillo.

—Aquí tienes mi tarjeta. Llámame cuando hayas consultado el registro municipal. Si el apartamento es tuyo, no hay nada más que decir. Seguiré sin entenderlo, pero lo aceptaré. Pero te pido que tengas cuidado, porque estamos reformando el edificio. ¿Querrás alojarte ahí?

No había valorado la posibilidad, pero le parecía una idea fantástica.

—Tal vez.

—Pues llámame cuando lo tengas todo listo e iremos a ver a mi abuela para que nos diga lo que sabe.

El hombre del bigote se acercó para ayudarlos con los abrigos. Fuera seguía lloviendo y Luca le estrechó la mano.

—*Arrivederci, signora Caroline.* Ha sido una reunión de lo más interesante.

—Adiós, Luca. Gracias por la comida —respondió ella de forma mecánica, dejándose llevar por la fuerza de la costumbre de los modales británicos.

Se alejó del lugar emocionada, pero confundida. ¿Era Luca da Rossi un enemigo encantador? Si estaba reformando el edificio para convertirlo en apartamentos, lo lógico sería que quisiera recuperar el espectacular ático. Además, ella era extranjera, por lo que debía manejarse con precaución.

Atravesó Dorsoduro sin prestar demasiada atención al agua que caía de los balcones ni a las ráfagas de viento que la empujaban. Se había apoderado de ella el deseo irrefrenable de demostrar que tenía razón. No iba a permitir que un desconocido se quedara con el refugio veneciano de su tía. El hecho de que lo primero que había descubierto fuera un cajón lleno con sus dibujos no era sino la confirmación de que la tía Lettie había vivido en ese apartamento durante un tiempo. Ahora se moría de ganas de saberlo todo, de averiguar qué había hecho en Venecia. Imaginaba que la explicación debía de ser sencilla: su abuela le había dicho que Lettie recibió una beca para estudiar en el extranjero y que eligió Venecia, por lo que tuvo que alquilar un piso. Sin embargo…, ¿para qué quería un alquiler de noventa y nueve años de un apartamento si había llegado con la intención de quedarse solo unos meses? Y ¿de dónde había sacado el dinero para semejante contrato? Como bien había dicho Luca, era una propiedad con una ubicación excelente.

Llegó al puente de la Academia al tiempo que un *vaporetto*. Subió a bordo, feliz de poder resguardarse de la lluvia y el viento, y se pusieron en marcha hacia Rialto. Cuando bajó, se dirigió al ayuntamiento, pero cuando llegó vio un cartel que anunciaba que el horario de atención al público era de diez a una y de tres a seis. Solo eran las dos y, al parecer, las tiendas del puente también habían cerrado para almorzar. Cruzó Rialto y se acercó al mercado, que también parecía a punto de cerrar. Solo quedaba un solitario pescado en el mostrador de mármol.

El pescadero la llamó y cuando Caroline le dijo que no lo entendía, cambió de idioma.

—¿Quieres? ¿Último pescado? Buen precio, ¿eh?

—Lo siento, me alojo en un hotel —respondió ella y siguió paseando.

Mientras avanzaba entre los puestos, se imaginó a sí misma en el mercado, aprendiendo a regatear, comprando fruta fresca, verduras y pescado a diario. Era un sueño tentador, hasta que recordó que ya tenía una vida en Inglaterra, un hijo al que criar y una abuela de la que cuidar.

Al cabo de un tiempo, un campanario dio las tres y cruzó el puente para regresar al *palazzo*. Por desgracia, el mobiliario interior no estaba a la altura de la espectacular fachada, y las dos primeras personas con las que se cruzó no hablaban inglés. Al final, llamaron a una chica joven y Caroline le explicó lo que quería. Tal y como sospechaba Luca, los registros más antiguos se encontraban en un edificio distinto, lo que la obligó a cruzar de nuevo el puente de Rialto y dirigirse a la parte menos deseable de la ciudad. Al llegar a un patio, tuvo que subir varias plantas. Necesitó que la tradujeran y, después de varias conversaciones adornadas con mucha gesticulación, un funcionario mayor le propuso que les dejara el certificado.

—No, lo siento —respondió Caroline—. No pienso desprenderme de este documento. Es demasiado importante. ¿No puede hacer una copia para realizar las comprobaciones necesarias?

El hombre accedió y le advirtió que el proceso podía llevarles varios días, tal vez una semana o más. Se encogió de hombros.

—Es documento muy viejo...

La frustración se apoderó de Caroline.

—Mire, tengo que saber si soy la dueña de esta propiedad o no. Es un tema de vital importancia para mí. Hay una persona que quiere quitármelo si no puedo demostrar que me pertenece. Necesito que me ayude, por favor.

Y como ningún italiano puede resistirse a las palabras mágicas, «necesito que me ayude, por favor», en boca de una mujer, el hombre esbozó una sonrisa cansada.

—Le prometo que haré cuanto esté en mis manos. Vuelva mañana, ¿de acuerdo?

Caroline tuvo que conformarse con dejarle una fotocopia al señor Alessi y quedaron en verse al día siguiente por la tarde. Cuando salió a la calle comprobó que seguía lloviendo, por lo que decidió volver a la pensión y echó una larga siesta, gracias, en parte, al vino de la comida. De noche arreció aún más el aguacero y escogió un restaurante cercano para cenar. El local era pequeño y estaba lleno de universitarios, pero le sorprendió gratamente la calidad del risotto de marisco.

Esa noche le costó conciliar el sueño, ya fuera por los atracones de comida que se había dado o por los descubrimientos que había hecho. Permaneció en la cama, aguzando el oído para escuchar los sonidos de la ciudad e intentando asimilar su nueva realidad, que podía convertirla en dueña de un precioso apartamento, pero que también la obligaría a tratar con un hombre dispuesto a hacer lo que fuera para arrebatárselo. ¿Por qué tenía que ser tan guapo? Entonces se dio cuenta de algo: hacía mucho tiempo que un hombre no despertaba su deseo. Un pequeño paso para alejarse de Josh.

***

A la mañana siguiente amaneció un día despejado, pero con fuertes ráfagas de viento. Caroline aprovechó el desayuno para charlar con la dueña de la pensión y contarle sus descubrimientos.

—¿La familia Da Rossi? —preguntó la mujer, asombrada—. Es una de las más importantes de Venecia. Sus orígenes se remontan a la Edad Media y entre sus antepasados hay un duque y un papa. Consiguieron su fortuna gracias al transporte marítimo y construyendo barcos durante la guerra para los cerdos de Mussolini y Hitler. Yo no estaría muy orgullosa de ello. —Le dio un suave toque con el codo—. Creo que el padre se ha jubilado hace poco y ahora es el hijo quien dirige el negocio. Pero hoy en día ya no construyen barcos. Lo hacen todo en Asia, ¿no?

Después de desayunar, Caroline se puso el impermeable y tomó el *vaporetto* en San Marco. Pasó junto a una zona de jardines, en la que todos los árboles habían perdido las hojas en esta época del año, y se dirigieron hacia el Lido. Una vez allí fue hasta la playa, vio las olas que rompían con fuerza en la orilla y lamentó no tener un pañuelo con el que protegerse del viento. Tomó un plato de menestra de verduras en un pequeño café y esperó con impaciencia a que llegara la hora de su cita con el señor Alessi. A las cuatro y media subió los escalones de su oficina. No estaba. Caroline reprimió la frustración que se apoderó de ella, hasta que apareció una joven.

—*Un momentino*. Enseguida viene. Espere.

Esperó y el anciano funcionario apareció con una sonrisa.

—He encontrado el registro de su contrato de alquiler. No me ha costado demasiado. Es fácil encontrar los documentos de la familia Da Rossi. Y es un placer para mí informarle que el contrato es legítimo. *Va tutto bene*, ¿eh? Ningún problema.

Caroline se puso tan contenta que se abalanzó sobre él y le plantó un beso en la mejilla.

—Es usted un ángel —le dijo.

El hombre le dedicó una sonrisa de felicidad y ella bajó las escaleras del edificio casi bailando. El contrato era legítimo. ¡El apartamento era suyo! Llamó al número de Luca da Rossi y le dejó un mensaje: «En el ayuntamiento me han confirmado que el contrato es legítimo y aún tiene validez. Pienso tomar posesión del apartamento mañana. ¿Cuándo podríamos vernos con tu abuela?».

Capítulo 21

Juliet
Venecia, 20 de julio de 1939

He adoptado una agradable rutina. Me levanto, me baño y desayuno, normalmente con mi casera, momento que aprovechamos para comentar los últimos chismes sobre quién fue a misa, qué llevaba y qué dijo el cura. Cuando acabamos, me voy a clase. He hecho amigos… o, cuando menos, digamos que tengo un grupo de conocidos. He ido a comer con Henry, que es como un cachorro de san bernardo adorable, y con Imelda, que ha resultado ser una chica muy agradable, nada que ver con la imagen aterradora que me había formado de ella en un principio. Su familia y ella lo han pasado muy mal desde que Franco se ha hecho con el poder y han tenido que dejar Madrid para emigrar a Biarritz, en Francia. Su padre, un antiguo profesor universitario, trabaja ahora de bedel. Sin embargo, sus abuelos son franquistas y le están pagando los estudios. Debo confesar que nuestra amistad no ha alcanzado aún ese grado de confianza que me permitiría compartir mis intimidades con ella y, de hecho, Imelda lo comentó un día antes del café.

—Tú nunca me cuentas nada de ti —dijo.

—Es que no hay nada que contar. Desde que murió mi padre, he llevado una vida de lo más vulgar: tuve que dejar la facultad de arte. Doy clase en una escuela femenina. Vivo en la casa de mi familia y llevo una vida tranquila con mi madre.

—¿No hay ningún hombre en tu vida? —me preguntó—. Alguno habrá. O ¿es que no quieres casarte?

—Claro que sí, pero los únicos hombres del pueblo son el párroco, que está casado, el carnicero, también, y varios granjeros. Además, no puedo dejar a mi madre, porque en los últimos tiempos ha pasado a depender mucho de mí.

—Entonces, ¿cómo te las apañaste para venir a estudiar aquí?

—Mi tía se ofreció a cuidar de mi madre durante un año.

—Qué amable.

—No creas, acaba de perder a su doncella austríaca e imagino que no le apetecía encargarse de las tareas domésticas.

—Todas deseamos algo, ¿verdad? Me parece que yo no podría vivir sin hombres. Disfruto enormemente del aspecto físico de las relaciones. ¿Tú no?

Me ruboricé.

—No he tenido muchas oportunidades de experimentar esa cuestión. Pero las pocas veces que he podido ha sido fabuloso.

También hemos trabado amistad con la chica rubia del Tirol del Sur. Se llama Veronika. Es más discreta, pero muy divertida y encantadora. Y muy joven. El antídoto que necesito para la depresión. También he vuelto a ver a Leo, a pesar de todos los esfuerzos por evitarlo. Casi nunca tenemos clase por la tarde. Creo que lo consideran la hora de la siesta, como en España. Las tiendas de la ciudad cierran hasta las cuatro. La ciudad sestea, salvo por los turistas más inquietos. Sin embargo, a mí me cuesta descansar por la tarde. El cerebro me funciona a mil por hora después de la sesión matinal y me muero de ganas de pintar. En la academia tenemos varios estudios a nuestra disposición, pero he empezado a hacer lo que me sugirió Leo: salgo a pasear por la ciudad con mi cuaderno e intento capturar escenas de gente normal.

Hace dos días, fui a dibujar a un callejón estrecho, junto al Campo Sant'Anzolo, que está al otro lado de la iglesia de Santo Stefano, en mi barrio. Los vecinos tenían la ropa tendida en el balcón, una hilera tras otra. Era una escena preciosa que creaba un contraste interesante de luces y sombras. Me pareció que era un escenario ideal para plasmarlo y probar suerte tal vez con un dibujo semiabstracto que me permitiera obtener la aprobación del profesor Corsetti. Estaba enfrascada en mi boceto cuando tuve la sensación de que había alguien detrás de mí. Me volví y ahí estaba Leo.

—¿No has encontrado nada más bonito que la colada tendida al sol? —preguntó con una sonrisa en los labios.

Tuve que hacer un esfuerzo para mantener la serenidad y la compostura.

—¿Acaso me espías?

—No, ha sido pura coincidencia, te lo prometo. Vengo de Alberto Bertoni, la librería de la esquina. ¿Aún no la conoces? Es una de las más antiguas de la ciudad. Suelo encontrar libros increíbles. Auténticos tesoros. He pasado por delante de camino a casa tras una reunión de negocios con mi padre y no he podido resistir la tentación. Y luego te he visto a ti. Dos sorpresas de lo más agradables en un mismo día.

Se agachó junto a mí, en los escalones.

—¿Estás disfrutando de la ciudad? ¿Y de la academia?

—Ambas son maravillosas, gracias.

—¿Qué haces en este barrio?

—Vivo aquí al lado.

Me arrepentí de inmediato de mis palabras y vi la reacción de sus ojos.

—¿Ah, sí? ¿En qué calle?

—Si te lo digo vendrás a verme y los dos nos meteremos en problemas.

—De acuerdo. Pero deduzco que no es esta calle.

—No.

—Sabes cómo la llaman, ¿no?

—No lo sé.

Leo sonrió.

—Es la calle Rio Tera dei Assassini.

—Rio Tera... Eso significa que era un antiguo río que se drenó para construir una calle.

—¿Y «assassini»?

—Suena a «asesinos».

—Así es. La calle de los asesinos.

—Vaya. —Lo miré alarmada—. No sabía que en Venecia los asesinos tenían una calle propia.

—Claro, si no, ¿cómo vas a encontrarlos cuando necesites uno?

Lo miré fijamente para saber si estaba bromeando, pero mantenía un gesto impasible.

—Espero que no sea hoy... —Miré a mi alrededor, examinando el entorno silencioso, las persianas cerradas para aliviar la canícula, las palomas ubicuas sentadas en los porches. Leo se encogió de hombros—. Pero ¿y la policía?

—Seguro que de vez en cuando también necesitan asesinos.

—Me estás tomando el pelo —dije entre risas.

—No te estoy tocando el pelo. Aunque ya me gustaría...

—Es una...

—Expresión, sí, lo sé. No tiene sentido, vuestro idioma. A partir de ahora solo deberíamos hablar en italiano.

—Últimamente me defiendo muy bien. Hablo a diario con mi casera mientras comemos y también en clase, por supuesto.

—Espero que tu casera te hable en italiano puro, nada de veneciano. No quiero que aprendas cosas malas.

—Es originaria de Turín, así que me habla en italiano.

—Bien. —Se levantó de nuevo—. Te dejo para que sigas con tus dibujos. Yo he de volver al trabajo. Tenemos un gran proyecto entre manos. El propio Mussolini le ha hecho un pedido al padre de Bianca para que construya varios barcos. Al parecer vamos a transportar suministros del ejército hasta Abisinia.

—¿Para la guerra?

Asintió.

—Por lo visto, mi padre y mi suegro no han tenido reparos en sacar tajada del conflicto.

—Y ¿tú lo harías?

—Digamos que me lo pensaría mucho antes de aceptar. —Estaba a punto de irse, pero se volvió hacia mí—. ¿Quieres venir a verme remar el domingo?

—¿Practicas remo? ¿Dónde?

—En la regata del gran festival. ¿No la conoces?

Negué con la cabeza.

—Es uno de los acontecimientos más importantes de la ciudad. Es la fiesta del Redentor. Se conmemora el fin de la peste del siglo XVI. Por la tarde se celebran varias competiciones de remo. Yo participo en la de dos tripulantes, aunque nunca he obtenido un gran éxito. Lo hago porque me inscribió mi primo, que es más joven y está más en forma que yo. Al acabar todo el mundo cruza el puente para asistir a la misa que se celebra en la iglesia del Redentor...

—¿Dónde está? —pregunté. Conocía varias iglesias, pero no esa.

—En Giudecca.

Fruncí el ceño, intentando ubicarla.

—Pero si no hay puente. Es una isla.

—El domingo habrá un puente —afirmó muy orgulloso de sí mismo, como si estuviera disfrutando de lo lindo sorprendiéndome—. Construyen un puente de barcazas desde Zattere y la gente lo cruza para asistir a misa. Después las familias organizan un pícnic para ver los fuegos artificiales. Tienes que venir, te gustará.

—No tengo familia para el pícnic —señalé.

—Tienes a tus amigos de la academia. Seguro que también lo disfrutarán.

—De acuerdo, se lo preguntaré. Al menos iré a ver la competición de remo. Y los fuegos artificiales, que me encantan.

—A mí también. Sabiendo que estás, me dejaré la piel.

Me lanzó un beso y se fue corriendo. Me quedé confundida, acalorada y preocupada. Me encantaba hablar con él. La conversación fluía libremente, como si nunca hubiéramos estado separados. Compartíamos risas. Sin embargo, estaba mal. ¿En qué momento me pareció buena idea volver a esta ciudad?

***

Al día siguiente, cuando llegué a casa, la casera me recibió con una mirada de recelo.

—Alguien te ha traído flores —dijo, señalando un ramo envuelto en papel y atado con un lazo blanco que estaba en la mesa del comedor.

—¿De verdad? ¡Qué bonito! —No sabía de quién podía ser—. ¿Han dejado una nota?

—Creo que hay una, sí —respondió y tuve la impresión de que tal vez la había abierto y leído.

Me acerqué y examiné el ramo. Me embargó el dulce aroma de las rosas rojas, mezclado con otros. Tenía razón. Había una tarjeta entre las flores y la abrí.

«¿Ves lo fácil que ha sido averiguar dónde vives? En esta ciudad todo el mundo se conoce. ¡Solo he tenido que preguntar por la mujer de Turín!».

No iba firmada, algo que agradecí. Le dediqué una leve sonrisa a mi casera.

—¿Tiene un jarrón? Podríamos ponerlas en la mesa de la cocina, así las dos disfrutaríamos de ellas.

—¿Sabes de quién son? ¿De un admirador?

—Es un amigo.

Asintió.

—Me han dicho que han visto al hijo de los Da Rossi en nuestra calle —dijo como sin darle importancia. El rubor que asomó a mis mejillas confirmó sus sospechas—. No es una buena idea. No te conviene involucrarte con esa familia. Además, también he oído ciertas cosas de su mujer. Su padre tiene vínculos con la mafia, dicen. No le haría gracia que alguien…

Dejó la frase a medias. Que alguien contrariase a su hija. La había entendido.

—Es un amigo de la infancia. Nada más.

—Que siga así.

—No se preocupe, eso pretendo —aseguré.

Tomé las flores y las llevé a la cocina.

CAPÍTULO 22

Caroline,

Venecia, 11 de octubre de 2001

A la mañana siguiente, Caroline salió hacia el apartamento que había heredado. Decidió esperar antes de dejar la habitación de la pensión, por si acaso el lugar aún no era habitable. Se oía un martilleo y voces lejanas, pero no vio a Luca mientras subía por las escaleras y abría la puerta que conducía al escondite de su tía abuela. Con la luz del sol, las vistas de la otra orilla de la laguna eran espectaculares y permaneció junto a la ventana varios minutos antes de examinar el resto de las habitaciones. A un lado había una cocina pequeña con varias cazuelas y sartenes, incluidas dos tazas y dos platos en un escurridor. También había un cuarto de baño y, detrás, un dormitorio. La cama aún tenía las sábanas puestas, aunque había señales de que los ratones lo habían convertido en un acogedor refugio.

—Cama nueva —murmuró.

Abrió los cajones y vio que estaban llenos de ropa arrugada y desordenada. Le resultó algo extraño, porque siempre había considerado a su tía una mujer meticulosa y metódica. Además, ¿por qué no se había llevado nada al volver a Inglaterra? Parecía como si se hubiera ido convencida de que iba a regresar. Entonces se detuvo, sorprendida: entre la ropa de su tía había varios objetos que parecían de una niña. Un jersey y una falda. Un par de calcetines. ¿Quién se había alojado en el piso con su tía abuela? Tal vez la abuela de Luca da Rossi supiera algo más.

Levantó la cabeza al oír que subía alguien por las escaleras y llamaba a la puerta. Entró Luca con la respiración entrecortada.

—Menuda excursión para subir… —dijo—. Si te instalas aquí te pondrás en forma.

—No voy a vivir aquí —le aseguró ella—. Tengo mi vida en Inglaterra, pero me gustaría pasar las vacaciones. Tal vez lo alquile durante el verano.

—Te felicito. He hablado con nuestro abogado y los gerentes y no salen de su asombro, como yo. Les parece insólito que alguien de la empresa arrendara una parte de la propiedad. Sin embargo, el ayuntamiento ha confirmado la validez del contrato, por lo que no hay nada más que añadir. —Se acercó a la ventana—. Tiene una de las mejores vistas de la ciudad.

—Sí, lo sé. He empezado a curiosear por el apartamento y todo me parece muy extraño. Es como si mi tía se hubiera ido convencida de que iba a regresar. Mira, fíjate en las tazas que hay junto al fregadero. Y hay una caja con bolsas de té. Los cajones del dormitorio están llenos con su ropa y también he visto prendas que parecen de una niña.

—¿Tu tía tuvo una niña?

—¡No! —Caroline sonrió—. Siempre fue una solterona. No se casó nunca. Era una mujer muy remilgada. La ropa infantil debía de ser para una niña de unos once o doce años. En mi familia no había nadie de esa edad.

—Hay otra cosa aún más extraña —añadió Luca—. El documento era de 1939. Inglaterra ya estaba en guerra. ¿Por qué no volvió a casa? Italia había firmado un pacto de no agresión con Alemania, pero se involucró en el conflicto en el verano siguiente. Sin duda era consciente de que corría peligro si se quedaba.

—Tal vez eso lo explica todo —concedió Caroline—. Tuvo que irse precipitadamente cuando las autoridades vinieron a por ella. Debió de ser entonces cuando huyó a Suiza. Mi abuela me dijo que mi tía eludió la guerra al otro lado de la frontera y que se dedicó a ayudar a niños refugiados.

—Pues otro misterio resuelto. La ropa infantil debió de pertenecer a una niña refugiada a la que estaría ayudando.

—Confiaba en que tu abuela lo recordara.

—Por cierto, hablando del tema, he venido para decirte que podemos ir a ver a mi abuela hoy, pero no te garantizo que tenga la cabeza muy despejada. Hay días en que está mejor, pero otros es como si viviera en un mundo distinto.

—Vale la pena intentarlo —insistió Caroline—. Si te va bien, claro.

Luca se encogió de hombros.

—Esa panda de holgazanes que están trabajando abajo son más lentos de lo que me gustaría, por lo que tengo tiempo libre. ¿Quieres ir ahora o prefieres explorar un poco más el apartamento?

—No, me gustaría ir ahora. Quiero instalarme aquí en cuanto compre unas sábanas nuevas. Creo que los ratones se han apoderado de la cama.

Luca miró alrededor.

—Es increíble que no haya sufrido más desperfectos después de tantos años. ¿Cuántos han pasado? ¿Sesenta? ¿Por qué no hay más telarañas? ¿Más polvo? Es como si se hubiera ido la semana pasada... y hubiera dejado a los ratones —dijo Luca entre risas.

—Parece el castillo de la Bella Durmiente —murmuró Caroline.

—Tú tía... ¿era muy guapa?

Caroline sonrió.

—Yo la conocí solo de mayor. Como te he dicho, siempre fue una mujer muy correcta y formal. No le gustaban las excentricidades, era muy sencilla. Pero mi abuela me dijo que de joven fue una auténtica belleza... Tenía el pelo caoba.

—¿Caoba?

—Sí..., un castaño con tonos rojizos. —Hice una pausa y lo miré—. Como el tuyo.

—Ah, sí. Me temo que heredé el pelo de mi madre. Cuando iba a la escuela se burlaban de mí. Y creo que mi padre también lo tenía de un color similar antes de que le salieran las canas. Era un hombre muy atractivo, mi padre.

«Como tú», pensó Caroline, que prefirió no expresarlo en voz alta. Bajaron las escaleras y al salir a la calle vieron que se estaba nublando.

—¿Tu abuela vive muy lejos de aquí?

—Está en una residencia, en el Lido.

—¿Tendremos que tomar el *vaporetto*? —Caroline lo miró nerviosa porque parecía que iba a llover de un momento a otro.

—No, no será necesario. —Hizo un gesto con la mano—. Tengo mi propia lancha. Iremos mucho más rápido.

Se dirigieron al muelle y subieron a una elegante barca de teca, con camarote en popa. Cuando estuvieron a bordo, Luca desamarró la embarcación. El motor rugió con fuerza y enfilaron el canal, en dirección a aguas abiertas. En cuanto dejaron atrás el último edificio, Luca aceleró y Caroline sintió la potencia y la velocidad de la barca. Él la miró eufórico.

—No está nada mal, ¿verdad? Es mi nuevo juguete. —Y añadió—: No tengas miedo, soy un buen piloto.

—No tenía miedo —replicó ella a la defensiva.

Luca sonrió, le guiñó un ojo y se concentró en el manejo de la embarcación. Caroline le miró la nuca. La sonrisa, el guiño... Estaba coqueteando con ella. «Cuidado con los italianos», se dijo a sí misma. Rodearon varios cargueros que se dirigían al puerto y llegaron al Lido en un abrir y cerrar de ojos.

Luca bajó de un salto, amarró la barca y le tendió una mano para ayudarla.

—Espero no que te hayas mojado —le dijo.

—No, estoy bien. De hecho, me ha encantado el viaje.

Luca asintió y echó a andar hacia un edificio blanco moderno con vistas al mar. Cuando entraron, los saludó una enfermera que los acompañó a una habitación de la zona posterior del edificio. La anciana estaba incorporada, entre almohadas. Tenía el pelo blanco como la nieve y el rostro sereno, pero sus ojos oscuros se movían con nerviosismo.

—¿Quién es? —preguntó.

—Nonna, he traído a una amiga que quiere conocerte —respondió Luca.

Caroline entendió la conversación en italiano.

—¿Es esta la que por fin te llevará al altar? —inquirió la anciana—. ¿La que nos dará un heredero?

Luca sonrió avergonzado y se volvió hacia Caroline para traducirle sus palabras.

—Quiere que me case contigo para darle un heredero. —Se sentó en el borde de la cama—. Es una chica inglesa que ha venido a hablar contigo.

La anciana examinó atentamente el rostro de Caroline, parpadeó y reaccionó sobresaltada.

—¿Inglaterra? —preguntó con gesto hostil—. No me gustan los ingleses.

—Solo quiere hacerte un par de preguntas y luego nos iremos —insistió Luca, armándose de paciencia—. Quiere saber si recuerdas a una mujer inglesa que estuvo en la ciudad al principio de la guerra. Se alojó en uno de nuestros edificios. Una tal señorita

Browning. ¿La conociste? ¿Era amiga de la familia? ¿Te suena de algo el apellido?

—No. No la conozco. Nunca había oído hablar de ella. ¿Por qué iba a ser amiga de una inglesa? Odio a los ingleses. Les deseo la muerte a todos ellos. —Empezó a agitar los brazos como si estuviera espantando moscas—. Llévatela de aquí. No quiero volver a ver a una inglesa nunca más. Ha venido a causar problemas y hacerme daño.

Luca le dio unas palmadas en la mano.

—No, nonna. Te aseguro que no quiere hacerte ningún daño. Solo está buscando información sobre su tía, que vivió aquí, nada más.

Sin embargo, la anciana estaba demasiado alterada y no había forma de calmarla. Caroline le tocó el hombro a Luca.

—Deberíamos irnos —le susurró.

—Lo siento —se disculpó él una vez fuera—. No sé si lo habrás entendido todo. Por algún motivo que desconozco, mi abuela odia a los británicos. Tal vez por algo que ocurrió hace mucho tiempo. A menudo confunde el presente y el pasado. Pero ha dicho que no conocía a tu tía.

—No pasa nada —dijo Caroline—. Es normal que mi tía no llegara a conocer a tus familiares. Creo que el alquiler se gestionó a través de la empresa. Quizá hubo gente que abandonó la ciudad precipitadamente ante la amenaza de la guerra y tu familia quería que alguien viviera en sus edificios en lugar de permitir que los ocuparan desconocidos.

—Tiene su lógica —admitió Luca—, pero ¿lo del alquiler de noventa y nueve años? Es lo único que no encaja. —Suspiró—. Bueno, imagino que ahora ya nunca lo sabremos, a menos que descubras correspondencia entre tu tía y nuestra empresa que pueda arrojar algo de luz sobre lo sucedido.

—También es posible que tengáis la correspondencia en vuestros archivos —adujo Caroline.

—Cierto. Sin embargo, el ayuntamiento no cree que se trate de una falsificación, por lo que debo aceptarlo. Alguien de nuestra empresa cometió un error de juicio, o actuó de un modo irreflexivo, pero nunca sabremos quién fue. —Ayudó a Caroline a subir a la lancha—. En fin, disfruta de tu nuevo apartamento. Y, quién sabe, a lo mejor decido hacerte una oferta por el contrato. El mercado inmobiliario de Venecia está por las nubes.

Caroline estuvo a punto de decirle que no quería desprenderse de él, pero decidió guardar silencio. No le convenía dejarse llevar por el sentimentalismo, porque el dinero podía ayudarla a contratar a un buen abogado si se veía obligada a emprender acciones legales. Cruzaron la laguna a gran velocidad, saltando sobre las olas, y se detuvieron bruscamente al llegar al muelle. Luca amarró junto al edificio y la ayudó a bajar.

—Me temo que los operarios harán mucho ruido —dijo—. Y no hay calefacción. Pero, por lo demás, espero que disfrutes de la estancia. Avísame si encuentras algo interesante…, alguna carta, tal vez.

Sin más, aceleró y se alejó a toda velocidad. Caroline subió las escaleras hasta el apartamento y, una vez dentro, se dejó caer en una de las sillas. Había sido un día emocionalmente agotador. Su visita había avivado los recuerdos más dolorosos de la anciana. Cuantas más vueltas le daba a lo ocurrido, más convencida estaba de que el auténtico detonante de su reacción había sido algo que vio al mirar a Caroline. ¿Había algún parecido que le resultaba familiar? Empezaba a sospechar que la abuela de Luca sí recordaba a la señorita Browning.

Capítulo 23

Juliet
Venecia, domingo, 23 de julio de 1939
En torno a medianoche

No sé cómo ponerlo por escrito, pero debo hacerlo. Un día querré recordarlo, todos los detalles. Hasta el último.

El día de la fiesta del Redentor. Mi casera me dijo que no prepararía nada de cenar debido al festival.

—Ya sabes… el Redentor. Ya te lo había contado. Es uno de los días más importantes de Venecia. Todo el mundo participa, sobre todo los que tienen una embarcación.

Ella cruzaría el puente para asistir al pícnic, a la misa y para ver los fuegos artificiales. Era un día para las familias, pero como ella no tenía a nadie en la ciudad, iría con otras viudas de la misma calle donde vivía, y con sus hijos y nietos. Yo podía acompañarlas a Giudecca, si quería. La misa se oficiaba a las siete de la tarde, pero antes habían organizado competiciones de remo, un mercado y juegos para los niños.

—Entonces, ¿no irá a misa por la mañana si ya va a ir a una por la noche? —le pregunté.

Ella me miró horrorizada, como si le hubiera sugerido que podía salir a dar un paseo por la calle desnuda.

—¿Que no voy a ir a misa? A quién se le ocurre…, debo recibir la comunión. Como hay que guardar ayuno a partir de medianoche, no me queda otra que asistir a la misa matinal. No podría sobrevivir sin comer ni beber hasta la noche.

A mí, que era miembro de una Iglesia como la anglicana, mucho más relajada, siempre me habían chocado este tipo de costumbres. Si era importante tener el estómago vacío para recibir la comunión, tenía que bastar con una hora. Hacer ayuno desde medianoche me parecía una exageración. Sin embargo, había tantas cosas de la iglesia católica que no entendía… Como confesar los pecados a un cura para obtener el perdón.

—Entonces, ¿vendrás a la fiesta? —me preguntó mi casera.

—No creo que asista a la misa. Lo más probable es que vaya a ver la competición de remo y los fuegos artificiales. Alguno de mis compañeros me ha dicho que tal vez se apuntaría al pícnic, pero es un día para las familias, más bien, ¿no?

—Recuerda que yo no estaré en casa para prepararte la cena.

—No se preocupe. Habrá alguna tienda abierta, supongo. Compraré algo de comer para el pícnic y solucionado.

La mujer me miró y me dio una palmada en la mano.

—No te preocupes, aquí hay comida de sobra. Puedes servirte lo que te apetezca.

***

En Venecia es imposible dormir más de la cuenta un domingo. Las primeras campanas empiezan a sonar a las seis y, cada media hora, les siguen las de alguna otra iglesia. En ocasiones se oyen las campanas de hasta cinco o seis iglesias a la vez y toda la ciudad reverbera con su tañido. Oí a mi casera atareada en la cocina, hablando con Bruno, el gato, como era habitual. Me pareció que no tenía ningún sentido intentar quedarme en la cama sin hacer nada, por lo que decidí levantarme. Me bañé, me puse mi vestido de algodón más liviano porque, a pesar de lo temprano que era, se adivinaba un día caluroso y bochornoso, y entré en la cocina. Como sabía que la señora Martinelli tenía un día muy largo por delante, preparé el café y un poco de pan con queso y mermelada. Cuando llegó, se alegró al ver que le estaba esperando el desayuno.

—Espero que no le importe —le dije—. He pensado que estaría muy ocupada.

—Te lo agradezco mucho. Y sí, tengo mucho que hacer. Además, me parece que será un día muy caluroso. Por suerte, la viuda Grevi se ha ofrecido a preparar las *sarde in saor*. Ya sabes que no soporto el olor a pescado en casa.

Había visto el plato en la carta de varios restaurantes y suponía que eran sardinas con algún tipo de salsa, pero aún no las había probado. Tal vez lo haría esa noche, si coincidía con la señora Martinelli y su grupo de amigas.

Nos sentamos a desayunar juntas y cuando acabamos me ofrecí a lavar los platos mientras ella sacaba sus libros de recetas y se ponía a cocinar. Un delicioso olor a ajo y cebolla, primero, y a tarta después, invadió toda la casa. La dejé a solas y regresé a mi dormitorio para repasar alguno de mis dibujos. A mediodía llamó mi puerta.

—Me voy —anunció. Lucía un vestido de seda floreado y su mejor sombrero. La verdad es que parecía que iba a una boda, más que de pícnic—. He visto que la señora Bertolini salía ahora de su casa. Quedas encargada de cerrar la puerta y llevarte una llave, ¿entendido? También te he dejado comida para tu pícnic en la mesa de la cocina.

La observé desde la ventana de la cocina y vi que se reunía con el grupo de viudas. Cada una llevaba una gran cesta de comida. No iban a pasar hambre, eso estaba claro. Entonces vi que me había dejado una bandeja con jamón, salami, tomates, queso y aceitunas, y al lado un trozo de una especie de quiche, además de varias ciruelas. Puse la comida en una cesta y, cuando ya faltaba poco para que empezaran las competiciones deportivas, me calé el sombrero. Íbamos a pasar mucho calor sentadas al sol. Como no quería ir más cargada de la cuenta, guardé las llaves y algo de dinero en el bolsillo del vestido y dejé el bolso y la cartera en casa. Imaginaba que ocasiones como esta eran un terreno abonado para los carteristas y no quería convertirme en una presa fácil.

En el trayecto desde casa hasta la plaza que había frente a Santo Stefano las calles estaban casi desiertas. Levanté la mirada y me di cuenta de que los balcones estaban decorados con guirnaldas, farolillos de papel y flores. Al cruzar el puente de la Academia vi una estela de embarcaciones que subían por el Gran Canal, la mayoría de ellas decoradas también, y llenas de gente que ya estaba comiendo, bebiendo y pasándoselo en grande. Mientras observaba el espectáculo, vi el banco de nubes que empezaba a formarse en el continente, algo habitual en esta época del año. Estas formaciones solían aparecer sobre los Dolomitas, pero casi nunca alcanzaban la isla.

Crucé el barrio de Dorsoduro hasta la zona más próxima al canal, conocida como Zattere. Era curioso, pero nunca había estado en esta parte del barrio, a pesar de que era una franja de tierra muy estrecha. Zattere era un paseo que discurría junto a una gran vía marítima que, en realidad, era demasiado ancha para considerarla un canal. Al otro lado se encontraba la isla de Giudecca, a la que habitualmente solo se podía acceder mediante transbordador. Sin embargo, hoy iban a unir ambas orillas con un puente provisional. Se habían alineado varias barcazas y sobre ellas habían tendido una pasarela de madera. A mí me daba la impresión de que era una construcción muy precaria. El puente terminaba frente a la preciosa fachada blanca de la iglesia. Había leído que se consideraba una obra arquitectónica de estilo palladiano, una mezcla de neoclásico con columnas. El resto de la iglesia era de un naranja rosado cálido y tenía una gran cúpula.

Miré a mi alrededor en busca de alguno de mis compañeros. Cuando les hablé de la carrera de remos y les propuse que organizáramos un pícnic para ver los fuegos artificiales, no recibieron mis palabras con excesivo entusiasmo. Imelda me dijo que no quería sentarse al sol y quemarse. Gaston se excusó porque no era religioso. Franz afirmó que a lo mejor se animaba, en función del trabajo que tuviera para clase, y Henry me aseguró que le parecía una opción divertida. Les dije que estaría cerca del puente, pero había muchísima gente, la mayoría esperando para cruzar, y mucha otra que ya había encontrado un lugar para ver la carrera y disfrutar del pícnic. No vi a Henry por ningún lado y me pareció poco probable que pudiera dar con alguien entre aquella marabunta. Además, se me antojó imposible encontrar un lugar a la sombra. Ambas orillas del canal estaban ocupadas con mantas, sillas, mesas, cestas de pícnic y algún parasol.

La salva de vítores que se oyó al otro lado del canal anunció el inicio de las carreras. Me incorporé a la cola para cruzar el puente. Era una sensación muy extraña recorrer una pasarela que subía y bajaba con el oleaje. Y sin barandilla. Viendo cómo corrían las botellas de vino de mano en mano, me pregunté cuánta gente caería al agua antes de que acabara el día. Al llegar a la isla me dirigí hacia el extremo, pensando que podría tener una buena vista de las carreras, ya que empezaban en la laguna frente a San Marco. El mar estaba lleno de embarcaciones, que habían dejado una calle recta en el centro para los competidores.

Logré abrirme hueco en un rincón a la sombra, en los escalones de un edificio, y no tardé en contagiarme de la emoción de los que me rodeaban en cuanto empezaron a gritar y a animar. Primero se celebró la competición de góndolas de dos hombres, que avanzaban a una velocidad increíble. Habían pintado las embarcaciones para la ocasión con colores llamativos, rompiendo con la tradición del sobrio negro habitual. Me fijé en que varios espectadores llevaban pañuelos al cuello del color de su equipo, al que animaban sin reservas. Como yo no era de ningún equipo en concreto, me limité a observar, aunque fue emocionante ver cómo se aproximaban igualados al final, hasta que uno adelantó al otro en el último suspiro, a punto de cruzar la meta. A continuación, se celebraron dos carreras más y posteriormente una ceremonia de entrega de premios en uno de los muelles de la otra orilla, seguida con gran alborozo por los seguidores de los ganadores. Luego se celebraron las carreras de las categorías inferiores y, para finalizar, la de dos tripulantes. Estaban todos muy lejos, pero me pareció reconocer a Leo, a pesar de que la mayoría de los remeros eran hombres musculosos de pelo oscuro. Aun así, lo saludé y animé como le había prometido. Su embarcación quedó tercera y cuando su compañero y él subieron al muelle, fueron engullidos por una multitud de familiares y amigos que los hizo desaparecer bajo un mar de abrazos y palmadas en la espalda. Enseguida comprobé que en efecto se trataba de Leo, ya que vi aparecer a Bianca, abriéndose paso entre la multitud. Estaba radiante con un sencillo vestido de lino blanco. A pesar de lo lejos que estaba, no me costó reconocerla. Se acercó hasta Leo y le plantó un beso. Él la rodeó con un brazo y se alejaron con la gente.

Cuando finalizaron las carreras, la gente se preparó para el pícnic. Di varias vueltas, preguntándome si debía intentar encontrar a mi casera y unirme a su grupo, pero me pareció que tenía muy pocas probabilidades de dar con ella y, además, tampoco quería incordiarla. Encima, se me había pasado el hambre después de lo que había visto. Me sentía sola y desubicada. Todo el mundo estaba rodeado de familiares y amigos que celebraban el día entre risas y bromas, comiendo y bebiendo. Entonces me di cuenta de que si hubiera estado en Inglaterra, la situación no habría sido muy distinta, ya que habríamos estado solas mi madre y yo. Sin una gran familia, ni un gran círculo de amigos. Sin risas. Me senté en un escalón, abrí el paquete de comida, lo observé unos segundos, y decidí guardarlo todo de nuevo. Prefería volver a mi habitación hasta que empezaran los fuegos artificiales. No tenía ningún sentido quedarme.

—*Signorina!* ¡Aquí!

Volví la cabeza y vi a un hombre de mediana edad que me saludaba. Estaba sentado a una mesa con su familia. Me llevó un rato darme cuenta de que me estaba haciendo gestos a mí. Entonces me dijo algo y se me acercó un joven.

—Mi padre dice que no debería comer sola en un día como hoy. Venga con nosotros, por favor, hay de sobra para todos.

Intenté negarme. No, no podía molestar a su familia. Sin embargo, el chico insistió, me agarró del brazo y me llevó hasta la mesa muy a mi pesar. El padre me presentó a todo el mundo en una rápida sucesión. Su mujer, su hija, su yerno, sus dos nietos, sus dos hijos y su nuera. Cuando les dije que era inglesa, reaccionaron fascinados y me acribillaron a preguntas. ¿Celebrábamos fiestas como esa en Inglaterra? ¿Cuántos hermanos y hermanas tenía? ¿Por qué no me había casado aún? Las fui respondiendo a todas y vi que no daban crédito a que una mujer joven y guapa como yo no tuviera marido.

—Tenemos que hacer algo al respecto —afirmó la mujer—. ¿A quién conocemos que tenga un hijo soltero?

Propusieron varios nombres y, gracias a sus risas, empecé a relajarme. En cuanto al menú, no podía ser más variado: las famosas sardinas con salsa, polenta, pasta… Todo delicioso, lo que me hizo pensar en lo triste y anodina que eran nuestras vidas en Inglaterra en comparación con las suyas. Entonces, me asaltó un pensamiento: ¿quería volver a casa a finales de año? ¿Y si me quedaba, buscaba trabajo y pasaba la vida entre esta gente tan feliz, alegre y afectuosa?

Corrió el vino a raudales e hicimos varios brindis, uno en mi honor. Entonces sonaron las campanas.

—Ahora tenemos que ir a la iglesia si queremos encontrar asiento —dijo la mujer—. ¿Nos acompañas?

No podía negarme, y madre e hija engarzaron sus brazos con los míos. Creo que se llamaban Giovanna y Sofia, pero no sé quién era quién. Dejamos la comida y la mesa con la convicción más absoluta de que nadie las tocaría y entramos en la iglesia, que se estaba llenando rápido. A pesar de todo, logramos apretujarnos en un banco. Yo me sentía muy incómoda sintiendo el roce de los demás, todo ello mezclado con el olor a sudor, a comida y a incienso. El flujo de gente era constante. Los pasillos estaban llenos. Había gente de pie apoyada en las paredes. Entonces sonó una campana y entró una gran procesión de curas, acólitos y un coro. No entendía gran cosa de lo que estaba ocurriendo. Me limitaba a levantarme cuando lo hacían los demás, me arrodillaba cuando se arrodillaban ellos. Cuando cantaban los himnos religiosos, resonaba toda la iglesia. Era una experiencia sumamente conmovedora para los que me rodeaban, no me cabía duda, pero el calor era muy intenso. Muchas de las mujeres tenían abanicos, incluidas las de mi familia de adopción, lo que me permitió disfrutar un poco de aire fresco, pero a medida que avanzaba el oficio noté que me mareaba, como si fuera a desmayarme de un momento a otro, por eso fue un alivio cuando todos se levantaron para la bendición final, seguida de un último himno. Al finalizar empezó la lucha por llegar a la puerta.

Cuando salimos ya había empezado a oscurecer. Habitualmente el sol se ponía entre un crepúsculo colorido, pero en esta ocasión las nubes cubrían la ciudad y soplaba viento.

—Esto no pinta nada bien —dijo la mujer, gesticulando con las manos—. ¿Y los fuegos artificiales? Si llueve no podrán encenderlos. En la radio han dicho que podía haber tormenta, pero ¿quién cree a los hombres del tiempo de la radio? Creo que tendremos que recogerlo todo antes de que se estropee, Luigi.

Los ayudé a guardar la comida en las cestas. Vivían en Giudecca y habían decidido llevar la comida, la mesa y las sillas a casa. Si no llovía, volverían a ver los fuegos. Me preguntaron si quería acompañarlos. Mientras hablábamos, empezaron a caer las primeras gotas de agua y una ráfaga de viento levantó los manteles.

—Creo que será mejor que me vaya a casa mientras pueda. No quiero mojarme porque tengo que cruzar dos puentes.

—Ven a visitarnos un día —dijo el padre—. Somos la familia Olivetti. Aquí todo el mundo sabe dónde vivimos. A la vuelta de la esquina. ¿Ves? Tienes que venir. Cuando quieras. Un domingo, tal vez. Es el día en que celebramos una gran comida como hoy, ¿verdad, Giovanna?

La mujer asintió con una gran sonrisa.

Les di las gracias varias veces. La mujer me pellizcó la mejilla y me aseguró que empezaría a buscarme un buen partido. Los demás miembros de la familia me abrazaron. Fue algo extraño y maravilloso al mismo tiempo. Vi cómo se alejaban, hablando y riendo, mientras llovía cada vez más fuerte. Me pregunté si no sería más sensato buscar un lugar para cobijarme y esperar a que amainara, pero pensé que me convenía cruzar el pontón antes de que arreciara la tormenta. Por desgracia, no fui la única que lo pensó, ya que se había formado una gran cola de gente que esperaba a cruzar la pasarela. Me incorporé a la fila, que avanzaba a paso de tortuga. Cada vez estaba más empapada. A mi alrededor aumentaban los lamentos y gemidos a medida que se intensificaba la lluvia. Me encontraba en mitad del pontón cuando se produjo el diluvio. El aguacero se había convertido en una cortina de agua, que no tardó en dar paso al granizo, que nos golpeaba a todos. Aparecieron los primeros relámpagos y oímos los truenos. El fuerte viento encrespó el mar. La gente gritaba y rezaba. Yo intentaba mantener el equilibrio, pero una mujer oronda tropezó y se agarró a mí. En ese instante una ola embistió la pasarela y las dos caímos al agua.

Capítulo 24

Juliet
Venecia, 23 de julio de 1939

El agua estaba helada y me cortó la respiración. La mujer se aferraba a mí y nos ahogábamos. Intenté zafarme de ella para salir a la superficie, respirando grandes bocanadas entrecortadamente bajo el azote de la lluvia y de las olas. Tragué agua salada y me vinieron arcadas. La mujer me agarraba con fuerza de los hombros.

—Ayúdame, no sé nadar —gritaba moviendo los brazos.

Nos hundió a las dos una vez más y volvió a salir a la superficie, tosiendo y llorando. Si seguía así y no acudía nadie a nuestro rescate, acabaría ahogándonos. A mi alrededor solo veía oscuridad y olas. Me di cuenta de que iba a tener que soltarme de ella si quería sobrevivir. Tendría que ser otra persona quien la salvara. Entonces vi a más gente en el agua, empecé a oír gritos y llantos, pero también el rugido de los motores de las barcas que se acercaban a nosotros. Nos embistió una ola y me hundí de nuevo. Le clavé las uñas para que me soltara y pataleé para salir a la superficie. Me volví para situarme frente a ella. La mujer logró emerger de nuevo, tosiendo desesperada. Vi su mirada de pánico.

—*Maria Vergine* —balbuceó.

No podía dejar que se ahogara. Logré darle la vuelta para que no me agarrara y la sujeté para que no se hundiera y pudiese seguir respirando. ¿Cómo se decía «no forcejee» en italiano? Era imposible pensar con claridad.

—No se mueva —le dije al final—. Ya viene la ayuda.

Esperaba no equivocarme.

Intenté mirar alrededor aprovechando una ola que nos había levantado. La corriente nos había alejado del puente y, por lo poco que alcancé a distinguir entre las olas y la lluvia, me pareció que la pasarela de barcazas se había separado. En cualquier caso, no había nada a lo que aferrarse. Me pregunté cuánto tiempo podría sujetar a la mujer o si podría nadar hasta la orilla con ella. Yo tampoco era una nadadora excepcional, las gélidas aguas de Inglaterra no invitaban a practicar, y el vestido se me pegaba a las piernas, lo que dificultaba aún más mis movimientos. Veía luces, pero estaban demasiado lejos. ¿Debía abandonarla e intentar salvarme? Las palabras resonaron en mi cabeza. Pero no podía hacerlo. Entonces apareció una sombra junto a nosotras, varias manos que subieron a la mujer a bordo de una barca. Acto seguido aparecieron de nuevo las manos y me salvaron a mí.

Me quedé sentada en la cubierta de madera donde me habían dejado, tosiendo e intentando recuperar el resuello. La mujer lloraba desconsoladamente.

—Gracias a Dios. Gracias a la Madonna.

—¿Es que siempre voy a tener que andar rescatándote del agua? —me preguntó una voz familiar.

Alcé la mirada y ahí estaba Leo, observándome. A pesar de que había intentado disimularlo con un tono de voz desenfadado, vi el miedo reflejado en sus ojos.

Al final, la mezcla de tensión y pánico, combinadas con la sensación de alivio, fueron demasiado intensas y me derrumbé.

—¿Siempre tienes que tomártelo todo a broma? —repliqué en inglés—. He estado a punto de ahogarme. Esa mujer no sabía nadar y me estaba agarrando. Casi nos arrastra a las dos al fondo de la laguna. Si no hubieras aparecido... —Reprimí un sollozo.

Leo me puso una mano en el hombro.

—Tranquila, todo va a salir bien. Ya estás a salvo. No llores.

No quería hacerlo ante él y reprimí las lágrimas.

—No estoy llorando —le espeté en tono desafiante.

Entonces vi que había más gente en la embarcación. A juzgar por su aspecto desaliñado, eran las personas a las que había rescatado antes que a mí.

—Es un ángel enviado por Dios —les dijo la mujer, señalándome—. Si no me hubiera ayudado, sería pasto de los peces.

Leo maniobró para llevarnos al muelle, donde esperaba la policía y los miembros de protección civil del puente para ayudarnos a bajar. Dejé pasar a la gente mayor, pero Leo me detuvo.

—Yo me encargaré de llevar a casa a esta joven —dijo—. Sé dónde vive.

—No es necesario —afirmé, pero apenas podía controlar los temblores y los escalofríos.

—No es ninguna molestia —insistió Leo—. No puedes andar y debes cambiarte de ropa cuanto antes.

Aceleró y empezamos a abrirnos paso entre las demás embarcaciones. Llegamos al final de Zattere, dejamos atrás Santa Maria della Salute y llegamos al Gran Canal. Por entonces la tormenta se había convertido en una lluvia fina, pero las escenas de caos seguían reinando en los canales: una maraña de barcas intentaba avanzar en todas las direcciones. Algunas se dirigían a casa, otras querían llegar a San Marcos para ver los fuegos artificiales. Leo maldijo un par de veces en que estuvimos a punto de chocar. Al final apareció el puente de la Academia frente a nosotros y doblamos por un pequeño canal.

—No puedo acercarme más. ¿Podrás seguir a pie?

—Eso creo.

Me costó responder por el castañeteo de los dientes. Amarró la lancha y me ayudó a bajar, pero en cuanto intenté dar un par de pasos comprobé que no podía tenerme en pie.

—Déjame amarrar bien la barca.

Bajó a la *fondamenta* y me ayudó. Me rodeó con un brazo para sujetarme, tomamos un callejón y llegamos a mi calle. No ofrecí resistencia alguna porque sabía que no lo habría conseguido sola. Fue entonces cuando me acordé de las llaves. Palpé el bolsillo y me embargó una sensación de alivio al encontrarlas. La bolsa de la comida, sin embargo, debía de estar en el fondo del canal de Giudecca. Saqué las llaves, pero me temblaban tanto las manos que no acertaba a introducirlas en la cerradura. Leo lo hizo en mi lugar, abrió la puerta de la calle y me ayudó a subir las escaleras.

—Gracias por traerme a casa —dije, intentando mantener un tono formal—. Creo que deberías volver con los tuyos.

—No puedo dejarte así. Estás conmocionada. —Se adelantó y entró en la cocina—. ¿Tu casera tiene grappa?

—No lo sé.

Empezó a abrir alacenas y a mirar en todos los estantes.

—¡Ah, aquí está! —exclamó.

—No debería beber licores sin haberle pedido permiso —dije, recuperando las costumbres inglesas.

Leo me miró fijamente.

—Si se enfada, le compraré una botella. —Me puso un vaso en la mano—. Toma y bebe. Luego quítate la ropa mojada y date un baño caliente.

Tomé un sorbo de grappa, que me quemó la garganta, y empecé a toser.

—Bébetelo todo. Te sentará bien —me ordenó—. Voy a prepararte la bañera.

Estaba apurando el licor cuando me acordé del géiser.

—Cuidado, Leo, cuando enciendes el agua caliente...

Me interrumpió la detonación amortiguada del calentador, seguida de una ristra de injurias en italiano.

Fui corriendo al baño.

—Casi me quedo sin cejas —exclamó Leo.

—Lo siento. Debería habértelo advertido. Hay que hacerlo con mucho cuidado... Yo ya me he acostumbrado, pero...

—¿Por qué la gente no tiene aparatos que funcionen correctamente? —preguntó—. Esto debe de ser de la época de Marco Polo.

—Déjame echar un vistazo. —Lo obligué a que se volviera y vi que solo tenía un poco de hollín en la cara—. Creo que tus cejas sobrevivirán —le aseguré y le limpié la nariz con el dedo—. Solo estás un poco manchado, pero será mejor que te laves o tendrás que dar muchas explicaciones.

Nos miramos a los ojos y se nos escapó la risa.

—Vaya por Dios, y ¿ahora qué? —se preguntó—. Al menos contigo la vida nunca es aburrida. Ahora quítate la ropa.

Empezó a desabrocharme el vestido. No sé exactamente cómo ocurrió, pero primero nos estábamos riendo y al cabo de un minuto nos besábamos con desenfreno mientras él intentaba quitarme el vestido, que acabó cayendo al suelo. A trompicones, nos dirigimos hacia el dormitorio, devorándonos mutuamente, y nos dejamos caer sobre la cama. Saboreé la sal de sus labios, sentí su cuerpo cálido en contraste con el mío helado. Noté que me quitaba la ropa interior y no podría haberme contenido aunque lo hubiera intentado. Pero es que no quería que parase. Lo deseaba con toda el alma. Fue doloroso y maravilloso al mismo tiempo. Sé que grité, pero no sé si fue de dolor o de placer.

Cuando ambos caímos agotados, se tumbó junto a mí y me dedicó una mirada de ternura que me derritió el corazón.

—Lo que daría ahora por pasar la noche a tu lado y despertarme por la mañana, viendo tu dulce rostro para besarte con suavidad.

Y me besó.

—Esto ha sido una locura, Leo —le dije al ser consciente de lo que acabábamos de hacer—. No podemos permitir que ocurra de nuevo. Nunca. ¿Lo entiendes?

Asintió.

—Lo sé, pero me alegro mucho de que haya sucedido. ¿Tú no?

—Sí, por fin sé lo que se siente.

—¿Eras virgen?

—Claro. —Hice una pausa y añadí—: Lo recordaré el resto de mi vida. —Entonces me incorporé como un resorte—. ¡El baño! —grité.

Ambos corrimos hasta el cuarto de baño. El agua estaba a un par de centímetros del borde. Leo cerró los grifos y nos miramos, disfrutando de la locura del momento.

—Ahora ya puedes bañarte —me dijo—. Creo que será mejor que me vaya o empezarán a preguntar qué me ha pasado. No quiero que piensen que me he ahogado. —Yo asentí—. Tardaremos un tiempo en volver a vernos. Mi familia siempre pasa las vacaciones del mes de agosto en la villa del Véneto —dijo mientras se vestía y, cuando acabó, se pasó la mano por el pelo—. Cuídate mucho, ¿me lo prometes?

—Sí. Tú también.

Asintió. Por un momento pareció que iba a añadir algo más. Hizo el ademán de acercarse hasta mí, pero al final se volvió y se fue. Permanecí inmóvil durante unos segundos, mirando la puerta cerrada, y me metí en el agua caliente. Ya no lo necesitaba. No temblaba de frío ni sentía escalofríos. De hecho, tenía calor, pero el baño me ayudó a relajarme. Seguramente la señora Martinelli me reñiría por haber gastado tanta agua, pero, por una vez, me daba igual. Intenté analizar fríamente lo que acababa de ocurrir. «Ha sido fruto de la pasión del momento», me dije. Ambos estábamos conmocionados y agotados. Pero entonces me pregunté: ¿y si venía a verme de nuevo? ¿Podría resistirme? ¿Quería acabar convirtiéndome en la amante de un hombre casado? ¿Acaso la Biblia no decía que el adulterio estaba mal?

Me quedé en la bañera hasta que se enfrió el agua y luego salí y me puse la ropa de dormir. Poco después oí la detonación que anunciaba el inicio del espectáculo de fuegos artificiales. Abrí la venta y observé el cielo nocturno que iluminaba la dársena de San Marcos. Cada explosión era recibida con una salva de «ooh» y «aaah» y de gritos. Era un espectáculo tan mágico que dejé de darle vueltas a las posibles consecuencias de lo que había ocurrido y preferí disfrutar del momento. Todavía estaba de pie junto a la ventana cuando oí la puerta y apareció la señora Martinelli, sin resuello después de cargar con la cesta hasta el piso.

—Hemos decidido volver antes de tiempo para evitar las aglomeraciones —dijo y dejó la cesta en la mesa—. Ha sobrado muchísima comida, tanta que tardaremos semanas en acabarla.

Se fijó en que iba vestida con ropa de dormir.

—¿No has salido a ver los fuegos? Son preciosos.

—He preferido hacerlo desde aquí. Se ven desde la ventana de mi dormitorio.

—Es cierto. Pero habrás salido, ¿verdad? ¿Has ido a Giudecca? ¿A la iglesia? ¿A ver las carreras? Y ¿sabes que ha habido problemas? Se ha levantado una ráfaga de viento muy fuerte que ha dividido el puente y se han ahogado varias personas. Ha sido una tragedia.

Asentí.

—Entonces, te has quedado en casa y te has perdido toda la diversión —añadió.

—Yo no diría tanto —repliqué.

Capítulo 25

Juliet
Venecia, julio de 1939

A la mañana siguiente, regresé a la realidad y, a la fría luz del día, intenté asimilar lo ocurrido la noche anterior. El sentimiento de vergüenza se mezclaba con el asombro y la excitación de haber hecho el amor con un hombre poderoso y atractivo. Me deseaba. Y yo a él, a juzgar por mi reacción desinhibida. Me ruboricé al recordar la pasión que había exhibido y que no sabía que tenía. Pero no podía permitir que volviera a ocurrir algo así. De ninguna de las maneras. Todo había sido fruto de la locura del momento tras una experiencia en la que había estado a punto de perder la vida. En adelante iba a comportarme como una chica sensata y cabal para seguir con mi vida. Leo iba a estar fuera un mes, por suerte, ya que así tendría tiempo para decidir si quería asumir el riesgo de quedarme en Venecia a pesar de los nubarrones de guerra que se cernían en el cielo europeo y de la proximidad del hombre al que amaba con desesperación y que, al parecer, me correspondía.

Lo más razonable, sin duda, habría sido volver a casa de inmediato, antes de que volviera de la villa. Ello implicaría renunciar a mis clases de arte, pero ¿qué más daba eso? Era muy improbable que llegara a convertirme en una gran artista y los conocimientos que ya tenía me bastaban para dar clase a adolescentes aburridas. Además, debía estar con mi madre si estallaba la guerra.

—Solo una semana más —susurré.

Entonces entendí lo que ocurría: no podía irme sin más, tenía que verlo una última vez.

***

El mes de agosto se hizo eterno. El calor era insoportable y hacía mucho bochorno. El canal que pasaba bajo mi ventana apestaba. Por la tarde solían llegar las tormentas del continente. Muchos venecianos habían seguido el ejemplo de la familia de Leo y se habían ido a la montaña. En la universidad también estábamos de vacaciones, por lo que no tenía nada que hacer y, entonces, un día la señora Martinelli me dijo que se iba a visitar a su hermana a Turín. Le prometí que cuidaría de Bruno y limpiaría el piso.

Mis compañeros de estudios también me habían abandonado. Imelda y Gaston se habían ido a ver a sus familias. Henry estaba visitando la Toscana y, en cuanto a Franz, ignoraba su paradero. Debía de haber regresado a Austria, ¿o tal vez a Alemania, si las sospechas de Henry eran ciertas?, para informar de lo que hubiera averiguado.

De modo que ahí estaba yo, sola en una ciudad casi desierta. Por lo general, en esta época del año solía haber muchos turistas, según me había dicho un tendero. Pero ¿quién iba a arriesgarse a viajar si estaba a punto de estallar una guerra? Y los británicos, que solían ir en agosto, tampoco habían venido porque Mussolini había firmado el absurdo pacto de no agresión con Hitler.

Hacía demasiado calor para dibujar al aire libre. Intenté estudiar la obra de otros autores y fui a visitar iglesias. También dediqué horas a la arquitectura. Recibí varias cartas de mi madre en las que me pedía que volviera a casa antes de que fuera demasiado tarde. Estuve tentada de acceder a sus deseos, pero no podía marcharme antes de que regresara la señora Martinelli. Alguien tenía que cuidar de Bruno y darle de comer. «Quizá al final no ocurra nada, Inglaterra acabe firmando un pacto con Hitler y la amenaza de guerra se desvanezca», pensé.

Empecé a tomar el *vaporetto* para ir a nadar al Lido. La playa era el único lugar donde había mucha gente, ya que los venecianos que no podían permitirse el lujo de escapar a las montañas en verano solían hallar solaz en el agua. Sin embargo, el mar Adriático estaba caliente como una bañera y al llegar a la playa tenías que caminar por las pasarelas de madera para no quemarte los pies con la arena. A pesar de todo, suponía un cambio agradable y al cruzar la laguna soplaba la brisa. Un día, en el camino de vuelta a casa tras uno de mis baños, pasé junto a la villa de la condesa. Recordé que me había invitado para que fuera a verla cuando quisiera, pero imaginaba que se habría ido a pasar fuera el mes de agosto, como la mayoría de la gente. Aun así, me acerqué a la puerta y llamé.

Me abrió un joven al que no había visto la última vez. Era tan delgado que su aspecto resultaba casi demacrado. Le dije quién era y que me gustaría ver a la condesa. Frunció el ceño como si le costara comprenderme y pensé que tal vez solo hablaba veneciano. A fin de cuentas, mi italiano había mejorado considerablemente en los últimos tiempos. De hecho, había sido capaz de mantener una conversación fluida con la familia que conocí en la fiesta del Redentor. Repetí lentamente el motivo de mi visita. Hizo una leve reverencia y se fue. Regresó al cabo de poco y me acompañó a una habitación de la parte posterior de la casa que tenía unos techos altos maravillosos y ventanas de medio arco. Las persianas estaban cerradas, lo que le confería un aspecto de acuario. Costaba distinguir el color de los muebles o de las pinturas que llenaban las paredes. Pero hacía un fresco muy agradable. Había un ventilador eléctrico en marcha y la condesa estaba tumbada en una *chaise longue*, escuchando a

Mozart en el gramófono. Abrió los ojos, se incorporó y me dedicó una sonrisa radiante.

—Mi dama inglesa, has venido. Qué detalle. Josef, dile a Umberto que nos traiga pastel y *citron pressé*.

El criado asintió y se fue. La condesa me hizo un gesto para me sentara en una silla y me situé ante ella. Llevaba un kimono japonés verde oscuro y no iba maquillada, lo que le confería un aspecto cadavérico en la penumbra de la estancia.

—¿Tiene un nuevo lacayo? —pregunté—. No recuerdo haberlo visto cuando estuve aquí hace un mes.

—Tienes razón, hace poco que trabaja para mí —concedió. Apartó la mirada y la dirigió hacia el precioso jardín, donde una palmera se mecía acariciada por la brisa. Se volvió de nuevo hacia mí y me dijo—: Eres inglesa. Salta a la vista que vienes de buena familia. Te educaron para que supieras comportarte como es debido.

—Sí —admití. Me embargó una gran confusión, porque no sabía hacia dónde se dirigía la conversación. Me hizo un gesto para que me acercara, como si no quisiera que nos oyera nadie más—. Voy a contarte un secretito porque creo que puedo confiar en ti. Tengo un sexto sentido para juzgar a los demás. —Hizo otra pausa—. Mi lacayo…, no es un criado. Es un pintor judío de Alemania. Pero no puede saberlo nadie. He puesto en marcha una pequeña operación para ayudar a salir del país a todos los pintores, escritores y poetas que pueda. A aquellos que están en riesgo de ser detenidos y que los deporten a sabe Dios dónde. No tienen dónde refugiarse, los pobres. En Estados Unidos no los quieren, en Gran Bretaña tampoco y Francia es un lugar demasiado peligroso. Está muy cerca. Por eso los traigo aquí, alegando que les he ofrecido un empleo. Cuando llegan les enseño italiano y los ayudo a encontrar trabajo en el país. Por desgracia, solo puedo traerlos de uno en uno y de vez en cuando. Me gustaría salvarlos a todos, pero me es imposible.

—Es una empresa muy noble —le aseguré.

—La nobleza no tiene nada que ver, es una cuestión de honradez. Son mis iguales, son judíos como yo. Estoy segura de que ya te habrán dicho que soy judía.

—Sí. ¿No teme por su seguridad? ¿No hay un sentimiento antijudío en Italia?

—Sí, pero no tan exacerbado como en Alemania, y menos aún en Venecia. Somos un pueblo tolerante. Los judíos han vivido aquí desde la Edad Media. Además, y hablo por experiencia propia, los venecianos valoran el arte por encima de todo lo demás. Pero si ya estamos planificando la Biennale del año que viene. ¿No te parece un gesto optimista? Queremos celebrar una muestra de arte internacional cuando la mitad del mundo podría estar en guerra. Como mecenas de las artes, desempeño un papel demasiado valioso. Sin gente como yo no habría Biennale. —Se inclinó y me dio unas palmaditas en la mano—. Así que, ya ves, no es necesario que te preocupes por mi seguridad, querida. —Hizo una pausa y apoyó su mano en la mía—. ¿Qué me cuentas de ti? ¿Has decidido quedarte en lugar de regresar a la seguridad de tu país?

—Llevo un tiempo debatiéndome entre ambas opciones. En estos momentos me siento un poco perdida. No hay clases, no tengo nada que hacer. Mi madre quiere que vuelva, pero le prometí a mi casera que cuidaría de su gato, por lo que no puedo marcharme al menos hasta que ella vuelva. Además, en el fondo no quiero irme. Me encanta esta ciudad, me gusta todo: los colores, los sonidos, la gente, la comida… Es un lugar que rebosa vida. Todo el mundo sabe que está vivo. Si me voy a casa, regresaré a las veladas en silencio, las dos sentadas en el salón, escuchando el reloj hasta que mi madre ponga las noticias de las nueve y, luego, a la cama.

—Pues haces bien en quedarte —convino—. Tienes que vivir tu vida a tu manera. Eres tú quien debe tomar las decisiones.

«Lo que yo quiero no puedo tenerlo», pensé, pero no me atreví a decirlo.

Entonces apareció de nuevo el joven con una bandeja en la que había una jarra de limonada recién exprimida y una bandeja con galletas cubiertas de azúcar, mazapanes y pastelitos con fruta confitada. Nos sirvió un vaso a las dos y me ofreció la bandeja. Tomé un dulce de cada y no me di cuenta hasta que mordí la galleta cubierta de azúcar, cuando ya era demasiado tarde, de que iba a mancharme el vestido azul marino.

—*Danke*, Josef —dijo la condesa, cambiando al alemán. Vi un destello de alarma en el rostro del hombre, pero ella le hizo un gesto tranquilizador—. No pasa nada —dijo, esta vez en inglés—. Sabe tu historia. Es inglesa, no te preocupes.

Josef esbozó una sonrisa tímida.

—Es un excelente pintor —dijo la condesa—. Tiene suerte de que pudiera sacarlo del país.

El joven asintió.

—Vinieron por padre —dijo con cierta dificultad—. Era profesor de la Universidad de Múnich. Luego dicen que ningún judío puede enseñar o ir a universidad. Luego se lo llevan. No sé dónde. Y encuentran mi cuadro y la Gestapo me detiene. Lugar malo. Muchas preguntas. Volverán por mí rápido, al campo de concentración, seguro. Pero la condesa envía a amigos que me ayudan. Me salva la vida.

—Lo que tienes que hacer es seguir pintando para que pueda estar bien orgullosa de ti, Josef.

La condesa tomó un sorbo de limonada y yo empecé a comer las galletas con sumo cuidado para no mancharme de azúcar.

—Estaba pensando que si estás tan aburrida y no tienes nada que hacer, puedes echarme una mano —dijo la condesa, rompiendo el silencio—. He de catalogar una serie de obras para adelantar trabajo de la Biennale. Por lo general es Vittorio quien se encarga de ello, pero está en Estados Unidos, vendiendo cuadros menores a gente que tiene más dinero que buen gusto.

Se me escapó una sonrisa.

—¿Vittorio trabaja para usted? —pregunté—. Me dijeron que tenía una galería de arte.

—Así es, pero soy su mejor clienta, y él sabe que quien a buen árbol se arrima, buena sombra le cobija, como solemos decir. Sabe lisonjear a una vieja dama y le gusta lo que puedo ofrecerle. Además, es un hombre con el don de la palabra y divertido, y me hace sentir joven y viva, por lo que nuestra relación es simbiótica.

Sus palabras no despejaron las dudas sobre la posible naturaleza sexual de su relación.

1 de septiembre de 1939

Estas dos semanas en las que me he dedicado a ayudar a la condesa han sido de lo más gratas. He podido disfrutar de una de sus salas, siempre a una temperatura fresca, y tomar el té bajo la enorme palmera de su jardín. Hemos examinado diversas propuestas de artistas de todo el mundo. La he ayudado a catalogar y archivar su colección de pinturas y grabados raros, entre los que se incluían obras de artistas que me han dejado de una pieza.

—¡Este dibujo es de la primera época de Picasso!

—Sí, querida, lo sé. —Esbozó una sonrisa pérfida—. Tenía una amante tan celosa que tuvo que pedirme que me fuera antes de tiempo y me regaló el dibujo.

Era una caja de sorpresas. Es difícil expresar lo mucho que he disfrutado de mis visitas al Lido, de su conversación inteligente, de sus conocimientos sobre arte, de la elegancia, de un estilo de vida tan refinado…, nada que ver con el tedio de mi vida cotidiana en Inglaterra. Las sesiones diarias continuaron hasta que regresó Vittorio, que no tuvo reparos en expresar su desagrado al verme ahí.

—¿Por qué permite que esta mujer haga lo que me gusta a mí? —preguntó, dando vueltas por la sala.

—Porque tú no estabas aquí, querido —replicó la condesa, dándole una palmada en la mano—. Además, he disfrutado mucho de la compañía de Juliet. En ocasiones, me gusta tener a otra mujer a mi lado.

—Pero ella es una aficionada. ¿Qué sabe sobre grabados raros? Seguro que los habrá manchado con sus dedazos.

—No te enfades, querido —le pidió la condesa, con gesto divertido—. Si frunces el ceño te saldrán arrugas y ya sabes lo mucho que valoras tu atractivo rostro.

—No se burle de mí.

—Nada más lejos de mi intención. Además, Juliet regresa a la academia la semana que viene, así que volverás a tenerme para ti sola. Y si eres listo, me encontrarás a otro artista judío alemán del calibre de Goldblum.

Al parecer la condesa logró aplacar su ira. Yo, por mi parte, lamentaba enormemente que aquella faceta de mi relación con la condesa estuviera a punto de llegar a su fin. Era una mujer cultísima, divertida y había aprendido más de arte con ella de lo que habrían podido enseñarme en un año de historia del arte en la universidad. Se aproximaba el regreso a la vida cotidiana, a las clases, lo que significaba que iban a volver mis amigos y mi casera. La señora Martinelli llegó el 1 de septiembre y apareció en casa acalorada y sin aliento después de subir las escaleras.

—Bienvenida —le dije—. Bruno está vivito y coleando, tan travieso como siempre.

Levantó una mano para interrumpirme.

—¡No has oído las noticias! En la estación de tren todo el mundo hablaba de ello. Se ha armado un buen alboroto: Alemania ha invadido Polonia. El mundo vuelve a estar en guerra.

CAPÍTULO 26

Caroline
Venecia, 11 de octubre de 2001

Caroline se puso manos a la obra en cuanto regresó al apartamento de su tía. Deshizo la cama y tiró las sábanas. Se sintió aliviada al comprobar que el colchón parecía intacto y que no había señales de nidos de ratones en su interior. Le dio la vuelta con gran esfuerzo, abrió las ventanas para ventilar la estancia, quitó el polvo y fregó el suelo. Se alegró al no encontrar indicios de otras plagas, tan solo algunas moscas muertas junto a los alféizares de las ventanas. Fue un trabajo duro, pero al final de la tarde la embargó un gran sentimiento de satisfacción. Escribió una lista de recados para el día siguiente: «Comprar ropa de cama. Comprar un calefactor eléctrico». La antigua chimenea eléctrica era una pieza de museo y podía provocar un incendio en cuestión de segundos. Por suerte, había corriente. Y el extraño aparato que había sobre la bañera servía para calentar el agua.

La lista incluía comida, té y vino. «Solo lo imprescindible», pensó. Le resultaría más práctico hacer la comida principal en alguna de las trattorias de la zona. Se moría de ganas de pasar la primera noche allí, pero no le quedaba más remedio que esperar a que le llegaran la ropa de cama y la comida. Al final decidió regresar a la pensión y fue a cenar a la pequeña *trattoria*. Cuando acabó, utilizó el ordenador que había a disposición de los huéspedes y le envió un correo electrónico a Josh.

> La tía Lettie me dejó un piso en Venecia. Voy a disfrutar de lo lindo reformándolo para hacerlo habitable y tengo muchas ganas de traer a Teddy en Semana Santa. Hay una playa de arena preciosa y seguro que le encantan las góndolas.

No le preguntó por Desiree.

Cuando acabó, la dueña de la pensión la invitó a un limoncello. Era obvio que sentía una gran curiosidad por saber lo que había averiguado.

La mujer reaccionó con alegría al oír la buena noticia.

—¡Un apartamento en Zattere! *Dio mio*, qué suerte has tenido. En los últimos tiempos hay muchos extranjeros que compran propiedades en la ciudad. Sobre todo alemanes, lo que no nos hace mucha gracia. Los más viejos aún recuerdan cómo nos trataron durante la guerra.

—¿Llegó hasta aquí el ejército alemán? —preguntó Caroline—. Creía que Italia formaba parte de las potencias del Eje.

—Al principio, pero luego cambiamos de bando y los alemanes no se lo tomaron bien. Ocuparon la ciudad y fueron despiadados. Se produjeron detenciones, asesinatos y mandaron a mucha gente a campos de concentración. Intentaron matarnos de hambre. Dos largos años estuvieron aquí, hasta que nos salvaron los Aliados. Vuestro ejército británico.

A Caroline no dejaba de sorprenderle la larga sombra que la guerra había arrojado en toda Europa. Pero su tía había huido a

Suiza y no había tenido que soportar la ocupación alemana. Se fue de forma precipitada, a juzgar por todo lo que había dejado atrás. Sin embargo, la cuestión era por qué había decidido quedarse en Venecia después de que se declarase la guerra en lugar de volver con su familia a Inglaterra.

A la mañana siguiente Caroline salió a hacer los recados de la lista. Encontró un hipermercado en Zattere y compró las sábanas, una almohada y un edredón, además de la comida y una botella de vino. Hasta que salió a la calle no se dio cuenta de que tal vez había comprado con demasiada alegría, ya que ahora iba a tener que cargar con todas las bolsas. Llegó a casa sin resuello, lo dejó todo en el suelo y se preparó un té antes de seguir. Era agradable poder sentarse en su propia sala de estar a disfrutar de una infusión, observando el tráfico marítimo que circulaba por el canal, incluidos varios cruceros y cargueros. Por la tarde ya tenía hecha la cama, encontró un trapo y limpió las ventanas, por las que en ese momento entraba la luz rosada del atardecer. Se sirvió una copa de vino, tomó nota para comprar una nevera, comió pan con aceitunas y cuando acabó la embargó una gran sensación de paz.

«¿Es esto lo que querías, tía Lettie? ¿Que tu sobrina tuviera un sitio propio donde pudiera dejar a un lado sus preocupaciones?», pensó. Entonces, recordó que aún no había cumplido con el motivo de su visita: esparcir las cenizas de la tía Lettie. De pronto todo cobraba sentido y le parecía lógico que quisiera que las esparciera en el canal, frente a su ventana. Sin embargo, Caroline aún no estaba preparada para hacerlo.

Llamó a su abuela y le describió el piso.

—También he descubierto para qué sirven dos de las llaves, pero la pequeña plateada sigue siendo un misterio. He mirado por todo el apartamento y no hay ninguna cerradura tan pequeña como la llave. Imagino que será de una caja que se llevó con ella.

Esa noche, en lugar de salir a cenar, tomó la sopa minestrone que había comprado, con pan y queso. Uno de los artículos que aún no había adquirido era el calefactor eléctrico y empezaba a hacer frío. Cerró las cortinas y vio los agujeros de las polillas. Una cosa más que debía conseguir si decidía quedarse el piso. Entonces descubrió una botella de agua de cerámica en el armario del baño, como las que había en los museos, y calentó agua para llenarla. La cama enseguida cogió temperatura y decidió irse a dormir temprano. Se quedó tumbada, mirando el techo, mientras asimilaba todo lo que había ocurrido en los últimos días: el piso, la anciana Da Rossi que la había fulminado con la mirada, su nieto Luca. Intentaría no pensar en él, aunque había reaccionado sorprendentemente bien ante la noticia del contrato de alquiler del ático. Tal vez solo era una artimaña mientras decidía cuál era la mejor estrategia para echarla del piso. Quizá sus abogados ya estaban preparando la denuncia. La gente no era siempre de fiar, como bien sabía gracias a Josh. ¿Por qué diablos tenía que ser tan encantador Luca?

Esa noche tuvo un sueño extraño. Soñó con una niña que tocaba el piano. ¿Era la misma que había dejado la ropa doblada en el cajón de la cómoda? Y ¿cómo la había conocido la tía Lettie? Tal vez el sol de la mañana y el contenido de algún armario o cajón le permitieran arrojar un poco de luz en el misterio.

Se despertó al alba. Se acercó a la ventana y vio la laguna, que centelleaba con los primeros rayos del sol. Hacía mucho frío y recordó que tenía que comprar un radiador eléctrico cuanto antes. Preparó té, comió un bollo de pan con mermelada de albaricoque y retomó la investigación. En el taquillón del recibidor encontró una carpeta con dibujos y pinturas, que incluían desde bocetos de desnudos, como los de los libros, a extraños dibujos abstractos y algunos retratos acabados. La tía Lettie tenía talento, de eso no cabía duda, y dejó las pinturas a un lado para más tarde. Entonces examinó el escritorio. Algunos cajones estaban vacíos. No había papeles personales, solo más bocetos y pinturas acabadas. Miró debajo de la cama y encontró una maleta en la que había más ropa, también arrugada, como si la hubieran metido ahí dentro de cualquier modo. ¿Por qué había dejado la ropa en el piso? Debió de verse obligada a huir precipitadamente, quizá cuando Italia declaró la guerra, lo que la obligó a huir a Suiza.

Tras registrar todos los lugares en los que la tía podría haber guardado documentos, Caroline se envolvió en un chal de ganchillo que había encontrado, se sentó en uno de los sillones y empezó a mirar las pinturas y dibujos de su tía. Los fue pasando lentamente, asintiendo, hasta que llegó a uno que la dejó helada: eran bocetos de un bebé. Lo dejó a un lado y aparecieron más bocetos del mismo niño. Es más, lo reconocía. Era el mismo que el querubín de la pintura que la tía Lettie tenía en la pared de su habitación. ¿Acaso era el hijo de una vecina y lo había usado como modelo? Entonces, le vino a la cabeza otra posibilidad… claro. Ese era su vínculo con la familia Da Rossi: ¡había sido la niñera de sus hijos! Se moría de ganas de contárselo a Luca. Pero, entonces, ¿por qué había reaccionado de aquel modo la señora Da Rossi al verla? Tal vez había ocurrido una tragedia: ¿habría muerto el niño y la señora culpaba a la tía Lettie? Quizá fuera ese el motivo por el que se fue tan precipitadamente.

Caroline oyó que alguien subía por las escaleras, dejó los dibujos en la mesa y se levantó. Llamaron a la puerta y entró Luca.

—Buenos días. ¿Disfrutando de tu nuevo piso?

—Mucho, a pesar del frío que hace. Tengo que comprar un radiador eléctrico.

—Les pediré a mis operarios que te traigan uno. —Se acercó a la ventana y se volvió hacia ella—. ¿Has encontrado algún papel de tu tía que esté relacionado con el contrato de alquiler?

—No, solo un montón de dibujos y bocetos… Pero sí que he descubierto algo interesante, algo que podría explicar el vínculo de mi tía con tu familia. Mira. —Se sentó en el sillón y le mostró la hoja de papel—. Tal vez trabajó de niñera para tu familia, ¿no crees?

Luca se inclinó y examinó los bocetos.

—Sí, cabe la posibilidad. De hecho, este niño se parece a las fotografías de mi padre cuando era pequeño. Ah, por cierto, en la que fue su habitación del *palazzo*, el mismo donde me crie yo, había un cuadro suyo. Aunque no sé dónde está ahora. Quizá le encargaron a tu tía que hiciera el cuadro y estos son los bocetos que utilizó para prepararse.

Caroline asintió.

—El otro día, cuando fuimos a ver a tu abuela, me sorprendió que reaccionara de ese modo al saber que yo era británica. La verdad es que tuve la sensación de que la animadversión que sentía hacia mí podía estar relacionada con mi tía abuela.

Luca negó con la cabeza.

—A mí me parece más probable que Nonna tuviera una mala experiencia, tal vez con los soldados británicos cuando los Aliados ocuparon la ciudad. El ejército vencedor no siempre tiene un… comportamiento adecuado, digámoslo así.

—Es cierto —concedió Caroline, que no podía quitarse de la cabeza la expresión de ira de la anciana. La pobre sufría demencia, eso estaba claro. Tal vez se confundió, pero…—. Me estaba preguntando si no se produjo algún tipo de tragedia en la familia. Quizá murió un niño que estaba a su cargo y la culparon de lo ocurrido…

Luca frunció el ceño.

—Me parece improbable. Nunca he oído hablar de ningún niño fallecido… Además, mi padre nació más o menos en esa época y sigue vivo y coleando. Y estoy seguro de que no tuvo ningún hermano gemelo. —Se acercó hasta el sillón de Caroline y se sentó en el reposabrazos, gesto que la incomodó un poco—. Sería muy fácil comprobar si tu tía fue la niñera. En la sede de la empresa tenemos un registro con el contrato de todos los empleados. —Caroline se encontraba en situación de inferioridad sentada en el sillón. A pesar de que la actitud de Luca no era en absoluto hostil, se sentía vulnerable—. Lo único que no entiendo es el contrato de noventa y nueve años. ¿Quién le concede a un trabajador un contrato tan largo y, más aún, de una propiedad tan valiosa como esta? Además, si era la artista y no la niñera, ¿quién recompensa a un artista con un apartamento como este?

—Quizá no era tan valioso en época de guerra. A lo mejor se encontraba en una zona peligrosa de la ciudad, vulnerable a los proyectiles de enemigo… —apuntó Caroline.

—Puede que tengas razón. Debían de querer que lo ocupara alguien, quien fuera. Pero, en tal caso, ¿no tendría más lógica que el contrato se renovara mes a mes?

—Tal vez nunca lo averigüemos —dijo Caroline, mirando el bebé sonriente.

—Bueno, dime, ¿cuánto tiempo piensas quedarte aquí? —le preguntó Luca de forma algo brusca, levantándose del sillón.

—Me he tomado tres semanas de vacaciones que me debían. Puede que no me quede mucho tiempo, sobre todo si no puedo calentar un poco el piso. Ya he examinado las posesiones de mi tía y no hay nada más, aparte de las pinturas. Ni siquiera sé si las querré todas. Son bastante buenas, pero…

—¿Tienes un gusto distinto?

—No es eso. Me gustan los dibujos abstractos y los desnudos.

—A mí también me gusta un buen desnudo —apostilló Luca, dedicándole su pérfida sonrisa, pero se corrigió de inmediato—. Lo siento, ha sido una vulgaridad.

—Para nada. Me atraen especialmente algunos de los desnudos de Degas. Admiro mucho a los impresionistas.

—Yo también.

—¿Te gusta el arte?

—No todo. Tengo unos gustos muy clásicos, aunque mi nuevo apartamento es muy moderno… con líneas estilizadas y predominio de los tonos blancos. Paredes desnudas.

—Ya veo que no quieres expresarte —dijo Caroline, que se levantó para dejar de sentirse en desventaja—. Como la habitación de mi tía cuando murió. No había nada de ella, imposible saber qué tipo de persona era. Lo único que podías deducir es que era una mujer muy ordenada y pulcra.

—Si vieras mi habitación no llegarías a esa conclusión, te lo aseguro —comentó Luca, que se volvió hacia la puerta—. Bueno, debería irme. Les diré que te suban un radiador. Aunque cuando acaben las obras todo el edificio tendrá calefacción central. La próxima vez que vuelvas podrás disfrutar de un calor muy agradable.

—Sí, pero no sé cuándo será eso —dijo Caroline mirando por la ventana, donde vio un gran carguero atravesando el canal—. Todo depende…

—De cuándo vuelva tu hijo a casa. —Luca acabó la frase por ella y se miraron a los ojos.

—Sí.

Antes de llegar a la puerta le dijo:

—¿Puedes quedarte unos días más? Me ha escrito mi padre para decirme que están a punto de llegar. No querían separarse de sus nietos, pero mi madre tiene médico. Creo que deberías conocerlos y preguntarle si recuerda a su antigua niñera.

—Gracias, eso estaría bien.

—Mi madre es norteamericana. Le alegrará poder hablar en inglés contigo. Al final se cansa de hablar en italiano y veneciano todo el rato.

—¿El veneciano es un idioma distinto?

—Ah, sí, ya lo creo. Los mayores aún lo hablan.

—Venecia es un lugar tan fascinante que me da pena no poder quedarme más tiempo.

—¿Por qué no puedes?

—¿Porque no tendría trabajo? ¿Ni ingresos? ¿Por mi abuela? ¿Y mi hijo?

—¿Te gusta tu trabajo?

Caroline dudó. ¿Cómo era posible que ese hombre al que apenas conocía tuviera el don de leerle la mente y adentrarse en su alma? ¿Por qué se preocupaba tanto por ella?

Al final, se encogió de hombros.

—Me permite mantener a mi hijo, pero no puedo poner en práctica mi talento ni lo que he estudiado.

—¿Qué estudiaste?

—Diseño de moda. Fui a la escuela de Bellas Artes.

—Ah, vienes de una familia artística. ¿Qué te gustaría ser? ¿Otra Armani?

—La verdad es que ya no lo sé. Antes creía que podría diseñar una colección brillante, pero nunca he sido como Josh. Él siempre se mostró dispuesto a llegar al límite y diseñar piezas extravagantes. A mí me interesa más la belleza y la ropa de líneas bonitas.

—Eso ya lo veo. Pues si quieres puedes venderme el apartamento y utilizar el dinero para crear tu propia casa de moda.

Caroline sonrió.

—Es una oferta tentadora.

—Piénsatelo. Nos vemos pronto. —Se despidió con una sonrisa.

Cuando se fue, Caroline se quedó mirando la puerta. ¿Iba a ser encantador hasta que sus abogados encontraran la forma de desahuciarla? ¿O intentaría comprarle el piso a un precio irrisorio? Ojalá supiera si podía confiar en él.

Capítulo 27

El domingo por la mañana, las campanas se burlaron de nosotras con su serenidad. «Aquí todos estamos sanos y salvos —les decían—. Podéis venir a misa como de costumbre. Todo va bien». Las palomas revoloteaban sin preocupaciones, las gaviotas surcaban el cielo azul... Y la señora Martinelli fue a misa.

—Tenemos que rezar con toda el alma para evitar otra catástrofe de este tipo —dijo—. No podemos padecer otra guerra como la última. —Me miró con compasión—. Eres demasiado joven. No lo recuerdas, ¿verdad?

—Solo tenía cuatro años cuando empezó, pero recuerdo los llantos de mi madre cuando llamaron a filas a mi padre. Regresó con graves secuelas y nunca volvió a ser el mismo. También recuerdo haber visto los nombres en el monumento a los caídos que hay en nuestro pueblo. Murieron muchos jóvenes. Tiene razón, hay que rezar para que no tengamos que pasar una guerra de nuevo.

Y así fue como, por una vez, crucé el puente para ir a la iglesia anglicana de San Jorge. Me senté, disfrutando de la sencillez de sus paredes blancas y su madera oscura pulida, de la serenidad de la luz que se filtraba por las cristaleras e iluminaba el suelo de baldosas. Intenté rezar, pero mi cabeza era un hervidero de sentimientos encontrados y preocupaciones, y no fui capaz. Desde la muerte de mi padre había perdido la fe. Me sentía como si Él nos hubiera abandonado. Por eso permanecí sentada, inmóvil, escuchando un sermón lleno de esperanza y confianza, y me limité a articular las palabras de los himnos más familiares: «Oh, Dios, nuestra ayuda en el pasado, nuestra esperanza para el futuro» y «Pelea la buena batalla de la fe». Aun así, salí con una sensación de vacío, indecisa sobre lo que debía hacer.

La iglesia estaba llena. No sabía que había tantos expatriados en Venecia. Supongo que algunos debían de ser turistas, pero muchos se conocían y era obvio que residían en la ciudad. Vi al señor Sinclair, el cónsul que había conocido en la primera velada organizada por la condesa. Me saludó con un gesto de la cabeza al salir de la iglesia.

—Veo que sigue aquí, señorita Browning. Entiendo que está a punto de regresar a casa, ¿no?

—Aún no he tomado una decisión. Varias personas me han asegurado que Venecia no se verá afectada directamente por la contienda, que nadie en su sano juicio se atrevería a bombardearla. Además, también dicen que Italia no está preparada para ir a la guerra y tardará un tiempo en declarar las hostilidades porque Mussolini necesita reforzar el ejército.

—Eso es cierto —concedió el señor Sinclair—, pero ha firmado el pacto de no agresión con Hitler, por lo que cabe la posibilidad de que nos veamos arrastrados al conflicto tanto si nos gusta, como si no. Entonces habrá que elegir bando e Italia se ha alineado con Alemania.

—¿Está seguro de que habrá guerra? —preguntó una de las mujeres—. ¿Cree que el señor Chamberlain no logrará mantener la paz? ¿No dejará que Alemania se quede con Polonia? A fin de cuentas, forma parte de su patria, ¿no?

—Si no impedimos que Hitler siga invadiendo cuanto le plazca, conquistará toda Europa —respondió el señor Sinclair—. Me temo que no hay marcha atrás. Hemos trazado una raya y Hitler la ha sobrepasado. Lo que no sé es cuánto tiempo podrá mantenerse Italia al margen.

Éramos un grupo triste y alicaído y cada uno se fue en una dirección distinta. A las dos de la tarde, oímos en la radio que Inglaterra y Francia le habían declarado la guerra a Alemania.

Fue entonces cuando me di cuenta de que debía volver a casa, por más que deseara quedarme. No podía permitir que mi madre pasara la guerra sola, aunque la tía Hortensia le hiciera compañía. Y no podía correr el riesgo de quedarme atrapada en un país extranjero si la guerra amenazaba con llegar hasta allí. No quería verme obligada a marcharme sin despedirme como es debido.

Cuando llegué a clase al día siguiente, noté la tensión que se palpaba en el ambiente. Los alumnos italianos cuchicheaban sobre las opciones que tenían si los llamaban a filas. Ninguno de ellos quería ir al frente.

—Mi hermano murió en Abisinia —dijo uno de ellos—. Qué absurdo, todo. ¿Para qué queremos Abisinia? ¿De qué nos sirve? Solo para colmar la vanidad de Mussolini y convencerlo de que tiene un imperio.

—Mucho cuidado con lo que dices —le advirtió un compañero agarrándole del brazo—. Nunca se sabe quién puede estar escuchando. Mucha gente considera que Mussolini es el salvador del país y cree que podrá crear un segundo Imperio romano que nos permitirá a todos vivir a cuerpo de rey.

Sus palabras arrancaron las risas del grupo, pero el chico no iba muy desencaminado. Nunca se sabía quién podía estar escuchando. Sin darme cuenta pensé en Franz. Tal vez Henry tenía razón y nuestro compañero se dedicaba a informar de lo que ocurría en Venecia.

Intenté dejar de lado aquellos pensamientos negativos y aprovechar al máximo las últimas clases. En la radio decían que la guerra era como dos boxeadores que subían a un ring y se observaban atentamente antes de lanzar el primer golpe. De modo que tenía tiempo para tomar el tren y cruzar Francia antes de que Hitler o los Aliados llevaran a cabo un movimiento de tropas de gran calado. Por lo que había oído en la iglesia, Gran Bretaña no estaba preparada para lanzar una ofensiva contra Alemania, ya que no disponíamos del armamento ni de las tropas necesarias para enfrentarnos a los nazis.

A la hora del almuerzo, Gaston nos anunció que volvía a casa.

—Debo cumplir con mi deber e incorporarme al ejército francés, supongo —afirmó con gallardía, aunque vi el velo de desesperación que le cubría los ojos—. No es que tengamos muchas opciones contra los alemanes. Solo espero que no se repita lo ocurrido en la última guerra y que no muramos todos en las trincheras.

Permanecimos en silencio, pensando en lo que acababa de decirnos.

—Creo que yo me quedaré —dijo Imelda—. Mis padres están hablando de irse a vivir a las montañas, a la campiña vasca, por si acaso. ¿Qué haría yo ahí? Al menos sé que Italia aún tardará en declarar la guerra a los demás países.

—Opino lo mismo —añadió Henry. Su italiano había mejorado tanto que podía seguir la mayoría de las conversaciones—. Estados Unidos se mantendrá al margen, de modo que tenía pensado quedarme hasta finales de año.

—Reza para que puedas volver a casa cuando los submarinos alemanes empiecen a patrullar en el Atlántico —le dijo Imelda con amargura.

Henry se limitó a encogerse de hombros.

—Pues me iré a Suiza y esperaré a que pase. Nadie se atreverá a tocar Suiza, ¿verdad? ¿Y Australia? También sería una buena opción.

—Me miró—. ¿Y tú? —Cambió al inglés—. ¿Quieres volver a casa y arriesgarte a que os invadan los alemanes?

—No quiero irme, pero me siento en la obligación de hacerlo. Mi madre se preocupará mucho si estoy lejos. Ya no quería que viniera, pero al final mi tía aceptó hacerle compañía. Supongo que tendré que comprobar si los trenes circulan con normalidad en Francia y si se mantienen los ferris del Canal.

—Pues es una pena, porque justo ahora empezábamos a adaptarnos a la rutina y, además, las clases son interesantísimas —comentó Henry—. Tengo la sensación de que he aprendido más en unas pocas semanas que en todas las asignaturas que había estudiado en Estados Unidos.

—Yo también —afirmé—. No me apetece nada irme.

Acabamos de comer y regresamos a la academia. La primera persona que vimos fue el profesor Corsetti.

—Justamente os estaba buscando —exclamó—. Os traigo un mensaje de mi mujer. Quiere celebrar una cena de bienvenida después de las vacaciones, a pesar de la gravedad de la situación. ¿Os va bien el domingo? Pensábamos servir marisco. ¿Os gusta a todos?

—Es fantástico, me encanta el marisco de aquí —dije.

Los demás asintieron.

—Su mujer es una excelente cocinera —afirmó Gaston—. Estoy convencido de que haga lo que haga, estará delicioso.

—Adulador —murmuró Imelda cuando el profesor se alejaba.

Gaston sonrió.

—¿Cómo esperas que apruebe su asignatura? No estoy destinado a ser el próximo Picasso o Miró.

—Tienes razón —dije—. Soy incapaz de distorsionar la realidad como hacían ellos.

—Ya lo he visto —replicó Gaston—. Tus desnudos muestran una gran atención al detalle.

—Cállate —le dije entre risas y le di un golpe con mi cuaderno.

En ese instante me di cuenta de que hacía muchos años que no me comportaba así, que no me sentía libre para bromear, reírme y... para amar. Sin embargo, no me quedaba más remedio que regresar a la triste realidad de la guerra, del peligro, de las privaciones y de una posible invasión alemana.

—Mis últimos días —susurré mientras subíamos las escaleras de la clase.

Domingo, 10 de septiembre de 1939

Hoy es el día que vamos a cenar a casa del profesor Corsetti y yo había quedado con Henry en la parada de *traghetti* para que no se perdiera.

—¿Cuándo te vas? —me preguntó.

Suspiré.

—No lo sé. Hoy he recibido una carta de mi madre en la que me pide que vuelva a casa de inmediato. Seguramente debería marcharme antes de finales de mes, pero no dejo de repetirme que he pagado el alquiler de todo el mes de septiembre y que es muy probable que la guerra no se extienda más allá de Europa oriental. No me parece que Gran Bretaña esté en condiciones de llevar a cabo una intervención espectacular.

Caminamos en un agradable silencio. Henry era un muchacho encantador. Demasiado joven para mí, claro, pero era agradable poder disfrutar de una amistad masculina. No había vuelto a ver a Leo, pero a esas alturas ya debía de haber regresado de sus vacaciones en la montaña. Lo único bueno de volver a casa era que dejaría de fantasear con él.

En esta ocasión el profesor había invitado a un grupo más numeroso. Gaston no había venido, pero Imelda y Franz ya estaban allí, junto con dos chicas que no conocía. Nos las presentaron: eran Maria y Lucrecia, unas estudiantes recién llegadas de Sicilia. Eran muy tímidas, no se separaban la una de la otra ni a sol ni a sombra y respondían con monosílabos a todas las preguntas.

La condesa me recibió con los brazos abiertos.

—Cuánto te he echado de menos —me dijo.

Vi a Vittorio, que la observaba con una copa en la mano desde el otro extremo de la sala. ¡Él no me había echado de menos! Estaba celoso, lo cual no tenía ningún sentido. También había otro profesor, especialista en historia del arte, y su esposa. Nos recomendaron que nos matriculáramos en su asignatura.

—Es fundamental conocer el pasado antes de pintar el presente.

Al cabo de un rato nos ofrecieron prosecco, pero este no me gustó demasiado, ya que tenía un tono metálico algo áspero. ¡Debía de ser de una añada más barata! Me dejó un mal sabor de boca, por lo que me alegré cuando nos sentamos para disfrutar de una excelente ensalada de tomate. Luego nos sirvieron un risotto alle seppie, de un color negro poco sugerente, pero nos dijeron que llevaba la tinta de la sepia. Era un plato muy tradicional de la zona. Lo probé y no estaba mal, tenía un sabor salado y fresco, pero entonces me di cuenta, horrorizada, de que tenía náuseas. Me levanté de un salto tapándome la boca con la servilleta y me fui corriendo al baño, donde vomité todo lo que había comido hasta el momento.

La mujer del profesor se acercó al cuarto de baño con cara de preocupación.

—Lo siento —me disculpé—. Debe de haber algo que no me ha sentado bien. Es la primera vez que probaba el plato.

—No te preocupes, querida. Tal vez ha sido por el aspecto. Imagino que no estás acostumbrada a este tipo de platos y es cierto que cuando una lo ve por primera vez no es de lo más apetecible.

—Creo que debería irme a casa. Le ruego que me disculpe ante los demás invitados.

Me dirigí a la puerta precipitadamente. Una vez fuera, al aire fresco, empecé a sentirme algo mejor, pero todavía estaba un poco mareada. Cuando llegué al piso, me tomé una manzanilla y comí un par de galletitas saladas antes de irme a la cama. Por la mañana, estaba como una rosa. Decidí que la sepia y yo no podíamos ser buenas amigas. Desayuné y me fui a clase.

A la hora del almuerzo, tenía un hambre canina. Mis compañeros habían decidido ir a su restaurante de pasta favorito, en Fondamenta Priuli, un pequeño local junto a un canal que ofrecía raciones generosas a precios razonables. Sin embargo, no me apetecía comer pasta y me decanté por el puesto de sándwiches que servía tramezzini. Escogí mis favoritos, incluido el de atún con aceitunas. Había tomado un par de mordiscos cuando noté que iba a vomitar de nuevo. Me alejé corriendo y vomité en la alcantarilla.

Me pregunté qué me estaba pasando. No podía ser una gripe intestinal porque, en tal caso, por la mañana no me habría sentido bien y no habría podido desayunar. ¿Era algún tipo de intoxicación alimentaria? ¿Culpa del agua? En los últimos tiempos había bajado la guardia y me lavaba los dientes con agua del grifo. Al final llegué a la conclusión de que debía de ser eso.

Paré en uno de los pequeños mercados y compré una botella de agua mineral y un paquete de tostaditas que me sentó bien, así que por la tarde pude volver a clase, pero esa noche tuve náuseas otra vez después de comer ensalada y un huevo duro. Me fui a la habitación. Me estaba pasando algo. ¿Debía ir a ver a un médico o regresar a Inglaterra mientras pudiera? Me imaginé a mi madre cuidando de mí, arropándome en cama con una taza de consomé y una tostada, el remedio habitual para cualquier problema digestivo. Lo cierto es que me parecía una opción atractiva.

A la mañana siguiente ya me sentía mejor. Acabé las clases y pensé en dónde podía ir a comer. No quería quedar en ridículo, por lo que fui a comprar un par de tramezzini, uno de ellos de queso y jamón. Me senté en un banco del Gran Canal, cerca de la parada del *vaporetto*. Solo había tomado un par de bocados cuando volvió la sensación de mareo. Dejé de comer de inmediato y tomé un sorbo de agua para ver si se me pasaba. Disfruté del calor del sol, viendo pasear a la gente. Venecia era una ciudad tan viva que siempre había algo interesante que descubrir. Entonces decidí sacar el cuaderno de dibujo. Como no podía comer, al menos intentaría hacer algo productivo y practicar un poco.

Estaba absorta dibujando el boceto del quiosquero cuando oí un grito de alegría y vi a dos mujeres que se saludaban. Corrían una hacia la otra, con los brazos extendidos y un gesto de auténtica felicidad.

—Bambino! —exclamó la mujer mayor—. *Finalmente. Grazie a Dio!* —Le acarició el vientre a la más joven.

Se enfrascaron en una animada conversación que no pude oír, pero como los italianos también hablan con las manos, vi lo contentas y emocionadas que estaban ambas. Las observé, presa de su contagiosa alegría, hasta que me vino un extraño pensamiento a la cabeza.

Bambino. ¿No eran las náuseas y los mareos las primeras señales de…? No, no podía ser. ¿Por qué no se me había ocurrido que podía quedar embarazada de mi encuentro con Leo? Pero ¿después de solo una vez? ¿Del primer encuentro? ¿Del único que habíamos tenido? Entonces recordé que no me venía la regla desde… ¿julio? Nunca había sido muy regular, pero hasta el momento no me había preocupado. Sin embargo, por lo que había oído, las náuseas solían producirse por la mañana, no en cualquier momento del día.

Me tranquilicé un poco, pero aun así crucé el puente para ir a la librería de la calle de los Asesinos y buscar manuales de embarazo y parto. Ah, ahí estaba en blanco y negro: en ocasiones las náuseas podían producirse de noche. Las abuelas suelen decir que es lo habitual cuando se espera un niño.

Salí de la librería y me quedé inmóvil en la calle vacía. Recordaba perfectamente mi encuentro con Leo allí.

—¿Los asesinos tienen una calle propia? —le había preguntado.

—Pues claro, si no, ¿cómo vas a encontrarlos cuando necesites uno? —había respondido muy serio.

Los dos nos habíamos reído.

CAPÍTULO 28

Juliet
Venecia, 12 de septiembre de 1939

Estaba sola, en la sombra. No sabía a dónde ir ni qué hacer. No podía decírselo a Leo, pero, al mismo tiempo, tenía que contárselo. Tenía derecho a saberlo, ¿no? Entonces me di cuenta de algo espantoso: no podía volver a casa. Pensé en mi madre, pilar de la iglesia, jefa del grupo de voluntarias de la parroquia, y en nuestro pueblo, donde la difusión de rumores era uno de los deportes principales. La vergüenza y la ignominia acabarían con ella. ¿Y yo? ¿Qué haría entonces? No podría volver a dar clase a las chicas cuando uno de los principales motivos de orgullo de la escuela era su educación cristiana. ¿Cómo íbamos a salir adelante si me quedaba sin trabajo? Sabía que la tía Hortensia conservaba una modesta fuente de ingresos, pero ¿bastaría con eso? Ya me imaginaba su cara… esa expresión altanera, remilgada, de sorpresa perpetua.

—Siempre supe que acabaría mal —diría—. Ya de joven mostraba demasiado interés por el sexo opuesto. Qué poquito juicio hay en esa cabecita.

¿No le sorprendería saber que el único hombre sobre el que me había advertido era el responsable de mi desgracia? Los pensamientos se me agolpaban en la cabeza y por un instante pensé que iba a marearme. Apoyé la mano en la pared de piedra fría del edificio más cercano para no perder el equilibrio.

—Piensa, Juliet, piensa —me dije.

Contaba con el dinero de la beca hasta el verano siguiente. Y el bebé nacería… ¿cuándo? Eran nueve meses, ¿no? Qué poco sabía sobre el embarazo y el parto. Pero recordaba cuando una de las campesinas de nuestro pueblo se quedó embarazada. Los cuchicheos. Las especulaciones sobre el padre y por qué no iba a casarse con ella. Y me parecía que los rumores retrocedían nueve meses para intentar averiguar con quién se veía Lil por entonces. Hice una serie de cálculos rápidos mentalmente: finales de abril, principios de mayo. Sentí un rayo de esperanza. Nueve meses. Podía quedarme en Venecia y seguir asistiendo a clase si me lo permitían. Entonces tendría el bebé, lo entregaría en adopción y volvería a casa como si nada. Escribiría a mi madre para decirle que todo el mundo me había asegurado que Venecia sería un lugar seguro y que, dada la situación, era mejor que me quedase a acabar el curso en lugar de arriesgarme a regresar. Además, con un poco de suerte la guerra habría acabado al verano siguiente. Sabía que no le haría ninguna gracia, pero me parecía la única solución posible.

Me sorprendió la serenidad con la que estaba abordando la situación. Supongo que era producto de mi esfuerzo desesperado por mantener el miedo a raya… El miedo y la desesperación. Ya no era aquella chica que se dejaba arrastrar por los sentimientos y que rompía a llorar fácilmente. Hacía ya tiempo que había aprendido a controlar mis emociones. No había llorado cuando me dijeron que tenía que dejar los estudios de Bellas Artes porque vi lo aterrada que estaba mi madre y sabía que mi padre se encontraba muy enfermo. Ni tan siquiera había llorado cuando él murió, porque mi madre ya estaba histérica por las dos. Tanto era así que había llegado a creer que ya no sabía sentir, hasta que apareció Leo, que me hizo sentir viva y me enseñó lo que era el amor. No podía ni plantearme cómo iba a darle la noticia. ¿Y si negaba que era suyo? ¿Y si me ignoraba? En ese momento no podía tomar ninguna decisión. Ojalá hubiera tenido a alguien con quien hablar, alguien a quien pudiera contarle lo ocurrido. Pero no podía ser, estaba sola.

Decidí regresar a la academia. Asistir a clase. Con los días acabé aprendiendo que si llevaba una botella de agua con gas y unas galletitas podía disimular las náuseas. El truco consistía en tener siempre algo en el estómago y no comer alimentos muy pesados o con especias. Empecé a tomar sopa de verduras con picatostes en una *trattoria* que había junto a la universidad. La hacían con caldo de pollo y era muy nutritiva. También encontré unos pastelitos bizcochados que me sentaban bien.

21 de septiembre

He sobrevivido a un par de semanas de clases. Aún no sé si decírselo a Leo. Pero está claro que acabará sabiéndolo, porque tarde o temprano nos cruzaremos por la calle. Me pregunto a partir de qué mes se me notará. Tal vez pueda hacerme algún arreglo en la ropa o encontrar a una modista que me confeccione varios vestidos holgados. También he dado vueltas a lo que dirá la gente. Venecia es una ciudad católica en la que el pecado está castigado. He vuelto a sopesar la opción de volver a Inglaterra, pero irme a Londres para encontrar un trabajo hasta que tuviera que dejarlo, sin decirle a mi madre que había vuelto. Sin embargo, al final he descartado la idea porque me parecía horrible para mi madre y para mí, aunque encontrara a alguien dispuesto a contratar a una chica embarazada y soltera. Además, estaría sola en una gran ciudad que podría convertirse en objetivo bélico. No se me ocurría una opción peor, de modo que la descarté. Prefería enfrentarme al desprecio de los venecianos.

Nos llegaban pocas noticias de la guerra. El ejército de Hitler había empezado a invadir Polonia y, a pesar de la resistencia de su pueblo, era cuestión de tiempo hasta que se hiciera con todo el país. ¿Y los Aliados? ¿Gran Bretaña y Francia? Hasta el momento los únicos enfrentamientos se habían producido en alta mar. Un submarino alemán había hundido un buque que había zarpado de Canadá en dirección a Inglaterra y los aviones británicos habían atacado una base naval alemana en Kiel. Sin embargo, Inglaterra había empezado a reclutar soldados y mi madre me había escrito y me había dicho que había recibido instrucciones para construir un refugio antiaéreo en el jardín trasero.

«Es absurdo. ¿Tú nos ves a la tía Hortensia y a mí corriendo por el jardín, en camisón, para meternos en un agujero negro bajo tierra? Tu tía dice que prefiere correr el riesgo de que la bombardeen, pero no cree que los alemanes se atrevan a atacarnos. Insiste en que Hitler siente un aprecio especial por los británicos. Pertenecemos a la misma raza aria. Está convencida de que viviremos en paz», me escribió.

En Venecia no parecía que hubiera guerra alguna. Había comida de sobra, los mercados estaban bien abastecidos con productos del Véneto y los pescadores regresaban todas las mañanas a puerto con las embarcaciones llenas de pescado. Todavía sonaba la música y se oían risas. En la academia, las clases seguían a su ritmo. El único cambio era que Gaston había vuelto a casa, convencido de que su deber era incorporarse al ejército francés para impedir que Hitler invadiera su país.

—¿Quién iba a pensarlo? —dijo Imelda mientras tomábamos un café juntas. Ella, al menos. Yo me había pasado a las infusiones porque el café ya no me sentaba bien—. Me imaginaba que era un donjuán, ¿tú no? Creía que se quedaría aquí para disfrutar al máximo de los placeres de la vida.

—Sí, supongo que tienes razón —concedí.

Me miró extrañada.

—¿Te encuentras bien? —me preguntó—. Últimamente no comes mucho.

—Es que tengo el estómago algo revuelto.

—Deberías ir a ver a un médico. Aquí el agua tiene parásitos y hay que tratarlos cuanto antes para que no vayan a peor.

—No, no creo... —intenté decir.

Entonces me miró con recelo.

—Tal vez no debería preguntártelo, pero ¿es posible que estés embarazada?

Imagino que debí de sonrojarme porque enseguida me entendió.

—¿De verdad? Y ¿qué dice él? ¿El padre?

—Aún no se lo he contado.

—Pues debes hacerlo, tiene la misma responsabilidad que tú —replicó con firmeza—. ¿Hará lo correcto y se casará contigo?

—No puede. Ya tiene esposa.

—Vaya. —Me miró tan fijamente que tuve que agachar los ojos—. ¿Es quizá el hijo del conde que nos llevó en barca ese día? Me fijé en cómo te miraba. —No dije nada y me señaló con un dedo—. Tengo razón, ¿a que sí?

—Eres demasiado perspicaz —repliqué—. No digas nada, por favor. No quiero que lo sepa nadie. Ni siquiera se lo puedo decir a Leo. Su familia es muy poderosa y temo por lo que pudiera ocurrirme.

—Si de verdad no puedes decírselo, creo que es mejor que vuelvas a casa mientras puedas. En Inglaterra estarás a salvo con tu madre.

Negué con la cabeza.

—No puedo hacerle algo así. Ese es el problema, que no puedo volver a casa. Mi madre es un pilar de la iglesia y vivimos en un pueblecito donde todo el mundo se conoce. La ignominia sería insoportable. Creo que hasta podría acabar con mi madre. La cuestión es que no puedo obligarla a pasar por semejante trance. He decidido quedarme hasta que nazca el bebé y cuando llegue el momento lo daré en adopción. Entonces podré irme como si no hubiera ocurrido nada y nadie lo sabrá jamás.

—Tú sí. —Seguía mirándome de aquel modo que tanto me incomodaba—. ¿Es eso lo que quieres? ¿Regresar a casa y olvidar? ¿Olvidar que has tenido un hijo? ¿Que amaste a ese hombre?

—¿Qué otra opción tengo? —pregunté desolada.

—Tal vez deberías hablar con él —insistió—. Es rico y ha visto mundo. Seguro que conoce a un médico que pueda solucionarlo ahora que aún estáis a tiempo.

Intenté comprender lo que significaba «solucionarlo».

Vio mi mirada de confusión.

—Ya sabes, ponerle fin. Ayudarte a deshacerte del bebé ahora que todavía es del tamaño de un guisante. Sé que va contra la ley, pero aún no es un bebé, solo una mezcla de tejidos. Por lo que me han dicho. Te sometes a una pequeña intervención y sales de ahí libre y feliz.

La miré fijamente durante unos segundos. Durante un fugaz y horrible instante me pareció una buena idea. Ir a un médico, someterme a una intervención y salir libre y feliz de la consulta. Pero supe al instante que no podría hacerlo. No matarás. Un bebé indefenso que no ha hecho nada. ¿Acaso no tiene derecho a vivir? Quizá si hablaba con Leo él podría encontrar un hogar feliz para el niño, como ya había hecho con los gatos del canal. A medida que valoraba esta opción, me parecía la solución más aceptable. En ese punto solo debía armarme del valor necesario para decírselo.

***

Pasé junto al Palazzo Rossi y me quedé observando la imponente entrada principal. Sabía que no podía llamar a la puerta sin más y preguntar por Leo. Habría sido una insensatez. La única solución factible era escribirle una carta. Justo había decidido hacerlo cuando se abrió la puerta y salió Bianca. Ese día lucía un vestido de tenis blanco, llevaba el pelo negro recogido con un lazo blanco y una bolsa de la que asomaba el mango de una raqueta. Alguien debió de decirle algo desde el interior de la casa, porque miró hacia atrás, hizo algún comentario, se rio y salió. Pasó junto a mí como si yo no existiera, esbozando una sonrisa de satisfacción.

Decidí volver a casa y escribir la carta. «Tenemos que vernos —puse—. ¿Puedes venir a la Academia a mediodía? Cuando te vaya bien, pero no tardes».

Me parecía el lugar más inofensivo para coincidir con un amigo sin levantar sospechas. Mejor que en mi casa. Si se sabía que Leonardo da Rossi había ido a ver a una mujer soltera, los rumores correrían como la pólvora. Además, no quería ni pensar en lo que podía suceder en el encuentro. Intenté preparar lo que iba a decirle en italiano, pero no me salían las palabras. Recé para que Leo comprendiera mi explicación en inglés, si tenía que recurrir a mi lengua materna. Además, si hablábamos en un idioma extranjero disminuían las probabilidades de que alguien descubriera el secreto.

Introduje la carta en el buzón amarillo y a partir de entonces no me quedó más remedio que esperar. Me temblaban las piernas solo de pensar con lo que pudiera ocurrir el día de nuestro encuentro.

22 de septiembre

¡Al final no he tenido que esperar mucho!

A mediodía, cuando bajaba las escaleras, lo he visto, esperándome a la sombra, frente al impresionante pórtico de mármol del edificio de la Academia. Ha dado un paso al frente y me ha regalado una sonrisa que me ha derretido el corazón.

—¡Pero si aún estás aquí! —exclamó—. Creía que no volvería a verte más. No te imaginas cuánto me ha alegrado recibir tu nota. Había oído que la academia había pedido a los estudiantes extranjeros que regresaran a sus países por culpa de la guerra y estaba convencido de que ya estarías en Inglaterra. ¿Vamos a comer a algún sitio? ¿Qué te apetece?

—No, nada. Prefiero hablar y ya está. Tengo que decirte algo.

—Claro, vas a despedirte de mí, ¿verdad? Tienes que regresar con tu madre antes de que sea demasiado tarde y ya no puedas atravesar Francia. Puedo ayudarte, si quieres. Le pediré a uno de nuestros colaboradores que te acompañe para que se asegure de que logras cruzar Europa sin percance.

Preferí no decir nada. Anduve por la pequeña plaza en dirección a la orilla del canal, donde había un árbol que ofrecía una buena sombra. Me senté en el murete y Leo hizo lo mismo. A mis pies, el agua del canal batía contra la pared de ladrillos. Pasó una góndola que llevaba a una mujer reclinada, tocada con un amplio sombrero de paja. Era la viva imagen de una escena plácida y serena, que contrastaba con mi estado de agitación.

—Te echaré mucho de menos —dijo Leo—, pero me quedaré más tranquilo cuando sepa que estás a salvo y en tu casa. Vivías en un pueblo pequeño, ¿verdad? Así evitarás el riesgo de que os bombardeen. Al menos aquí en Venecia no tenemos que temer por esas cosas. La declararán ciudad patrimonio y nadie se atreverá a tocarla. Y mi padre y mi suegro ganarán una fortuna transportando suministros para el ejército alemán, así que todos salimos ganando. —Soltó una risa que indicaba que no estaba de acuerdo con lo que acababa de decir.

—Mira, Leo, justamente quería hablarte de eso. No voy a volver a mi casa.

—¿Ah, no? Pero tienes que hacerlo, *cara mia*. Aprovecha ahora que puedes. ¿Y si Italia decide aliarse con Alemania y te conviertes en enemiga? Y tu madre… lo pasará muy mal si estás tan lejos. —Me tocó la mano—. No quiero perderte, pero deseo lo mejor para ti. Quiero que estés a salvo.

Oh, Dios. El roce de su mano era irresistible. Tenía los ojos anegados en lágrimas.

—No puedo regresar a casa, Leo. Estoy embarazada y no quiero que lo sepa mi madre.

Me miró aturdido, como si acabara de cruzarle la cara de un bofetón.

—¿Embarazada? ¿Estás segura?

Asentí.

—Me temo que sí. Yo tampoco me lo creo aún. Me parece injusto. Solo una vez y…

Aparté la cara incapaz de mirarlo y me agarró la mano.

—No te preocupes, *cara mia*. Haré todo lo posible para ayudarte. Si pudiera casarme contigo lo haría, ya lo sabes, pero tal y como están las cosas… —Respiró hondo negando con la cabeza.

—Lo entiendo, apenas tienes margen de maniobra. Pero he decidido que me quedaré aquí hasta que nazca el bebé, lo daré en adopción y volveré a Inglaterra. Nadie sabrá nunca lo que ocurrió aquí.

—¿Quieres entregarlo? ¿Así, sin más? ¿Buscarle un buen hogar como a los gatos?

Habría preferido que no sacara el tema y me volví hacia él.

—¿Qué quieres que haga, entonces? —Se me quebró la voz de la emoción—. ¿Tienes alguna idea mejor? Imagino que comprenderás que no puedo quedarme con el bebé.

Me agarró la mano con más fuerza.

—Déjame pensarlo. Haremos lo mejor. Tal vez… —dijo, pero la frase quedó a medias y no llegué a saber qué venía después. En lugar de seguir, me preguntó—: ¿Has visitado a un médico?

—No pienso abortar, si estás sugiriendo eso.

Me miró horrorizado.

—Claro que no. En ninguna circunstancia. Me refiero a si ya te ha visto un médico para confirmar que estás embarazada.

—No es necesario. A mí me parece bastante obvio.

—Concertaré una cita para que te visite el médico de la familia. Todo confidencial, por eso no te preocupes. Lo mínimo que puedo hacer es asegurarme de que estás bien atendida médicamente. Y tampoco quiero que te preocupes por el dinero.

—De acuerdo, pero creo que me las arreglaré. La beca es por todo el año y el bebé no nacerá hasta principios de mayo, creo. Luego me iré a recuperarme en casa.

—Lo dices como si nada, como si estuviéramos hablando de una simple incomodidad.

Aparté la mirada, acariciando los ásperos ladrillos del murete.

—He tenido tiempo para darle vueltas al asunto. Al principio estaba desesperada, pero luego me di cuenta de que debía adoptar una actitud más racional. No puedo permitirme el lujo de albergar sentimientos por un bebé que no puedo quedarme. Es mejor así, ¿no crees?

—Tal vez, pero eso no significa que no sea duro —dijo e hizo una larga pausa—. Quiero hacer todo lo que pueda. Y ten por seguro que te ayudaré a volver a casa cuando llegue el momento. Si Europa se sume en el caos, buscaremos un barco que te lleve a Malta o Gibraltar. Pertenecen a Gran Bretaña, ¿no?

Asentí. Estaba empezando a asimilar la magnitud de mi decisión de quedarme: no podría atravesar una Europa asolada por la guerra. Tendría que desplazarme hasta una colonia británica. ¿Y qué haría allí? ¿Habría alguna forma de volver a casa?

—También podrías ir a Suiza, que siempre se mantiene neutral —añadió Leo—. Solo caber esperar que Hitler la respete, porque no creo que le costara demasiado invadirla.

—Esperemos eso. —Cerré los ojos—. Qué fácil es caer en la desesperación.

—Saldremos adelante, te lo prometo —dijo y me abrazó.

Por un instante cerré los ojos y sentí la calidez y la seguridad que me ofrecían sus brazos. Entonces me di cuenta de que podía vernos alguien y lo aparté. Leo me miró con una ternura que me partió el corazón. De pronto fui consciente de que solo había pensado en mí misma.

—Pero ¿y tú? —pregunté reprimiendo las lágrimas—. Italia está llamando a filas a los jóvenes.

Esbozó una sonrisa.

—Una de las ventajas de tener un suegro que es uña y carne con Mussolini. Mi familia es intocable porque somos un activo que garantiza el transporte sin sobresaltos de todos los suministros necesarios. Me quedaré aquí para cuidarte.

Al menos podía contentarme con ello.

Capítulo 29

Han ido pasando los meses, octubre, noviembre... El tiempo cálido estival que había asociado con la ciudad se acabó a finales de septiembre. Aumentó la frecuencia de los bancos de nubes que aparecían en los Dolomitas y que siempre desembocaban en aguaceros. Por mi parte, ayudaba a la señora Martinelli a subir carbón para la caldera. A pesar del radiador que tenía en mi habitación, hacía frío y había mucha humedad. Hasta las palomas, sentadas en el alféizar de las ventanas del edificio de enfrente, ahuecaban las plumas y temblaban de frío. Hacía tiempo que las golondrinas habían partido en busca de climas más cálidos, como los turistas. La ciudad está vacía.

Mi situación, sin embargo, había mejorado. Las náuseas y los mareos habían ido desapareciendo y vuelvo a sentirme bien. De hecho, de no ser porque había ido a ver al médico de Leo, que me había asegurado que estaba embarazada, me habría costado creerlo.

—Es usted joven y goza de buena salud, por lo que no creo que sufra complicaciones. No se olvide de alimentarse bien, descansar y disfrutar de aire fresco. Tiene que engordar un poco. —Me miró con gesto de desaprobación—. Está usted muy delgada, así que a comer pasta, ¿de acuerdo?

Por lo demás, seguí con mi rutina diaria: clases, paseos, alguna que otra velada artística. La mujer del profesor no había vuelto a invitarme, acaso preocupada por que su comida me sentara mal.

Tampoco había vuelto a ver a la condesa, ya que no quería que supiera la verdad ni mentirle. Rechacé la invitación que me hizo llegar en septiembre y la de octubre. Quizá lo que ocurría era que no quería volver a coincidir con el padre de Leo en una de las veladas de la condesa, aunque tampoco me parecía que fuera un gran amante de las artes. Sin embargo, un día, cuando cruzaba la plaza de San Marcos, tras otro intento de dibujar las estatuas y las cúpulas imposibles de la basílica, me encontré con ella.

—Querida mía… Al ver que rechazabas mis invitaciones pensé que habías vuelto a Inglaterra —me dijo. Me tomó ambas manos y me dio un beso en cada mejilla—. Qué alegría que hayas decidido quedarte. Acompáñame a tomar un té. Justamente iba a Florian's. Ven conmigo.

Siempre había querido ir al café Florian's de la plaza, pero nunca me había atrevido a entrar porque me parecía demasiado elegante, con sus espléndidos techos y paredes pintadas, sus espejos de marcos dorados, sus asientos mullidos y mesas de mármol. Era como un palacio en miniatura. La tía Hortensia me había dicho que era el más antiguo del mundo. La condesa entró sin pensárselo dos veces. Engarzó su brazo con el mío y atravesamos la magnífica entrada. Nos recibieron varios camareros que se deshicieron en mil reverencias y nos acompañaron a la mejor mesa de la sala china. Pedimos té y un surtido de pastelitos, pero yo tuve la precaución de rechazar uno de crema y elegí una tartaleta de manzana.

Cuando la condesa probó el té, retomó la conversación.

—Quedé deshecha al ver que no venías a verme. Temí haber hecho algo que te hubiera ofendido o que ya no disfrutaras de mi compañía.

—Ni mucho menos —me apresuré a asegurarle—. Me encanta ir a visitarla a su casa y ya sabe que pienso que es preciosa. Es que justamente las dos últimas veces me fue imposible ir. La primera porque no me encontraba bien y la segunda porque tenía que acabar un trabajo para la clase de pintura.

La condesa hizo un gesto con la mano.

—La próxima vez dile a tu profesor que requiero de tu presencia. Te aseguro que no se atreverá a llevarme la contraria. —Se rio—. Pero ahora tendrás que acudir a la velada de noviembre, claro. ¿A que no sabes quién ha aceptado mi invitación? ¡Nada menos que Paul Klee! Menudo golpe maestro, ¿eh? Ya conoces su obra, claro. Los nazis lo persiguieron en Alemania hasta que tomó la sensata decisión de regresar a su Suiza natal. Es una de las figuras más importantes del arte contemporáneo. Dime que vendrás, por favor.

No podía negarme. Intenté excusarme aduciendo que tenía mucho trabajo para la universidad, pero ella no estaba dispuesta a dar su brazo a torcer.

—Si quieres convertirte en una artista de renombre, debes tratar con los mejores.

Y así fue como acepté su invitación. Al menos ya no corría el riesgo de que me vieran vomitar en público. Mientras comíamos, pensé en lo irreal de la situación, que la condesa pudiera permitirse el lujo de celebrar fiestas con los mejores pintores del mundo mientras el resto de Europa ya estaba en guerra.

Cuando nos despedimos, con besos en ambas mejillas y la promesa de que asistiría a la velada, regresé caminando a casa. Mientras tomábamos el té, el cielo se había encapotado y no tardó en empezar a llover, por lo que intenté guarecerme bajo la columnata. La experiencia con la condesa había sido surrealista y la lluvia era un recordatorio de que la vida era dura e implacable.

***

Leo había adquirido la costumbre de visitar la pequeña *trattoria* donde yo solía ir a almorzar. Siguiendo los consejos del médico, había dejado la sopa de verdura y había empezado a comer pasta, que llenaba mucho y era asequible.

—Tienes muy buen aspecto —me dijo Leo la última vez que nos habíamos visto—. Estás radiante.

Lo miré con una sonrisa, pero él puso una cara seria.

—Quiero hacer más, Julietta. Dime qué necesitas.

No podía pedirle: «Deja a Bianca y cásate conmigo». Estábamos sentados a una mesa en un rincón oscuro donde nadie podía oírnos y siempre hablábamos en inglés, pero aun así miré alrededor.

—Cuando llegue el momento, quiero que me ayudes a encontrar la casa ideal para nuestro hijo.

Leo asintió.

—Pero necesitarás más ayuda. Déjame ofrecerte al menos apoyo económico para que no tengas que preocuparte.

—No es necesario —repliqué, algo molesta.

Leo se mostró dolido.

—Pero quiero hacerlo. ¿Acaso crees que no me siento responsable de lo sucedido? ¿Culpable?

—No eres más culpable que yo —le espeté—. Ambos somos responsables por igual.

—Sí, pero eres tú quien debe cargar con todo y yo el que se va de rositas. No es justo, ¿no crees? —Estiró el brazo y me tomó la mano—. Voy a crear una cuenta para ti en mi banco, el Banco de San Marco. Daré la orden para que cada mes se ingrese la cantidad que necesites para cubrir tus necesidades básicas.

275

—¿No pondrá reparos tu familia? Se darán cuenta.

Leo negó con la cabeza.

—Tengo una cuenta privada, al margen de las demás, incluso de la de mi mujer. No te preocupes, yo me ocupo de todo. Si quieres mudarte a otro piso, puedo encargarme.

—Me gusta donde estoy ahora, pero gracias. En casa de la señora Martinelli hace frío, pero es cómodo vivir cerca de la universidad y, además, se encarga de cocinar. —Miré sus ojos castaños y cálidos—. ¿Es sensato que te vean conmigo aquí? Piensa en la reputación de tu familia.

Leo se encogió de hombros.

—En esta parte de la ciudad viven estudiantes, principalmente, y obreros. No suelen prestar atención a quién comparte mesa con quién. Te aseguro que las amigas de mi mujer no saben ni que existe Dorsoduro. Para ellas, cruzar el puente de la Academia sería como ir a Siberia.

A pesar de las circunstancias, no pude reprimir la risa.

11 de noviembre

Los sábados son mi día libre. Me dedico a explorar la ciudad y suelo encontrar tiendas pintorescas y con encanto. Cuando hace buen tiempo tomo el *vaporetto* hasta alguna de las islas y voy a ver cómo hacen cristal en Murano o las labores de encaje de Torcello. O, según el día, también a los pescadores que vuelven de faenar a Vignole, aunque es un lugar menos atractivo. Intento recogerlo todo en mi cuaderno y cuando tengo que hacer un trayecto más largo de lo habitual, suelo acabar pensando si de verdad quiero volver a Inglaterra. ¿No podría encontrar trabajo en Venecia? Mi italiano ha mejorado mucho, hablo con fluidez. Así podría visitar a mi hijo, o hija, y verlo crecer. Sería una tía de lo más cariñosa. Era una opción tentadora, pero al final siempre se apoderaba de mí el sentimiento de culpa por abandonar a mi madre. ¿Por qué me habían criado para que fuera la hija ideal que hiciera siempre lo correcto?

***

El sábado amaneció con una promesa de lluvia, pero aun así decidí salir. No me gustaba quedarme encerrada en mi pequeña habitación y tenía la sensación de que siempre molestaba en la cocina o en la sala de estar, a menos que me hubiera invitado expresamente. De modo que me puse el impermeable, me tapé la cabeza con un pañuelo y salí. Al llegar a la plaza oí un estruendo detrás de mí. Lo primero que me vino a la cabeza fue que eran disparos, que la guerra había llegado a Venecia. Me volví y vi a un grupo de niños que se dirigían hacia mí vestidos con capas y aporreando cazuelas y sartenes con cucharas. Decían algo que no entendía y, entonces, una chica me tendió la mano.

Por suerte se acercó una mujer que volvía con la cesta de la compra. La dejó en el suelo, metió la mano y les dio dulces. Los niños se pusieron a cantar una canción que decía algo así como:

> San Martin ze'nda in sofita
> Par trovar la so novissa
> La so novissa no ghe gera
> San Martin co culo par tera.

Aún no comprendía el veneciano, pero entendí las palabras «San Martin».

—¿Qué se celebra? —le pregunté a la mujer—. ¿Es un día festivo?

Había tantas festividades en Venecia que casi todos los fines de semana se celebraba un santo en una iglesia u otra.

La mujer me miró sorprendida, como si yo acabara de llegar de un planeta lejano.

—Es el día de San Martín. Los niños pasean por la ciudad cantando y golpeando cazuelas para que les demos dulces o dinero para comprar las galletas de San Martín. ¿No las ha visto en las panaderías de la ciudad?

Le di las gracias y busqué alguna moneda en el bolso. Cuando se las di a los niños, se pusieron a cantar de nuevo y siguieron con su camino, acompañados de sus voces agudas que resonaban entre los muros de piedra:

—*San Martin co culo par tera...*

Este tipo de celebraciones me parecían de lo más fascinantes, sobre todo cuando las comparaba con las que teníamos en Inglaterra, como el festival de la cosecha, que solía ser el punto culminante del año religioso. Decidí acercarme a la panadería más cercana, que tenía el escaparate lleno de unas galletas grandes con la forma de un hombre montado a caballo y con una corona de azúcar. Compré una, cómo no, pero me pareció que era demasiado bonita para comerla. Los niños con los que me crucé no tenían tantos remilgos y se comieron la cabeza del caballo antes de ponerse a aporrear de nuevo las cazuelas. Entonces me fijé en un niño pequeño que cerraba el grupo y había quedado un poco descolgado. Tenía unos ojos enormes y tristes y me hizo pensar en mi propio hijo. ¿Se sentiría también falto de cariño? ¿Sería siempre el último de su grupo? Fue cuando me di cuenta de que no podía causarle más daño.

Tomé la Calle Larga XXII Marzo, la principal que desembocaba en la plaza de San Marcos, y ahí estaba Leo, caminando hacia mí.

—Te estaba buscando —me dijo—. Quería decirte que ya lo he arreglado todo con el banco. ¿Sabes dónde está? Ven, te lo enseñaré.

Se volvió y nos dirigimos hacia San Marcos, cruzando el pequeño canal en el que me había caído hacía ya muchos años, donde me salvó. ¿Me habría ahogado si no hubiera llegado a tiempo? Lo miré con nostalgia. Él debió de sentir que lo estaba observando, porque me sonrió. Pensé: «Me quiere… Da igual lo que pase o lo que piensen los demás. Esto es lo importante y debo aprender a valorarlo».

Llegamos a la columnata y cruzamos la plaza. Al llegar al otro lado, atravesamos un arco y vimos la fachada de mármol del banco. El símbolo de san Marcos, el león alado, destacaba sobre la puerta. Las ventanas estaban decoradas con una celosía de hierro.

Leo se detuvo.

—Hoy no está abierto, claro, pero entre semana puedes entrar y preguntar por el señor Gilardi. Es el que se encargará de atenderte. Ya se lo he contado todo.

—Gracias —le dije.

—Es lo mínimo que podía hacer.

De repente oímos un estruendo a nuestra espalda y pasó otro grupo de niños por el callejón. A Leo se le dibujó una sonrisa y enseguida hurgó en los bolsillos, buscando monedas. Debió de ser muy generoso, porque los niños se fueron cantando con una sonrisa en la cara. Sin embargo, yo me quedé inmóvil, intentando asimilar lo que había ocurrido. Al oír los golpes, noté algo en el vientre. Introduje la mano bajo el abrigo y otra vez… una leve patada. Mi bebé estaba vivo. ¡Empezaba a notar sus golpecitos! Aquello lo cambió todo. De repente era real.

—¿Qué te pasa? —me preguntó Leo.

—Nada —respondí con una sonrisa—. Es que es la primera vez que noto que el bebé se mueve.

—¿De verdad? A ver… —No le importó que estuviéramos en la calle. Deslizó la mano bajo mi abrigo y se la puse en el lugar correcto. El bebé se movió de nuevo y Leo me miró con una cara de absoluta alegría—. Es real…

Sus ojos lo decían todo.

Hoy me he armado de valor y he ido a la velada de la condesa para conocer al famoso pintor Paul Klee. Imelda me había dicho que no le apetecía ir y que no le gustaba su obra, pero yo sospecho que había conocido a un estudiante italiano muy guapo y que ahora que Gaston había vuelto a Francia pasaba más horas con él. Sin embargo, Henry, mi querido Henry, me había asegurado que quería acompañarme. En las últimas semanas habíamos pasado más tiempo juntos y creo que él también empezaba a echar de menos su país y a preocuparse por la posibilidad de que la guerra nos sorprendiera tan lejos de casa. Para mí era un gran alivio a nivel mental poder mantener una conversación en inglés.

La primera sorpresa del día fue cuando me probé el vestido largo y vi que me quedaba estrecho. No me quedaría más remedio que llevarlo a arreglar. ¡Pero no podía ir con un vestido de tarde! Por ello al final decidí sujetar la parte posterior con imperdibles y cubrirme los hombros y la espalda con el chal. Me encontré con Henry y tomamos el *vaporetto* juntos para ir al Lido. Recé para que el padre de Leo no asistiera y, en concreto, para que no fuera a recogerlo. Por suerte, así fue. Estaba el profesor Corsetti y dos profesores más de la academia, además del cónsul británico, el señor Sinclair, y el alegre cura, el padre Trevisan. Vittorio también nos honró con su presencia, claro, siempre cerca de la condesa para protegerla. Paul Klee apenas chapurreaba el italiano y parecía bastante retraído, pero la condesa hizo gala de su encanto habitual y logró sacarlo de su caparazón. Por suerte hablaba mejor el inglés y pude charlar con él, junto con Henry y el cónsul.

—Aquí en Venecia son muy afortunados —me dijo—. Aún no han empezado a perseguir a los judíos. Yo tuve que huir de Alemania para salvar la vida y ahora no me queda más remedio que permanecer en Suiza. Es por mi propia seguridad. En Alemania, los judíos sufren ataques en cuanto pisan la calle. Apedrean los escaparates de nuestras tiendas. Nos cierran los negocios. No podemos conseguir trabajo ni estudiar, y ahora, encima, vienen de noche a nuestra casa y nos detienen. La condesa Fiorito es una mujer maravillosa, ¿verdad? Ha ayudado a huir a varios de mis amigos.

Franz también había acudido a la velada. Últimamente apenas lo veíamos, pero me fijé en que escuchaba con atención lo que decíamos en inglés. ¿Era un espía alemán, como sospechaba Henry? Todos nos habíamos vuelto muy desconfiados.

Tras el discurso de Paul Klee, el cónsul me llevó a un lado.

—Creo que debería sopesar la opción de volver a casa ahora que todavía puede. En el consulado acabamos de recibir aviso de que estemos preparados para irnos en cualquier momento. Italia aún no ha declarado la guerra a Gran Bretaña, pero tienen un pacto de amistad con Hitler. Creo que solo será cuestión de tiempo.

—Gracias —le dije—. Lo estoy valorando. Hasta ahora Francia parece un país seguro y los trenes todavía circulan con normalidad.

—Pero eso podría cambiar de la noche a la mañana. Hitler se ha propuesto el objetivo de conquistar Europa. Atacará de nuevo cuando llegue el momento adecuado y cuando lo haga, tenga por seguro que será una acción relámpago. Por eso insisto en que no demore su decisión más de la cuenta.

Le di las gracias de nuevo y me alegré al ver que Josef se acercaba con una bandeja de canapés. ¿Cuántas personas me habían recomendado que volviera a casa? Todos mis conocidos. Sin embargo, si Alemania invadía Gran Bretaña, ¿no estaría mejor allí, en Venecia, una ciudad que nadie se atrevería a bombardear? Sobreviví a la velada sin ningún incidente, sin que el chal dejara al descubierto los imperdibles con que había sujetado el vestido, y llegué sana y salva a casa después de bajar del *vaporetto*. Henry, siempre un caballero, me acompañó hasta la puerta.

—Te invitaría a una infusión, pero mi casera no me deja recibir visitas de caballeros.

Mi excusa le arrancó una sonrisa.

—Nunca me habría definido así, pero me halaga que me considere un peligro para tu honor.

Capítulo 30

Juliet
Venecia, 21 de noviembre de 1939

Al llegar a la academia encontramos una nota en el tablón de anuncios que avisaba que ese día las clases eran optativas debido al Festival de la Madonna Della Salute y a que seguramente todos querríamos asistir a la misa. Por lo que había oído, la mayoría de mis compañeros lo consideraban un día de fiesta sin más, no una celebración religiosa. Sin embargo, mi casera no cabía en sí de alegría.

—Es uno de los días más sagrados del año. ¿Quieres hacer la peregrinación conmigo? Esta noche iré a la misa. Es preciosa cuando oscurece.

—¿Dónde se celebra?

Me miró como si fuera tonta.

—Pues en la iglesia de la Salute, claro. Ya la conoces. Es esa tan grande con la cúpula blanca que hay en el extremo de Dorsoduro. Construyen un puente especial para el día de hoy. Un puente de barcas que cruza el Canal Grande. Y todo el mundo lleva una vela. Es una fiesta para darle las gracias a la virgen por salvar a la ciudad de la peste.

Las palabras «puente de barcas» me ayudaron a tomar la decisión. No pensaba correr el riesgo de cruzar la pasarela, por mucho que esta fuera más corta que la de Giudecca del verano anterior. Tenía muy claro cómo podían acabar los puentes de barcas.

—Gracias, pero prefiero no asistir a la misa. La seguiré desde el puente de la Academia.

La señora Martinelli lanzó un suspiro.

—Nunca podré hacer una buena católica de ti, ¿verdad? Mi confesor siempre me dice que no me esfuerzo lo suficiente para salvar tu alma.

—Puede estar tranquila, es usted una devota ejemplar. Lo que ocurre es que ya tengo mi religión.

—¿La Iglesia anglicana? —Me fulminó con la mirada—. Una religión renegada que desafió al papa auténtico.

—Al menos ambas somos cristianas.

Resopló con desdén.

—En cuanto a la cena de hoy, me ha invitado una amiga, la viuda Francetti, que vive en esta misma calle. Puedo dejarte...

—No se preocupe —intervine antes de que pudiera acabar la frase—. Ya me las apañaré. Como es festivo, supongo que habrá puestos de comida en la calle.

—Todos los que quieras y más —respondió, con una mirada de desaprobación—. Hay gente que lo considera un carnaval, en lugar de un día sagrado.

Tenía la sensación de que mis compañeros no iban a asistir a clase y tampoco quería ser la única que lo hiciera, por lo que pensé en alguna alternativa. Podía tomar una barca para ir a alguna de las islas, pero el tiempo no acompañaba. Llovió toda la mañana sin parar. De hecho, la señora Martinelli estuvo pegada a la ventana, santiguándose.

—Menudo chaparrón la fiesta de la Madonna. Nunca había visto algo así. Es una mala señal, ¿no crees?

—Tal vez pare antes de que llegue la noche.

—Rezo para que no haya *aqua alta* durante la misa —dijo la casera—. La gente lucirá sus mejores galas y a nadie le gusta mojarse para ir a la iglesia.

—¿Mojarse? —pregunté.

La señora Martinelli asintió.

—A veces sube mucho la marea. —Se señaló el muslo—. Normalmente no pasa de la altura del tobillo, pero nunca se sabe. Tendremos que rezar para que el agua no nos arruine este día tan especial.

¿Dios escuchaba las oraciones para evitar inundaciones? Cada año se publicaban varias noticias sobre pueblos arrasados por el agua. Y en más de uno tenía que haber por fuerza buenos cristianos. Me resultaba difícil de creer que Dios controlara el tiempo, ya que, en tal caso, siempre brillaría el sol en la Ciudad del Vaticano, mientras que la Rusia comunista viviría bajo una lluvia constante. Se me escapó la risa al pensarlo.

Al atardecer la señora Martinelli vino a verme ataviada con su mejor abrigo y sombrero, y con un paraguas «en caso de que Dios no considere necesario parar la lluvia».

—La acompañaré y le sujetaré el paraguas —le dije—. Imagino que querrá llevar la vela.

—Siempre que pueda mantenerla encendida con este tiempo —afirmó con un deje de decepción—. Bien podría ser que no pudiéramos encenderlas hasta entrar en la iglesia. Pero me alegra que me acompañes, al menos hasta el puente.

Salimos juntas de casa y nos incorporamos a la multitud. Varias personas llevaban las velas en el interior de un frasco o de un farolillo, y las pequeñas llamas proyectaban sus destellos sobre las paredes oscuras de los edificios. Pasamos junto a las iglesias de San Maurizio y Santa Maria del Giglio y llegamos a la Calle Larga, que conducía a la plaza de San Marcos. Luego cruzamos un pequeño canal y doblamos hacia el Canal Grande. Empezamos a ver vendedores ambulantes que ofrecían globos y juguetes, así como dulces e incluso helados, aunque no entendía a quién podía apetecerle uno con un tiempo tan destemplado. La calle estrecha se fue abriendo y apareció ante nosotras el puente de barcas. Al otro lado se encontraba la iglesia de Nuestra Señora de la Salud. La plaza y los árboles estaban iluminados con bombillas, sometidas al fuerte vaivén del viento de la laguna. La muchedumbre había formado una estrecha cola para cruzar el puente acompañada de las luces de las velas.

La señora Martinelli vio a una amiga y le hice un gesto para que se fuera con ella. Del interior de la iglesia llegaba el canto de los feligreses, cuyas voces resonaban en el amplio espacio interior. Era una escena conmovedora y, por un momento, tuve la tentación de acompañarlas, pero no me apetecía pasar una hora de pie en un sitio abarrotado de gente. Decidí quedarme en un segundo plano cuando vi a un hombre que llevaba un farol con una pértiga, seguido de un grupo bien vestido. Cuando pasaron bajo una farola los reconocí. Encabezaba la comitiva el conde Da Rossi, que parecía un patriarca del Renacimiento con su capa. Detrás iban Leo y Bianca, que sujetaba un delicado paraguas rojo con una mano y, con la otra, se agarraba al brazo de su marido.

De repente la escena perdió la magia. Me volví, desaparecí en la oscuridad y me fui a casa. Ni siquiera me apetecía buscar una *trattoria* abierta. Me preparé un sándwich de queso y una taza de té. «¿Qué hago aquí? —me pregunté—. Esto es una locura». En ese momento prefería enfrentarme a mi madre, a los rumores del pueblo y al desdén de mi tía a quedarme en un lugar donde no tenía familia y estaba sola.

3 de diciembre de 1939

El invierno ya ha llegado, pero sigo aquí a pesar de todo. Desde el festival hemos tenido lluvias y viento constantes. De noche pongo agua a hervir para llenar la botella que he comprado y me abrazo a ella para entrar en calor bajo las mantas. Están empezando a aparecer las primeras señales de la Navidad: ahora venden frutos secos y mandarinas en el mercado de Rialto; también hay castañeras en las esquinas. Cada vez que paso junto a una me puede la tentación y compro una bolsa para llevarla en el bolsillo y que me dé calor.

La señora Martinelli dice que la Navidad no empieza oficialmente hasta la Inmaculada Concepción, el 8 de diciembre, que es festivo aquí. ¿Cómo es posible que María pudiera concebir a principios de diciembre y dar a luz tres semanas más tarde? Sin embargo, resulta que ese día celebran la concepción de María, no la de Jesús. La religión es muy complicada. Además, tienen un santo para cada cosa. Mi casera le reza a un santo para el dolor de espalda y a otro para que le salga bien el pastel. Los considera los ayudantes de Jesús.

—¿Para qué vamos a molestar al Señor con estas nimiedades? Los santos están para eso.

Me pregunto quién será el santo de los partos. Tal vez necesite su ayuda. Empiezo a ser consciente de que hay mujeres que mueren en el parto, que es muy doloroso. ¿Dónde tendré el bebé? ¿Me acompañará alguien? Durante la cena he mirado a la señora Martinelli. ¿Qué pensará de mí cuando lo descubra? Con el tiempo me he dado cuenta de que una de las cosas más duras de mi situación es no tener a nadie con quien hablar. No tengo familiares ni amigos. En Inglaterra no habría confiado en mi madre, claro, pero tal vez sí en mi hermana Winnie... si no se hubiera ido a la India. Aquí en Venecia..., he pensado en Imelda o en la condesa, pero no me veo confesándoles mis preocupaciones. Supongo que se debe a todos los años que he vivido sola.

8 de diciembre
Fiesta de la Inmaculada Concepción

He descubierto lo que piensa mi casera. Hoy no teníamos clase porque era festivo y he quedado con Henry, que me ha demostrado ser un amigo de confianza. Hemos ido a dar un paseo por la ciudad para ver los adornos de Navidad que ha puesto la gente. En el Campo San Polo estaban montando un mercado navideño donde venden bolas de cristal de Murano para el árbol, juguetes de madera tallados a mano de Suiza y Austria, y muchos dulces. De repente me ha embargado una extraña nostalgia. En casa la Navidad nunca ha sido una fiesta muy especial. Poníamos un árbol pequeño, decorado con guirnaldas de papel y bolas de cristal. A medianoche íbamos a misa a la iglesia. El día de Navidad cenábamos capón al horno porque el pavo era demasiado grande para las dos. Mi madre preparaba el pudin de Navidad con varias monedas de tres peniques dentro. Nos poníamos sombreros de papel y escuchábamos el discurso del rey en la radio. Todo muy modesto, pero en ese momento me parecía fabuloso.

«Aún estoy a tiempo de volver a casa». No podía quitarme de la cabeza esas palabras.

—Estoy empezando a asimilar que no pasaré la Navidad en casa. Henry verbalizó lo que estaba pensando yo.

—Lo sé —concedí.

—Creo que tú sí deberías regresar, ¿no te parece? Hasta yo estoy pensando en irme, aprovechando que aún hay barcos que pueden cruzar el Atlántico. Los alemanes no se atreverían a torpedear un crucero estadounidense; eso nos obligaría a declarar la guerra.

—No creas que no lo he considerado —dije.

—Vete, aprovecha ahora que aún puedes. Los combates aún no han llegado a esta parte de Europa. Alemania está concentrada en Polonia, pero no creo que tuvieras problemas para cruzar Francia en tren. Todavía recibes el correo de casa, ¿no?

—Sí. Hace poco aún recibí una carta.

Fue una misiva especialmente dura de la tía Hortensia.

No pasa un día sin que tu madre se preocupe por ti. No entiendo cómo puedes ser tan egoísta y anteponer tu goce al bienestar de tu querida madre. Tal vez Venecia sea un buen lugar para evitar la guerra, pero ¿qué pasará si quedas atrapada tras las líneas enemigas? ¿Y si te hacen prisionera? Tu pobre madre piensa en ello a diario. Además, para ella es aún más duro, porque tu hermana está en la India, a punto de dar a luz, y el ejército británico ha llamado a filas a su marido. Te pido que entres en razón y que vuelvas a casa antes de que sea demasiado tarde.

Con cariño, tu tía
Hortensia Marchmont

No sabía cómo responder a la carta y tampoco se me ocurría un motivo creíble para quedarme. Aparte de la deshonra que iba a acarrear a mi familia, también debía tener en cuenta el problema económico. Si volvía a casa no tendría trabajo ni sueldo, y no podría ganar lo suficiente para mantener a mi madre. Cuando me concedieron la beca había pedido que ingresaran la mitad cada mes en su cuenta. Si me quedaba en Venecia al menos podría ahorrar el dinero que me estaba dando Leo y recuperar mi puesto como maestra de escuela a partir de septiembre… sin que nadie conociera mi estado.

—Yo también he recibido una carta dura de mi madre —dijo Henry—. Muy dura. Que qué haría ella si me pasaba algo a mí, su único hijo.

—¿Qué piensas hacer? —pregunté.

—Me gustaría acabar el año aquí. Si la situación empeora mucho, supongo que cambiaré de opinión, pero mientras los alemanes se concentren en Europa oriental e Inglaterra no intervenga, supongo que estamos a salvo.

—¿Crees que Italia se mantendrá al margen? —pregunté.

—No le queda más remedio. Mussolini no tiene el ejército ni las armas para influir en la contienda. Se conforma con invadir Albania y hacer creer a su pueblo que es un gran conquistador, pero jamás se enfrentaría a Gran Bretaña.

—Espero que tengas razón —dije y miré al cielo—. Creo que será mejor que volvamos, ¿no te parece? Está a punto de ponerse a llover otra vez.

—Maldita lluvia —murmuró Henry—. Y esa pobre gente que estaba poniendo los puestos… Espero que no se les estropeen.

—Imagino que ya estarán acostumbrados, porque aquí llueve muy a menudo.

Se rio.

—Tú eres de Inglaterra, ¿no llueve ahí también?

—Pues sí, pero no son diluvios como estos. Aquí cuando llueve parece que se acaba el mundo.

En ese preciso instante cayó un aguacero. Corrimos para refugiarnos en la iglesia más cercana. En el interior estaban instalando un belén, con un establo muy realista y unas figuras que eran casi de tamaño natural. No solo estaban José y María, sino también varios campesinos con sus animales y mercaderes. Me pareció una escena conmovedora.

Esperamos un rato, pero tenía toda la pinta de que no iba a parar pronto.

—Hay una *trattoria* a la vuelta de la esquina —dijo Henry—. ¿Quieres que nos acerquemos a comer algo?

—Buena idea.

Rodeamos la plaza bajo los soportales sin mojarnos demasiado y pedimos un plato de minestrone que nos hizo entrar en calor. Era una alegría poder disfrutar de nuevo de la comida. Después de la sopa pedimos café y tarta, pero cuando acabamos seguía lloviendo. Fue entonces cuando oímos la sirena que resonaba en toda la ciudad.

—¿Qué es eso? —pregunté.

—*Aqua alta!* —exclamó un hombre en la mesa de al lado, agitando los brazos. Se levantó apresuradamente, dejó unas monedas en la mesa y salió corriendo, tapándose la cabeza con el abrigo.

—¿Qué significa? —preguntó Henry.

—Me parece que se están inundando algunas calles. Será mejor que volvamos.

Henry asintió e insistió en pagar la cuenta.

—¿Podrás llegar a casa por tu cuenta? —me preguntó.

—Sí, no te preocupes. Imagino que el *traghetto* aún funcionará —dije y nos separamos.

Al cabo de poco tenía el impermeable y la bufanda empapados. Además, soplaba un viento fuerte de todos lados que provocó que la lluvia me diera primero en la cara y luego en la nuca. Llegué al muelle del *traghetto* y vi la góndola amarrada y tapada con la funda.

—Maldita sea —murmuré.

No me quedaba más remedio que dar un largo rodeo, cruzar el puente de la Academia y luego intentar cruzar el Gran Canal.

Caminaba lentamente, presa de la frustración, ya que en Venecia es imposible seguir un trayecto en línea recta para llegar a tu destino. En un momento tuve que retroceder para cruzar un canal y tomar hacia la izquierda o la derecha en lugar de avanzar. Por fin llegué al puente de la Academia, donde tuve que enfrentarme al viento y la lluvia, aferrándome a la barandilla mientras subía y bajaba los cincuenta escalones de cada lado. Cuando llegué a la pequeña *piazza*, ya estaba inundada. Atravesé el agua helada, que me llegaba a los tobillos. Había varias personas que caminaban como si la lluvia fuera una molestia sin importancia: una mujer llevaba la cesta de la compra, otra empujaba un cochecito de bebé que quedaba justo por encima del nivel del agua.

A esas alturas tenía tanto frío que no podía contener los escalofríos. El Campo Santo Stefano se encontraba ante mí. Ya no estaba muy lejos. Tropecé con una alcantarilla, me caí y habría acabado en el agua helada si un desconocido no me hubiera agarrado y me hubiera ayudado a levantarme. Pasé junto a un bar y me sorprendí al ver a varios hombres sentados en los taburetes, bebiendo y fumando mientras el nivel del agua subía lentamente. Era como si a nadie le importara.

—*Madonna!* —exclamó la señora Martinelli cuando entré en el piso, calada hasta los huesos.

—Lo siento —me disculpé—. Le voy a mojar el suelo.

Intenté desabrocharme el abrigo, pero no me sentía los dedos.

La mujer se acercó hasta mí.

—Pobrecilla —dijo y lo hizo ella—. Voy a colgarlo sobre la bañera para que se seque. Y tus zapatos también. Ya ha subido el *aqua alta*, ¿verdad?

—Sí. Santo Stefano está inundado.

Me quitó el abrigo y la ropa que llevaba debajo estaba también empapada.

—Venga, tienes que cambiarte —dijo y empezó a quitarme el jersey por la cabeza. Estaba tan débil y agotada que no opuse resistencia. No me di cuenta del peligro de la situación hasta que ya fue demasiado tarde. Me rodeó la cintura para bajarme la cremallera de la falda y cuando la dejó caer al suelo, vio la enagua, ceñida en torno a mi vientre.

Me miró fijamente.

—*Dio mio!* ¿Qué ven mis ojos? ¿Es lo que creo que es? —preguntó con voz áspera y me tocó el vientre con un dedo—. ¿Estás encinta?

Asentí.

—Te acogí en mi casa porque creía que eras una mujer respetable —dijo, escupiendo las palabras—. No una mujerzuela ni una buscona.

—No lo soy, soy una buena mujer, se lo prometo. Cometí un error con el hombre al que amo y que no puede casarse conmigo.

—Hacer lo que has hecho y con un hombre casado es adulterio. Y el adulterio es un pecado mortal —replicó con frialdad—. Si mueres antes de confesarte, irás directa al infierno hasta el fin de los tiempos.

No supe qué responder. Me quedé paralizada, temblando.

—Debería darme un baño caliente o me resfriaré.

—Debes irte —replicó ella.

—¿Quiere que me vaya? ¿Ahora? —La miré horrorizada.

—Soy una mujer decente y católica. No te echaré con este aguacero, pero quiero que te vayas en cuanto encuentres otra habitación. No puedo permitir que los vecinos sepan que he acogido a una persona como tú. ¿Qué dirían de mí? Me culparían por haberte dejado entrar en mi casa y yo no podría soportar los cuchicheos, las miradas de repulsa.

—De acuerdo —afirmé levantando el mentón—. Me iré. Lamento haberle causado tanto dolor, pero créame que yo siento uno todavía más intenso. No puedo regresar con mi madre porque no quiero deshonrarla.

Pensé que mis palabras lograrían ablandarla, pero no fue así.

—Será mejor que te bañes —me dijo—. Si te resfrías, tendré que cuidar de ti.

Y dicho esto se fue a la cocina dando un portazo.

Yo me metí en el baño, pero estaba tan disgustada que encendí el géiser demasiado rápido, lo que provocó una explosión y que la señora Martinelli se pusiera a aporrear la puerta.

—¡Ahora vas a quemar mi casa! —gritó—. Quiero que te vayas.

Dejé que la bañera se llenara y me metí. Sentí de inmediato que mis extremidades regresaban a la vida, pero todavía no había dejado de temblar. ¿Qué iba a hacer? Si una cosa me había quedado clara era que no podía volver a mi casa. Cuando la señora Martinelli me lanzó su mirada recriminatoria, me imaginé a mi madre, diciéndome lo mismo. Que la había deshonrado, sin pensar por un momento en lo que yo podía estar pasando. Cuando salí de la bañera me había calmado un poco. Pero tenía que encontrar otra habitación. Por suerte no había escasez de este tipo de alojamiento en la ciudad. En la Academia debía de haber una lista. Entonces pensé: «¿De verdad quiero enfrentarme a otra casera, que podría pensar lo mismo que la señora Martinelli? ¿Por qué no busco un piso de alquiler?». Leo había empezado a ingresar dinero en mi cuenta y debería bastarme para instalarme, una idea que me parecía cada vez más atractiva. Ya no tendría que preocuparme de no hacer ruido para no molestar a nadie, no tendría que cenar acompañada cuando no me apeteciera y tampoco sufriría las inoportunas visitas de un gato a horas intempestivas.

Decidí ir un paso más allá. Leo podía ayudarme a encontrar un piso. A fin de cuentas, se había ofrecido desde el primer momento. Quería ayudarme. Conocía la ciudad mejor que yo y tal vez estaba al corriente de alguna oferta interesante. Le escribí una nota para pedirle que se reuniera conmigo en la Academia, en el lugar habitual. La echaría al buzón por la mañana, siempre que pudiera salir del edificio, claro. Miré por la ventana y solo se veía agua. No se atisbaba dónde acababa el canal y empezaba la acera, lo que me complicaba mucho las cosas, ya que sería muy fácil perder pie y caer al canal.

Sin embargo, al día siguiente el nivel del agua había bajado con la marea. Las calles habían quedado cubiertas de barro y algas, muy resbaladizas, pero al menos pude llegar al buzón y luego ir a clase. La señora Martinelli me había dejado un bollo y un pedazo de queso, pero no estaba en casa, por lo que pude irme sin tener que verla, algo de lo que me alegré. Me di cuenta de que Leo no recibiría la nota hasta el día siguiente, por lo que aproveché el tiempo libre para ir a una tienda de ropa y comprarme un chaquetón y una falda de punto que pudiera usar a lo largo del embarazo. Cuando tuviera mi propio piso, podía intentar confeccionarme mis propias prendas, ya que la tela allí era muy barata.

Por la noche, se repitió la situación de la mañana: embutido, pan, pero ni rastro de la casera. Me sorprendió tanto que apenas pude comer. Era una mujer que siempre me había tratado bien, yo había sido una inquilina modélica: no hacía ruido ni recibía visitas, no volvía tarde y la ayudaba con las tareas de casa. Sin embargo, para ella yo estaba condenada al infierno y, por lo tanto, no podía tener contacto conmigo para evitar que el pecado que yo había cometido a sus ojos acabara afectándola de algún modo. ¡Cuánto me alegraba de que no compartiéramos esa idea de Dios ni de la religión!

CAPÍTULO 31

El día siguiente era domingo y aún llovía. Una vez más, la señora Martinelli me dejó comida, pero se encerró en su habitación. El lunes volvimos a tener *aqua alta* y me vi obligada a sortear varios charcos y algas para llegar a la academia. Cuando salí a mediodía, vi a Leo oculto bajo un gran paraguas negro.

—*Ciao, bella* —me saludó y se inclinó para besarme en la mejilla.

—No hagas eso. Podría verte alguien.

—Los italianos nos besamos cuando nos saludamos. Para nosotros no significa nada especial. ¿Te apetece ir a comer algo?

—De acuerdo. Vamos a algún sitio tranquilo donde podamos hablar.

—Muy bien. Ven, ponte debajo del paraguas. Cabemos los dos.

Me arrimé a él y sentí la caricia de su cálido aliento en la mejilla.

—Ya has experimentado la primera *aqua alta*, ¿verdad? Espero que no te pillara fuera de casa. Subió muy rápido.

—Por desgracia, sí, y me quedé empapada. El *traghetto* no funcionaba por culpa de la tormenta y tuve que dar un gran rodeo hasta el puente.

—Pobre.

—No te lo imaginas. Mi casera se mostró muy solícita y me ayudó a quitarme la ropa mojada… pero entonces me vio el vientre y montó en cólera. Me acusó de ser una mujer de vida disoluta y me dijo que quería que me fuera.

—*Dio mio!* —exclamó—. Bueno, hay que ver el lado positivo. Conviene que tengas tu propio piso mientras te preparas para el parto.

Lo cierto era que no lo había pensado. ¿Tendría a mi hijo en casa? ¿En el hospital? Y si decidía darlo en adopción, ¿se lo llevarían de inmediato?

—No te preocupes. —Leo cambió el paraguas a la otra mano y me rodeó con el brazo—. Te encontraré un buen lugar para vivir. Un sitio donde puedas ser feliz.

—Sería maravilloso.

—Dame un par de días a ver qué encuentro.

Se detuvo frente a una *trattoria* elegante y me cedió el paso. Tomamos espagueti con almejas, ternera y de postre un bizcocho con chocolate caliente. No dejé ni una miga, ya que apenas había probado bocado en las últimas veinticuatro horas. Tenía ganas de cocinar para mí: así podría comer lo que me apeteciera, platos nutritivos como me había recomendado el médico.

Por la tarde volví a clase con renovadas esperanzas.

Henry vino a sentarse junto a mí.

—Te he visto con un hombre —dijo—. ¿Solo era un amigo?

—Solo un amigo —respondí—. ¿Por qué? ¿Estás celoso? —pregunté con una sonrisa burlona.

Se ruborizó y me di cuenta de que tal vez no iba muy errada. Debía de ser bastante más joven que yo y nunca le había dado esperanzas de forma consciente, pero comprendí que quizá sí lo había hecho: había ido a comer con él en varias ocasiones, habíamos quedado en nuestros días libres, principalmente porque era amable, no daba problemas y me gustaba hablar en inglés con él.

En ese momento no supe qué decir.

—Deberías buscarte una chica italiana bien guapa de tu edad —le aconsejé.

—Hablas como una abuela. La diferencia entre nosotros no es tan grande. Tengo veinticuatro y tú...

—Treinta. Es como si fuera una mujer de mediana edad.

—Me da igual. Me pareces muy guapa y simpática. Eso me gusta.

Oh, cielos. ¿Cómo podía contarle la verdad? Sería un golpe muy duro para él. Tenía la sensación de que había convertido mi vida en un campo de minas para no decepcionar a la gente.

13 de diciembre

Me vi con Leo para comer y me dijo que había encontrado el piso perfecto para mí.

—Está aquí mismo, en Dorsoduro. Así no tendrás que cruzar el maldito puente y someterte a las inclemencias del viento y la lluvia. Además, está lejos de los lugares que suele frecuentar mi familia. Y es muy bonito, seguro que te gusta.

Nos dirigimos al otro lado de la isla. En el trayecto, me sorprendió ver que en varias casas había paja en la entrada. Tampoco mucha, pero unas veces la ponían en el umbral y otras en cestas.

—¿Es una especie de defensa para el *aqua alta*? —pregunté y Leo se rio.

—Es para el burro de Santa Lucía —respondió.

—¿Cómo?

¿Por qué no dejaba de sorprenderme todo lo que ocurría en esa ciudad?

—Hoy es Santa Lucía, un día muy importante para nosotros porque sus huesos están enterrados en una iglesia de aquí. Los niños creen que trae regalos, por eso dejan paja para el burro. También tenemos un plato de pasta especial, que solo se prepara hoy. —Hizo una pausa—. Como habrás visto, nos gustan mucho las tradiciones. Nos encantan nuestros santos.

—¿Y a ti? ¿Te gustan los santos?

—Por supuesto. Si no, ¿quién le va a hablar a Dios en nuestro nombre?

Preferí no añadir nada más, pero me di cuenta de que seguramente nunca comprendería a los venecianos.

Cuando llegamos a Zattere nos recibió un viento fuerte y frío. Todavía recordaba el puente de barcas que cruzaba hasta Giudecca. En ese momento el amplio paseo estaba casi vacío. Doblamos a la izquierda y pasamos junto a una iglesia impresionante.

—Son jesuitas —dijo Leo—. Lo hacen todo a lo grande. No reparan en gastos.

Por fin llegamos al extremo de la isla y Leo se detuvo frente a un edificio amarillo, alto e imponente, con las persianas azules.

—¿Aquí? —pregunté, mirando los escalones de mármol que ascendían hasta la puerta, con una aldaba de cabeza de león—. ¿Quién vive aquí?

—En estos momentos nadie. Es un edificio que pertenece a mi familia. Las plantas inferiores son oficinas, pero hay muy pocas ocupadas porque hemos trasladado a casi todo el mundo a la terminal de carga. Vamos, ven, déjame enseñártelo.

Sacó una llave grande y abrió la puerta. Nos adentramos en un vestíbulo en penumbra, ya que la única iluminación era la que entraba por el tragaluz, que creaba un ambiente de acuario. Había una amplia y espectacular escalera de mármol, pero a partir del primer piso pasaba a ser de madera. Leo empezó a subir.

—Siento que haya tantas escaleras, pero así tendrás más intimidad.

Nos detuvimos en un rellano oscuro y Leo buscó el interruptor a tientas. Cuando encendió la luz, vi varias puertas, pero abrió una que parecía la del armario de las escobas.

—Mira —dijo. Entró en una habitación llena de trastos y abrió la puerta que había al fondo—. El edificio se diseñó hace años, cuando había contrabando y la gente tenía que desaparecer durante unos días. En la ciudad hay varios apartamentos secretos como este. La mayoría de la gente cree que esta puerta da a la azotea porque es lo que pone el cartel. Ven.

Subimos el cuarto tramo de escaleras, este muy estrecho. Entramos en una gran sala y me quedé boquiabierta. Las ventanas tenían unas vistas magníficas a Giudecca, la isla de San Giorgio Maggiore y la dársena de San Marcos.

—¿Te gusta? —preguntó Leo, satisfecho con mi expresión de alegría.

—Es fabuloso.

—Tiene baño, una cocina pequeña y un dormitorio. No sé cómo estará la cama, porque debe de hacer mucho tiempo que no se usa. Haré que te traigan una nueva. —Abrió otra puerta y vimos un pequeño dormitorio en el que solo cabía la cama y una cómoda—. Y cualquier otro mueble que puedas necesitar —dijo mientras regresábamos a la sala de estar—. No sé si será muy cálido el dormitorio. Hay una estufa, pero necesitarás carbón.

Me fijé en los muebles por primera vez. Un par de sillones brocados. Una mesa y dos sillas de madera con un diseño muy elaborado, y junto a la ventana, un precioso escritorio. Miré a mi alrededor.

—¿Cómo se puede calentar?

—Con la estufa de la esquina —dijo, señalando una estufa de porcelana idéntica a la que tenía mi casera. Lo primero que me vino a la cabeza fue una imagen de mí misma cargando sacos de carbón por las escaleras.

—Hay una polea fuera. Se pone el carbón en el cubo y, al llegar arriba, hay que subirlo. Pero no te preocupes, no tendrás que hacer nada de eso.

—¿Por qué?

—Porque he contratado a una mujer para que venga. Se llama Francesca y es la madre de una de nuestras empleadas. Es de aquí. No le da miedo el trabajo y lo necesita porque su marido acaba de morir. Ha tenido seis hijos. Cuidará bien de ti. Solo tienes que decirle lo que necesitas y ella se encargará, ya sea cocinar, limpiar o hacer la compra. Lo que sea. Creo que aquí serás muy feliz, ¿verdad?

No podía apartar la mirada de las vistas.

—Sí, creo que sí —afirmé, pero enseguida se impuso mi faceta más práctica—. Por cierto, ¿el alquiler no será muy caro?

Leo se rio.

—No hay alquiler, es tuyo.

—¿Cómo?

—Que te lo doy. He hablado con nuestro abogado y está preparando un contrato de alquiler de noventa y nueve años por toda la planta. Ahora es tuyo. Puedes quedarte todo el tiempo que quieras, o irte, sabiendo que siempre podrás volver.

—No sé qué decir… —murmuré, convencida de que me iba a poner a llorar.

—*Cara mia*, es lo mínimo que puedo hacer —afirmó con ternura—. Pero no olvides que también es un gesto egoísta por mi parte. Quiero tener un sitio donde pueda visitarte.

Sus palabras hicieron sonar una alarma en mi cabeza. Yo quería seguir viéndolo, pero…

—Leo, quiero que entiendas que no voy a ser tu amante —dije.

—Pero *cara*...

Me aparté de él.

—¿No es eso lo que hacen los hombres ricos? Compran un piso bonito para ir a visitar a su amante siempre que pueden. Es muy cómodo.

Me acarició el brazo.

—Julietta, no. Te prometo que no era esa mi intención. Voy a ser muy sincero: por supuesto que me gustaría volver a hacer el amor contigo. Pero si no es lo que tú quieres, no hay nada más que hablar. Seremos buenos amigos y ya está. El apartamento es para ti porque eres la madre de mi hijo y quiero cuidar de ti y ofrecerte un hogar seguro. No te enfades, por favor. Te aseguro que mis intenciones eran buenas.

Me hallaba en una situación tan precaria que no me quedaba más remedio que creerlo y mostrarme agradecida.

Capítulo 32

Caroline
Venecia, 13 de octubre de 2001

Un par de operarios llevaron un radiador de pared que le dio un ambiente más confortable a la habitación. Caroline examinó la ropa de su tía y la dividió en dos montones: para donar o para tirar. Se dio cuenta de que había auténticas prendas *vintage*: un vestido de té, un vestido de noche largo y un chal con flecos. Esos se los iba a quedar, pero los jerséis habían sucumbido a las polillas hacía ya mucho tiempo y los tiró a un contenedor, junto con varios artículos de la cocina y el baño que habían caducado hacía años. También se quedó un par de pañuelos con puntilla de encaje y un frasco de agua de colonia que, por milagroso que pareciera, estaba sin abrir y no se había estropeado. Repasó también los dibujos. Decidió quedarse los bocetos de Venecia. Tal vez la familia Da Rossi quisiera los del bebé si al final resultaba que era el padre de Luca. Los guardó aparte y se fijó en que la edad del niño abarcaba desde el recién nacido hasta el primer año de vida. Luego ya no había más dibujos. A lo mejor había dejado de cuidarlo cuando cumplió los doce meses. O quizá tuvo que huir, lo cual le parecía más lógico. Sería interesante saber si había algún registro de dónde había vivido en Suiza. Por suerte, era un país tan organizado que estaba segura de que se conservaba esa información en algún lado, pensó con una sonrisa en los labios.

Al tercer día en el apartamento, se dio cuenta de que ya no había nada que la retuviera ahí, salvo el posible encuentro con el padre de Luca cuando llegara. Había dejado el piso inmaculado. Los cajones estaban limpios y la maleta vieja llena de cosas que quería llevarse. La temperatura había bajado y pensó en el calor de la cocina de su abuela y las sopas suculentas que preparaba. También pensó en Teddy. ¿Cuánto hacía de la última vez que Josh le había dejado hablar con él? ¿Lo había convencido de que no le convenía volver a Inglaterra? No sabía si su ex había respondido al correo electrónico que le había enviado porque no tenía internet y tampoco sabía dónde conectarse. De repente, los pensamientos negativos empezaron a apoderarse de ella. ¿Y si Teddy se había puesto enfermo, ella no lo sabía y Josh tampoco podía avisarla? Sin embargo, le había dado la dirección a su abuela, que podía telefonearla. «Deja de preocuparte —pensó— y disfruta del momento. Disfruta de la belleza. Sé libre y no pierdas la esperanza».

A finales de semana, sonó el teléfono. Era Luca.

—Mis padres ya han llegado y se han instalado. ¿Te gustaría venir a cenar esta noche? —Le dio la dirección.

A las ocho en punto y vestida con la ropa más elegante que tenía a mano, salió del edificio y vio que volvía a llover a cántaros. Las olas embestían con fuerza la orilla de Zattere. Como saliera así, se iba a presentar en casa de Luca como una rata de alcantarilla. De modo que tenía dos opciones: podía recorrer Dorsoduro y cobijarse en las calles estrechas, o podía esperar al *vaporetto* y hacer todo el trayecto hasta que volviera al Gran Canal. Decidió arriesgarse y atravesó Dorsoduro sorteando las fuertes ráfagas de viento, pero cuando llegó el momento de cruzar el puente tuvo que agarrar el paraguas con todas sus fuerzas. Una vez en el lado de San Marcos, aprovechó la protección que le ofrecían los balcones mientras buscaba el edificio, no sin cierta dificultad a pesar de las instrucciones que le había dado Luca. Al final dio con él. Era una elegante construcción de mármol blanco con un portero de librea, que la saludó y pulsó un botón del ascensor para subir a la última planta.

Dentro de la cabina aprovechó para quitarse el pañuelo e intentó retocarse el peinado. «Debo de tener un aspecto horrible», pensó. Los nervios se apoderaron de ella mientras esperaba frente a la puerta blanca. Caroline sabía que aun esforzándose mucho, lo máximo a lo que podía aspirar era a ofrecer un aspecto vulgar en comparación con la familia de Luca, y ese día justamente no pasaba por su mejor momento. ¿Y si era una cena de gala? Entonces le abrió la puerta Luca.

—Lo siento, Caroline, pero es que aquí no ha empezado a llover hasta que ya era tarde, si no habría ido a buscarte, te lo aseguro. Entra, dame el abrigo.

La ayudó a quitárselo y dejó el paraguas empapado en un paragüero que había en el recibidor cuadrado de mármol. Le lanzó una sonrisa de ánimo y la acompañó dentro. Era una sala espaciosa, pero no abrumadora. Los muebles se veían de primera calidad, pero prácticos. Había una pareja sentada junto a la chimenea y el hombre se levantó en cuanto la vieron.

—Papá, esta es la señora Grant, de la que os había hablado. Caroline, te presento a mi padre y a mi madre, el conde y la condesa Da Rossi.

Las palabras «el conde y la condesa» la dejaron sin aliento. ¿Por qué no le había dicho que venía de familia noble? La dueña de la pensión los había definido como «una de las más importantes» de Venecia, por lo que no debería haberse sorprendido tanto. El conde debió de percibir su incomodidad y se dirigió a ella con la mano tendida.

—Bienvenida, señora Grant. Lamento mucho que la haya sorprendido la tormenta. Me temo que es uno de los inconvenientes de vivir en Venecia en los meses de invierno. Luca, sírvele una copa de prosecco a nuestra invitada.

—Ven a sentarte a mi lado —dijo la condesa, que dio unas palmadas en el sofá—. Tienes que entrar en calor después de este calvario. Así podremos hablar en inglés.

Aparentaba menos años y, a diferencia de su marido, que tenía una mata de pelo plateado, la condesa todavía lucía un tono rubio muy atractivo. Caroline no sabía si era su color natural, pero se fijó en su vestido de cachemir gris y el pañuelo de Hermès que llevaba en el cuello.

—Les agradezco que me hayan invitado a pesar del *jet lag* —dijo Caroline.

—No hay nada que agradecer. Así nos ahorramos el inconveniente de ir a dormir a las siete de la tarde para despertarnos a medianoche —afirmó el conde—. Nuestro hijo nos ha dicho que ha heredado una planta de uno de los edificios Da Rossi. Es fascinante. ¿No sabemos cómo ni por qué se firmó este contrato de alquiler?

—No —respondió Caroline—. Solo que se firmó en época de guerra. Tal vez su familia prefería que el piso no estuviera vacío.

—Es posible —concedió el conde—. ¿Qué piensa hacer con el apartamento? ¿Quedárselo como lugar de vacaciones?

—Aún no lo sé —dijo Caroline—. Para mí ha sido una sorpresa. No tenía ni idea, se lo aseguro. Mi tía abuela era una mujer muy discreta y no nos había contado que hubiera vivido en Venecia. Al principio solo sabía que había heredado la llave de una caja de seguridad del banco.

Caroline levantó la cabeza al oír que Luca descorchaba una botella de prosecco.

—¿Le gustaba viajar a su tía? ¿O la moda? —preguntó el conde.

Caroline sonrió.

—Al contrario. Era una mujer discreta, reservada... el paradigma de la solterona inglesa. Por eso todavía no salgo de mi asombro. Nos preguntábamos... —Hizo una pausa y miró a Luca, que se dirigía a ella con una copa—. Pensábamos que tal vez su familia la había contratado como niñera. Sin embargo, es muy probable que tuviera que abandonar Venecia cuando usted todavía era un bebé. ¿Conserva algún recuerdo de su niñera?

Al conde se le iluminó el rostro. De repente parecía más joven.

—Pues sí, la recuerdo muy bien —dijo—. Era una mujer muy agradable y cariñosa. A diferencia de mi madre, que casi nunca venía a vernos a la habitación.

—¿Y cómo se llamaba? ¿Lo recuerda?

—A ver... Bueno, yo la llamaba «nana». Sí. Se llamaba Juliet...

—¿Juliet?

—No, no. Giuliana. Era una mujer corpulenta, con los brazos muy gordos —dijo entre risas—. Yo era el niño más feliz del mundo cuando me tomaba en sus brazos. Recuerdo que me hablaba en veneciano.

—Ah, en tal caso no era mi tía.

—Pero Caroline tiene bocetos de un bebé que se parecen mucho a ti, como ese antiguo retrato tuyo que tenías colgado en la pared de tu habitación de niño. ¿Qué fue de él? —preguntó Luca.

—No tengo ni idea, hace años que desapareció. —El conde levantó la mirada—. Ah, qué bien, por fin llega el aperitivo.

Entró una doncella con una bandeja de gambas, aceitunas y bruschetta con diversos acompañamientos. La conversación decayó mientras comían y, al cabo de un rato, pasaron al comedor a cenar y hablaron de la experiencia de Luca en Estados Unidos, de la familia de su madre, de las diferencias en el estilo de vida.

—Cuando cumplieron dieciséis años, todos mis primos ya podían conducir. ¿Te lo imaginas? Y yo tuve que esperar hasta los veinte.

—¿Para qué quieres conducir en Venecia? —preguntó el padre, y todos se rieron.

La condesa mostró interés por Caroline y, casi sin darse cuenta, ella le contó lo ocurrido con Teddy, que seguía atrapado en Nueva York por culpa del atentado al World Trade Center.

—Debes de añorarlo mucho —dijo la condesa—. Pero estoy segura de que dentro de poco ya podrá tomar un avión.

—Yo le he dicho que tendría que ir allí y traerlo de vuelta sin más. ¿Qué niño no querría volver a casa con su madre?

—Tan solo espero que no hayan aprovechado para hablarle mal de mí y ponerlo en mi contra —confesó Caroline—. Mi exmarido puede ser muy manipulador… Pero no creo que les interesen mis problemas. Vine a Venecia para averiguar algo más de mi tía. Aunque intuyo que no voy a descubrir ninguna novedad.

—¿Dices que tu tía había hecho varios bocetos de Angelo de bebé? —preguntó la condesa.

Angelo. Hasta ahora no sabía su nombre de pila y le vino de inmediato a la cabeza el cuadro que colgaba en la pared de casa de su tía. Angelo. El pequeño ángel. Era él. Levantó la mirada y vio que el conde la observaba fijamente. Había algo en su mirada que le inquietaba. En sus ojos. Entonces descubrió lo que era. La miraba tal y como hacía la tía Lettie antes de perder la vista. Ladeando ligeramente la cabeza y enarcando las cejas. Esa fue la confirmación. La tía Lettie no había sido su niñera. Era su madre.

Capítulo 33

Le costó Dios y ayuda aguantar el resto de la cena, seguir hablando como si nada mientras los pensamientos se arremolinaban en su cabeza. En cuanto ató cabos, empezó a ver otros parecidos: la forma del labio superior, sus largos dedos, el destello caoba que se intuía en su pelo plateado. La tía Lettie había tenido un hijo fuera del matrimonio, probablemente con el abuelo ya fallecido de Luca. Pero ¿lo había legitimado la familia? ¿Lo había aceptado como hijo propio la anciana de la residencia? El propio Angelo había dicho: «A diferencia de mi madre, que casi nunca venía a vernos a la habitación».

Caroline logró sobrevivir al resto de la velada. Sirvieron café en pequeñas tazas y limoncello en vasos de chupito. Al no estar acostumbrada a beber alcohol, se relajó más de la cuenta y, cuando ya parecía que la modorra se había apoderado de ella, se sobresaltó al oír el estruendo de una sirena.

—Oh, no. —La madre de Luca se levantó y se acercó a la ventana—. ¿Ya está aquí el *aqua alta*? ¿A estas alturas del año?

—Cada vez llega antes —comentó Angelo—. Es el cambio climático. Por eso se manifiesta la gente.

—¿Qué pasa? —preguntó Caroline, nerviosa.

—Cuando coincide la marea alta y una lluvia torrencial, se inunda media ciudad —respondió el padre—. En el *sestiere* de San Marco es aún peor. Luca, creo que deberías llevar a Caroline para que no tenga que volver nadando, ¿de acuerdo? —Se rio y le dio una palmada en la rodilla.

—No se preocupen, no es necesario que Luca... —balbuceó, mirándolo.

Sin embargo, la condesa la interrumpió.

—Por supuesto que te llevará a casa. Para eso tiene la barca, ¿no? Aunque será un viaje movidito.

Luca ya se había puesto en pie.

—¿Estás lista? Mis padres tienen razón. Deberíamos irnos si no queremos atravesar media ciudad por el agua.

—«Vadear» —dijo su madre—. Esa es la palabra correcta.

Luca miró a Caroline y puso los ojos en blanco, gesto que le suscitó una sonrisa.

—Siempre me corrige. Venga, vamos, Cara.

Caroline reaccionó al oír el apelativo cariñoso que había empleado. Hasta entonces solo lo había hecho Josh. Dio las gracias a los padres de Luca y la condesa se despidió de ella con un cálido abrazo.

—Ha sido un placer conocerte, querida. Si vas a quedarte una temporada, me gustaría repetir la cena una noche que no esté pasada por agua.

Luca la ayudó a ponerse el abrigo todavía húmedo y se dirigieron al ascensor.

—Tus padres son muy amables —dijo Caroline mientras bajaban—. No se parecen en nada a la imagen que tenía de unos condes.

—¿Cómo crees que debería ser un conde? —preguntó Luca con una sonrisa.

—Estirado. Aristocrático.

Él se rio.

—Un día heredaré el título de conde y no seré estirado, te lo aseguro. En cualquier caso, ha sido mi madre quien ha impedido que mi padre se convierta en un estirado. Es una firme defensora de la igualdad. Si no se hubiera casado con él, habría cursado Derecho. Procede de una familia de importantes abogados de Nueva York. De hecho, incluso volvió a Estados Unidos para estudiar la carrera, pero mi padre fue a buscarla y le dijo que no podía vivir sin ella. Por eso lo dejó todo y se casó con él. Mi padre es un hombre muy pasional. Como lo son la mayoría de los italianos.

Esbozó una sonrisa pícara.

—Qué historia tan romántica.

Cuando llegaron a la calle, llovía con fuerza y ya habían empezado a formarse charcos.

—Mucho me temo que nos mojaremos un poco —le advirtió Luca—. Ponte bajo el paraguas, la barca no está muy lejos.

La rodeó con un brazo como si fuera lo más natural del mundo y se abrieron paso por un estrechísimo callejón entre dos edificios hasta llegar a la lancha, amarrada a un poste de góndola. Luca se acercó a la proa, que cabeceaba de un modo peligroso, y acercó la embarcación para que Caroline pudiera subir.

—Esta vez tendremos que ir despacio, lo siento. En el Gran Canal hay un límite de velocidad estricto para evitar que los edificios sufran daños. Pero podrás refugiarte de la lluvia en la cabina.

—Quedarás empapado.

Luca se encogió de hombros.

—No pasa nada. Mira, la lluvia ya empieza a amainar un poco y no tardaremos en llegar a Dorsoduro.

—Puedo sujetarte el paraguas —se ofreció Caroline.

—No te preocupes, me gusta sentir la lluvia en la cara. Además, el viento te lo acabaría arrancando.

Aceleró dando marcha atrás y llegaron al Gran Canal. Apenas había tráfico. Caroline se situó junto a él, observando la ciudad mientras el viento y la lluvia le azotaban la cara.

—¿No prefieres sentarte a resguardo de la lluvia? —preguntó Luca.

Caroline negó con la cabeza, mientras le daba vueltas a la mejor forma de plantearle sus sospechas.

—¿Te ocurre algo? Te he notado algo preocupada y distante durante la cena —dijo Luca.

Caroline estaba indecisa.

—No sé cómo decírtelo… Es algo que no le deberíamos contar nunca a tu padre, pero creo que mi tía abuela Juliet era su madre.

Luca la miró asombrado, negó con la cabeza y se le escapó una risa incómoda.

—No. No puede ser. Tenía madre. Mi abuela. La conociste el otro día.

—Una madre que casi nunca iba a verlo a la habitación. Es lo que ha dicho tu padre. Una madre que reaccionó con ira al verme. Reconoció el parecido familiar, Luca, del mismo modo en que lo he visto yo. Tu padre me ha mirado de la misma forma que mi tía. Te juro que había algo especial en sus ojos. Ha sido asombroso. Por eso mi tía hizo tantos bocetos suyos de pequeño…, porque se vio obligada a entregarlo.

Luca tosió. Estaba incómodo.

—¿No crees que estás exagerando un poco? ¿Que lo que sucede es que desearías que esto fuera cierto? Conozco a mi abuela. La recuerdo desde mucho antes de que se convirtiera en la anciana triste que es ahora. Es cierto que nunca fue muy cariñosa, no le gustaba mostrar afecto, pero disfrutaba cuando la gente la adoraba. En su cumpleaños nos reuníamos y le dábamos regalos muy caros.

Siempre tuvo un punto egocéntrico. ¿Te imaginas a una persona así aceptando al hijo de otra mujer? ¿De alguien que había tenido una aventura con su marido?

—Tienes razón, a mí también me cuesta entenderlo, pero hoy en día es fácil comprobar este tipo de cosas con un análisis de ADN, que permite determinar si estás emparentado con alguien. Si tuviéramos una muestra de tu abuela y de tu padre, lo sabríamos con certeza.

—¿Y cómo piensas hacerlo sin que se entere ninguno de los dos? Imagino que se tardará varias semanas, o meses, en conocer los resultados. No creo que haya muchos laboratorios que puedan hacer estas pruebas. —Hizo una pausa y la miró—. Además, no estoy seguro de que quiera saber la verdad.

Llegaron al Gran Canal y luego doblaron por uno más pequeño que pasaba junto a la Pensione Accademia en la que se había alojado. En ese momento vieron una góndola que avanzaba hacia ellos, manejada por un gondolero mayor, entrado en carnes y de aspecto abatido. Llevaba el cuello del impermeable levantado para protegerse de la lluvia.

«Qué poco se parece a la imagen que tenemos de los gondoleros», pensó Caroline. Entonces cayó en la cuenta. Tal vez tuviera una prueba que confirmase su teoría. Quería mostrársela a Luca. Salieron al otro lado de Dorsoduro y amarraron en el muelle que estaba más cerca de su edificio, no sin cierta dificultad por culpa del embate de las olas. Luca le ofreció una mano a Caroline para ayudarla a bajar, pero en cuanto ella puso un pie en tierra, llegó una gran ola que sacudió la embarcación y cayó en brazos de Luca.

—Tranquila, te tengo —dijo él.

Caroline notó su cálido aliento en la mejilla.

—Gracias. —Se recompuso con una sonrisa avergonzada y ambos se dirigieron hacia la puerta del edificio—. Creo que puedo demostrártelo, Luca. O tal vez no demostrártelo, pero al menos confirmar que no voy desencaminada

—¿Cómo?

—Si subes al piso puedo enseñártelo.

Luca le dirigió una mirada pícara y Caroline vio el brillo de sus ojos a la luz de la farola.

—¿Me estás «invitando a tomar un café»?

Caroline se ruborizó, avergonzada.

—No iba con segundas…

—Tranquila, solo te tomaba el pelo. Seguro que tus razones son de lo más puras y castas, aunque… —Dejó la frase en el aire sin apartar la mano de su brazo y se dirigieron a la puerta.

A esa hora de la noche estaba cerrada. Caroline hurgó en su bolso, mientras el viento le azotaba el abrigo y la falda. Al final encontró la llave y se la dio a Luca, que abrió la puerta. Se adentraron en la oscuridad más absoluta.

—*Merda!* —murmuró Luca, que tropezó en el umbral—. ¿Dónde está el interruptor? No me digas que han cortado la luz.

—Yo tengo luz en el piso.

Palpó las paredes, pero no encontró el interruptor.

—Un momento. —Se llevó la mano al bolsillo y sacó un encendedor—. No lo veo por ningún lado. Será mejor que subamos. Ve tú delante.

Luca sujetó el encendedor en alto y Caroline empezó a subir. Al llegar al primer rellano, se volvió para enfilar el segundo tramo, pero lanzó un grito y retrocedió, lo que provocó que chocara con Luca y que ambos estuvieran a punto de caer por las escaleras. Había una figura blanca colgada de la puerta a la izquierda.

Caroline agarró a Luca con fuerza.

—Esa cosa de ahí. ¡Es un fantasma!

—No pasa nada, yo me encargo —dijo Luca con voz temblorosa, rodeándola con un brazo.

Levantó el encendedor y se rio.

—Es la bata que ha dejado un pintor sobre su escalera.

Entonces, sin previo aviso, apagó el encendedor, la abrazó con fuerza y la besó. La pilló tan desprevenida que no supo cómo reaccionar ante el roce de sus labios fríos, que la devoraban con pasión. Para su sorpresa, reaccionó entregada.

—Lo siento —se disculpó Luca cuando se separaron—, pero es difícil resistirse cuando una desconocida se lanza a mis brazos por segunda vez en una noche.

—No te disculpes. Es verdad que me he tirado a tus brazos. —Se rio incómoda—. Además, me ha gustado.

Luca encendió el mechero y encontró un interruptor en la pared. El rellano se iluminó con la luz mortecina de una triste bombilla y les mostró la bata blanca de pintor colgada de la escalera. Subieron el segundo tramo, atravesaron el almacén y Caroline abrió la puerta del piso. «Esto es una locura», pensó, pero tenía que mostrárselo. Debía comprobar lo que le decía su instinto.

Entraron en el apartamento y se quitó el impermeable.

—Quítate el abrigo mojado. ¿Te apetece algo caliente? Siéntate e iré a buscar el cuaderno de dibujo que quería enseñarte.

Se dio cuenta de que hablaba más rápido de lo normal. Estaba nerviosa. Ahora que Luca estaba ahí, la embargaba una sensación de incomodidad.

—¿Por qué no tomamos una copa de vino primero? Las escaleras me han dado sed —dijo Luca, que se paseó por la cocina hasta que encontró una botella abierta y sirvió dos copas—. Necesitas una nevera, aunque está bastante frío.

Le dio la copa, brindaron y la miró con descaro.

—Estaba pensando que si lo que dices es cierto, somos primos. Es una pena.

—¿No quieres ser mi primo?

315

—Ignoro lo que dice la legislación inglesa sobre los primos, pero aquí...

Caroline intuyó a qué se refería y la embargó una gran emoción.

—Seríamos primos segundos o terceros —replicó—. Juliet Browning era mi tía abuela, no mi abuela.

—Ah, sí. Está bien saberlo. —Tomó un sorbo de vino e hizo una mueca—. Bebes vino barato. Voy a tener que educarte un poco.

—Cada uno bebe lo que le permite su presupuesto —dijo ella—. Pero no me vendría mal algo de información. Hasta ahora solo había bebido vino peleón.

—Vino peleón, qué expresiones tan curiosas utilizáis.

—Si tú lo dices... —replicó Caroline, que cruzó la sala para dirigirse a la ventana—. Si somos familia, tú y yo podríamos hacernos una prueba de ADN. No necesitaríamos a tu abuela.

—Quizá tengas razón. Aun así, habrá que esperar varias semanas para los resultados, ¿no? De todos modos, no tengo tan claro como tú que seamos familia.

—Tú espera a ver lo que voy a enseñarte.

Caroline abrió el escritorio y sacó el primer cuaderno de la tía Lettie. Luca ocupó uno de los sillones y ella se sentó en el reposabrazos.

—Es el cuaderno de dibujo de mi tía de su primera visita, en 1928 —dijo—. Fíjate en la primera página, tenía dieciocho años. —Fue pasando dibujos hasta llegar al retrato del hombre que siempre había supuesto que era un gondolero—. Mira —dijo, y le puso el cuaderno en las manos—. Se parece mucho a ti, ¿no crees?

Oyó que Luca se quedaba sin aliento.

—Sí —concedió—. Es mi abuelo, no me cabe duda. Lo he visto en fotografías y siempre me habían dicho que me parezco mucho a él.

—Entonces, ¿no me equivocaba?

—¿Cuántos años tenía ella? ¿Dieciocho? Si fue en 1928...
Mi padre no nació hasta 1940. Debieron de ser amantes durante
muchos años —dijo lentamente—. Imagino que le dio ese piso para
verse.

El escenario que dibujaba Luca no le encajaba con la tía Lettie
que ella había conocido. No era la típica mujer que se conformaba
siendo amante de un millonario y viviendo en su nido de amor.

—No fue cuando tenía dieciocho, porque esa primera vez fue
un viaje muy corto.

—Pero está claro que se conocieron y que él no la olvidó. Quizá
mantuvieron el contacto y ella acabó regresando.

—Volvió en 1938 con un grupo de alumnas de la escuela donde
daba clases. También he visto su cuaderno de dibujo de esa época.

—Debió de venir con la excusa de acompañar a un grupo de
alumnas, pero supongo que, en realidad, quería verlo a él. Estaban
enamorados.

Luca alzó la cabeza y se miraron a los ojos.

—Entonces, ¿por qué no se casó con ella? ¿Por qué lo hizo con
tu abuela? —preguntó Caroline.

Luca le acarició el brazo, un gesto que la inquietó.

—Porque en nuestro círculo nos casamos para establecer vínculos. Mi abuela provenía de una familia muy poderosa y rica. Era
un buen partido. Imagino que debieron de concertarlo todo cuando
eran niños.

—¿Me estás diciendo que se casó con alguien a quien no amaba
por motivos de negocios?

—Así son las cosas.

—Pero ya no, ¿verdad? Tú no te casaste por motivos
empresariales.

—Me temo que sí. Eso fue parte del problema. Creo que, en
el fondo, nunca llegué a amarla. Todo el mundo me decía: «Es la
mujer ideal, culta, con estudios... Será la esposa perfecta». Pero no

fue así. Bebía más de la cuenta a pesar de que solo tenía veinticuatro años. Vivíamos instalados en el caos. Sé que suena horrible, pero, en cierto modo, fue un alivio que muriera.

—Lo siento mucho.

—Yo no. Me llevó un tiempo darme cuenta, pero ya estoy preparado para seguir adelante.

—¿Dispuesto a encontrar a la mujer ideal? —preguntó ella con tono burlón.

Luca negó con la cabeza.

—Mi padre tuvo la osadía de desafiar a la familia y se casó con mi madre, a pesar de que no tenía dinero ni conexiones. Además, hoy en día ya no poseemos la misma influencia que antes de la guerra, por eso no creo que importe como antes.

Las gotas de lluvia salpicaban la ventana. Luca levantó la mirada.

—Parece que lloverá toda la noche. Y me temo que el *aqua alta* tampoco bajará. La verdad es que no me apetece regresar al Lido con la que está cayendo. De hecho, sería una temeridad. —Se le fue endulzando la voz—. No irás a ponerme de patitas en la calle con este aguacero, ¿verdad? —Le acarició el brazo y trazó un dibujo con los dedos en la palma de su mano—. Quiero hacer el amor contigo. ¿Crees que estaría mal? Lo digo por si resulta que somos primos.

—La pregunta es: ¿sería sensato? —replicó ella, a pesar de que también la embargaba la excitación—. A fin de cuentas, mira lo que le pasó a mi tía Lettie.

—Eso no te ocurrirá a ti, te lo prometo. —La miró fijamente—. Además, no serás tan cruel como para echarme a la calle cuando hay *aqua alta*, ¿verdad? —Ahora le acariciaba el dorso de la mano—. Pero solo si tú quieres. Aunque me da que sí te apetece.

Caroline le devolvió la sonrisa.

—¿Por qué no? —respondió.

Capítulo 34

Juliet
Venecia, 26 de diciembre de 1939

Eran mis primeras Navidades fuera de casa. Qué extraño y vacío me parecía todo. Sin embargo, también era cierto que me habían pasado algunas cosas buenas. El 16 de diciembre me mudé a mi nueva casa, un piso que es mío, en propiedad, al menos durante noventa y nueve años. Al llegar vi que había alfombras nuevas, un calentador nuevo en el cuarto de baño (como el de mi antigua casera, si bien este era menos «explosivo») y una cama nueva con sábanas limpias y un edredón mullido. También había cortinas de terciopelo en las ventanas y el ambiente era cálido gracias a la estufa de carbón. Era un día reluciente. Miré por la ventana, disfrutando de las vistas y de la sensación de felicidad que me embargaba por primera vez desde hacía meses. Todo era perfecto.

Ese mismo día, un poco más tarde, conocí a Francesca. No era la persona más cariñosa del mundo, pero enseguida me di cuenta de que estaba acostumbrada a trabajar. Hablaba con un acento veneciano tan marcado que apenas la comprendía, pero al menos ella me entendía a mí. La primera noche me preparó un risotto de setas exquisito, muy cremoso. Yo había aprovechado para ir de tiendas y me metí en la cama con una taza de chocolate caliente y galletas, satisfecha conmigo misma. En los días posteriores, fui comprando más cosas para sentirme como en casa: almohadas y una manta, un cuenco para las naranjas y una lámpara para el escritorio. Estaba enamorada del escritorio de taracea, hecho con madera de limonero del sur de Italia, y que aún olía a limón. Tenía muchos compartimentos y cajones, incluido uno secreto, para mi gran deleite, al que solo se podía acceder al sacar un compartimento y que estaba cerrado con llave. No es que tuviera nada que ocultar. Además, Francesca apenas sabía leer italiano, menos aún inglés, pero era agradable saber que lo tenía ahí.

Teníamos vacaciones en la academia. Imelda había vuelto a casa para ver a sus padres, que se habían mudado a un pueblo más cerca de la frontera española, en caso de que los alemanes invadieran Francia. Yo había comprado regalos para mi madre y para la tía Hortensia en el mercado: pañuelos de encaje de Torcello, adornos de cristal para el árbol de Navidad y una caja de turrón. Incluí una postal de Navidad y escribí una nota. Me llevó un buen rato decidir qué excusa podía dar que tuviera sentido y me decanté por el dinero.

He decidido quedarme por motivos económicos. Como bien sabéis, me concedieron una beca generosa que puede compensar mi sueldo de maestra, y si volviera a casa la perdería. Como imagino que la escuela habrá contratado a una sustituta temporal para todo el año, no sé cómo podríamos subsistir las tres. De modo que me he quedado por el bien de todas, pero prometo que tomaré una decisión sensata cuando llegue el momento de mi marcha.

Me sentía mal, como una mentirosa, por recurrir a este tipo de argumentos, pero no quería causarle daño a nadie. El día de Nochebuena recibí un paquete de mi madre con un pudin de Navidad, un pedazo de pastel de Navidad y una bufanda que me había tejido ella misma, un detalle que me llegó al alma. Pensé en la posibilidad de comprarle un regalo a Henry, pero no estaba convencida de que fuera buena idea; sin embargo, al final decidí comprarle un perro de cristal de Murano con cara compungida. Era tan curioso que me pareció que podía arrancarle una sonrisa a cualquiera, incluso en los momentos más tristes. Y luego estaba Leo. ¿Qué le podía regalar a un hombre rico que podía comprarse todos los caprichos que le vinieran a la cabeza? Por una vez decidí ser atrevida. Vi un guardapelo de plata en el mercado, lo compré, me corté un pequeño mechón y lo até con un lazo rosa. Al menos así tendría algo para recordarme cuando me fuera.

Llené la despensa de casa con un panettone, el tradicional bizcocho de Navidad que se encontraba en todas las panaderías, un pollo para hacerlo asado con la guarnición clásica y decidí invitar a Henry. Me sorprendió recibir una invitación de la condesa Fiorito a través de mi profesor en la que me pedía que acudiera a la fiesta anual de San Esteban. Al ser judía, creía que no celebraría la Navidad. Me costó mucho encontrar el regalo adecuado para ella, pero al final me decanté por una maceta de campanillas de invierno. Las flores siempre transmitían alegría y, en Inglaterra, eran una señal de que la primavera ya estaba a la vuelta de la esquina.

No albergaba muchas esperanzas de tener noticias de Leo dado el carácter familiar de una fiesta como la Navidad, pero la tarde del día de Nochebuena alguien llamó a mi puerta. Hacía ya un par o tres de horas que Francesca se había ido después de prepararme una tradicional cazuela de pescado para cenar. Le di una generosa propina y la vi sonreír por primera vez. Por eso me sorprendió ver a Leo, casi sin resuello y cargando una gran caja.

—He subido los tres pisos —dijo y me dio un beso en la mejilla—. Tengo que irme a la cena familiar, pero quería verte antes. Te he traído un regalo.

Dejó la caja en la mesa y me observó expectante mientras la abría.

Era un paquete grande. No se me ocurría qué podía ser hasta que...

—¡Oh! —exclamé sorprendida y con alegría—. ¡Es una radio! Qué maravilla.

—Quería que supieras lo que está pasando en el mundo —me dijo.

—Yo también tengo un regalo para ti —afirmé y le di la caja de cuero, atada con un lazo.

Me miró con un gesto de desconcierto. Abrió la caja y al ver el guardapelo se le iluminó la cara con una sonrisa. Lo sacó, lo abrió y lo sostuvo en la palma de la mano.

—¿Es tuyo? —preguntó—. ¿Un mechón de tu pelo?

Asentí.

—Quería darte algo que te permitiera recordarme cuando me fuera.

—Pues ya que lo mencionas, me gustaría hacerte una propuesta.

Dio un par de vueltas por la sala, pero al final se sentó en uno de los sillones. Las gruesas cortinas estaban echadas y ayudaban a mantener el calor de la estufa.

—¿Te apetece una copa de vino? —le pregunté.

Negó con la cabeza.

—No tengo tiempo, *cara*. Lo siento. Pero he estado pensando en la mejor solución para ti y el bebé, y me gustaría planteártela. Dices que quieres dar a nuestro hijo en adopción y buscarle una buena familia. Pues he encontrado una.

—¿Ah, sí? —pregunté con voz temblorosa al percibir un deje categórico.

Leo asintió.

—Me gustaría adoptarlo legalmente y criarlo en mi casa como hijo mío. Lo heredará todo, incluido el título. Me encargaré de que reciba todo el cuidado y cariño que merece. ¿Puedo contar con tu aprobación?

Estaba tan aturdida que no supe qué decir. Era incapaz de asimilar lo que acababa de decirme.

—Pero ¿y Bianca? —pregunté con un tono de voz muy agudo—. Es imposible que acepte el hijo de otra mujer y, menos aún, como se entere de que es fruto de nuestra aventura.

Leo se encogió de hombros.

—Al parecer Bianca no puede tener hijos y yo no lo supe hasta que nos casamos. Su médico dice que «no puede», pero tal vez sea que «no quiere». En cualquier caso, yo no puedo tener heredero a menos que sea hijo mío legalmente.

—Estás convencido de que será un niño.

Esbozó una sonrisa engreída.

—Los hombres de mi familia somos muy viriles y solo engendramos varones.

—¿Qué pasará si es una niña? ¿No la querrás?

—Eso no sucederá. —Se inclinó y me tomó ambas manos—. Dime, ¿te parece bien? Es una buena solución, ¿verdad? Para ambos, quiero decir.

—¿Cómo puedes estar tan seguro de que Bianca lo tratará bien? ¿Y si se pone celosa? No quiero que mi hijo corra ningún peligro.

—Bianca no siente el menor interés por los niños. Contrataremos a la mejor niñera de la ciudad y te aseguro que no le faltará amor y que estará bien atendido.

—¿Y cómo lo explicarás ante la comunidad? Yo ya he sufrido en carne propia el poder de los chismes en esta ciudad.

—Ah, también he pensado en ello. Es el hijo de una pariente que vive en el campo. La pobre dio a luz, pero tuvo problemas en el parto y está a punto de morir. Yo le prometí que el niño se criaría en la familia y eso es lo que estamos haciendo.

Intenté asimilar lo que me decía, pero entonces me vino una idea a la cabeza, un pequeño rayo de esperanza.

—Oye, Leo, si Bianca no puede tener hijos y te engañó, ¿no es motivo para solicitar una anulación?

—Por supuesto. En cualquier otra familia, sería posible, pero nuestro matrimonio es una transacción empresarial que beneficia a dos compañías muy poderosas. Si el matrimonio fuera anulado, también se rompería la alianza con el padre de Bianca, que es un hombre muy orgulloso y vengativo. Nos arruinaría. Y no solo eso, sino que temo sus vínculos con la mafia. Si yo abandonara a su hija, estoy seguro de que mi cadáver aparecería flotando en la laguna el día menos pensado.

—Cielos. Qué complicado es todo —dije.

—Así es. Creo que los ingleses no concebís las obligaciones familiares del mismo modo que los italianos. Para nosotros es un deber sagrado anteponer la familia a todo.

Miró el reloj y se levantó.

—Lo siento, pero tengo que irme. Suerte que ahora no hay *aqua alta* y podremos asistir a la misa del gallo. Que Dios te bendiga, *cara mia. Buon Natale.*

Me lanzó un beso y se fue, dejándome sumida en un mar de angustia y desconcierto.

***

Henry se presentó la mañana de Navidad con una botella de prosecco y una preciosa cartera de cuero «para que puedas llevar y guardar tus dibujos», un detalle que me conmovió y me avergonzó a partes iguales. Me ruboricé.

—Qué amable eres. Yo también tengo un detalle para ti.

Se rio al ver el perro de cristal.

—¡Qué cara tiene! Está tan triste que hace gracia.

—Quería que te alegrara un poco cuando echaras de menos a tu familia. Pero creo que la comida de Navidad nos levantará el ánimo a los dos.

Tomamos una copa de Campari con aceitunas, luego el pollo con patatas asadas, coles de Bruselas y zanahorias, y de postre el pudin de Navidad. Henry nunca lo había probado y creo que no le gustó demasiado, pero fue muy educado y se mostró agradecido. Por la tarde decidimos ir a pasear por Zattere para bajar un poco la comida. El lugar estaba desierto y del interior de las casas llegaba el sonido de la música y las risas, lo que me recordó que era un día para disfrutarlo en familia. Cuando volvimos a casa, tomamos pastel y un poco de té, otra experiencia novedosa para Henry.

—Gracias por todo —me dijo—. La verdad es que me aterraba pasar las fiestas solo y me lo he pasado muy bien.

Yo también había disfrutado. Al día siguiente fuimos juntos al Lido, a la villa de la condesa Fiorito. Tenía la casa decorada con plantas y adornos de vidrio, y las arañas de cristal refulgían con un brillo deslumbrante. También estaban el profesor Corsetti y su mujer, así como el cónsul británico, el afable sacerdote y varios invitados a los que había conocido en ocasiones anteriores. Sin embargo, no había ni rastro de Josef y le pregunté a la condesa por él.

—Le he encontrado un refugio seguro en Florencia, en compañía de otros artistas. Ahora me gustaría traer a una joven. Pero tengo que ir de uno en uno. Hay tantos artistas a los que no puedo ayudar, que me resulta frustrante.

—¿Cree que el trato que están sufriendo los judíos en Alemania llegará hasta aquí? —pregunté—. Mussolini se ha declarado gran admirador de Hitler.

—Diría que en Italia hay gente que desearía que enviaran a todos los judíos a campos como los de Alemania, pero no aquí en Venecia. Esto no sucederá entre la gente de la cultura. Nuestra comunidad judía forma parte de la ciudad y contamos con el respeto de todo el mundo. Creo que aquí estamos a salvo.

Nos encontrábamos en un rincón, apartadas de los demás, y pensé en la posibilidad de confesarle que estaba embarazada. ¿Era justo ocultarle esa información? Si algo no deseaba era que se enterase a través de algún rumor. Sin embargo, no era el mejor momento. Prefería decírselo a solas en otra ocasión. Me parecía que no me juzgaría por lo que me había pasado, pero tampoco estaba segura por completo... Entonces, caí en la cuenta de algo que se me había pasado por alto.

«¡El profesor Corsetti! Mis profesores de la Academia», pensé. ¿Había algún tipo de política contra gente como yo? ¿Me permitirían seguir estudiando? Cuando lo vi en la mesa, sirviéndose una tosta de foie, decidí que debía averiguarlo y me acerqué hasta él.

—¿Puedo hablar con usted un momento? ¿A solas? —le pregunté.

Me miró con recelo, pero me acompañó a una salita.

—¿Y bien? —me dijo.

Le conté que estaba embarazada, que el padre no podía casarse conmigo, que me gustaría seguir estudiando hasta el final y quería saber si suponía un problema para él.

—¿Cree que estará demasiado débil para sujetar un pincel? ¿Para aguantar de pie frente al caballete? —me preguntó—. ¿O cree que el vientre le estorbará?

—¡No! —exclamé.

—Entonces, ¿cuál es el problema?

—Que usted no quiera que asista a su clase por temor a que corrompa a los demás estudiantes.

Me miró y estalló en carcajadas.

—Querida, en mi entorno hay mucha gente que tiene una amante, es homosexual o bisexual o tiene un hijo ilegítimo. Le aseguro que nadie se inmutará. —Entonces vaciló—. Es usted quien me preocupa. ¿Son más importantes sus estudios que su seguridad y su bienestar? ¿No preferiría estar en casa cuando llegue el gran momento? ¿Rodeada de los suyos para que la cuiden?

—Sí, claro que me gustaría, pero no quiero llevar la deshonra a mi madre, por eso prefiero quedarme aquí. En cuanto dé a luz, entregaré al niño en adopción y me iré a casa.

—Es un noble propósito, pero me pregunto si lo llevará a término.

CAPÍTULO 35

Juliet
Venecia, 21 de febrero de 1940

Mi vida se ha instalado en una plácida rutina. Voy a clase, almuerzo con Henry o, de vez en cuando, con Leo, cuando vuelvo a casa me encuentro un piso caliente e inmaculado y me espera una deliciosa cena gracias a Francesca. Últimamente el tiempo ha sido desapacible y triste, con varios aguaceros y alarmas de *aqua alta*, pero esta parte de Dorsoduro no se inunda con la misma facilidad que otras, por lo que he podido salir a la calle sin mojarme los pies. Imelda no volvió después de las vacaciones de Navidad, lo cual no me sorprendió demasiado. Dentro de poco será muy peligroso, o directamente imposible, atravesar Francia. Tampoco he vuelto a ver a Franz, lo que significa que solo quedamos el bueno de Henry y yo. He ido a ver a la condesa Fiorito un par de veces: primero fue la velada de enero y luego a solas para contarle la noticia. No me parecía bien seguir ocultándoselo durante más tiempo.

—Debo admitir que lo sospechaba —dijo—. Empezaba a notarse. —Me miró y ladeó la cabeza con ese ademán tan típico suyo, como si fuera un pajarillo—. En cuanto al caballero…, ¿no está dispuesto a hacer lo que debe?

—No puede. Está casado.

—¿Es un matrimonio feliz? ¿O no quiere dejar a su mujer por ti? En los últimos tiempos el divorcio goza de mayor aceptación en nuestro país.

—No está felizmente casado, pero no puede divorciarse.

—Ya veo. —Hubo un largo silencio—. ¿Es posible que sea el hijo de Da Rossi?

Me ruboricé al instante.

—¿Cómo lo sabe?

—Recuerdo la cara que pusiste cuando te presenté a su padre. No fue la reacción de una persona a quien le hubieran presentado un desconocido. Por entonces pensé que todo se debía al hecho de conocer a un conde tan atractivo.

—Fue una sorpresa —admití.

La condesa jugueteaba con la cucharilla del té.

—El hijo de Da Rossi. Me habían llegado voces de que no era feliz en su matrimonio, pero es obvio que no puede divorciarse sin más.

—No.

Dirigió la mirada hacia su precioso jardín, donde las ramas de la palmera se mecían al compás de la brisa.

—¿Seguirás adelante tú sola? ¿Y el niño? ¿Lo criarás por tu cuenta? ¿Lo aceptará tu familia?

—No. Voy a entregarlo en adopción. Ya está todo acordado. Irá a una buena familia.

—Eres una mujer muy práctica. —Hizo una pausa—. Te admiro. Yo no fui tan noble. Era mucho más joven que tú cuando descubrí que estaba embarazada. No podía mantenerlo y por eso decidí abortar. No te lo recomiendo. Era un tema tabú y tuve que hacerlo en un cuarto sin esterilizar. Estuve a punto de morir. En mi época no era posible criar a un hijo como madre soltera. —Se inclinó y me tomó la mano con sus dedos huesudos—. Ya sabes que si quieres puedes venir a vivir conmigo. Acojo a todas las ovejas descarriadas y disfruto mucho de tu compañía.

Se me anegaron los ojos en lágrimas.

—Es usted muy amable y debo admitir que es una oferta tentadora, pero tengo un piso para mí sola en Dorsoduro. Está muy cerca de la Academia.

—Es una pena. No me habría venido nada mal tu ayuda para planificar la Biennale, que se inaugura en mayo.

—¿Se celebrará a pesar de la guerra?

La condesa se rio.

—En Venecia no permitimos que un contratiempo como una guerra afecte a la vida artística de la ciudad. Si bien es cierto que bajará el número de países: los alemanes y los rusos ya han confirmado sus pabellones y los estadounidenses también. Mucho me temo que las obras apestarán a propaganda política, pero así nuestros artistas tendrán la posibilidad de mostrar su arte…, y también los artistas judíos del exilio.

***

Al cabo de unos días recibí una carta muy fría de mi madre en la que me daba las gracias por los regalos de Navidad y me decía que se alegraba de que me hubiera gustado la comida y la bufanda. «Te agradezco que te preocupes por nosotras y que sigas ofreciéndonos tu ayuda económica, pero quiero que sepas que en los últimos tiempos hay muchas ofertas para mujeres en trabajos relacionados con la guerra, ya sea en fábricas o en el ejército —me decía—. La tía Hortensia dice que, si de verdad no tienes intención de volver hasta acabar el año académico, deberíamos ofrecer tu habitación a los evacuados de Londres. Hay mucha gente que está abandonando la ciudad por culpa de la amenaza de posibles bombardeos en el futuro».

Por lo visto resultaba que, si decidía volver a casa, tampoco tendría un lugar donde quedarme.

A pesar de la guerra, el carnaval siguió adelante. La ciudad entera se disfrazó y festejó los días previos al inicio de la Cuaresma. En cada esquina de la ciudad vendían máscaras y en las tiendas, disfraces. Yo no había pensado en participar, pero Henry me convenció para que comprara una máscara y una capa y saliera a disfrutar del ambiente. Era emocionante y un poco inquietante ver a tanta gente disfrazada, muchos de Pierrot y Columbina, pero todos amparados por el anonimato que les proporcionaban las máscaras.

Llegué a casa agotada y, como Henry me había acompañado hasta arriba, preparé un chocolate para ambos. Mi amigo parecía algo intranquilo.

—No sé cómo decírtelo —dijo—, pero mi padre me ha ordenado que vuelva a casa. Está convencido de que estallará la guerra en cualquier momento. Los submarinos alemanes ya han empezado a atacar barcos en el Atlántico. De modo que no me queda más remedio que irme.

—Te echaré de menos —le aseguré.

Hubo un largo silencio, pero al final se levantó y se acercó hasta mí.

—Seguramente te parecerá una chifladura, pero me estaba preguntando si querrías casarte conmigo y venir a Estados Unidos. —Estaba ruborizado y sudaba a mares.

Creo que me quedé boquiabierta. Fue una petición tan inesperada que no supe qué decir.

—Es muy amable de tu parte, pero… —balbuceé.

—Mira, sé que estás embarazada. Imelda me lo dijo hace mucho. Estaba esperando que me lo contaras tú. Yo podría ofrecerle mi apellido, un hogar, un padre. Mi familia no tiene problemas de dinero. Tu hijo podría llevar una vida muy cómoda.

Admito que por un instante me lo pensé. Henry era un buen chico, aunque tal vez un poco joven e inocente.

—Eres muy amable, pero si tu padre te lo ha ordenado, debes volver. ¿Qué pensaría si aparecieras con una mujer mayor que tú y embarazada? —Me acerqué y le puse una mano en el hombro—. No puedo obligarte a cargar con mis problemas. Mereces disfrutar de tu propia vida.

—Mira, Juliet, eres una chica fabulosa. Para mí nunca serías una carga. Sé que no soy el más listo ni el más ingenioso, pero te prometo que sería un marido devoto.

—No me cabe la menor duda, pero el problema es que no te amo. Me caes muy bien y disfruto de tu compañía, pero no quiero arruinarte la vida. Te echaré mucho de menos. ¿Quién me acompañará ahora a tomar el café y a las fiestas de la ciudad?

—Imagino que ese hombre que viene a verte de vez en cuando —replicó de forma algo brusca—. Ese tipo tan guapo que viste trajes caros. Es el padre, ¿verdad?

—Sí, tienes razón. Pero no puede casarse conmigo.

—¿Y tú quieres quedarte aquí, por si cambia de opinión?

—No es por eso. Sé que no puede abandonar a su mujer, lo tengo asumido.

Hizo el ademán de acariciarme, pero cambió de opinión.

—Me preocupa que te quedes aquí sola, Juliet. Sé que en estos momentos la guerra no parece una posibilidad muy real, pero ¿y si llega a Italia? ¿Qué ocurrirá si quieres volver a Inglaterra y no puedes?

Suspiré.

—Lo sé, Henry. A mí también me preocupa, pero no puedo regresar hasta que nazca el bebé. Y cuando eso ocurra, pues rezaré para conseguir atravesar Francia.

—Pues ven conmigo ahora. Y si resulta que con el tiempo sigo sin gustarte, puedes divorciarte. En Estados Unidos es muy habitual.

Le tomé las manos.

—Eres el hombre más dulce que he conocido en toda mi vida y te agradezco mucho la oferta. Sé que me arrepentiré de haberte dejado marchar en cuanto te hayas ido, pero no puedo hacerte esto.

—De acuerdo. Si es lo que deseas... —Suspiró—. Será mejor que me ponga en marcha. Tengo que preparar el equipaje. Mi padre me ha reservado un pasaje en un barco que zarpa de Génova dentro de tres días.

—Que tengas un buen viaje, Henry. —Le besé en la mejilla y me abrazó con fuerza—. Cuídate mucho, ¿de acuerdo?

Se volvió, salió por la puerta y oí sus pasos por las escaleras.

Capítulo 36

Juliet
Venecia, 9 de abril de 1940

El tiempo ha pasado volando. Apenas hay referencias a la guerra en la radio. Italia sigue en Abisinia y se ha anexionado Albania, pero Hitler no ha realizado ningún movimiento de tropas hacia Europa Occidental. En cuanto a mí, he logrado notables avances en mis obras. Es como si el embarazo hubiera potenciado mi creatividad y ahora mismo lo único que me apetece es pintar. Hasta el profesor Corsetti ha elogiado un desnudo que hice al estilo de Salvador Dalí. La marcha de Henry vino acompañada de un tiempo primaveral fabuloso y de las flores que brotaron en los balcones y jardines de la ciudad. El aire olía a perfume. La gente empezó a vestirse con colores claros y se sentaba en la calle a disfrutar del sol.

Me resulta extraño admitirlo, pero el bebé no ha ocupado todos mis pensamientos. Aparte de una mayor dificultad para subir escaleras, o de despertarme en plena noche por una fuerte patada, ha sido como si no estuviera embarazada. La Pascua fue un visto y no visto. Leo ha tenido que viajar mucho para inspeccionar diversos astilleros a petición de su suegro, por lo que he llevado una vida solitaria, pero en absoluto desagradable. Francesca y yo nos entendemos bien. Me alegra pensar que ahora no solo hablo bien el italiano, sino que me defiendo en veneciano. De hecho, he llegado a soñar en este idioma.

Me di cuenta de lo poco que faltaba para el parto el día que Francesca se presentó en casa con una bolsa de lana para hacer punto.

—¿Cómo vestirá al niño? —me preguntó—. No veo ropa por ningún lado, no se ha puesto a hacer punto. No tiene mantas, ni un pelele. De hecho, ni el moisés tiene.

—Daré a mi hijo en adopción.

—¿Y eso qué tiene que ver? Necesitará algo de ropa cuando nazca. ¿Sabe hacer punto?

—Sí —respondí.

—Pues en esa bolsa encontrará patrones y lana. Le preguntaré a mi hija mayor si quiere desprenderse de alguna prenda, pero, al menos, haga el favor de comprarle un moisés.

Sus palabras me hicieron tomar conciencia de mi situación y decidí ir a ver al médico de nuevo, que me examinó y asintió.

—Todo se desarrolla con normalidad —dijo—. Ya falta poco para el parto. Aquí tiene mi número de teléfono. Llámeme cuando empiecen los dolores. Sea la hora que sea.

Vivía sola y no tenía teléfono, por lo que no sabía cómo iba a hacerlo. ¿Quería que bajara a la calle con dolores de parto para buscar un quiosco con teléfono? Sin embargo, Francesca me dijo que había recibido instrucciones para quedarse conmigo cuando se aproximara la fecha del parto, algo que me alegró. Todo discurría con normalidad. Daría a luz, luego me recuperaría y volvería a casa. Es curioso lo sencillo que me parecía todo por entonces.

Sin embargo, hoy, 9 de abril, han emitido un boletín de noticias especial en la radio. Alemania ha invadido Dinamarca y Noruega. Reino Unido ha bombardeado una base naval alemana. De repente todo cobró visos de realidad, pero intenté tranquilizarme pensando que si Hitler andaba ocupado invadiendo Noruega, yo podría encontrar una forma de atravesar Francia.

25 de abril

Hoy es la fiesta más importante del calendario veneciano: San Marcos. La plaza frente a la basílica estaba llena a rebosar de gente y una muchacha, vestida de ángel, ha sobrevolado el lugar hasta la iglesia. No he podido disfrutar de unas vistas muy buenas porque no quería apretujarme entre la muchedumbre, por eso me he quedado bajo la columnata. En días como hoy acuso más la sensación de soledad. Este tipo de fiestas tienen un carácter familiar muy arraigado, por eso he decidido hacer una visita sorpresa a la condesa Fiorito.

—Qué alegría —me ha dicho—. Últimamente he pensado mucho en ti y me preguntaba qué tal te iría.

—Todo marcha según lo previsto.

—¿Y el bebé? ¿Quién cuidará de ti? ¿Por qué no te instalas aquí y contrato a una mujer para que te atienda?

—Es muy amable, pero Francesca, que ya se encargaba de cocinar y limpiar, se quedará a dormir cuando esté a punto de dar a luz.

—Y cuando nazca, ¿te irás?

—Ese es el plan.

—Pues recemos para que llegue a buen término —dijo, mirándome con compasión.

30 de abril

Estaba convencida de que a estas alturas ya habría dado a luz, pero Francesca me asegura que los primeros siempre se retrasan. Algo sabrá cuando ha tenido seis hijos y doce nietos, así que creo que estoy en buenas manos. Leo regresó hace unos días y vino a verme. Me trajo naranjas y limones del sur.

—La situación no pinta nada bien —me dijo—. Espero que puedas marcharte pronto. Hay tropas británicas en Francia y los franceses han lanzado varias escaramuzas en la frontera alemana. Ya solo es cuestión de tiempo.

—No puedo irme a ningún lado hasta que nazca mi hijo —repliqué y me acaricié el vientre.

—No quiero que te vayas, pero te amo y deseo que estés en un lugar a salvo.

Era la primera vez que me decía que me quería. Me fui a dormir con una indescriptible sensación de felicidad y tranquilidad porque sabía que Leo conseguiría que todo saliera adelante.

3 de mayo

Me desperté en mitad de la noche con unos dolores que me dejaron sin aliento y llamé a Francesca, que dormía en el sillón.

—Por fin empieza ya —dijo.

Puso un protector de goma en mi cama y se fue a llamar al médico. El dolor se intensificó y no pude reprimir los gritos. Noté un líquido caliente entre las piernas. Cuando volvió Francesca, me examinó.

—*Madonna* —exclamó—. Ya casi está aquí. Esperemos que el médico llegue a tiempo porque si no... —Me dio unas palmadas en el brazo—. Si no, no se preocupe. No es la primera vez que asisto en un parto. Todo irá bien —me aseguró y se fue a hervir agua.

Regresó con una toalla húmeda y me la puso en la frente.

Al cabo de un tiempo que a mí me parecieron horas, empecé a empujar. Ya no aguantaba más. Gritaba y llamaba a Leo a gritos. Luego noté los fluidos que me corrían por las piernas y Francesca se inclinó para tomar al bebé.

—Puede dar las gracias de haber tenido un parto tan sencillo para ser primeriza. Vamos a ver qué tenemos por aquí.

La observé mientras envolvía al pequeño en una toalla. Entonces vi una manita y el niño profirió un alarido. Francesca asintió.

—Tiene buenos pulmones. Es un niño sano.

«Leo se alegrará. Será el futuro conde Da Rossi», pensé. Francesca lo estaba lavando y el bebé no paraba de desgañitarse. Cuando acabó me lo devolvió.

—Aquí tiene a su hijo.

Me lo puso en los brazos y dejó de llorar. De repente, esa personita perfecta me miraba con sus ojos oscuros y muy serios, intentando comprender dónde estaba.

—Póngaselo en el pecho —me dijo Francesca, abriéndome el camisón—. Ayudará a expulsar la placenta y el pequeño se acostumbrará a mamar de inmediato.

Me lo acercó. Se agarró enseguida y empezó a mamar con fuerza, sin dejar de mirarme fijamente, sin parpadear. Yo no estaba preparada para lo que sentí y me sobrevino un pensamiento abrumador: «No puedo separarme de él».

Capítulo 37

Juliet,
Venecia, 3 de mayo de 1940

El doctor llegó poco después. Me examinó, nos dijo que ambos estábamos en perfecto estado de salud y se marchó. Francesca me preparó una taza de leche con coñac y debí de quedarme dormida, porque cuando abrí los ojos vi que Leo me observaba con ternura.

—Tenemos un hijo precioso —afirmó—. ¿Qué te dije? Los Da Rossi engendramos hijos fuertes y sanos. ¿Cómo quieres que lo llamemos? ¿Leonardo, como yo? ¿Bruno, como mi abuelo?

—Ni hablar. Bruno era el gato de mi casera.

Leo se rio.

—Entonces, ¿le ponemos el nombre de tu padre?

—Se llamaba Wilfred, así que no se me ocurre un nombre más feo. —Miré a mi hijo, que descansaba en el moisés que nos había dado la hija de Francesca. Dormía plácidamente y sus largas pestañas le acariciaban las mejillas—. Parece un angelito —dije—, como uno de los querubines de los cuadros del Renacimiento.

—¿Quieres llamarlo Angelo?

Lo miré a los ojos y asentí.

—Angelo. Mi angelito. Es perfecto.

—Pues lo añadiré a los papeles de adopción, que ya están preparados.

Entonces me incorporé.

—No te lo puedes llevar ahora. No estoy preparada para separarme de él.

Leo se sentó en la cama junto a mí.

—Pero, *cara*, tú deberías volver a casa en cuanto te hayas recuperado o tal vez sea demasiado tarde. Y no puedes llevártelo contigo. Es mejor que dejes que me encargue ahora o te encariñarás con él. He contratado a un ama de leche y ya tiene la habitación preparada. Te aseguro que estará en buenas manos.

Negué con vehemencia.

—No, lo siento, no puedo separarme de él. Lo quiero. Es mi hijo. Acabo de darlo a luz. Lo he llevado en mi vientre durante nueve meses. Quiero tenerlo conmigo al menos hasta que lo destete. Francesca dice que la leche de la madre lo protege de enfermedades. Solo te pido esto.

Enseguida vi que no lo tenía nada claro.

—*Cara mia*, ¿entiendes que cuando los alemanes invadan Francia podrías quedarte atrapada aquí durante mucho tiempo?

—¿Y te parecería algo horrible? Me permitiría criar a mi hijo.

—Quiero hacer hincapié en que, si no lo adopto oficialmente, no tendrá papeles. No podrá obtener su documento de identidad y es un trámite importante. El gobierno exige que lo llevemos siempre encima. Han empezado a correr rumores sobre un posible racionamiento y tú no tendrías derecho a nada porque no tienes la nacionalidad. ¿Qué ocurriría entonces? Podrías criarlo durante dos, tres años, pero no podrías ofrecerle un hogar. ¿Cómo lo alimentarás? Yo puedo ofrecerle una buena vida y lo sabes.

Era consciente de ello.

—Prefiero centrarme en el ahora —dije—. Déjame darle el pecho hasta que pueda destetarlo y luego te lo entregaré.

—De acuerdo —concedió tras muchas dudas—. Si es lo que quieres, te lo debo. De momento haré que le envíen algunas de las cosas que le habíamos comprado en casa.

—Entiendo... que se lo has dicho a Bianca, ¿no? ¿Qué te dijo al ver que preparabas una habitación para el hijo de otra persona?

Esbozó una sonrisa malévola.

—Me dijo: «Mientras no tenga que cuidar del mocoso, ¿por qué no? Así tú ya tienes el ansiado heredero y yo podré seguir con mi vida». —Hizo una pausa—. Como ya te dije, no tiene un gran instinto maternal que digamos.

***

La cuna y la ropa de bebé llegaron a la mañana siguiente. Angelo vestía ahora una camisola con encaje y me dio la risa al verlo.

—Pareces una niña —dije.

Me miró al verme sonreír. Tiene una cara de lo más expresiva. Mientras lo observaba, pensé: «Tengo que aprovechar para llevármelo a casa ahora que puedo. Está sano y sobrevivirá al viaje. Qué me importa lo que digan los demás».

Sin embargo, enseguida entré en razón. ¿Cómo podía negarle la vida que le ofrecía Leo? Gracias a él no pasaría ninguna privación y heredaría una fortuna. Entendí que no podía ser tan egoísta. Si de verdad lo quería, debía entregarlo. Pero aún no.

12 de mayo

Después de pasar un embarazo sin apenas molestias, el posparto fue más duro. Había perdido bastante sangre y tuve una infección. El médico me dijo que padecía anemia y me recetó un tónico de hierro, vino tinto y que comiera mucha carne. Todavía no me apetecía salir y, menos aún, volver a clase. Además, encendí la radio y oí que el ejército alemán había salvado la línea Maginot atravesando los bosques de Bélgica y había invadido Francia. El ejército británico avanzaba desde los puertos del Canal. Francia estaba en guerra, por lo que se había esfumado toda posibilidad de cruzar el país. En cierto modo, fue un alivio porque de ese modo quedaba descartada la opción de volver a casa precipitadamente. Podía quedarme en Venecia, cuidar de mi bebé en la ciudad de la que me había enamorado y estar cerca de Leo. Me parecía la situación ideal.

A partir de ese día, las noticias fueron a peor. Hacia finales de mes supimos que las tropas británicas se habían visto obligadas a retroceder, derrotadas, hasta la costa, donde quedaron atrapadas en las playas, esperando el golpe de gracia de las bombas y las ametralladoras alemanas. Entonces se produjo un milagro: miles de pequeñas embarcaciones habían zarpado de Inglaterra en dirección a Dunkerque para rescatar a las tropas. Lloré al leer la crónica en el periódico. Todo el mundo creía que era solo cuestión de tiempo hasta que Alemania invadiera Inglaterra, por lo que me alegré de haberme quedado aquí, aunque me preocupaba por mi madre. No tenía noticias suyas desde hacía meses. Confiaba en que nadie se atreviera a molestar a dos ancianas y en que estuvieran a salvo, aunque Inglaterra quedara sometida al yugo alemán.

10 de junio

La situación ha dado un vuelco hoy. Italia ha anunciado que se une a Alemania en la guerra contra los Aliados. Me he convertido en una extranjera del bando enemigo. Me pregunto cuáles serán las implicaciones, aunque no creo que cambie demasiado mi vida en un lugar como Venecia. Además, tengo amistades en las altas instancias. Lo más irónico de todo esto es que los periódicos no paran de publicar noticias sobre el éxito del primer mes de la Biennale. Es digno de admiración que los venecianos sean capaces de celebrar una exposición internacional de arte como si no hubiera cambiado nada en el mundo. Cuando empecé a recuperarme del parto, decidí visitar la exposición, porque sentía la necesidad de comprobar que todavía quedaba gente que supiera apreciar la belleza y lo que de verdad importaba.

Hoy por la tarde, cuando Francesca ya se había ido, estaba echando una siesta cuando han llamado a la puerta. Sabía que no era Leo porque solía entrar sin llamar. Me he levantado, me he puesto la bata y he ido a la puerta. Cuál ha sido mi sorpresa al ver al señor Sinclair, el cónsul británico.

—Le pido disculpas por esta visita inesperada, señorita Browning. Ya veo que llego en un mal momento. ¿No se encuentra bien?

—No se preocupe, solo me había acostado un rato —respondí y lo dejé entrar—. Imagino que ya sabrá que di a luz hace poco.

Asintió con un gesto serio.

—Así es. Debe de ser una situación difícil para usted ahora que Italia ha entrado en guerra. Supongo que aún podría ir a Suiza, o tomar un barco en Marsella.

—No estoy muy segura de que me convenga regresar a Inglaterra si los alemanes están a punto de invadirnos —repliqué.

El cónsul frunció el ceño.

—Esperemos que podamos plantar cara para evitar que Hitler invada Gran Bretaña. Además, tenemos un nuevo primer ministro, el señor Churchill, que no es un pusilánime como el cobarde de Chamberlain. Si hubiera mandado él desde el primer momento, tal vez le habríamos parado los pies a Hitler antes de que invadiera Polonia. O tal vez no. —Se encogió de hombros—. Ese desgraciado lleva años soñando con la dominación mundial. Ha construido un ejército poderosísimo, pero los ingleses tenemos más coraje y determinación que los alemanes. Le aseguro que no le resultará tan fácil conquistarnos a nosotros.

—Espero que tenga razón —dije—. ¿Le apetece un té?

—Es usted muy amable. —Se sentó en uno de los sillones—. Aproveche ahora, porque dentro de poco empezará a escasear —me aseguró—. Van a instaurar un racionamiento muy estricto y usted no tendrá derecho a recibir una cartilla. Además, a los italianos no les gusta el té y la mayoría de los expatriados británicos ya se han ido.

Puse a hervir el agua.

—¿Qué va a hacer usted ahora que estamos en guerra? —pregunté.

El cónsul mostró un gesto de dolor.

—Ese es el problema. Acabo de recibir la orden de regresar a Inglaterra. Debo cruzar España para llegar a Portugal, donde un avión me llevará a casa. —Me miró con dulzura—. Ojalá pudiera llevarla conmigo, pero me resulta imposible. Sin embargo, quería hablarle del motivo real de mi visita, aparte de despedirme de usted, claro está. Me preguntaba si le gustaría trabajar para su país.

Lo miré sorprendida y prosiguió:

—Debo advertirle que todo lo que le diga a partir ahora es confidencial y que debe firmar un documento para que quede constancia. —Se llevó la mano al bolsillo y sacó una hoja de papel—. ¿Está preparada para firmar?

—¿Antes de saber lo que implica el trabajo?

—Eso me temo. Así es como funcionan las cosas en época de guerra.

Miré a Angelo, que dormía en la cuna.

—Tengo un hijo y él es mi principal responsabilidad. No puedo trabajar de espía o transmitir mensajes. No quiero separarme de él ni ponerlo en riesgo.

—Por supuesto que no —me aseguró el cónsul—. No tendrá que salir del piso. Podrá trabajar desde aquí y, además, le haría un gran servicio a su país.

Lo miré a los ojos y, a pesar de las dudas, me acerqué a la mesa.

—Supongo que no me pasará nada por firmar. ¿Tengo la opción de rechazar la propuesta?

—Sin duda —afirmó el señor Sinclair, con un tono demasiado animado.

—De acuerdo, pues.

Leí el documento en diagonal. Especificaba que, si no respetaba la confidencialidad, me enfrentaba a una condena de cárcel o de pena capital. No es que fueran unas palabras muy tranquilizadoras, pero firmé. El cónsul se guardó los papeles en el bolsillo interior de la americana.

—Disfruta de unas vistas espectaculares, señorita Browning —me dijo.

—Lo sé, me encantan.

—Y si no tengo mal entendido, es usted la dueña.

—Veo que sabe muchas cosas sobre mí.

—Así es. Como comprenderá, hemos tenido que comprobar su pasado antes de hacerle llegar esta petición.

—¿Y de qué se trata?

El hervidor de agua soltó un silbido estridente que me obligó a levantarme y apartarlo del fuego. Regresé al comedor y tomé asiento.

—Se encuentra usted en una ubicación privilegiada para ver el movimiento de los barcos. Como sabrá, los italianos tienen varios buques fondeados en la zona y ahora permitirán que la marina alemana use Venecia como base para atacar Grecia, Chipre y Malta. Me gustaría que nos enviara un informe diario de la actividad naviera.

Si zarpa alguna embarcación, quiero que nos lo comunique para que podamos interceptarla con nuestros aviones.

—¿Cómo les haría llegar la información? ¿Quedará alguien aquí a quien pueda contárselo?

—Ah. —Se sonrojó—. Enviaremos a un técnico para que le instale una radio, pero será indetectable porque quedará escondida. Sin embargo, no podrá usarla cuando esa mujer esté aquí. No puede permitir que la vea. ¿Me ha entendido?

—Por supuesto, aunque no es que tenga muchas luces, por lo que tampoco sabría qué es.

—Aun así, no queremos correr riesgos. Debe contactar con nosotros en cuanto se produzca actividad naval.

—¿Con quién debería contactar? ¿Y qué debería decir?

—Paciencia, querida. Lo sabrá todo a su debido tiempo —respondió.

Regresé a la cocina, serví dos tazas de té y las llevé en una bandeja. El señor Sinclair tomó un sorbo y lanzó un suspiro de satisfacción.

—Ah, sabe a té de verdad. Algo de lo que podré disfrutar cuando vuelva a casa.

Tomé un sorbo y esperé a que prosiguiera.

—¿Sabe código morse? —me preguntó.

—Me temo que no.

—Le daré un manual, pero debe aprenderlo cuanto antes. Además de la radio, recibirá un libro de códigos. Debe ocultarlo en un sitio distinto al aparato, en un lugar en el que jamás se le ocurra mirar a nadie. Enviará los mensajes cifrados. Pongamos, por ejemplo, que ha visto dos destructores. Pues tal vez tenga que decir: «La abuela no se encuentra muy bien».

—¿Y si los alemanes lo descifran?

—Los códigos se cambian a menudo y, además, usted tampoco sabrá cómo recibirá un nuevo libro. Tal vez llegue en un paquete de su tía de Roma, en un recetario de cocina. —Sinclair se encogió de hombros—. Nuestro servicio secreto tiene muchos recursos. Por suerte no tendrá que establecer contacto personal con nadie, así que en caso de que la sometieran a un interrogatorio, no tendría que preocuparse por la posibilidad de traicionarnos.

—Es de lo más reconfortante saberlo —repliqué sin más y vi que esbozaba una levísima sonrisa.

Sinclair tomó otro sorbo y dejó la taza en la mesa.

—Ah, una cosa más. Necesitará un nombre en clave para comunicarse. ¿Qué sugiere?

Miré al canal y vi un carguero que avanzaba lentamente. ¿Era una locura aceptar ese trabajo?

—Me llamo Juliet —dije—, por lo que mi nombre en clave debería ser Romeo.

—Romeo. Me gusta —afirmó entre risas—. Ahora debo irme. Como comprenderá, después de diez años aquí no será fácil preparar una mudanza de esta magnitud. ¿Quiere que le traigan la comida que nos sobre? ¿Y el vino? Me temo que no lo tendrá muy fácil para conseguir alimentos en el futuro.

—Sí, se lo agradecería.

—¿Le interesa algo más de lo vaya a dejar aquí? ¿Mantas? ¿Una chimenea eléctrica?

—Sería maravilloso. Quién sabe si también nos racionarán el carbón.

—Pues veré lo que puedo hacer. —Me estrechó la mano—. Buena suerte, señorita Browning. Creo que la necesitará.

CAPÍTULO 38

Juliet
Venecia, 20 de junio de 1940

Hoy por la mañana he ido a comprar comida antes de que empezara el racionamiento estricto. He dejado a Angelo durmiendo en compañía de Francesca. Ha sido una delicia volver a disfrutar del aire fresco y el calor del sol mientras paseaba por Zattere. He visto un buque de la marina en la zona del puerto, lo que me ha recordado la misión que había aceptado. ¿Por qué no me había negado sin más? Tal vez me había puesto en peligro a mí misma y a mi hijo. Sin embargo, siempre me habían enseñado que había que hacer lo correcto, ¿verdad?

Me adentré por los canales más pequeños del interior, en busca de una barcaza que vendía verduras, cuando dos hombres vestidos de uniforme se dirigieron hacia mí. Eran carabinieri, algo poco habitual en la ciudad, que contaba con su propio cuerpo de policía. Intenté pasar de largo, pero uno de ellos me agarró del brazo.

—Eh, tú —me abordó—. ¿Dónde está el documento de identidad?

—No lo llevo encima, lo siento —mentí, intentando exagerar mi acento veneciano.

—¿No te has enterado de la nueva directiva que obliga a llevar siempre el documento de identidad?

Me había cortado el paso.

—Lo siento. Prometo que la próxima vez no lo olvidaré —me disculpé.

—Pues a vas a venir conmigo.

—Pero si no he hecho nada.

El mayor de los dos, un hombre corpulento y de tez morena, se me acercó a la cara.

—Alguien nos ha dicho que eres la inglesa. Una extranjera del bando enemigo. Vamos a llevarte a un campamento.

—No —repliqué, forcejeando para zafarme—. Suéltenme. Cometen un error.

Ambos agentes sonreían como si estuvieran disfrutando de lo lindo.

—Se equivocan de persona. Yo vivo aquí.

De repente se oyó un grito y vimos a una mujer corpulenta que avanzaba hacia nosotros con paso firme, agitando la mano en un gesto amenazador.

—Soltadla ahora mismo. Malditos matones sicilianos… —gritó—. Dejadla en paz, ¿me habéis oído?

—No te metas donde no te llaman —le advirtió el hombre que me agarraba.

—No me iré hasta que no la soltéis. Esta joven me salvó la vida el año pasado cuando se derrumbó el puente de la Festa del Redentore…, pero, claro, qué vais a saber vosotros, que venís de la otra punta del país a nuestra ciudad. Me mantuvo a flote y no me ahogué. Fue un ángel. Así que no voy a permitir que le toquéis ni un pelo, ¿verdad, hermanas?

Se había reunido una multitud, la mayoría mujeres.

—Pues claro —dijo otra—. Dejadla en paz o tendréis que enfrentaros a todas nosotras.

—No os penséis que vais a venir a Venecia a hacer lo que os dé la gana —afirmó otra, que se acercó a pocos centímetros de su cara—. Esto no es Palermo ni Messina. Aquí somos civilizados. Volved al lugar de donde habéis venido.

—Retroceded si no queréis tener problemas —les advirtió el carabiniere, con un tono menos agresivo.

—¿Qué pasaría si os cayerais en el canal?

—¡Sí, al canal con ellos!

El coro de voces resonó en la fondamenta.

El agente miró a su alrededor y vio que se había reunido una muchedumbre que no paraba de gritar y gesticular.

—No podéis venir a nuestra ciudad y empezar a detener a gente inocente —gritó un hombre.

—Ven, mi ángel. Ven conmigo. —Mi salvadora me arrancó de los brazos de los carabinieri y me llevó con ella—. Nos vamos a casa.

Nos alejamos, pero en cuanto doblamos la esquina me deshice en agradecimientos.

—No digas tonterías, ha sido un placer ayudarte —me aseguró—. Vivo en ese edificio de ahí, de modo que, si algún día necesitas ayuda, solo tienes que venir a verme. Me llamo Constanza, por cierto.

—Gracias. Yo soy Julietta.

Me plantó un beso en la mejilla y regresé corriendo a casa, sin hacer la compra. A pesar de la suerte que había tenido, estaba muy preocupada. ¿Cómo podía salir a la calle si había patrullas por todas partes? Al llegar, le conté a Francesca lo que me había sucedido.

—Qué desgraciados son esos sicilianos. —Escupió en el fregadero—. Nadie los quiere aquí. No se preocupe, que está entre amigas.

Pensé en escribir a Leo, pero justo vino a vernos por la tarde.

—He oído que unos carabinieri han intentado detenerte.

—Es verdad. Querían llevarme a un campamento de prisioneros.
Suspiró.

—Ojalá te hubieras ido cuando podías, Julietta. ¿Cómo voy a
protegerte? Tengo cierta mano con la policía de la ciudad y puedo
pedirles que te dejen en paz, pero con esos hombres de fuera que
forman parte de las unidades paramilitares... No están bajo el control del ayuntamiento. Intenta no salir de casa hasta que pueda solucionar el problema.

—¿Cómo piensas hacerlo? —pregunté con un leve temblor—.
Soy una extranjera del bando enemigo, ¿no? Tendría que estar en un
campamento como los demás.

—En tal caso lo mejor será que te vayas a Suiza cuanto antes.

—No puedo dejar a Angelo. De verdad que no puedo.

—*Cara.* —Me acarició—. Cuanto más te aferres a él, más difícil será todo. Quiero que estés a salvo, tanto tú como mi hijo.

Se fue y me dejó muy nerviosa, al borde de la desesperación.
Miré a mi hijo mientras le daba el pecho. El pobre mamaba con
avidez, apoyando su manita regordeta en mi seno. «Pase lo que pase,
estará bien», pensé. Pero ¿y si nos deportaban a un campamento de
prisioneros? ¿Cuándo iba a darme cuenta de que había llegado el
momento de marcharme? ¿Era muy egoísta por mi parte alargar mi
estancia en Venecia todo el tiempo posible?

***

No tuve noticias de Leo durante dos días. Me quedé en casa,
pegada a la ventana. Recibí el envío de parte del cónsul, que constaba de varias cajas llenas de artículos de primerísima necesidad:
fruta en conserva, tomate concentrado, sardinas, bolsas de alubias
y pasta, café, té, vino, aceite de oliva, así como varias mantas muy

suaves y la maravillosa chimenea eléctrica. Estuve a punto de romper a llorar de agradecimiento. Compartí varias cosas con Francesca, que también me dio las gracias.

Entonces, apareció Leo, con cara de satisfacción.

—Todo solucionado —me dijo—. He hablado con mi padre, un hombre de muchos recursos. Por suerte había alguien del ayuntamiento que le debía un favor, así que aquí tienes tu documento de identidad y tu cartilla de racionamiento.

Los dejó en la mesa y los observé con detenimiento.

—¿Giuliana Alietti? —pregunté.

—Trabajaba para nosotros, pero falleció hace poco, por desgracia. Su marido había devuelto los documentos y nos pareció que sería una pena desaprovecharlos, ¿no crees? Te pareces bastante a la mujer de la fotografía, pero aun así ándate con mucho cuidado. Estoy convencido de que ya corre el rumor de que eres extranjera. Y siempre habrá alguien desesperado dispuesto a cobrar a cambio de información. Pero mientras yo esté aquí, basta con que digas: «Trabajo para el conde Da Rossi». En principio, debería bastar.

—Eso espero.

Se acercó a la cuna de Angelo, que estaba despierto y lo miró sin parpadear.

—Creo que ha heredado tu pelo caoba —dijo Leo mirándome—. ¿Y también tus ojos azules? No parece que los tenga castaños.

—Todos los bebés tienen los ojos azules. O eso me ha dicho Francesca, que sabe mucho. No pasan a tener el color definitivo hasta al cabo de unos meses.

—Pues espero que se parezca mucho a ti —dijo Leo—. Así te recordaré toda la vida.

No supe qué responder, pero sus palabras me partieron el corazón.

21 de julio de 1940

Ha pasado casi un mes y aún me da miedo salir a la calle. ¿Me vigila alguien? Muy a mi pesar, he tomado la decisión de no asistir a la Biennale, a pesar de que la condesa me ha dicho que este año se exponen varias obras interesantes. Con ella sí que seguiré viéndome. Hay una parada de *vaporetto* cerca de donde vivo, aunque la Marina ha requisado la mayoría de las embarcaciones, por lo que ha aumentado considerablemente la frecuencia de paso para ir al Lido.

Hace unos días, se presentó un hombre inglés en casa cuando ya era de noche. La radio secreta está escondida bajo las tablas de madera del suelo, junto a la mesita de mi dormitorio. Solo tengo que mover la mesa y levantar una tabla para sacar la radio. Todo muy disimulado. El tipo me enseñó a manejarla y a interpretar el libro de claves. He intentado aprender morse, pero no creo que se me dé muy bien. También me dejó unos prismáticos de gran potencia para observar los barcos que zarpan desde el continente, en caso de que los alemanes decidieran construir un puerto propio. De momento no tengo nada de lo que informar. La vida sigue su curso con normalidad, como cualquier otro verano.

***

Hoy era la fiesta del Redentor. Esta vez hemos tenido un día radiante y he visto a los peregrinos que cruzaban el puente de barcazas hasta la iglesia, con sus velas. Todavía me cuesta creer que mi vida fuera tan distinta hace un año. Sin embargo, no me arrepiento en absoluto de haber tenido a Angelo. Lo quiero con toda el alma. Hasta ahora jamás habría imaginado que los humanos pudiéramos amar tanto a alguien.

Capítulo 39

Este año ha sido el más raro de mi vida. En Venecia nada ha cambiado gran cosa. La principal diferencia es que algunos alimentos escasean y el flujo de artículos del Véneto se ha reducido. Creo que lo han redirigido a las grandes ciudades de Milán y Turín, cuyas fábricas se han centrado en la producción de material bélico. Por suerte la condesa Fiorito, a la que voy a visitar con asiduidad, tiene un huerto en el jardín y se encarga de suministrarme verduras frescas, aunque no durará mucho porque el frío y las lluvias han llegado de golpe.

La condesa ha redoblado sus esfuerzos para salvar a judíos de la Alemania nazi. A mí no deja de extrañarme que los nazis hayan expresado de forma tan rotunda que no quieren a los judíos y, sin embargo, no les permitan viajar.

—No sé cuánto tiempo podré seguir adelante con esto —me dijo la semana pasada—. Ahora que somos aliados de los alemanes, nuestro gobierno ha adoptado las tesis de Hitler y también planea obligar a los judíos a llevar la estrella de David y encerrarlos en zonas concretas de las ciudades.

—¿También le afectará a usted? —pregunté, atemorizada.

Sonrió.

—Nadie sabe que soy judía, querida. Y aquellos que valoran lo que puedo ofrecer a la ciudad correrán un tupido velo, así que no te preocupes, porque estoy a salvo. De hecho, eres tú quien me preocupa.

—No creo que me pase nada —le aseguré—. Leo me enseñó a decir «Claro que tengo el documento de identidad» y otras frases algo menos educadas en veneciano. La mayoría de los carabinieri son del sur y no nos entienden.

La condesa se inclinó hacia delante y apoyó su mano huesuda en mi rodilla.

—Me gustaría pedirte un pequeño favor.

—Faltaría más, después de todo lo que ha hecho por mí.

—Me gustaría que te reunieras con una persona en la estación. Josef ya no está aquí conmigo, lo he mandado a casa de un amigo. Umberto es demasiado mayor para salir a hacer recados y, además, no le gusta lo que hago. Solo me queda la doncella y no sirve para estas cosas.

—¿Y Vittorio? —pregunté—. Hace tiempo que no lo veo. ¿Tampoco está aquí?

—Como ya te dije en una ocasión, Vittorio siempre se arrima a la mejor sombra —respondió, con una leve sonrisa—. Se ha integrado en el círculo más próximo a Mussolini porque, al parecer, quieren adquirir arte, de un modo u otro.

—Oh, vaya —suspiré, aliviada de no tener que verlo más—. Pues sí, no tengo ningún inconveniente en reunirme con esa persona.

—Es la hija de Anton Gottfried, el antiguo primer violín de la Ópera Estatal de Viena. Su padre se encuentra bajo arresto domiciliario en la capital austríaca y teme por su propia seguridad, pero quiere sacar a Hanni del país. Y por fin ha surgido la oportunidad.

La muchacha asistió a un internado franciscano hasta que se lo impidieron. Sin embargo, las monjas la adoran y dos de ellas viajarán a Roma de peregrinaje esta semana y han accedido a llevar a Hanni con ella. El tren parará en Milán, donde tomará otro a Venecia. Su llegada está prevista el viernes a mediodía. ¿Podrías ir a recogerla?

—Por supuesto. ¿Cómo es?

—No lo sé. Es una chica judía de unos doce años de Viena. También ignoro si hablará algo más aparte de alemán. ¿Tú lo hablas?

—Me temo que no, pero tal vez Hanni haya aprendido inglés o francés en la escuela.

—Eso espero, o nos aguardan unos días muy complicados. —Sonrió—. Intentaré refrescar mis conocimientos de yidis, pero no lo hablo desde que era pequeña. —Su sonrisa se desvaneció—. Esperemos que no lleven a cabo controles de documentación en el tren.

***

Llegué a la estación hecha un manojo de nervios. Mientras esperaba el tren, las preguntas se agolpaban en mi cabeza: ¿y si no quería acompañarme? ¿Y si no podía hacerme entender? ¿Y si había carabinieri vigilando la zona y descubrían que era judía? El corazón me latía desbocado cuando el tren se detuvo en el andén. Bajó un gran número de pasajeros: hombres de negocios que intentaban abrirse paso con determinación, abuelas del campo que cargaban grandes bolsas de alimentos para compartirlos con sus familiares de la ciudad… Al final, apareció una chica menuda y pálida, con el pelo recogido en trenzas, cargando con una pequeña maleta y mirando a su alrededor con ojos asustados.

Me acerqué hasta ella.

—¿Hanni? ¿Hanni Gottfried?

—*Ja.* —Sus ojos saltaban de una cara a otra.

—¿Hablas italiano? —le pregunté.

Negó con la cabeza.

—¿Inglés?

Tampoco.

—*Je parle un peu français* —dijo.

—*Eh bien, moi aussi* —respondí.

Le dije que me enviaba la condesa Fiorito y que iba a llevarla a su casa. Una sonrisa de alivio le iluminó el rostro y borró el gesto de preocupación.

—Vamos a verla ahora. Vive en una isla muy bonita, seguro que te gusta.

Me agarró de la mano y bajamos al muelle del *vaporetto*. Hicimos el trayecto sin problemas, pero las dudas asomaron a su cara al ver la verja de hierro de la villa.

—¿Vive aquí? —me preguntó en francés.

Asentí.

—Te lo pasarás muy bien. Hay buena comida y ella es una mujer fabulosa.

Asintió con un leve gesto. «Pobrecilla —pensé—. Tener que abandonar a su familia para enfrentarse a un destino incierto y viajar sola hasta Venecia». Me dieron ganas de abrazarla, pero la acompañé hasta la puerta. La condesa la abrió y miró a la chica.

—*Mayn lib meydl. Du bist oyser gefar mit mir* —dijo en yidis, y abrazó a la pequeña.

Jamás había visto una muestra de afecto tan efusiva de la condesa. Era obvio que estaba conmovida. Se secó los ojos y soltó a Hanni.

—Lo siento —me dijo en italiano—, pero se parece mucho a mí cuando tenía su edad. Yo también fui una refugiada como ella. Pobrecilla. Quién sabe si volverá a ver a sus padres.

Me invitó a quedarme a comer, pero tuve que irme para tomar el único *vaporetto* de vuelta a la ciudad. Mi fiel Francesca había

357

aceptado quedarse hasta mi regreso, pero tenía que dar de mamar a Angelo, que solía ponerse de muy mal humor cuando tenía hambre. La empresa de Leo utilizaba la planta baja como almacén. Para mí era una suerte que las plantas intermedias del edificio estuvieran vacías, lo que prácticamente impedía que alguien pudiera oír los llantos de un bebé. La travesía de la laguna no fue muy plácida y habían aparecido nubes que amenazaban con lluvia. Pensé en la pequeña Hanni, a la que acababa de dejar en casa de la condesa, y me pregunté cuál habría sido su destino si no la hubiera salvado. Sin embargo, también pensé en cuánto tiempo estaría a salvo. ¿Empezarían a detener a los judíos en Venecia? ¿Y luego qué?

Navidad de 1940

No pensé que volvería a escribir para expresar mi felicidad, pero a medida que se aproxima el final del año, me siento llena de amor y de gratitud. Aun así, estoy preocupada por mi madre. Hace meses que no recibo una carta suya, desde que Francia cayó en manos de los alemanes e Italia decidió entrar en guerra. Además, no puedo correr el riesgo de mandarle un paquete, porque la dirección despertaría los recelos de los funcionarios de correos. Todas las noticias que llegan de Inglaterra son malas: los bombardeos nocturnos de Londres y la posible invasión de Alemania.

***

En Nochebuena decoré el piso. Era imposible conseguir un árbol de Navidad, pero encontré una rama de pino arrastrada por el viento en los Giardini, la clavé en una maceta y la engalané con adornos de cristal. A Angelo le fascina. Por suerte aún no gatea, porque si no ya la habría derribado. Ahora se sienta, se vuelve y hace la croqueta en el suelo con gran agilidad. Y se ríe... Una risa profunda que me llena el alma. Le han salido dos dientes que tiene la mala costumbre de probar cuando le doy de mamar. No sé cuánto tiempo podré seguir, pero debo hacerlo, porque sé que en cuanto lo destete tendré que separarme de él.

Leo llamó a la puerta cuando ya había oscurecido. Traía un caballo con ruedas, una botella de prosecco, un panettone y una bolsa de naranjas. Bebimos una copa mientras Angelo jugaba en la alfombra, observando su nuevo premio.

—Tengo un regalo para ti —le dije—. Para el hombre que lo tiene todo.

—No te tengo a ti —replicó con un hilo de voz.

Le di un papel atado con un lazo. Lo abrió y vio una acuarela de Angelo. Llevaba intentando dibujarlo dese que había nacido, pero esta vez logré capturar su mirada alegre y traviesa, intentando agarrar un juguete.

—Es maravilloso —dijo Leo—. Lo enmarcaré. Tienes un grandísimo talento. Por cierto, ¿has vuelto ya a las clases o ya eres una gran maestra?

Se me escapó la risa.

—La beca solo era para un año y el plazo finalizó cuando nació Angelo.

—Si quieres seguir estudiando, estaría encantado de hacerme cargo de la matrícula.

Negué con la cabeza.

—No, no creo que sea el momento adecuado. Quiero pasar hasta el último minuto con Angelo antes de... —No pude acabar la frase.

—Yo también te he traído un regalo —dijo Leo.

Me dio una caja y la abrí. Dentro había un anillo antiguo con una hilera de diamantes engastados.

—Era de mi abuela. Bianca nunca ha mostrado el menor interés por las joyas de la familia. Quiero que lo tengas tú para que sepas que, si hubiera podido elegir, me habría casado contigo.

—Oh, Leo...

Intenté contener las lágrimas, pero mi esfuerzo fue en vano, y me lancé a sus brazos. Él me estrechó con fuerza y me besó. A pesar de la tentación del deseo, me aparté.

—No puedo... Recuerda lo que pasó la última vez. No podemos permitir que se repita.

—Solo quiero besarte y abrazarte —me susurró—. Nada más, te lo prometo.

Nos sentamos juntos, abrazados, acompañados por la dulce melodía de los villancicos que cantaba la gente en la calle. Fue un momento que atesoraré toda la vida.

CAPÍTULO 40

Las noticias de la guerra nos llegan con cuentagotas. Sabemos que han bombardeado Inglaterra, pero apenas recibimos información sobre el ejército italiano, que ha sufrido una gran derrota en el norte de África. Ha habido un gran número de prisioneros y muchas mujeres, incluida Constanza, la que me salvó de las garras de los carabinieri, temen por el bienestar de sus hijos. La pobre hace meses que no tiene noticias suyas, que no sabe si está vivo o muerto. Siento una punzada de dolor cada vez que habla de él, porque sé que mi madre estará pasando un mal trago muy parecido. He intentado escribirle varias cartas, pero o bien no le llegan, o si las recibe, son sus respuestas las que no llegan hasta aquí.

A pesar de la contienda, los días transcurren de forma relativamente plácida, aunque cuando salgo a la calle me invade el temor a que me interroguen los carabinieri. Cada día cumplo con mis tareas de vigilancia del canal y tomo nota de todos los barcos alemanes e italianos que veo. La verdad es que siento una pequeña punzada de orgullo cuando alguno de los buques no regresa a puerto. Ahora ya domino el código morse y enseguida me adapto cuando llega un nuevo libro de claves en una cesta de comida o alguien desliza uno por debajo de la puerta. Ignoro quién se encarga de las entregas. Tampoco quiero saberlo. Hasta el momento he logrado ocultarle la radio a Francesca, que es una buena persona, pero deja algo que desear como mujer de la limpieza. Estoy segura de que jamás se le ocurriría mover la mesita para sacar el polvo. Y si lo hiciera, no se inmutaría al ver el cuadrado en las tablas de madera. Muestra un notable desinterés por todo aquello que no forme parte de su pequeño mundo, es decir: sus hijos, sus nietos, las vecinas... y poco más. A buen seguro ni siquiera le importa que haya una guerra, salvo por el hecho de que su nieto mayor está a punto de cumplir la edad mínima de reclutamiento y de que no soporta la margarina.

Además de enviar los informes diarios, cuido de Angelo y salgo a pasear cuando hace bueno. Últimamente hemos tenido un tiempo fabuloso. Han regresado las golondrinas y no me canso de verlas sobrevolar la ciudad, acompañadas de sus chillidos agudos. Casi cada día voy al parque con Angelo para ver las palomas o las embarcaciones que pasan por el canal de Giudecca. Últimamente se mueve mucho y persigue a los pájaros por todas partes. Al menos una vez a la semana voy hasta el Lido, acompañada siempre de mi hijo. La condesa adora a Hanni y la malcría a conciencia, pero nada puede compensar lo mucho que la pequeña añora a sus padres. Intenta hacerse la valiente y mostrarse agradecida, pero es una niña sensible y se preocupa mucho. De vez en cuando todavía pregunta por su familia.

—¿Crees que mis padres podrán huir y venir a Venecia algún día? —me preguntó en una ocasión, en mitad de una partida de cartas—. ¿Por qué no me escriben?

—Estoy segura de que han intentado hacerlo, cielo —le dije—, pero es probable que no se lo permitan. O quizás lo hayan hecho y las cartas estén retenidas en la frontera.

—No están en peligro, ¿verdad? —preguntó.

—Puede que sí —concedí, ya que no quería que albergara falsas esperanzas—. Por eso te enviaron aquí en cuanto tuvieron la oportunidad de hacerlo.

—Ya veo —dijo y siguió con la partida.

Hanni ha progresado mucho con el italiano y yo la ayudo con las tareas de la escuela. Es muy lista y no soporto pensar siquiera en lo que habrá perdido. En condiciones normales se estaría preparando para acceder a la universidad. Imagino que habría seguido los pasos de su padre, ya que tiene un gran talento para la música y es una excelente pianista. Angelo también se muestra fascinado con el piano y me gusta verlos juntos. A menudo Hanni lo sienta en su regazo y le toma las manos con delicadeza para tocar una nana. Él siempre la mira embelesado.

Estos recuerdos quedarán grabados a fuego en mi memoria, toda la vida. Angelo está a punto de cumplir un año y sé que en breve tendré que separarme de él. ¿Qué será de mí entonces? Imagino que me iré a Suiza a esperar a que pase la guerra. Por el momento estoy a salvo en Venecia, pero la situación podría dar un giro radical en cualquier momento. Aun así, mientras pueda contar con Leo no cederé al desánimo. Viene a vernos a menudo y trae un juguete, un pastel o un poco de mantequilla, que ha desaparecido de las tiendas. Ahora solo se encuentra margarina, que tiene un sabor asqueroso. La carne también escasea. Sin embargo, tampoco me afecta, porque mi cartilla de racionamiento ha caducado y sobrevivo gracias a Francesca y a la condesa. Al menos en Venecia tenemos pescado, mejillones y almejas. Por mi parte, he aprendido a hacer los *linguine* con salsa de almejas de Francesca, que también intentó enseñarme a preparar los espaguetis con sepia en su tinta, pero todavía tengo demasiado fresco el recuerdo de lo que ocurrió en casa del profesor.

3 de mayo de 1941

Hoy hemos celebrado el primer cumpleaños de Angelo. Francesca ha preparado un pastel, algo que solo puede considerarse un milagro dada la escasez de huevos y mantequilla. Yo le he hecho un oso de peluche con hilo de un jersey que ya no me pongo. A mí me ha parecido todo un poco precario, pero da la sensación de que a él le ha gustado. Leo ha venido a tomar el té y un poco de tarta, y le ha traído un trenecito.

—Era mío —me ha dicho—. Cuando venga a la casa tendrá muchos juguetes. Hablando del tema, ¿no crees que ha llegado el momento de dar el paso?

Miré a mi hijo, que estaba sentado en la alfombra jugando con el tren de madera, haciendo los ruiditos típicos de un niño de su edad.

—¿Podré venir a verlo cuando esté contigo? —pregunté.

Leo frunció el ceño.

—No me parecería lo más adecuado. Aún es lo bastante pequeño para olvidar. No podemos obstinarnos en recordarle el mundo al que ha tenido que renunciar. Debes dejar que disfrute de su nueva vida. Estoy seguro de que le tomará cariño a la niñera y yo le daré todo mi amor.

—De modo que yo me quedo sin nada... —dije con la voz rota.

—Lo siento con toda el alma, *cara mia*, pero hay que hacer lo mejor para su futuro y su seguridad. ¿Y si tuvieras que huir precipitadamente en plena noche? ¿Y si, no lo quiera Dios, te detuviera la policía secreta? —Vio mi gesto de preocupación y se apresuró a añadir—: Por mucho que quiera pensar que eres intocable, las cosas están cambiando. Mi padre ha perdido la fe en Mussolini y se está distanciando de él porque se teme que esto no acabará bien. Creo que es mejor actuar mientras todavía tengamos un pequeño margen de maniobra.

Me miró e intenté asentir, pero no pude.

—Lo quiero mucho, Leo.

—Lo sé, y por eso debes entregarlo, porque lo quieres.

Angelo se acercó a Leo con el tren en la mano y se apoyó en sus rodillas.

—Papá —balbuceó sujetando el tren.

—El próximo día te traeré los documentos para que los firmes —me dijo—. Ya lo tenemos todo preparado.

—Solo te pido algo de tiempo para despedirme. Déjame que le haga al menos un último retrato.

—Por supuesto. —Se levantó tomándolo en brazos—. No quiero causarte más dolor, Julietta. Si tuviéramos una alternativa, puedes estar segura de que la estudiaría. Lo único que deseo es que ni tú ni él corráis ningún peligro.

Me entregó a Angelo, le besó en la cabeza, luego a mí y se fue.

8 de julio de 1941

Hace ya un tiempo que no veo a Leo. Imagino que estará ocupado con algún trabajo del que no puede contarme nada. En sus últimas visitas, siempre fugaces, no volvió a mencionar que le entregara a Leo. Todavía no he podido acabar el retrato. Me pregunto por qué. Sin embargo, esta tarde, cuando menos me lo esperaba, se ha presentado Leo con gesto de preocupación.

—Tengo que irme esta noche —me dijo—. No quería marcharme sin decírtelo.

—¿Adónde?

—No puedo decírtelo y no sé cuánto tiempo estaré fuera. Cuídate. —Me tomó en brazos y me besó con toda la pasión. Luego me soltó, me miró a la cara y se fue precipitadamente.

De modo que ahora no tengo protector. Lo más sensato sería llevar a Angelo al *palazzo*, pero, francamente, no tengo sensación de peligro. Los vecinos me conocen. Cuando nos vemos en el mercado siempre nos detenemos a charlar. En el parque intercambio las cortesías de rigor con los ancianos que dan migas de pan a las palomas y los gorriones. Hasta el policía de la ciudad me conoce y me desea *bondì*.

Esa noche, tumbada en la cama y mientras los pensamientos se agolpan en mi cabeza, se me ocurre una idea brillante: no tengo por qué entregarlo. Puedo hacer pasar a Angelo como un huérfano italiano cuya madre biológica falleció en la guerra. Yo lo adopté y ahora me lo llevo conmigo a Inglaterra. Podría huir ahora, llegar al menos hasta Suiza, siempre que ese país siga acogiendo a refugiados. Pero no puedo irme sin despedirme de Leo. Debo esperar a que regrese. Estoy preocupada por él. ¿Por qué tuvo que marcharse tan precipitadamente cuando me había asegurado que estaba protegido y que su familia desempeñaba un papel importante en el esfuerzo bélico?

24 de septiembre de 1941

Hoy era la Regata Storica, que se celebra en esta época todos los años. Las tripulaciones se visten de época y disputan una competición de remo, a bordo de unas góndolas enormes, en el Gran Canal. Había embarcaciones de todos los tamaños. A pesar de la guerra, ha asistido un buen número de personas que animaban a su equipo. Los únicos ausentes eran los vendedores de helados y de globos. El ejército y la policía han observado la competición desde la distancia. Cuando ha finalizado y me dirigía a casa, me han parado en un control.

—¿Documento de identidad? —me han pedido.

Lo he sacado y se lo he mostrado. Por suerte había tenido la precaución de ajarlo y arrugar la fotografía para que nadie pudiera decir que no era yo. El oficial lo ha examinado y luego me ha mirado.

—¿Es usted? —me preguntó.

—Por supuesto —respondí, mirándolo fijamente.

—Tiene el pelo más oscuro.

—Porque me lo teñí una vez y ahora lo llevo de mi color.

—¿Nació en Venecia?

—Así es.

El hombre me observaba con el ceño fruncido.

—Aquí hay algo que no encaja. Mañana debe presentarse en la *questura* a primera hora. ¿Entendido?

—Tengo un hijo de un año, no puedo dejarlo solo.

—Tráigalo y comprobaremos también su certificado de nacimiento y documento de identificación.

El oficial me tendió la mano.

—Entrégueme su documentación. Se la devolveremos mañana si está todo correcto.

Todavía no sé cómo llegué sana y salva a casa. Estaba temblando. Si comprobaban mi documento de identidad, descubrirían que me había hecho pasar por otra mujer, que era una ciudadana enemiga. Puede que incluso registrasen el piso y encontrasen la radio bajo la mesita de noche. ¿No fusilaban siempre a los espías? Hasta entonces no había tenido la sensación de estar en una situación de peligro real, pero en ese momento empezaba a tomar conciencia de lo que podía ocurrirme. Me detuve en mitad de un puente de forma tan brusca que el hombre que iba detrás chocó conmigo y me maldijo sin esconderse.

¡No sabían dónde vivía! En el documento constaba la dirección de Giuliana. Comprobarían el dato, descubrirían que había muerto, pero no tenían forma de averiguar dónde estaba yo o cuál era mi nombre auténtico. Lo que debía hacer era no ir a la *questura* por la mañana. Tenía que esconderme. Regresé a casa, metí varias prendas de ropa mías y de Angelo en una maleta y lo desperté de la siesta.

—Francesca, tengo que ir a ver a una amiga y estaré fuera unos días —dije lo primero que me vino a la cabeza—. No se encuentra bien. Se ha fracturado el tobillo y le prometí que le haría compañía. No sé cuándo volveré, pero no es necesario que vengas hasta que te avise.

—*Va bene* —dijo, contenta de tener unos días libres—. Pero me pagarán, ¿verdad?

—Sí, te pagaremos el sueldo normal.

No sabía cómo le pagaban, pero sospechaba que Leo había creado un sistema automático, tal y como había hecho conmigo. Eso me hizo tomar la decisión de sacar el dinero mientras pudiera.

Le escribí una carta a Leo por si regresaba durante mi ausencia. Le decía que había ido a ver a una vieja amiga mutua. Él sabría a quién me refería, porque le había hablado mucho de ella. Mi intención era ir al Lido después de pasar por la oficina del Banco de San Marco para sacar el dinero… hasta que caí en la cuenta de que tendría que mostrarles un documento de identidad. Por ello decidí esperar hasta la mañana siguiente, dejé a Angelo con Francesca y fui a la oficina que había detrás de la plaza de San Marcos para ver a mi amigo, al señor Gilardi. Le dije que quería retirar todo el dinero y el cajero contó los billetes delante de mí y me los entregó con una sonrisa.

—¿Va a hacer una compra importante?

—Voy a visitar a una amiga enferma —expliqué, repitiendo mi coartada—. No sé cuánto tiempo estaré fuera.

—Pues le deseo un buen viaje.

Salí y me fui corriendo a buscar a Angelo, evitando las calles más transitadas, donde pudiera encontrarme con un policía. Llegué al piso empapada en sudor y sin resuello, y me tomé un vaso de agua de un trago.

—Puedo prepararle un té o un café —me dijo Francesca—. Siéntese y descanse un rato.

—No, debería irme. El último *vaporetto* sale dentro de media hora.

Me despedí de ella, bajé con Angelo y lo puse en su sillita. Se sentó incorporado, muy emocionado, convencido de que íbamos al parque. Sin embargo, me dirigí al muelle del *vaporetto* y tomé el siguiente que se dirigía al Lido. Mientras cruzábamos la laguna, oímos el estruendo de la sirena de un barco y vimos pasar muy cerca una cañonera alemana. «Ahora no podré avisar a Inglaterra», pensé. ¿Moriría alguien por culpa mía? ¿Estaba anteponiendo mi seguridad a la de los demás?

Cuando llegamos al Lido, bajé con Angelo y nos dirigimos a la gran verja de hierro forjado, rezando para que la condesa estuviera en casa. En el pasado solía viajar a menudo para visitar a amigos de toda Europa, pero me imaginaba que en esas circunstancias no se aventuraría más allá de la ciudad. Como esperaba, me abrió Umberto, que me acompañó al interior. Se oían voces en el jardín y al llegar me encontré una escena encantadora. El nuevo jardinero, que debía de ser otro de los judíos alemanes que había rescatado la condesa, había instalado un columpio en el árbol y Hanni se balanceaba bajo la atenta mirada de la condesa. En cuanto la pequeña me vio, bajó de un salto con un grito de alegría.

—¡Qué sorpresa más agradable, cielo! —La condesa me tendió la mano—. No esperaba verte hoy.

—Tengo una emergencia —dije y me volví hacia Hanni—. ¿Te importaría llevarte a Angelo y jugar un rato con él?

La pequeña asintió y se fue con Angelo, que la acompañó encantado, con una sonrisa en los labios.

—¿Qué ocurre? —me preguntó la condesa y le conté lo sucedido.

Frunció el ceño.

—Son malas noticias, pero ya sabías que tu estancia en la ciudad tenía los días contados, ¿verdad?

—Creo que estaré a salvo si me quedo en casa y tomo precauciones, pero no puedo salir de la ciudad sin un documento de identidad.

—Es cierto. Deberías quedarte conmigo. Los policías son demasiado holgazanes para venir a esta zona, a menos que tengan ganas de nadar.

—Si no le importa, me gustaría quedarme un par de semanas —le pedí.

—Instálate aquí. Tengo espacio de sobra y buena comida. Y Hanni adora a Angelo. Podrías ayudarla con las tareas de la escuela. Yo le estoy echando una mano con el italiano y el francés, pero mis conocimientos matemáticos son de otra época.

—Lo haré encantada.

«Puedo quedarme aquí, en un lugar seguro y lejos de la policía, hasta que vuelva Leo», pensé. Pero entonces no podría informar por radio de los navíos que abandonasen el puerto. Si hundían un barco británico, sería culpa mía.

Capítulo 41

No sé cómo, pero el tiempo ha pasado volando. Últimamente reina un espíritu de optimismo porque los estadounidenses han entrado en la guerra en el bando de los Aliados.

—Gracias a ellos todo acabará enseguida —dicen los ancianos del parque.

El año ha transcurrido sin demasiados sobresaltos, aunque, al no tener documento de identidad, me preocupa que puedan interrogarme cada vez que salgo. He pasado gran parte del tiempo en la villa de la condesa. Quería que me instalara de forma permanente, pero no pude desobedecer a mi conciencia y retomé la tarea de vigilancia del tránsito marítimo, por eso intento pasar un par de días a la semana en el piso y dejo a Angelo en el Lido, donde está más seguro. Por suerte, el flujo de barcos alemanes ha disminuido tras la invasión alemana de la Unión Soviética en junio, donde parece que tiene concentrado al ejército. Espero que eso signifique que han desistido de la idea de invadir Gran Bretaña y que hayan disminuido los bombardeos. Sigo sin tener noticias de mi madre y tampoco puedo comunicarme con ella. Y no sé nada de Leo. Estoy muy preocupada, pero confío en que estará en una misión secreta y que regresará sano y salvo.

Angelo no para de crecer y cada vez es más movido. El pelo se le está poniendo de un castaño rojizo muy parecido al mío y los ojos conservan un tono azul intenso precioso. ¡Qué guapo es! Se sube a todos los muebles, corre por el jardín de la condesa y se lo pasa en grande jugando con Hanni, que ya habla muy bien italiano y se siente como en casa. Por desgracia, no hemos tenido novedades de sus padres, seguramente debido a su afán por no revelar el paradero de su hija. La pequeña se muestra resignada y a menudo oigo que le canta nanas a Angelo con su dulce y aguda voz en alemán: «*Hoppe hoppe Reiter. Wenn er fällt, dann schreit er...*».

Últimamente hemos recibido varias visitas de Vittorio, que apareció un día de repente, como de la nada, derrochando su encanto a raudales, como de costumbre. Sospecho que se ha malquistado con los poderosos de Roma. Por algún motivo, me pone muy nerviosa. Es obvio que no soporta que la condesa me tenga tanto aprecio y no le gusta la presencia de Hanni. La condesa le ha pedido que almacene sus pinturas más valiosas en la galería de arte, convencida de que sabrá cuidarlas mejor que ella, pero yo no lo tengo tan claro. Siempre he pensado que Vittorio es un veleta, dispuesto a cambiar de bando según sople el viento.

Francesca viene a limpiar una vez a la semana cuando no estoy en casa, pero acude a diario a cocinar y hacer la compra cuando sí estoy. Con las fiestas a la vuelta de la esquina, he regresado a la ciudad para visitar los mercados de Navidad, que aún se celebran frente a las iglesias. Quería comprar algo para la condesa, Hanni y Angelo, claro. Me costó decidir qué podía gustarle a la condesa y me pregunté si era buena idea pintarle un cuadro a alguien que tiene obras de maestros clásicos colgadas en las paredes de su casa. Pero es una mecenas de la Biennale y, por lo que me han dicho, el año que viene se celebrará como es habitual, haya o no guerra. Al final me he decantado por un cuadro de estilo abstracto. El profesor Corsetti ha venido a visitarla en varias ocasiones y me ha animado a que siguiera pintando. Le he mostrado el retrato que estaba haciendo de Angelo y me ha dado varios consejos interesantes. Ahora que ya casi está acabado, me siento muy orgullosa.

El nuevo jardinero de la condesa, Peter, o Pietro, más bien, le está haciendo una locomotora de madera a Angelo para que pueda montar en ella. Los dos hemos pasado unos días en la ciudad, porque yo tenía remordimientos por no estar cumpliendo con la misión que me habían encomendado y también quería comprar regalos de Navidad. De modo que lo he dejado con Francesca y me he acercado al mercado a ver si había naranjas o dulces, y para buscar algo para Hanni. De hecho, he tenido bastante suerte, porque he encontrado una flauta de cristal que suena y en mi librería favorita tenían un par de libros en alemán. No quiero que olvide su lengua materna. También me estaba costando bastante encontrar algo para Francesca, que si algo tiene es que es una mujer muy práctica, por eso al final he llegado a la conclusión de que no se ofendería si le daba dinero. Vivir con la condesa me ha permitido ahorrar casi toda la asignación mensual. Me ofrecí a pagar nuestra parte de la comida, pero no quiso ni oír hablar del tema. Le estaré eternamente agradecida porque no tengo cartilla de racionamiento. La verdad es que no sé qué haría sin ella y Francesca. Y sin Hanni. La quiero tanto… En cierto sentido muestra una madurez intelectual y un afecto muy superiores a los que correspondería a su edad. Es como si el hecho de ser madre me haya abierto el corazón a todas las posibilidades del amor. Me encanta cuando se acerca corriendo al verme y me da un abrazo. La condesa la adora.

—Por si me ocurriera algo —me dijo el otro día—, la he incluido en mi testamento para sufragar su manutención y sus estudios universitarios. Merece disfrutar de una vida tranquila en ese sentido.

—No hable de esos temas —le pedí y sentí un escalofrío—. Me ha dicho muchas veces que en Venecia los judíos están a salvo.

La condesa me miró fijamente.

—Una nunca sabe qué nos deparará el mañana —me advirtió.

Una vez comprados los regalos, encontré también un ciclamen en el mercado y volví al piso muy satisfecha conmigo misma. Angelo ya tenía edad suficiente para empezar a participar en las celebraciones, de modo que iba a ser una Navidad fantástica. Cuando abrí la puerta, reinaba un silencio extraño.

—¿Francesca? —la llamé—. ¿Está durmiendo Angelo?

Salió de la cocina con un gesto estoico.

—Han venido a por él —dijo.

—¿Cómo? ¿Quién ha venido a por él?

—No me lo han dicho. Se lo han llevado sin más y cuando he intentado evitarlo uno de los hombres me ha advertido: «No te metas en esto».

Mi mundo se detuvo. El corazón me latía tan fuerte que pensé que Francesca podía oírlo.

—¿Eran de la policía? ¿Del ejército?

Negó con la cabeza.

—Creo que eran trabajadores de la familia Da Rossi.

—¡No tenían ningún derecho! —grité—. No pueden llevarse a mi hijo sin más. Voy a buscarlo ahora mismo.

—No puede hacerlo. Son gente muy poderosa, *signorina*. Le juro que intenté impedírselo.

—Me da igual que sean poderosos. He dicho que voy a buscarlo.

Bajé corriendo las escaleras, intentando poner orden en los pensamientos que se agolpaban en mi cabeza. ¿Significaba eso que Leo había regresado sano y salvo y que se había llevado a su hijo? De no ser así, ¿quién había ordenado este ultraje? ¿El padre de Leo, porque quería un nieto y un heredero? Era imposible que fuera Bianca, que nunca había demostrado instinto maternal. Por lo general yo siempre tenía mucho cuidado al desplazarme por la ciudad y evitaba las calles más concurridas de día, ya que seguía sin documento de identidad, pero ese día no me importó. Pasé junto al edificio de la Academia y crucé el puente que conducía al Palazzo Da Rossi. Subí los austeros escalones sin dudar siquiera, dejé atrás los leones de piedra que flanqueaban la entrada y aporreé la puerta principal.

Apareció un criado.

—¿Ha regresado el señor Leonardo da Rossi?

—No, *signora* —respondió—. No ha vuelto. Han transcurrido muchos meses desde que lo vimos por última vez.

—Entonces debo hablar con la señora Da Rossi —repliqué.

—¿Puedo decirle quién desea verla?

—Puede. Soy la madre de Angelo. Vengo a por mi hijo.

Esperé, intentando recuperar el aliento después del apresurado trayecto. El corazón aún me latía desbocado.

Al cabo de poco regresó el sirviente.

—En estos momentos la señora no puede recibir visitas.

—¡Mentira! —exclamé, y entré antes de que pudiera agarrarme.

No sabía dónde podía encontrar a alguien en una casa de tales dimensiones, pero avancé por el vestíbulo de mármol y oí al lacayo que me gritaba y perseguía.

Salió también una doncella.

—¿Dónde está la señora Da Rossi?

—En su dormitorio, pero no...

La dejé con la palabra en la boca y subí las escaleras. Abrí una puerta, luego otra y entonces encontré una habitación grande y bien iluminada con vistas al Gran Canal. Bianca estaba sentada ante un tocador, maquillándose. En cuanto entré, se volvió horrorizada.

—Por el amor de Dios... —gritó—. Váyase de aquí ahora mismo.

—Siento haber irrumpido en su casa de esta manera, señora Da Rossi, pero soy...

—Sé perfectamente quién es —replicó sin disimular su desagrado—. Lo sé todo sobre usted, créame.

—He venido a buscar a mi hijo y no me iré sin él. ¿Dónde lo tienen?

Me miró con gesto triunfal.

—Su hijo no está aquí —replicó.

—Sus hombres se lo han llevado. Me lo dijo Francesca.

—No sé de qué me habla.

En ese momento apareció el lacayo.

—Giovanni, quiero que te lleves a esta loca ahora mismo. Me está molestando.

—No pienso irme sin mi hijo. ¿Quiere que vaya a la policía? Porque le aseguro que registrarán la casa hasta dar con él.

Era una amenaza sin fundamento y Bianca lo sabía.

—El único hijo que hay en esta casa es el de esta familia —afirmó—. El heredero, Angelo da Rossi. Y ahora váyase antes de que ordene que la echen.

—Quiero saber una cosa, ¿lo ha ordenado Leo?

—Por supuesto —respondió—. Dejó instrucciones muy claras antes de irse. Es lo que siempre quiso. Hasta el momento no me había molestado porque, francamente, no me interesan los niños lo más mínimo. Pero ahora que Leo no está aquí y cabe la posibilidad de que no vuelva, una familia como la nuestra debe tener un heredero, ¿no es así?

—¿Cabe la posibilidad de que no vuelva? ¿Han tenido noticias suyas?

—No, ninguna. Esa es la cuestión. Ha desaparecido. Hemos de aceptar que su querido Leo debe de haber muerto. Y ahora váyase. Desaparezca de mi vista y no vuelva nunca más. Si la veo, será un placer llamar a la policía y decirle que hemos retenido a una extranjera que pertenece al bando enemigo. —Hizo un gesto de impaciencia con la mano—. Giovanni, haz el favor de acompañar a esta mujer a la puerta.

Una mano fuerte me agarró del antebrazo y me sacó de la habitación. Intenté pensar en alguna solución a la desesperada, lo que fuera con tal de recuperar a mi hijo, pero no tardé en darme cuenta de que era inútil. No tenía ninguna prueba de que fuera mío. Además, tampoco tenía derecho a estar en la ciudad. Era una extranjera del bando enemigo. Aunque lograra entrar a hurtadillas en la casa y recuperar a mi hijo, me encontrarían, me detendrían y acabaría en un campamento de extranjeros.

«Estará bien atendido —me dije y me tapé la cara para intentar contener los sollozos—. Cuando sea mayor será el conde Da Rossi. ¿Qué más podría desear un niño?».

Pero sabía la respuesta: nunca tendría una madre que lo amara.

**

Abrí el diario e intenté escribirlo todo. Todo salvo mis sentimientos. ¿Cómo expresar por escrito lo que se siente cuando te rompen el corazón? Todavía no había asimilado la magnitud de lo que me había sucedido, pero sabía que no tardaría en hacerlo. No volvería a verlo nunca más ni a tenerlo en brazos, y él no volvería a mirarme con su dulce sonrisa ni me llamaría «mamá». ¿Cómo podría soportarlo? Sin embargo, no me quedaba otra opción.

Cuando acabé, cerré el diario. ¿Cómo podría escribir de nuevo después de haber recogido una tragedia tan dolorosa? Abrí el escritorio, saqué los cajones, aparté el panel, cogí la llave y accedí al cajón secreto para esconder el diario. Ahí se quedará de momento y así evitaré la tentación de leer las entradas sobre épocas más felices.

Capítulo 42

«Debería irme a casa», se repetía Caroline una y otra vez. Lo ocurrido con Luca era una locura, una forma de vengarse de Josh, de recordarse a sí misma que aún podía despertar el deseo en los hombres.

«No ha significado nada», se decía, pero tampoco podía negar la atracción que sentía por Luca. No creía que él se sintiera atraído con la misma intensidad, aunque había ido a verla a diario durante la última semana y la había invitado a su ático del Lido:

—… donde tengo buena comida y buen vino, que no es de garrafón, y una cama más ancha y cómoda que esta —comentó entre risas.

—Esto es una locura, Luca —replicó Caroline, enfadada consigo misma por haberse sonrojado—. Apenas nos conocemos, y yo no soy de esas que se acuesta con cualquiera.

—Claro que no —concedió él—, pero ambos somos adultos, no tenemos ataduras y me gustas. Y sé que yo a ti también. ¿Por qué no hacerlo, entonces? Ni siquiera eres católica. No tendrás que ir a confesarte como yo.

—¿Aún lo haces?

—Por supuesto. Es lo correcto. Pero no te preocupes, tenemos un cura muy dócil que nos impone unas penitencias muy suaves. —Se rio—. Te quedan tantas cosas por descubrir sobre el estilo de vida veneciano... Y para mí será un placer instruirte.

Caroline se dijo a sí misma que debería haberse sentido culpable y se sorprendió de que no fuera así. «Soy una mujer adulta. Tengo veintisiete años y no tengo compromisos. ¿Qué hay de malo en una relación con un hombre soltero como yo?». Y el comentario sobre su deseo de instruirla sobre la vida en Venecia... ¿No implicaba que quería que ella se quedara en la ciudad..., que consideraba que su relación tenía futuro?

El tiempo había sido horrible y habían tenido *aqua alta* en varias ocasiones, por lo que aún no había podido aceptar la invitación de Luca para mostrarle su ático del Lido. Él había pasado varias noches en su piso y Caroline se sentía culpable por no querer irse. El hecho de quedarse en Venecia y tener una aventura con Luca le parecía una especie de deslealtad a su abuela, y además sentía que también estaba abandonando a su hijo. Sin embargo, por el momento no podía hacer gran cosa más por Teddy. Había encontrado un café con conexión wifi para mantener el contacto con Josh. En el último correo le había enviado un informe del psiquiatra en el que confirmaba la ansiedad de Teddy y en el que afirmaba que se sentía seguro en su entorno actual. «Todo intento de obligarlo a cambiar de aires podría ser perjudicial para su salud mental». Esa era la conclusión. El mensaje fue un duro golpe para ella.

—No sé qué hacer, Luca. No quiero tomar ninguna decisión que pueda afectar negativamente a mi hijo, pero el corazón me dice que estaría mucho más seguro conmigo. Además, en la casa de su abuela tendría mucho espacio para correr.

—Creo que debes seguir el dictado de tu corazón, Cara —le aconsejó Luca, y a juzgar por su mirada tuvo la sensación de que no se refería solo a Teddy.

¿Le estaba diciendo que debía tomar un avión a Nueva York y hacer lo que consideraba correcto? Sin embargo, aún no había esparcido las cenizas de la tía Lettie, por lo que no podía marcharse. «Mañana —pensó—, mañana lo haré».

Al día siguiente estaba limpiando el piso antes de salir y recibió una visita sorpresa. Los pasos que se oían en las escaleras no eran pesados como los de Luca, sino más ligeros. Abrió la puerta y se encontró con su madre, casi sin aliento.

—Vaya, hay unas cuantas escaleras. ¿Puedo entrar?

—Menuda sorpresa, condesa. —Caroline la invitó a pasar—. Siéntese. ¿Le apetece un vaso de agua o una taza de té?

—Un poco de agua, gracias, cielo. Espero que no te moleste que me haya presentado así de imprevisto, pero he estado pensando en el problema que tienes. A tu hijo, me refiero. Me sabe muy mal por ti. Sé cómo me habría sentido si alguien me hubiera quitado a Luca. Te aseguro que habría luchado con uñas y dientes para recuperarlo. Por eso me preguntaba… Mira, mi hermano es abogado y trabaja en uno de los bufetes más importantes de Nueva York. Tal vez te interese hablar con él y, quién sabe… A lo mejor el tema se soluciona con una carta suya.

—No creo que pueda permitirme a un abogado de primer nivel —dijo Caroline con una risa intranquila.

La condesa le dio una palmada en la rodilla.

—Por eso no te preocupes. Será un favor para su querida hermana. Además, no creo que sea necesario recurrir a un tono muy amenazador, bastaría con una advertencia para recordarle a tu ex que debe hacer lo correcto.

—No sé qué decir —afirmó Caroline.

—Basta con un «gracias». —La condesa sonrió—. Ya sabes que Luca te aprecia mucho. No lo veía tan animado desde... —Levantó la mirada—. Espero que lo vuestro no quede en nada. Me gustaría tener una nuera con la que poder charlar sin preocuparme por cometer un error gramatical.

Cuando se hubo ido la madre de Luca, Caroline se sentó junto a la ventana, pensando en lo que le había dicho. «Luca te aprecia mucho». Había empezado a acariciar el escritorio casi sin darse cuenta. Era un mueble precioso... Podía pedir que se lo enviaran a Inglaterra, o dejarlo allí, para disfrutar de él cuando fuera de vacaciones. Aunque, ¿cuándo tendría tiempo para viajar? ¿Era una ingenua por creer que el interés de Luca no era algo puramente pasajero? Una cosa tenía clara, y era que de momento quería quedarse el piso. Al menos durante una temporada. Sería su lugar de retiro, su refugio y su pequeño plan de jubilación.

Examinó el escritorio. Era muy grande, pero tal vez cabría en su dormitorio de casa de la abuela. De hecho, era bastante profundo. Hizo una pausa y frunció el ceño. Qué curioso... Pensándolo bien, los cuadernos ocupaban casi todo el cajón. Sacó uno y lo midió. Cuarenta y cinco centímetros. Sin embargo, el escritorio medía más de sesenta.

—Y si...

Golpeó con los nudillos en la parte posterior y oyó un ruido hueco. Emocionada, sacó todos los cajones y, detrás de uno de ellos, encontró un panel móvil que ocultaba una pequeña cerradura. Fue corriendo a buscar la llave plateada, la introdujo en la cerradura, la giró y se abrió el pequeño escondite. Introdujo la mano dentro, temblando de nervios y emoción, y sacó una libreta y una carpeta. La primera parecía un diario y la segunda contenía más dibujos de Juliet. ¿Por qué los habría escondido, si los demás los había dejado a la vista? Los dejó en una silla, abrió el diario y empezó a leer.

Al cabo de unas cuantas horas, llamó a Luca.

—He encontrado el diario de mi tía abuela —le dijo con una voz preñada de emoción—. ¿Puedes venir? Quiero que lo leas. Es importante porque también te afecta.

Luca llegó una hora más tarde.

—Has llorado. —Estiró una mano para secarle una lágrima de la mejilla.

Caroline asintió.

—Es una historia muy triste y lo peor de todo es que no sabemos qué ocurrió.

—¿A qué te refieres?

—El diario acaba cuando le quitan a Angelo.

—¿Se lo quitan?

—Tu familia. Imagino que lo adoptó. Sabemos que la tía Lettie acabó en Suiza, pero no dice cuándo se fue, si volvió a ver a tu abuelo o si él ya había muerto. ¿Me dijiste que lo mataron en la guerra? —Se sirvió una copa de vino—. No me mires así, es el que compraste tú, no el de garrafón.

Luca se sentó en un sillón y empezó a leer. Caroline se quedó en el reposabrazos, a su lado. Ya no le importaba sentir su roce y, además, tenía que ayudarlo cuando llegaba a alguna palabra que no entendía. De vez en cuando, él levantaba la cabeza y asentía.

—Ah, estudió en la academia, claro.

Entonces llegó a la parte de la condesa Fiorito.

—Conozco la villa. Ahora es un museo de arte moderno. La condesa lo legó a la ciudad en su testamento.

Luca siguió leyendo y Caroline permaneció a su lado sin decir nada. Al leer un pasaje de especial relevancia, la miró.

—Entonces, ni siquiera fue su amante. Quiero decir, solo estuvieron juntos esa vez. Pero él la amaba, ¿no?

Caroline asintió.

—Así es.

Luca retomó la lectura.

—Y mi padre… —dijo, señalando la página, con la voz embargada por la emoción—. Está todo aquí.

—Sí.

Cuando acabó, cerró el diario y apoyó una mano en la rodilla de Caroline.

—De modo que esto es todo lo que sabemos. Nunca podremos averiguar lo que ocurrió luego. ¿No hay más diarios?

—No he encontrado ninguno. Lo único que sabemos es que ella llegó a Suiza y que él murió.

—Creo que me dijeron que le habían disparado al intentar huir de un campamento de prisioneros.

Caroline lo miró horrorizada.

—¿De los Aliados?

—No, de los alemanes. Fue después de que Italia cambiara de bando. Estaba colaborando con los Aliados.

—Qué triste. Me pregunto si… —Se volvió—. Da igual.

—¿Y en todos estos años no dijo nada tu tía? —preguntó Luca.

—Ni una palabra. Creíamos que era la típica solterona inglesa, refinada, distante, sin vida propia más allá de la familia. —Le tomó la mano a Luca—. ¿Querrás acompañarme cuando vaya a esparcir sus cenizas?

Luca entrelazó los dedos con los de Caroline.

—¿Dónde lo harás?

—Me gustaría encontrar su árbol. Había pensado en esparcirlas alrededor.

—De acuerdo. —Luca titubeó unos segundos y añadió—: Debo confesar que he hecho algo un poco ilegal.

—¿Ah, sí? —preguntó ella con nerviosismo.

Luca sonrió.

—He sobornado a alguien para que me consiguiera una copia del historial médico de mi abuela.

—¿Cómo lo hiciste?

—Tampoco es cuestión de entrar en detalles, pero he averiguado algo: no hay constancia de que mi abuela diera a luz en 1940 ni más adelante.

—Ya veo. —Caroline guardó silencio durante unos segundos y añadió—: Entonces, eso demuestra que es todo cierto, que mi tía abuela era tu abuela.

—Eso parece.

A Caroline se le escapó una risa nerviosa.

—Pues somos familia.

—Sí, ya ves —concedió Luca entre risas—, pero no somos parientes cercanos como para que eso suponga un problema. —Se le ensombreció el rostro—. Creo que no es necesario que mi padre lo sepa, ¿no te parece?

—Sin duda. Y mi abuela tampoco. Será nuestro secreto. —Hizo una pausa y añadió—: ¿Cuándo quieres ir a esparcir las cenizas de tu abuela?

Esperaron a que llegara una tarde con buen tiempo y se dirigieron a los Giardini con la lancha de Luca. Avanzaron entre remolinos de hojas secas y ambos se detuvieron al mismo tiempo, con un «oh» de exclamación. Ahí estaba la estatua triste, a la que le faltaban varios dedos y que también tenía las piernas en mal estado por culpa de la brisa marina. Permanecía oculta tras un gran árbol y varios arbustos. Caroline abrió la urna y esparció parte de las cenizas con un gesto lento y respetuoso.

—Adiós, tía Lettie —susurró.

Le entregó la urna a Luca, que rodeó el árbol y acabó de esparcir los restos lentamente.

—Adiós, abuela —dijo—. No sabes cuánto lamento no haberte conocido.

Como si alguien los hubiera escuchado desde más arriba, de repente se desató una ráfaga de viento que arrastró las hojas y las cenizas hasta la laguna.

Hicieron el trayecto de vuelta en silencio, hasta que Luca tomó la palabra:

—El otro día hablé con mi madre y me dijo que había ido a verte. También me contó… —Dejó la frase en el aire—. Bueno, eso da igual, lo que importa es que ambos creemos que deberías ir a Nueva York para recuperar a tu hijo y traerlo a casa. —Hizo una pausa—. Yo tendré que ir por negocios dentro de poco. ¿Quieres que te acompañe?

Caroline no se atrevió a mirarlo.

—Si quieres…

—Por supuesto —dijo él.

Capítulo 43

Hacía muchísimo tiempo que no escribía un diario. Me resultaba demasiado doloroso, pero debo dejar constancia de algunos de los acontecimientos ocurridos en los últimos meses para evitar que se conviertan en una carga eterna en mi corazón.

Cuando me arrebataron a Angelo, la vida dejó de tener sentido para mí. Poco me importaba estar viva o muerta. En ocasiones, en el puente de la Academia, me detenía en lo alto y me preguntaba por qué no saltaba. No obstante, he seguido adelante. Desde entonces he repartido el tiempo entre la villa de la condesa y mi piso. Mis actividades como espía se han convertido en una tarea insoportable, en algo que no deseo hacer por culpa de la amargura y el dolor que me embargan. ¿Por qué debo salvar vidas cuando a mí me la han arrancado sin piedad? Sin embargo, mi arraigado sentido del deber, tan propio de la educación inglesa, me obliga a seguir. Por eso, cada semana dedico dos o tres días a observar la laguna desde mi ventana. Francesca viene a traerme comida de vez en cuando, pero he perdido el apetito. Alguna vez me he acercado hasta el canal con los prismáticos para espiar el palacio Da Rossi con la esperanza de ver a Angelo, pero dejé de hacerlo el día que me abordó un desconocido.

—¿Qué hace? —me preguntó.

—Observar pájaros —me apresuré a responder—. Hay un nido de gaviotas en el tejado y acaban de tener crías.

El hombre dio por buena mi respuesta, pero me di cuenta del peligro que corría. Una parte de mí quería huir a Suiza para encontrar la seguridad, pero ¿cómo podía viajar sin documento de identidad? Aunque no tomara el tren y me desplazara únicamente con autobuses locales, sería el blanco de un sinfín de sospechas. Tarde o temprano alguien acabaría denunciándome. Además, habría controles. Y tendría que comer y comprar comida. ¿Cómo iba a hacerlo sin cartilla de racionamiento? De modo que estoy atrapada, lo quiera o no. No dejo de repetirme que Leo volverá, que regresará conmigo y todo irá bien. Sin embargo, me temo que no me queda más remedio que aceptar que no me devolverá a mi hijo. Siempre he tenido una sombra de duda de que él fuera el responsable de la operación para quitarme a Angelo. ¿Les había dicho a sus hombres: «Si no he vuelto en esta fecha, tenéis que traer al niño al *palazzo*»?

Me costaba creer que hubiese sido tan cruel como para arrebatarme a Angelo sin darme siquiera la oportunidad de despedirme, pero tal vez pensó que era la única solución, dado lo apegada que estaba a mi hijo.

Intento hallar consuelo en el tiempo que paso con la condesa y con Hanni. Ayudé a preparar una parte del catálogo de la Biennale, que se celebró como si no existiera la guerra. Vittorio siempre andaba por ahí pavoneándose y dándose aires de grandeza, repartiendo órdenes a los instaladores de los pabellones. También convenció a la condesa para que comprara determinadas obras y tuve mi momento de gloria cuando vio el cuadro que había pintado para ella en la pared de la biblioteca.

—¿De dónde ha salido este? —preguntó—. Espero que no pagara demasiado.

—¿Te gusta?

Vittorio frunció el ceño.

—Tiene cierto encanto —admitió—. El uso del color es interesante. ¿Es de alguno de sus refugiados judíos?

—No, de mi querida invitada —respondió tomándome la mano—. ¿No te parece que tiene talento?

Fue uno de los pocos momentos que arrojó algo de luz en la oscuridad que me rodeaba.

Leo no ha vuelto. Debo aceptar lo que dijo Bianca: que ha desaparecido, lo han capturado o ha muerto. Rezo para que sea lo segundo. Si estuviera en manos de los británicos, sé que lo tratarían bien. Pero ¿por qué no ha podido enviar ni una sola carta?

Septiembre de 1942

La Biennale se celebró bajo la atenta mirada de los secuaces de Mussolini o de oficiales alemanes. En esta ocasión, como no podía ser de otra manera, no se expusieron obras de artistas soviéticos, ya que Hitler se había vuelto contra su antiguo amigo, Stalin. Las únicas buenas noticias que nos llegaban, y siempre con cuentagotas, eran que los Aliados estaban logrando notables avances desde que Estados Unidos se había involucrado en el conflicto. Habíamos empezado a ganar batallas en el Norte de África, Inglaterra ya no sufría bombardeos diarios… Aun así, no dejaba de pensar en mi madre, cada día más angustiada por ella. Desde que yo también era madre, me había dado cuenta de lo mucho que debía de haber sufrido ella teniendo a su hija en otro país. La pobre debía de estar preocupadísima y yo no podía hacer nada para aliviar su dolor.

En cuanto a la condesa, ha acabado el flujo constante de ciudadanos judíos que recibía. Nos llegan noticias aciagas de Alemania y sabemos que están enviando a los judíos a diversos campos de trabajo repartidos por Europa oriental. Ya no queda ninguno en las ciudades de Alemania o Austria. Nos tememos lo peor sobre los padres de Hanni, pero intentamos no transmitirle nuestros miedos. Por otra parte, ella ha dejado de preguntar. Preferimos dejar que sea feliz y disfrute de su infancia mientras pueda. Yo me he esforzado para que siga el ritmo normal de clases. Toca el piano y le gusta acompañarme a la playa cuando el tiempo lo permite. Nadamos juntas en las cálidas aguas del Adriático y cuando nos cansamos flotamos en la superficie, como si no tuviéramos ninguna preocupación durante esos momentos. Luego me salpica, la persigo y ella grita entre risas, como cualquier otra chica de su edad. Me temo que me estoy encariñando con ella y que se me volverá a partir el corazón cuando tenga que irme.

En Italia parece que también empeora la situación de los judíos, que ahora deben lucir la estrella de David y no pueden abandonar el barrio de Cannaregio. La condesa soltó una carcajada cuando le pregunté si iba a ponérsela o si obligaría a Hanni a llevarla.

—No te preocupes tanto, querida. Aquí todo el mundo me conoce. Soy la mujer de un conde italiano —me dijo—. Estamos a salvo.

Sin embargo, no puedo evitarlo y quizás ella tampoco, porque el otro día me llevó a la biblioteca y me dijo:

—Si me ocurriera algo, quiero que guardes esto. Ni siquiera Vittorio sabe de su existencia. —Abrió un cajón y sacó una carpeta de cartón—. La mayoría de los bocetos no tienen ningún valor, pero entre ellos he ocultado algunas obras importantes: un Picasso de la primera época, un Miró y un par más. No quiero que caigan en las manos equivocadas. ¿Me prometes que te encargarás de protegerlas?

—Por supuesto —le aseguré—, pero usted misma me dijo hace poco que no le sucedería nada.

—En esta vida no existen las certezas, pero dormiría más tranquila si supiera que estos tesoros no van a ir a parar a quien no corresponde. —Hizo una pausa y me miró—. Además, si me ocurriera algo y no regreso, te las he legado en mi testamento.

Noviembre de 1942

He seguido adelante con mis tareas de observación y mis comunicaciones por radio. Me ha llevado un tiempo caer en la cuenta de que han transcurrido muchos meses desde la última vez que me hicieron llegar un libro de códigos nuevo. ¿Habrán decidido que ya no es necesario actualizarlos o acaso el enemigo descubrió mi emisora de radio e interceptaba mis mensajes? Temo que sea este el motivo. ¿Es cuestión de tiempo hasta que me localicen? Dudo entre poner fin a todos los mensajes o seguir enviándolos, aun sabiendo que podrían descubrirme. ¿Acaso importa? No tengo a Leo ni a Angelo. Mi vida ya no es vida. Francesca viene a limpiar de vez en cuando o a traerme comida que encuentra en el mercado, pero como en casa de la condesa nos alimentamos bien, no necesito gran cosa.

Septiembre de 1943

Ha pasado otro año y yo sigo con la sensación de estar viviendo en un sueño. Por fin impera el optimismo en Venecia. A principios de año los Aliados invadieron Sicilia y luego el sur de Italia. Sin embargo, seguían arribando barcos alemanes a la laguna y yo continuaba enviando mis mensajes con la esperanza de que alguien los estuviera recibiendo. Entonces, el 8 de septiembre llegó la noticia que esperábamos desde hacía mucho: el gobierno italiano declaró su rendición. ¡Ya no éramos enemigos! La gente salió a celebrarlo a la calle. «Los muchachos volverán pronto a casa», repetía todo el mundo. No obstante, la felicidad duró poco, ya que los alemanes enseguida tomaron represalias.

El ejército alemán nos invadió y sus tropas marchan por la ciudad. Han tomado varios *palazzi*, incluido el de los Rossi. Me preocupaba que pudiera haberle ocurrido algo a Angelo, pero me llegó el rumor de que la familia había huido a la villa del Véneto. «Por favor, no permitas que le pase nada malo», rezaba todas las noches.

Ayer oí que dos mujeres decían que los alemanes estaban construyendo en el Lido un campamento de prisioneros para los judíos.

—¡Ya iba siendo hora! —exclamó una de ellas—. Nunca me ha hecho gracia tener a esos extranjeros asquerosos en mi ciudad.

Me fui corriendo al Lido y encontré a la condesa y a Hanni sentadas en la galería. Hanni estaba leyendo en italiano en voz alta. En un aparte, le di la mala noticia a la condesa.

—Sí, querida, yo también lo he oído. Me siento muy mal porque no puedo hacer nada. Estos hombres no atienden a razones. No nos queda más que mantener la discreción y esperar a que tus compatriotas ocupen toda Italia. No tardarán mucho. Los alemanes han construido una línea de defensa al norte de la Toscana, pero no creo que puedan mantener una férrea vigilancia en la orilla oriental. Estoy segura de que los Aliados llegarán pronto y todo irá bien.

—Pero vive muy cerca del campamento que están construyendo. ¿Por qué no se aloja una temporada en mi piso de Dorsoduro? —le pregunté.

—Me gusta mucho mi casa. —Hizo un elegante gesto con la mano para abarcar toda la sala—. Además, tengo a mi querido Umberto y mi adorable Hanni.

—¿No cree que corre peligro la pequeña?

Se encogió de hombros.

—No aparece en ninguna lista. No existe. No veo qué peligro puede correr si se queda aquí.

Recé para que tuviera razón. Empecé a ver los barcos llenos de judíos que se dirigían al Lido. Los alemanes habían requisado casi todos los *vaporetti*, por lo que ahora resultaba casi imposible moverse por la ciudad. Al cabo de unos días decidí que debía regresar al Lido para comprobar cómo se encontraban. Vi una barca de pescadores amarrada en Zattere y tuve la audacia de preguntarles si tenían pensado regresar a una de las islas cuando hubieran vendido la captura del día. Los pescadores solían vivir en una de las islas. De hecho, tenía varios dibujos de esos hombres y sus barcas. Cuando me respondieron que sí, le pregunté a uno de ellos si podía dejarme en el Lido.

—¿Quiere ir a ese lugar que está lleno de alemanes?

—Es que tengo una amiga mayor que vive ahí y quiero comprobar si está bien.

—*Va bene* —asintió—. Suba a bordo.

Y así fue como al cabo de una hora estábamos cruzando la laguna. Sin embargo, se acercó una patrullera alemana.

—¡Alto! ¿Adónde se dirigen? —preguntó una voz en alemán.

—A casa. Soy pescador y ya he vendido toda la captura de hoy.

—¿Tiene permiso?

—Pues claro, ¿por quién me toma?

—Y la mujer, ¿quién es?

Se me paró el corazón, porque no tenía documento de identidad.

—Mi esposa. ¿Quién quiere que sea? Me echa una mano con el dinero y se asegura de que no aparte nada para gastármelo en vino.

—Pueden seguir. —El oficial alemán nos hizo un gesto para que continuáramos.

En cuanto nos alejamos, lancé un suspiro de alivio.

—Muchas gracias, ha reaccionado muy rápido.

—No quiero que ningún alemán le ponga una mano encima a una chica de Venecia —dijo.

Me embargó un gran orgullo. Sus palabras confirmaban que mi acento era impecable. Podía pasar por una veneciana más.

Paró en un muelle pequeño y apartado.

—No quiero dejarla cerca de ese maldito campamento que están construyendo. Tenga mucho cuidado, por favor.

Me fui corriendo hacia la villa. Llamé, pero nadie abrió la puerta. Rodeé la casa hasta el jardín trasero y llamé a las ventanas de cristal de la galería. Se apoderó de mí una sensación de pánico. ¿Y si habían entrado los alemanes? ¿Dónde estaba la condesa? ¿Y Hanni?

—¡Umberto! —grité—. *Sono io!* Soy Julietta. Dejadme entrar.

Esperé y, de nuevo, no vino nadie. Probé suerte con todas las puertas y al final encontré una ventana abierta, por donde entré en la casa.

—¿Condesa? —llamé—. ¿Umberto?

Fui recorriendo todas las habitaciones. Todo estaba en su sitio: había un periódico sobre la mesa, un vaso de limonada a medio beber. Miré en la cocina y en las habitaciones del servicio. Ni rastro de vida. Entonces subí lentamente al primer piso.

«No pasa nada —me dije—. Seguro que ha tenido que irse precipitadamente. Habrá huido. A un lugar seguro. Y se ha llevado a Hanni con ella, claro. Sucedió todo tan rápido que no tuvo tiempo de avisarme».

Abrí las puertas de todos los dormitorios, una tras otra. No parecía que hubieran hecho ningún tipo de equipaje. Había una bata sobre una colcha de seda. Entonces abrí otra puerta de una habitación más pequeña. Estaba a punto de irme cuando vi que algo se movía y di un respingo, aterrorizada.

—¿Quién anda ahí? —pregunté.

—¿Julietta? —susurró alguien con un hilo de voz.

—¿Hanni?

Salió de debajo la cama con una mirada de pánico.

—Oh, Julietta, has venido.

Se lanzó a mis brazos.

—¡Mi niña! ¿Qué ha pasado? ¿Dónde está la condesa?

—Vinieron unos soldados alemanes y se la llevaron. La condesa los vio fuera y me dijo que subiera a esconderme. No sabía qué hacer ni adónde ir.

—¿Y qué le pasó a Umberto?

—No lo sé. Creo que huyó. Cuando bajé ya no había nadie. —Rompió a llorar desconsolada—. Se la llevaron. ¿Dónde estará?

—Deben de haberla internado en uno de esos campamentos para judíos que han construido en el Lido. —La abracé—. No te preocupes, la condesa es una mujer muy poderosa y respetada en la ciudad. Seguro que la dejarán en libertad enseguida. Hasta entonces, yo te cuidaré. No permitiré que te ocurra nada. Vamos, te vienes conmigo y nos esconderemos en mi piso hasta que lleguen los Aliados y echen a los nazis.

Me tomó la mano y me miró con tal gratitud que se me anegaron los ojos en lágrimas y me embargó una ternura irreprimible.

—Cuánto me alegro de que hayas venido, Julietta.

La abracé.

—No te preocupes, cariño, te prometo que no permitiré que te ocurra nada.

Estábamos bajando por las escaleras, cuando oímos que se abría la puerta de la calle. Le hice un gesto a Hanni.

—Vuelve a esconderte y no salgas hasta que yo te lo diga —susurré.

Respiré hondo, bajé las escaleras con seguridad y vi a Vittorio, que se detuvo sorprendido al verme.

—¿Qué hace aquí, señorita Browning?

—Hola, señor Scarpa —dije fingiendo naturalidad—. He venido a ver cómo estaba la condesa, pero no la encuentro. No hay nadie en casa. Supongo que deben de haberse ido del país.

—Sí —afirmó—. Seguro que tiene razón. Pero me estaba preguntando si se habían llevado también a la niña, a esa judía austríaca. ¿Lo sabe?

—Por supuesto —respondí—. Es imposible que la condesa se fuera y la dejara aquí, ¿no cree? La adora.

—¿Está segura de que la niña no está aquí? —preguntó, mirando alrededor.

—Sí. He buscado en toda la casa y, como ya le he dicho, me parece inconcebible que la condesa Fiorito la dejara aquí.

Bajé el último escalón y me planté en medio para evitar que subiera a comprobarlo. No comprendía a qué venía ese súbito interés por Hanni. Era inaudito. Intenté mantener la compostura y adoptar un tono sereno.

—¿Conoce la dirección de esos amigos que vivían en el campo y de los que hablaba siempre? ¿Los Salvi? Eran de la Toscana, ¿no? ¿De Cortona?

—Sí —respondió Vittorio—, creo que sí —respondió sin dejar de escudriñar la casa.

—Pero ¿sabe la dirección exacta?

—Puede que la tuviera en su escritorio, a menos que se llevara la libreta de direcciones. ¿Quiere que se la busque?

—Ya me encargaré yo, no quiero entretenerle. Supongo que tendré que regresar a la ciudad y esperar a que vuelva. La echaré de menos, y también mis visitas semanales.

Asintió. Yo no pensaba irme y él tampoco.

—¿Quería algo? —pregunté—. ¿Algo en lo que pueda ayudarle?

Frunció el ceño.

—La condesa me pidió que le guardara algunas de las obras más valiosas y que las tuviera a buen recaudo en mi galería. Me ha parecido que era el momento oportuno para trasladarlas.

—Buena idea. He oído cómo son esos nazis, que saquean todo lo que encuentran a su paso.

Vittorio mantenía el ceño fruncido.

—¿Va a regresar a la ciudad?

—Me preocupa Umberto, era muy mayor —respondí—. ¿Dónde le parece que puede estar? ¿Cree que la condesa también se lo llevó con ella?

—Diría que es poco probable. Supongo que el viejo habrá regresado con su familia. Una de sus hijas vive cerca de aquí, en la isla de Vignole.

Guardamos silencio durante unos segundos y nos miramos fijamente.

—Bueno, imagino que querrá ponerse manos a la obra y seleccionar las pinturas que quiere guardar —dije—. ¿Necesita que le eche una mano?

—No será preciso. De momento solo tengo que tomar medidas y encargar que construyan las cajas.

—Es mejor que se dé prisa. Esta zona está llena de alemanes. Creo que sería más sensato que se llevara las obras más valiosas y las guardara en un lugar donde no pudieran encontrarlas fácilmente. Tal vez en la habitación del jardinero… O en el dormitorio de Umberto.

—No es mala idea —concedió—, aunque no sé si estarán abiertas o si encontraré las llaves.

—Creo que guardaban otro juego junto a la puerta de la cocina —le indiqué.

Ignoraba si era cierto, pero Vittorio asintió y, para mi alivio, se dirigió a las dependencias del servicio. Yo subí las escaleras tan rápido como pude, sin hacer ruido.

—Hanni, ven, acompáñame —dije. Me tapé los labios con los dedos y bajamos juntas las escaleras—. Sal al jardín y escóndete entre los arbustos que hay junto a la verja. Dentro de un minuto vengo a recogerte.

—¿Y mis cosas?

—Me temo que tendremos que dejarlo todo aquí. Tal vez pueda volver más adelante a recogerlas, pero de momento es demasiado peligroso. Venga, ve.

Salió corriendo por la puerta y la observé hasta que desapareció entre la vegetación. Sin perder ni un segundo más, me dirigí a la biblioteca a buscar la carpeta de cartón que había en el cajón, saqué los dibujos y me los guardé bajo el abrigo. Luego regresé a la cocina y vi que Vittorio se dirigía hacia mí.

—Tenía razón. Hay un manojo de llaves. Voy a probar suerte en la caseta del jardinero.

—Yo no he conseguido encontrar la libreta de direcciones, así que me voy a casa. Últimamente hay tan pocos *vaporetti* que no puedo perder el tiempo.

—Ha sido un placer verla de nuevo, señorita Browning —dijo, haciendo una pequeña reverencia.

—Lo mismo digo, señor Scarpa.

Salí por la puerta y tomé el camino delantero. Noté que no me quitaba los ojos de encima. Al oír que se cerraba la puerta, lancé un suspiro de alivio. Cuando estaba a punto de llegar a la verja, me detuve y eché un vistazo a mi alrededor para asegurarme de que no había ninguna mirada indiscreta. Entonces llamé a Hanni con un susurro. Salió, la agarré de la mano y nos dirigimos hacia el paseo.

—Escucha, si alguien te pregunta, eres mi hermana pequeña y te llamas Elena Alioto. *Capisci?*

Asintió con una mirada de pánico.

—¿También se me llevarán cuando descubran que soy judía?

—No te preocupes, cielo, que yo te protegeré —le aseguré—. Todo esto está a punto de acabar, te lo prometo. Pero hay que ser valientes y aguantar un poco más.

En el muelle había una pequeña multitud esperando el *vaporetto*, lo cual era una buena noticia. Significaba que el barco estaba a punto de llegar. Y así fue. Íbamos como en una lata de sardinas, pero pudimos subir todos a bordo. Encontré un rincón y escondí a Hanni detrás de mí hasta que llegamos a la parada de San Marcos, donde bajamos sin incidentes.

Capítulo 44

Juliet
Venecia, septiembre de 1943

Esa noche Hanni durmió en mi cama. Me senté junto a ella y le acaricié el pelo hasta que se le cerraron los ojos, intentando no pensar en lo cerca que había estado de acabar en aquel campamento horrible. ¿Y la pobre condesa? Confiaba en que pudiera mover los hilos para que la liberasen. A fin de cuentas, era una mujer rica y poderosa, una benefactora de la ciudad.

Fue como si Hanni pudiera leerme el pensamiento. Abrió los ojos y me miró.

—No le pasará nada, ¿verdad? Dime que la soltarán.

—Estoy segura de que será así. Tú no te preocupes e intenta dormir un poco.

Al final cayó rendida, pero yo me quedé sentada mirando por la ventana. La luna bañaba el canal de Giudecca. En ese momento no se me ocurría una imagen más bonita y serena… Hasta que vi una cañonera alemana. No podía utilizar la radio porque no quería que Hanni me viera y que corriera un riesgo innecesario en caso de que la interrogaran. Me limité a observar el barco hasta que desapareció engullido por la oscuridad. Todavía no daba crédito a que la condesa hubiera desaparecido. La pobre estaba convencidísima de que no había ningún peligro para ella y, sin embargo, al final la habían arrestado como a todos los judíos. Poco importó que fuera la viuda de un conde italiano o que tuviera mucho dinero. Era judía y con eso bastaba para condenarla.

De repente me vino un pensamiento a la cabeza: «Alguien la ha traicionado». Y supe de inmediato quién había sido. Yo misma había visto el destello de avaricia en sus ojos. La había traicionado y así tenía vía libre para apoderarse de su colección de arte. Por algo nunca me había caído bien ni había podido confiar en él. También fui consciente del tremendo riesgo que había corrido Hanni. Vittorio quería que arrestaran a todos los judíos ¡y había regresado a por la pequeña!

Cuando llegamos a mi edificio, tomé todo tipo de precauciones. Le pedí a Hanni que esperara escondida entre las sombras hasta que pudiera asegurarme que no nos veía nadie. Entonces la hice entrar y subimos corriendo las escaleras. Mientras la pequeña admiraba las vistas desde las ventanas, yo saqué los dibujos que había rescatado de la casa de la condesa. Aun siendo una simple aficionada, enseguida vi que había uno o dos de un valor incalculable. Los guardé entre mis bocetos y los escondí en el cajón secreto de mi escritorio, por si acaso.

***

Hanni lleva varios días escondida en el piso. De hecho, yo tampoco salgo apenas. A Francesca le dije que era la nieta de un pescador que había conocido y que el pobre quería que estuviera a salvo en la ciudad, lejos de los nazis. Francesca, que nunca ha sido una mujer muy curiosa, dio mi explicación por buena. También le pedí a Hanni que no hablara en presencia de Francesca para que no detectara la diferencia de acento. No creo que fuera a darse cuenta, pero toda precaución es poca.

18 de octubre

La situación es cada vez más difícil. Los soldados alemanes patrullan las calles. Ya no hay entrega a domicilio de carbón. Por suerte tengo la estufa eléctrica que me dejó el cónsul y que me permite tener el dormitorio a buena temperatura. Y disponemos de corriente gran parte del día, que es cuando aprovecho para llenar las botellas de agua caliente y las pongo en la cama para la noche. La comida también escasea y se está convirtiendo en un problema. Sin la ayuda de la condesa, hemos tenido que echar mano de mi despensa, pero ya hemos abierto los últimos paquetes de pasta y alubias, como el resto de la ciudad.

Cuando Hanni ya llevaba dos semanas conmigo, decidí volver a casa de la condesa. Al comprobar que no había regresado, no me quedó más remedio que asumir que estaba en el campamento. En las paredes no quedaba ni un cuadro, pero la despensa permanecía intacta. Salí al huerto y cogí algunas verduras y los primeros limones de la temporada. Regresé cargada con toda la comida que podía llevar. Esa noche Hanni y yo nos dimos un banquete a base de jamón, espinacas y galletas de chocolate. Abrí la última botella de vino. Recuerdo con absoluta claridad hasta el último detalle. Creo que fue la última vez que sentí felicidad.

19 de octubre

Al día siguiente alguien introdujo una nota por debajo de la puerta de casa. Ignoraba quién la había entregado, pero decía: Mi ÁRBOL. 20:00. MARTES.

Y nada más. El mensaje no iba firmado. Estaba impreso. Pero tenía que ser de Leo. ¿De quién, si no? A menos que fuera una trampa. ¿Cómo podía estar en Venecia después de tanto tiempo? Sin embargo, ¿quién más podía conocer el árbol especial? ¿El escondite? Al final decidí ir y salí de casa a las siete y media. Crucé el puente de la Academia, rodeé San Marcos por detrás y me dirigí a los Giardini. Apenas me crucé con gente en el camino. Ahora que la ciudad estaba bajo el control de los alemanes, no convenía pasear por la calle. No obstante, yo la conocía como la palma de mi mano, lo que me permitió evitar las vías principales. El trayecto era largo y llegué casi sin aliento a la oscuridad de los jardines. Los árboles y arbustos se alzaban amenazadores y arrojaban sus sombras bajo alguna que otra farola. El suelo estaba cubierto de hojas húmedas, pero al menos no llovía.

Encontré el árbol sin problema. Hacía años que nadie podaba la vegetación que lo rodeaba y que ahora ocultaba parcialmente la estatua. Había estado varias veces allí y siempre me detenía a observar el rostro triste del dios griego, con el cuerpo consumido por la humedad y la sal. Siempre recordaba hasta el último detalle de aquella noche mágica con Leo cuando yo tenía dieciocho años y el mundo era una promesa infinita de amor y posibilidades. Pasé con cautela junto a la estatua sin atreverme a albergar esperanzas de que fuera Leo, medio convencida de que se trataba de una trampa. Si me detenían, ¿qué ocurriría con Hanni? ¿Podía contar con que Francesca cuidara de ella?

Entonces oí un susurro, apenas perceptible en la brisa nocturna que soplaba de la laguna.

—¿Julietta?

Me adentré entre los arbustos que rodeaban el escondite en torno a la estatua y el árbol y ahí estaba. Percibí su presencia, más que verlo.

—¡Leo!

Nos fundimos en un abrazo y nos besamos con avidez.

—¿Dónde has estado? Te daba por muerto.

—Escucha, no tengo tiempo. Me persiguen. Dentro de unos minutos vendrá a buscarme una barca, pero quería hacer una última cosa por ti, ofrecerte una vía de huida a una vida más segura. Toma.

—Me puso un sobre en las manos—. Esto te permitirá llegar a Suiza. Tienes que irte ahora, no esperes ni un segundo más. A medida que aumenta la desesperación de los alemanes, también aumenta su crueldad. Cuando sufren bajas importantes, rodean pueblos enteros y fusilan a todos los habitantes. Si te encuentran, te matarán por ser una espía enemiga. Debes huir. ¿Me entiendes?

—Sí, ¿pero y tú? ¿Por qué te buscan?

—Porque llevo mucho tiempo trabajando para los Aliados. Ya sabes lo que pienso de Mussolini y lo mal que nos ha ido desde que nos implicamos en esta guerra sin sentido. Quería hacer algo al respecto. Ahora me han traicionado y es cuestión de tiempo que me encuentren.

—Pues ven conmigo a Suiza.

—Ojalá pudiera, pero me temo que no es posible. Debo regresar con los Aliados en la Umbría. Pero tengo otra cosa para ti, una carta de tu familia en Stresa, un pase de viaje para que puedas ir a ver a tu abuela que está en el lecho de muerte. ¿Recuerdas que te hablé de Stresa? Está en el lago Mayor, y en el otro extremo del lago se encuentra Locarno. Suiza. Ahí estarás a salvo. Ve a Stresa y paga a un barquero para que te lleve. ¿Aún tienes dinero?

—Sí, saqué el de la cuenta para emergencias.

—En el sobre encontrarás más. Tómalo y vete… ahora.

—Y Angelo… —dije—. ¿Lo has visto?

—No, pero me han dicho que está en nuestra villa, a salvo. Veo que al final lo entregaste. Hiciste lo correcto. No te imaginas lo orgulloso que estoy de ti. Al menos nuestro hijo no corre peligro, pase lo que pase.

¿Cómo podía decirle que su familia me lo arrancó de las manos? Al menos ahora sabía que no era él quien había dado la orden, lo cual era un pequeño consuelo.

—Leo... —Le acaricié la cara—. Te quiero. Cuídate mucho. Cuando puedas ven a Suiza.

—Lo haré, te lo prometo. En cuanto pueda. Ve a Locarno y espérame. Me encargaré de buscarte.

—Sí —dije y me embargó una absurda sensación de felicidad.

—Ahora vete. Yo me quedaré aquí hasta que te hayas alejado y estés a una distancia prudencial. Ten mucho cuidado.

—Lo haré, *amore mio*.

Me besó de nuevo. Me hice varios arañazos con las ramas de los arbustos al abandonar el escondite. Noté que me sangraba la mejilla, ¿o era una lágrima? No lo sé.

Al final pude regresar al piso. En el camino de vuelta oí a varios alemanes cantando en un bar... Sus risas acompañaban una canción de borrachos. En más de una ocasión tuve que esconderme en la entrada de un edificio y una vez entré incluso en una iglesia hasta que pasó de largo la patrulla. El puente de la Academia era el momento más comprometido, porque quedaría muy expuesta. Sin embargo, lo crucé con determinación y nadie me paró. Hanni dormía plácidamente cuando llegué a casa sin resuello y con el corazón desbocado. Cómo envidiaba su juventud y su capacidad de adaptación. Sin perder ni un minuto, metí varias cosas en una mochila. No podía arriesgarme a llevar una maleta porque llamaría demasiado la atención. Además, tampoco tenía pertenencias de gran valor. El anillo de Leo lo llevaba puesto. Guardé también el pasaporte británico, el dinero, las llaves de la caja de seguridad del banco, del piso y del cajón secreto del escritorio. Los dibujos estaban a buen recaudo, junto con el diario que escribía desde hacía tanto tiempo. Allí iban a quedarse hasta que pudiera regresar cuando acabara esa locura. Sí que me llevé el retrato de Angelo que había acabado. Era un pequeño óleo de estilo renacentista. Un querubín. Quité la tela del marco y envolví con ella la funda del cepillo de dientes con un lazo.

Luego cené, hice un hatillo con un poco de pan, queso y fruta para nuestro viaje y me metí en la cama con Hanni. Pero, como era de esperar, no pude dormir. No hacía más que pensar en Leo. ¿Lograría huir y salvarse? ¿Reunirse con los Aliados? ¿Volvería a verlo alguna vez?

20 de octubre

Cuando despuntó el alba, desperté a Hanni y le conté el plan. A Francesca le dejé un poco de dinero y una nota en la que le decía que se quedara con toda la comida y que confiaba en regresar algún día. Comimos los últimos huevos que quedaban para desayunar y nos pusimos en marcha. Mientras caminábamos por la calle, le repetí a Hanni que recordara en todo momento que era mi hermana pequeña y que íbamos a ver a nuestra abuela en Stresa. Al lago Mayor. A las montañas.

—Tú sabes mucho de lagos y montañas, ¿verdad? —le pregunté.

Asintió y una sonrisa le iluminó el rostro.

—En invierno siempre íbamos a esquiar a Kitzbühel y en verano pasábamos las vacaciones en la casita de los bosques de Viena. Era precioso.

—El lugar adonde vamos también lo es —le aseguré—. Te encantará y podremos disfrutar del aire fresco de la montaña.

Llegamos a la estación. Había un tren con destino a Milán que salía al cabo de una hora. Luego solo tendríamos que tomar un ferrocarril regional hasta Stresa. Llegó el convoy y subimos. Nadie nos preguntó nada. Compartíamos vagón con una pareja mayor y un sacerdote, y cuando entablamos conversación les conté la historia de mi abuela.

—Su hermana es muy tímida —dijo el hombre al ver que Hanni solo respondía con monosílabos.

—Me temo que la invasión alemana la ha aterrorizado.

—No me extraña. No veo la hora de marcharme —terció la mujer—. Nuestra prima vive en una granja de la Lombardía y nos dirigimos allí para huir de la ciudad.

El cura no dijo nada.

Llegamos a Milán sin incidentes. La magnífica estación nos recibió con sus suelos de mármol y unos murales que eran un auténtico regalo para la vista. Además, estaba prácticamente vacía; solo se veía a alguna pareja de soldados alemanes descansando en un rincón o vigilando las salidas. Consulté el tablón de salidas. Había un ferrocarril regional que paraba en Stresa y partía al cabo de veinte minutos. No daba crédito a la suerte que habíamos tenido. Nos dirigimos al andén y ahí estaba el tren. Los pasajeros habían empezado a subir.

—Un momento, *Fräulein* —me dijo alguien a mis espaldas. Me di la vuelta y vi a dos soldados alemanes—. Su salvoconducto, por favor —me pidió en italiano.

—Tengo una carta —le dije—. Está sellada por las autoridades y me han dicho que es lo único que necesito. Voy a visitar a mi abuela, que vive en el pueblo donde nací. Está en su lecho de muerte.

El soldado examinó la carta.

—¿Y esta niña?

—Es mi hermana pequeña.

—La carta no la menciona.

—Porque en un principio iba a quedarse con mi tía, pero luego cambió de opinión. No quería separarse de mí.

—Acompáñeme, por favor.

—Pero es que el tren sale dentro de unos minutos y quién sabe cuándo habrá otro.

—Acompáñeme.

No tuve más remedio que obedecer. Entramos en una oficina detrás de los andenes. Había un hombre sentado a un escritorio. No era un soldado, pero lucía un uniforme negro.

—¿A quién tenemos aquí? —preguntó.

Le entregué la carta y le conté la historia de mi abuela y mi hermana.

—Llevaos a la niña —ordenó de forma brusca.

Yo no sabía alemán, pero capté el sentido, sobre todo al ver el gesto de horror de Hanni, que se quedó sin aliento. Unas manos me la arrancaron de los brazos.

—No, por favor —supliqué—. Se asusta cuando nos separan.

—¡No, Julietta! —gritó Hanni mientas se la llevaban.

—Usted debe de pensar que yo soy idiota, *Fräulein*. Huelo a los judíos de lejos. Y estoy seguro de que usted no lo es. Afortunadamente para usted. Por cierto, todavía no domino el italiano. ¿Le importa que cambiemos a un idioma más familiar? Da la casualidad de que hablo muy bien inglés.

Supongo que mi expresión debió de delatar mi sorpresa horrorizada, porque el militar se rio.

—Sí, lo sabemos todo sobre usted, miss Browning. Su mujer de la limpieza nos ha avisado de que se había ido. Registramos el piso y encontramos la radio. Un dispositivo bastante primitivo sin utilidad alguna a estas alturas, claro está, pero no deja de ser un intento valeroso por su parte. Siéntese, por favor. Nos gustaría hacerle algunas preguntas.

Fue un alivio que me ofreciera una silla, porque las piernas no iban a aguantarme mucho más.

—Tiene dos opciones: por las buenas o por las malas. ¿Quién le dio la radio?

Esa era fácil, puesto que el responsable hacía tiempo que había salido del país.

—Cuando los ingleses abandonaron Venecia, el cónsul vino a verme y me pidió que llevara un registro del tránsito marítimo. Me dio instrucciones para el envío de mensajes y el uso de los códigos. A partir de entonces no vi a nadie. Alguien dejaba los libros frente a la puerta del piso, pero ya hace tiempo que no recibo ninguno nuevo. Imagino que los mensajes ya no sirven de nada.

—O que hemos capturado a su contacto y la cadena de comunicación se ha roto.

Decidí apelar a su humanidad.

—Habla usted muy bien el inglés.

—Sí, estudié un año en Cambridge, antes de la guerra.

—¿Qué estudió?

—Filosofía. —Se rio—. Los muy imbéciles nunca se dieron cuenta de que era un enviado del gobierno alemán. Ustedes los británicos son un caso perdido. Jamás han estado a la altura de las circunstancias.

—Sin embargo, parece que ahora vamos ganando.

No pude contenerme.

Al oficial le cambió la cara.

—¿Se da cuenta de que podría pegarle un tiro ahora mismo por espía? —Hizo una pausa para saborear las palabras—. Por suerte para usted, el espionaje es una causa noble y no es el delito más grave que ha cometido. También ha ayudado a huir a una judía, ¿no es así? Su criada nos alertó de que había dado cobijo a una judía en su casa. Como a la mayoría de buenos cristianos, los judíos le inspiran un gran recelo.

—¿Qué le pasará? —pregunté a voz en cuello—. Solo es una niña. Una niña inocente.

Me lanzó una mirada de absoluto desprecio.

—Una niña judía. No soporto respirar el mismo aire que ella. La enviaremos a un campamento, como a todos los judíos. —Hizo una pausa—. Y lo mismo le sucederá a usted. Aquí no tenemos tiempo ni el personal necesario. Hay un campo para prisioneros políticos no judíos al norte de Milán. Ese es su destino.

—¿Y Hanni?

—Ella irá con los demás judíos a un campo en algún lugar de Europa oriental. A Polonia, creo.

—¿No puedo al menos despedirme de ella?

Me dedicó de nuevo su sonrisa más mordaz.

—Es conmovedora la devoción que siente por esa gente. ¿Está segura de que no tiene antepasados judíos?

—Como ve, soy pelirroja, lo que significa que soy cien por cien celta, pero ello no me impide defender a todo ser humano que reciba un trato injusto.

El oficial ladró unas palabras en alemán. Me agarraron de los brazos y me sacaron a rastras del cuarto. Intenté ver a Hanni mientras cruzábamos la estación, pero enseguida me metieron en un camión. Me cerraron la puerta en las narices, se hizo la oscuridad y nos pusimos en marcha.

Capítulo 45

De lo que sucedió en las semanas posteriores no quiero decir gran cosa. Me encerraron en un barracón con otras treinta mujeres. Algunas habían colaborado con los partisanos. Otras habían expresado su oposición a Mussolini. Otras habían ayudado a judíos. La mayoría eran jóvenes. Los soldados alemanes habían violado a algunas de ellas antes de enviarlas al campo de prisioneras. Creo que todas estábamos traumatizadas hasta cierto punto. No hablábamos demasiado, como si no quisiéramos arriesgarnos a hacer amigas. Además, desconfiaban de mí por ser inglesa. Poco me importaba. No me quedaban palabras que decir. Ni lágrimas que derramar.

Dormíamos en literas de madera de tres camas. Los colchones eran de paja y estaban plagados de pulgas. Al cabo de unos días ya tenía todo el cuerpo lleno de picaduras. También hacía mucho frío y no había calefacción. Nos quitaron la ropa y todas nuestras pertenencias. Nos obligaron a llevar el uniforme de la prisión, de un algodón muy basto, que no nos protegía del frío cuando teníamos que formar para el recuento a primera hora de la mañana. De noche, compartíamos manta, acurrucadas unas junto a otras para entrar en calor. Solo nos daban de comer una vez al día, una sopa muy clara que unas veces llevaba pasta, otras alubias, pero por lo general solía ser un cuenco de agua caliente con tropezones de verduras. Y un chusco de pan seco. Durante mi estancia, una de las mujeres se puso muy enferma y se la llevaron. No volví a verla, por lo que no sé si murió o se recuperó en el hospital.

Lo único que salvaba al campamento era que estaba bajo el mando de italianos, en lugar de alemanes, lo que significaba que no eran tan estrictos o despiadados. El día que nos tocaba a un guarda decente, no nos hacía esperar fuera para pasar lista si hacía frío. Nos enviaba adentro y hacía el recuento fumando un cigarrillo. En los días que estaba muy de buenas, nos los daba a medio fumar para que lo compartiéramos. Una calada cada una. Yo, por suerte, no fumaba y se la cedía a una compañera a cambio de un pedazo de pan.

De vez en cuando aparecía un vehículo blindado alemán. Se llevaban a alguien para someterla a interrogatorio y o bien regresaba con varias cicatrices o directamente no volvíamos a verla. Cada vez que veíamos que se abrían las puertas y entraba un vehículo, conteníamos la respiración y nos agarrábamos unas a otras. Yo sabía que me llegaría el turno tarde o temprano. ¿Me creerían cuando les dijera que no sabía nada? ¿Sería capaz de soportar las torturas?

A pesar de que la mayoría de los días eran malos, también había alguno bueno. Cuando hacía buen tiempo nos dejaban salir a caminar. Nuestro campamento estaba separado del de los hombres por una valla de alambre de espino. A veces los veíamos jugar a fútbol. Ellos nos saludaban y nos llamaban, a menos que estuviera de servicio un guarda muy estricto, que les daba culatazos con el fusil para hacerlos callar. Un día, cuando ya llevaba lo que me parecía una eternidad, nos ordenaron salir mientras las encargadas de la limpieza cambiaban el relleno de paja de los colchones. Varios hombres estaban jugando al fútbol mientras otros los animaban. Me acerqué a la valla y vi a Leo.

En cuanto me vio también se aproximó. Estaba más delgado de lo que yo recordaba y tenía el rostro demacrado y huesudo.

—¿Qué haces aquí, Julietta?

—Me traicionaron. Alguien les dijo a los alemanes que yo no era quien decía y que estaba protegiendo a una niña judía.

Preferí no decirle que esa persona fue Francesca. Yo siempre la había tratado con amabilidad y creía que me había tomado cariño. Tal vez le habían pagado por la información. O tal vez me había delatado empujada por el odio que le inspiraban los judíos, o por el hecho de que me hubiera ido, lo que significaba que iba a quedarse sin trabajo. No entiendo qué puede llevar a la gente a obrar con maldad en época de guerra.

—Esto es horrible. Tenemos que sacarte de aquí —me dijo.

Se me escapó la risa al oír sus palabras.

—Estás tú como para proponer que alguien me saque de aquí. ¿Te detuvieron cuando regresabas con los Aliados?

—Sí, también me traicionaron, pero confío en que me liberen cuando mi familia conozca la situación en la que me encuentro. Por desgracia, ya no cuento con el apoyo de mi padre, pero mi suegro ha sabido medrar y también trabaja con los alemanes. Ahora solo falta saber si todavía me aprecia en algo.

—¡Basta de charlas! —Uno de los guardias avanzaba en nuestra dirección, amenazándonos con una ametralladora—. Apartaos de la valla. —Llegó junto a Leo—. No es buen momento para coquetear con jovencitas.

—No estoy coqueteando —replicó Leo—. Esta mujer es el amor de mi vida, la madre de mi hijo. ¿Tanto le duele concedernos unos minutos cuando no hacemos daño a nadie?

Si algo valoran los italianos es la familia. Vi que al soldado le cambiaba la cara.

—¿Tienes un hijo? —me preguntó.

Asentí.

—Se llama Angelo y está a punto de cumplir cuatro años.

—De acuerdo —concedió—. Cuando yo esté de servicio podéis veros detrás de la torre de vigilancia, en ese rincón de ahí. Pero solo cuando yo esté de servicio, ¿entendido?

—Gracias —le dije.

—Es usted un buen hombre —añadió Leo—. Demasiado bueno para este tipo de trabajo.

—Era la única opción que tenía para dar de comer a mi familia, que estaba pasando mucha hambre —explicó—. Tenemos una granja, pero los alemanes nos quitaron todo el ganado y el aceite de oliva. Malditos nazis. —Escupió en el suelo y miró alrededor—. No le contéis a nadie lo que os he dicho.

Teníamos un aliado. Nos reunimos en varias ocasiones más, hasta que un día Leo se acercó con una sonrisa de emoción.

—Toma —me dijo, y me entregó un sobre.

—¿Qué es? ¿Una carta de amor?

—No, es tu billete hacia la libertad. Mi suegro ha movido sus hilos y ha obtenido un pase para que me concedan la libertad. Toma, quiero que lo uses tú.

—No digas tonterías. Aunque pudiera hacerlo, no lo aceptaría. Debe de ir a tu nombre.

—Es al portador. Y ahora la portadora eres tú. Muéstraselo al comandante del campamento y te dejará salir.

—Pero ¿y tú? No pienso dejarte aquí.

—No te preocupes. Ya he escrito a mi suegro para decirle que un guarda rencoroso había roto el pase y que necesito que me envíe otro con urgencia. Calculo que hacia finales de semana ya podré salir.

Miré con incredulidad el pase que tenía en la mano.

—Vete —me dijo—. Ahora. Si te das prisa podrás llegar a Stresa antes de que anochezca y luego solo tendrás que contratar a un barquero…, si te devuelven tus posesiones, algo a lo que están obligados. Mi suegro se llama Antongiovani. Te lo digo por si tienes que utilizar su nombre. Es un buen amigo de un alto mando alemán destinado en Italia.

—Leo —insistí—. No puedo dejarte sin más.

—No pienso utilizar el pase mientras estés aquí. ¿Quieres que ambos muramos de frío y enfermos por nuestra tozudez? —Bajó la voz—. Vete, por favor. Bastantes sufrimientos te he causado ya a lo largo de tu vida. Al menos déjame hacer esto por ti.

—No me has causado ningún sufrimiento. Me has hecho tan feliz que ni te lo imaginas. Angelo es lo mejor que me ha pasado jamás. Y en cuanto a ti… no encuentro las palabras para expresar lo mucho que has significado para mí.

Introdujo la mano a través de la alambrada.

—Eres el amor de mi vida. Iré a buscarte allí donde estés. Y cuando acabe la maldita guerra, nos iremos a vivir a donde sea, a Australia, Estados Unidos… para empezar una nueva vida juntos.

Deslicé la mano y las yemas de nuestros dedos se rozaron.

—¿Y Angelo?

—Me temo que tendremos que dejarlo aquí. A fin de cuentas, es el heredero. Tiene que haber uno a la fuerza. Si yo me voy, todo pasará a mi primogénito. Pero tú y yo podemos tener más hijos, ¿no?

—Sí, claro.

—No voy a decirte adiós, *amore mio*. Te digo *arrivederci, au revoir, auf Wiedersehen*… Volveremos a vernos. Sé fuerte y no olvides cuánto te quiero.

Me envió un beso y se lo devolví. Me acarició con las yemas de los dedos una última vez. Luego me volví y me fui.

Suiza, 21 de noviembre

Llegué a Stresa sin sobresaltos, pero no pude encontrar un barquero dispuesto a arriesgar la vida por mí, por lo que no me quedaba más remedio que cruzar la frontera a pie, a través de las montañas. Una opción muy desalentadora. Sin embargo, se desató una tormenta y todo el mundo se refugió en sus casas. Me armé de valor y robé una barca de remos a pesar del embate de la lluvia. Remé toda la noche hasta que me salieron ampollas en las manos y, al despuntar el alba, me escondí bajo un sauce. Me acompañó la suerte, ya que la lluvia no cesó y apenas había tráfico en el lago, pero tenía que achicar el agua y remar al mismo tiempo... hasta que a la tercera mañana vi el sol que brillaba en las cumbres nevadas que se alzaban ante mí. Había llegado al lago Mayor. Estaba en Suiza.

Capítulo 46

Escribo esta entrada en un tren con destino a la costa francesa para tomar un barco a Inglaterra. Estuve esperando a Leo, pero no llegó. Pensé que tal vez seguía en la cárcel o que, a lo mejor, al final había decidido volver a casa con su familia. Me pasé dos semanas recuperándome, ingresada en un hospital suizo, y luego encontré trabajo en un colegio de monjas de Lausana. Durante un tiempo disfruté de una vida plácida y sin sobresaltos entre las hermanas, pero nada podía aliviar el dolor que me atenazaba el corazón. No hacía más que soñar con Leo. Y con Hanni. Y también con Angelo. Cuando los Aliados por fin liberaron Italia, escribí al padre de Leo y recibí una sucinta respuesta: «Leonardo da Rossi murió al intentar huir de un campo de prisioneros, en noviembre de 1943».

En cuanto finalizó la guerra, intenté buscar a Hanni. Me uní a una organización de ayuda a los niños refugiados, pero apenas había judíos entre los supervivientes. Era como si hubieran desaparecido de la faz de la Tierra. Aún tardamos un tiempo en descubrir nombres como Auschwitz, Treblinka, Bergen-Belsen. Entonces fuimos conscientes de la tragedia. Y derramamos hasta la última lágrima.

Yo no volví a casa en cuanto acabó la guerra. Al principio quería encontrar a Hanni y, cuando descubrí la espantosa verdad, quise hacer algo útil, algo que, de algún modo, pudiera compensar mi promesa incumplida de que la mantendría a salvo. Había fracasado. A pesar de todo, escribí varias cartas a mi madre, que se alegró de tener noticias mías y de que hubiera decidido quedarme a trabajar con los refugiados en Suiza. Supuso que eso mismo era lo que había hecho durante la guerra y me envió interminables cartas contándome cuánto habían sufrido en Inglaterra mientras yo me daba la gran vida en Suiza, disfrutando de la exquisita leche y la nata del país. He decidido que prefiero no desilusionarla y que no me dedicaré a dar clases de nuevo. Cada vez que veía a una de las chicas, veía a Hanni y me recordaba que no había podido salvarla. Rezo para que Angelo esté bien. No regresaré a Venecia para comprobarlo. La ciudad alberga demasiados recuerdos dolorosos. Voy a empezar un nuevo capítulo de mi vida, me reinventaré como una nueva persona, un autómata con un candado en torno al corazón. También sé que no siento el menor deseo de volver a pintar.

En un principio tenía la intención de conservar estos recuerdos, pero me he dado cuenta de que ahora no quiero que nadie lo sepa. Y menos aún quiero volver a leerlos. Las únicas historias que vale la pena leer tienen un final feliz. Por eso he decidido que, cuando crucemos el Canal, arrancaré las páginas y las lanzaré al mar, como si este capítulo de mi vida no hubiera existido jamás.

Capítulo 47

Posdata
Caroline
28 de octubre de 2001

El avión tomó velocidad, despegó y viró a la derecha. Caroline vio la ciudad de Venecia a sus pies, como si fuera un mapa. El campanile alzándose entre las cúpulas de San Marcos, los canales relucientes que convertían la ciudad en un archipiélago. Ahí estaba Zattere y el edificio de su piso, aguardando su regreso. Caroline se dio el gusto de disfrutar del momento de felicidad. Luca tenía razón. Había llegado la hora de comenzar una nueva etapa de su vida... que podía incluirlo a él. Ella regresaba a Inglaterra, pero él le había prometido que la acompañaría. Ya había comprado dos billetes a Nueva York y había reservado una suite en el Plaza. Cuando Caroline se ofreció a pagar la mitad, él se rio y le dijo:

—Gastos de empresa.

La situación mejoró aún más cuando Caroline empezó a recibir varios mensajes de correo electrónico de Josh.

En uno de ellos le decía:

He intentado ponerme en contacto contigo, pero tu abuela me ha dicho que el teléfono no te funciona en Italia. ¿Es verdad o intentas evitarme? Dime algo, por favor.

Y le envió uno más:

Tenemos que hablar, cielo. No estoy muy convencido de la situación aquí. Ya no recibo tantos encargos y no puedo seguir viviendo toda la vida a costa de Desiree. Francamente, creo que no me conviene instalarme aquí. Todo es muy falso, solo importan las apariencias. Llámame en cuanto llegues a Inglaterra, ¿vale? Volverás pronto a casa, ¿verdad?

El avión se enderezó y se apagó la señal del cinturón de seguridad. Caroline dirigió la mirada hacia la ventana y vio las nubes de algodón que flotaban bajo las alas. Fue entonces cuando se dio cuenta, con una claridad meridiana, de que no quería volver con Josh, con ese personaje que le había dicho que solo se había casado con ella porque era lo que tocaba. Pues tal vez ahora ella pensara lo mismo. Durante un tiempo había creído que estaba enamorada, pero por entonces tenía veinte años. ¿Qué sabe una del amor a esa edad? ¿O de la vida? Había pasado de un internado a la universidad. Había vivido siempre en un entorno protegido. El problema era que no había estado preparada para el matrimonio o una relación a largo plazo. Lo único que los había mantenido unidos era Teddy, y ahora que ambos habían madurado y emprendido su propio camino, ella estaba lista para seguir con el suyo.

¿Y si ese camino incluía a Luca? ¿Y una nueva vida en Italia, al menos parte del año? Sin duda era demasiado pronto para tomar unas decisiones tan trascendentales, pero se alegraba de volver a mirar el futuro con esperanza. Tal vez podía probar suerte de nuevo en el mundo de la moda, o en otra disciplina artística, o alquilar el piso de Venecia durante gran parte del año y disfrutar de la vida. Se preguntó si era eso lo que quería la tía Lettie cuando le dejó esa caja de cartón.

«Mi Angelo» había dicho. No «Michelangelo», sino «Mi Angelo». ¿Acaso deseaba que Caroline tuviera la vida que le habían negado a ella? ¿Que encontrara a Angelo? ¿Que encontrara la felicidad? Sabía de la existencia de Luca y deseaba que… Caroline sonrió para sí.

—Lo he logrado, tía Lettie. Todo ha salido como tú querías —susurró.

Deslizó la mano bajo el asiento, la introdujo en la bolsa y sacó la carpeta que contenía los dibujos de la tía Lettie. Era curioso que hubiera escondido esos bocetos, ¿acaso los consideraba más valiosos?, cuando otros, igual de buenos, los había dejado a la vista de cualquiera. Los giró, uno por uno, hasta que se detuvo de golpe y arrugó la frente. Esos dibujos no eran obra de su tía. A pesar de que eran bocetos, llamaban la atención por su calidad superior. ¿Eran una copia? ¿Una reproducción?

No, se podían apreciar las marcas de la tinta al secarse en el papel. Además, en la esquina inferior se veía la firma. Picasso.

—Los bocetos —susurró para sí.

La tía Lettie la había enviado a Venecia para que los encontrara. No tenía ni idea cómo se había hecho con ellos, pero entendió las implicaciones. Si habían sido propiedad de su tía abuela, era más que probable que Caroline se hubiera convertido en una mujer muy rica. Entonces recordó la breve mención en el diario: la condesa Fiorito había dicho que en su juventud había hecho de modelo para algunos de los grandes artistas de la época, que le habían regalado los bocetos como muestra de agradecimiento. ¿Era ese uno de los bocetos? ¿Se los había regalado la condesa a su tía Lettie? ¿No había mencionado que se los dejaría a Juliet en su testamento si le ocurría algo? Iba a tener que investigar un poco, pero Luca podía echarle una mano.

Se moría de ganas de enseñárselos. Qué ganas tenía de volver a verlo. Ya se imaginaba la cara que pondría Josh cuando la viera llegar a Nueva York acompañada de Luca para llevarse a Teddy a casa.

AGRADECIMIENTOS

Quiero darle las gracias, como siempre, a Danielle y a mi fabuloso equipo de Lake Union, así como a Meg, Christina y todo el fantástico equipo de la agencia Jane Rotrosen. También deseo expresar un sincero agradecimiento a Clare, Jane y John, que siempre comparten conmigo opiniones y sugerencias de lo más interesantes.

Gracias a las bibliotecarias de la biblioteca del Museo Correr de la plaza de San Marcos, que me ofrecieron una cantidad de documentación increíble.

Venecia siempre ha ocupado un lugar especial en mi corazón desde que mis padres alquilaron una pequeña villa en Treviso, a media hora de la ciudad, cuando yo no era más que una adolescente. Cruzábamos el puente, aparcábamos y nos daban algo de dinero a mi hermano y a mí. «Quedamos aquí a las cinco», nos decían, y gozábamos de libertad absoluta para explorar la ciudad y comprar helados. Desde entonces he regresado en muchas ocasiones, lo que me ha permitido consultar muchos libros de historia en la biblioteca del Museo Correr. Y cada vez que voy la ciudad me deja sin aliento. Es, sin duda, La Serenissima.